OZ

Autre-Monde *****

Né en 1976 en région parisienne, Maxime Chattam s'est très jeune passionné pour les histoires fantastiques, les mystères policiers et l'écriture. Il étudie l'art dramatique, enchaîne les petits boulots tout en reprenant ses études en littérature et criminologie. Il est ensuite libraire. En 2001, il publie son premier roman *L'Âme du mal*. Après s'être imposé comme l'un des maîtres du thriller français, Maxime Chattam s'illustre dans la fantasy avec le même succès. Vendue à près de 600 000 exemplaires, la série *Autre-Monde* (déjà traduite dans une dizaine de langues) a conquis le public des jeunes adultes.

Paru dans Le Livre de Poche :

AUTRE-MONDE

1. L'Alliance des Trois

2. Malronce

3. Le Cœur de la Terre

4. Entropia

5. Oz

6. Neverland

MAXIME CHATTAM

Oz

Autre-Monde *****

ROMAN

ALBIN MICHEL

ISBN : 978-2-253-00066-2 – 1re publication LGF

Pour Clara
Bienvenue dans un Autre-Monde

1.

Le sacrifice des Longs Marcheurs

Rhonda tira sur sa cape vert foncé pour masquer ses flancs meurtris. Elle ne voulait pas que les gardes de la porte nord se précipitent pour l'emmener à l'infirmerie. Son message était trop important pour attendre. Elle pouvait encore tenir, après tout, cela faisait déjà plusieurs jours qu'elle galopait sur son chien géant, elle n'était plus à une heure près, elle s'était habituée à la douleur et n'en était plus étourdie à chaque mouvement.

Brulgur trottait à bonne vitesse pour les conduire au centre d'Eden, et Rhonda sentait les regards admiratifs et inquiets sur elle et sa puissante monture. Les Longs Marcheurs suscitaient toujours beaucoup de curiosité sur leur passage, chacun savait qu'ils transportaient les informations du monde, colporteurs de grandes découvertes, de mauvaises nouvelles, témoins des dernières créations animales et végétales depuis la Tempête ; chaque arrivée d'un Long Marcheur signifiait des soirées à écouter les récits et à en discuter entre Pans.

Rhonda fila devant le Salon des souvenirs avec une pointe au cœur, c'était là qu'elle avait passé sa dernière soirée avant de partir en mission, presque deux mois plus tôt. Il lui semblait que c'était il y a deux ans ! Que la route avait été longue, que de nuits à s'endormir en grelottant, plus à cause de la peur que du froid, et que de kilomètres parcourus dans la solitude. Elle avait parfois croisé les nouvelles patrouilles de soldats Pans qui sillonnaient les routes du nord, mais leurs échanges avaient été brefs, elle n'avait pas le temps de s'arrêter, sa mission était urgente.

Brulgur passa sous l'immense pommier, au cœur d'Eden, et s'arrêta devant le Hall des Colporteurs. Rhonda serra les mâchoires pour descendre sans trahir la douleur de ses blessures encore suintantes. Un garçon d'à peine plus de dix ans passa la main sous la gueule de Brulgur pour l'inviter à le suivre vers les niches des chiens, afin qu'il soit débarrassé de sa selle, entièrement brossé, nourri, et qu'il puisse se reposer enfin.

Rhonda, elle, fit signe à l'un des Pans en charge de l'administration du bâtiment des Longs Marcheurs.

— Je suis Rhonda Nkalu, j'ai un message urgent pour le Conseil, dit-elle en détachant ses longues nattes noires.

— Ambre Caldero est à l'étage, suis-moi.

Rhonda frissonna. Elle ignorait si c'était à cause de ses blessures ou du nom d'Ambre. Tout le monde la connaissait à Eden. Et même bien au-delà. La fille qui avait assimilé le Cœur de la Terre. Pour bien des Pans elle était plus que le symbole de leur survie, plus que l'instrument de leur victoire face aux Cyniks, elle était un leader. Derrière les palissades d'Eden, la plupart des Pans pensaient que le Conseil d'Eden était au service d'Ambre, qu'elle était devenue une sorte de présidente, voire une reine. Et ça leur allait bien. Chaque fois que Rhonda avait tenté d'expliquer qu'Ambre ainsi que Matt et Tobias étaient des membres comme les autres du Conseil, on lui avait répliqué que ça ne pouvait pas être, qu'ils étaient l'Alliance des Trois, ceux qui avaient fait la différence face aux Cyniks, et grâce à qui les Pans étaient encore tous libres, donc cela faisait d'eux des membres à part, exceptionnels. Des chefs de guerre, des modèles à suivre, des sages à écouter. Il y avait beaucoup de fantasmes là-dedans, Rhonda le savait, elle avait souvent essayé de corriger cette vision idéalisée, sans grand succès. Les enfants et les adolescents avaient besoin de figures fortes, d'incarnations parentales pour remplacer les adultes en qui on ne pouvait guère avoir confiance, même si sur ce plan-là, les relations tendaient à s'améliorer.

Rhonda ne se faisait elle-même aucune illusion sur la normalité de l'Alliance des Trois, et pourtant, au moment de rencontrer pour la première fois Ambre, elle se sentit brusquement toute chose, les jambes en coton, les mains moites.

On lui ouvrit la porte d'une petite pièce éclairée à la bougie et elle découvrit Ambre Caldero assise à une table, en train de rédiger des lettres. Ample chevelure blonde tirant sur le roux, pommettes hautes et regard d'émeraude perçant. Ambre se tenait droite dans son fauteuil, avec le charisme et la prestance d'une reine.

Une reine ! C'était dit ! Rhonda elle-même se prenait au jeu. C'était en même temps une évidence lorsqu'on observait Ambre de si près. On ne pouvait le nier, il y avait quelque chose d'exceptionnel en elle, une lumière qui brillait dans ses pupilles, une personnalité qui remplissait l'espace, si bien que la Long Marcheur se sentit soudain toute petite et humble.

Ambre se leva et, instinctivement, Rhonda baissa la tête pour la saluer.

— Pas de ça, s'il te plaît, je n'ai aucun statut particulier, fit Ambre presque lassée. Tu es Rhonda Nkalu, revenue d'une mission d'observation au Nord, n'est-ce pas ?

— Oui.

Ambre tira une chaise vers elle.

— Assieds-toi. Tu dois être épuisée. À vrai dire, tu n'as pas l'air bien.

Rhonda vérifia que sa cape était bien refermée sur son torse et déclina l'invitation d'un signe de tête. Elle craignait que le changement de position ne lui arrache un cri de douleur.

— Je préfère rester debout, ça me dégourdit les jambes.

— Tu es la première de nos trois éclaireurs qui rentre.

— Et je peux déjà vous dire qu'au mieux deux seulement rentreront. J'ai découvert le corps de Nick aux abords du Canada. J'ignore ce qui l'a tué, mais même son chien n'a pas survécu. Ça ressemblait à l'attaque d'un Rôdeur Nocturne.

Ambre baissa les yeux et secoua doucement la tête.

— J'ai vu Entropia, ajouta aussitôt Rhonda.

Ambre se raidit et la fixa.

— Elle a progressé vers le sud, vers nous ?

— Oui. Elle avance lentement, mais elle avance.

— Et tu as croisé des Tourmenteurs ?

— Non, je n'en ai pas vu. Ni aucune des patrouilles avec lesquelles j'ai discuté.

— C'est déjà un bon point. Et tu as vu les éclairs rouges et bleus, le cœur d'Entropia ?

— Je l'ai deviné au loin, dans la brume, mais j'ai suivi les consignes : je ne suis pas entrée *dans* la brume.

— C'est pour ça que tu es encore en vie.

— Il y a autre chose..., ajouta Rhonda, un peu intimidée. Je crois que... Je crois que j'ai remarqué une faiblesse d'Entropia.

— Une faiblesse ?

Ambre croisa les bras sur sa poitrine, intriguée.

— Eh bien... Je suis restée plusieurs jours cachée, à bonne distance de la brume, pour l'observer, pour vérifier si elle progressait, ou si quelque chose en sortait. Et j'étais de l'autre côté d'un fleuve. J'ai remarqué qu'Entropia n'aime pas l'eau. Enfin, je ne sais pas trop si je peux parler de cette brume comme d'une créature, mais en tout cas, quoi que ce soit, ça n'est pas à l'aise avec l'eau.

— Qu'est-ce qui te fait dire ça ?

— Je l'ai observée pendant cinq jours, la brume a tenté à plusieurs reprises de recouvrir le fleuve, mais à chaque fois elle finissait par reculer, comme un animal qui n'ose pas poser une patte dans l'eau.

— Elle n'a pas dépassé le rivage ?

— Si, mais ç'a été laborieux, et elle est passée par le pont. Un matin, la brume était sur le pont et deux jours plus tard elle avait fait le tour du fleuve. Là elle a commencé à le recouvrir totalement. Mais pour ça il lui a fallu passer sur l'autre rive par un endroit sec. Je ne dis pas qu'elle est incapable de traverser l'eau s'il le faut vraiment, mais en tout cas elle n'aime pas ça. Vous n'êtes pas choquée si j'en parle comme d'une bête ?

— Non, Rhonda. Bien au contraire. Entropia est bien une créature, mais une créature sans vie.

— De quoi est-elle faite ?

— Du concentré de tout ce qui faisait les excès de notre ancien monde. De pollution, de déchets synthétiques, de machines, d'électricité… Et sa conscience est l'ancien maillage d'intelligence artificielle qui existait avant.

— Internet ?

— Oui, essentiellement. Nous pensons que lorsque la Tempête a frappé, elle a non seulement bouleversé l'ADN des plantes – ce qui expliquerait leur impressionnante croissance –, celui des animaux, ainsi que le nôtre, ce qui a entraîné l'apparition de nos altérations, mais elle a aussi opéré une sorte de « grand nettoyage » pour libérer la Terre de tous nos excès. Ce faisant, tout ce qui était contre nature, industriel à outrance, pollution, etc., tout ça a été concentré par la Tempête et isolé en un point de la Terre, tout au nord. Sauf que la Tempête n'était probablement qu'une sorte de… réaction de la planète à nos excès, sans véritable conscience, comme les globules blancs de nos organismes s'attaquent à un virus qui serait entré dans notre corps. Ils agissent sans intelligence, comme des programmes. Eh bien, la Tempête a fait de même. La conséquence imprévisible a été qu'il existait dans le monde une forme de préconscience artificielle, Internet et tous les réseaux informatisés du monde. Et tout cela ne s'est pas évaporé pendant la Tempête, mais s'est concentré avec les autres excès ; tout a fusionné pour devenir une entité avec un corps et une forme de conscience : Entropia.

— La Tempête a donc donné naissance à quelque chose de pire que ce qui existait avant, songea Rhonda à voix haute. Parce que Entropia détruit toute vie sur son passage. Et si on la laisse faire, bientôt le monde entier sera un désert de brume peuplé de créatures hideuses.

— La Tempête est un mécanisme de défense, elle n'a pas agi avec intelligence, elle ne pouvait pas prévoir.

— Si elle n'était pas intelligente, pourquoi avoir séparé les enfants des adultes ?

Ambre haussa les épaules, un petit sourire au coin des lèvres.

— Ce sont là toutes les limites de ce que nous savons aujourd'hui.

Rhonda fixait Ambre avec attention. Son cœur battait plus vite. Ses blessures lui faisaient à nouveau très mal.

— Est-ce que… Est-ce que nous allons tous mourir ? Les patrouilleurs disent qu'on ne peut lutter contre Entropia. Que tôt ou tard, elle nous assimilera.

— C'est pour cela que nous organisons une expédition en Europe. Pour trouver les autres Cœurs de la Terre.

— On dit qu'un bateau grand comme Eden a été construit, c'est vrai ?

Ambre acquiesça.

— Nous partons dans trois jours pour les côtes d'où le navire va bientôt jeter l'ancre.

— Emmenez-moi, fit Rhonda avec un soupir de douleur.

— Rhonda ? Qu'est-ce que tu… Oh ! ta cape !

Rhonda baissa les yeux et découvrit la large auréole sombre qui maculait le devant de sa cape.

Ambre recula en découvrant tout le sang qui imbibait les vêtements de la Long Marcheur.

— Mais tu dois être soignée !

— Je voulais vous transmettre mes informations avant.

— Rhonda, c'est très grave, tu as perdu beaucoup de sang !

— La survie d'Eden et des Pans passe avant tout.

Ambre prit la jeune femme par les épaules, la força à s'allonger sur la table, entre deux candélabres, et commença à soulever le pull et le T-shirt tout poisseux.

— Qui t'a fait ça ?

— Une Souffrance. Il y en a de plus en plus. Elles descendent du nord, elles fuient Entropia.

— C'est un miracle que tu sois encore en vie après l'avoir rencontrée.

— C'est Brulgur qui m'a sauvée.

— Reste allongée, je vais chercher de l'aide.

Rhonda saisit la main d'Ambre avant qu'elle puisse s'éloigner.

— Je sais qu'avec vous je ne crains plus rien. Vous avez le pouvoir de guérir tous les maux, c'est ce que disent les Pans.

Ambre parut soudain désespérée. Ses yeux s'emplirent de tristesse.

— Non, c'est une légende, Rhonda. Je pouvais autrefois guérir certaines blessures mais c'est fini. Je ne peux plus utiliser la force du Cœur de la Terre sans attirer Entropia sur moi, ses Tourmenteurs me repéreraient aussitôt. Je ne peux plus mettre ma vie et celle d'Eden en péril.

— Ce n'est pas grave. Je suis en sécurité maintenant, je suis avec vous. Je suis rentrée à Eden. Plus rien ne peut m'arriver.

Ambre serra la main de la jeune fille.

— Attends-moi, je reviens très vite, et surtout ne bouge pas. Tu saignes beaucoup trop.

Rhonda regarda Ambre sortir à toute vitesse de la petite pièce.

Les flammes des bougies au-dessus d'elle dansaient au rythme à peine perceptible de leurs crépitements. Elle avait tellement froid que les regarder lui faisait du bien.

Ambre Caldero était en vérité unique. Les fantasmes à son sujet n'étaient pas infondés. Elle dégageait quelque chose de singulier, de presque magique. Il y avait autant d'émotions, de fragilité et d'empathie que de force et d'assurance en elle. Près d'elle, Rhonda en était certaine, elle ne craignait plus rien, elle pouvait s'abandonner à l'épuisement. Ambre la protégerait. Comme elle protégeait tous les Pans.

Elle ferma les yeux. Un frisson la parcourut depuis le bas du dos et lui arracha une grimace de douleur.

Lorsque Ambre pénétra dans la pièce, accompagnée par deux Pans aux altérations de soins, Rhonda était toujours allongée sur la table, mais à présent tournée sur le flanc. Ambre fit le tour pour lui parler et découvrit ses paupières fermées.

Elle posa la main sur sa joue et comprit qu'il ne servait plus à rien de se hâter.

Rhonda était morte.

2.
Ajustements

Matt se prit la tête dans les mains. Il n'en pouvait plus, il sentait une barre naître derrière son front et ses tempes bourdonnaient de plus en plus. Ses longues mèches brunes tombèrent devant ses iris noisette.

— Un problème ? lui demanda Tobias.

— J'ai mal au crâne. Je crois que je sature. Un mois entier à ce rythme-là, ça me rend dingue.

Il passait ses journées à rencontrer des dizaines de Pans différents pour constituer l'équipage qui allait les accompagner. Deux mois plus tôt, il avait envoyé un peu partout des messagers pour réclamer des volontaires ayant de préférence une certaine habitude de la navigation, ou au moins l'ayant déjà pratiquée, pour s'assurer qu'ils n'avaient pas le mal de mer. Il fallait de tout, des Pans aptes au combat, d'autres à la cuisine, à la pêche, des Pans capables d'entretenir des lopins de terre – car le bateau disposait de petites parcelles cultivables –, d'autres encore pour réparer toute avarie potentielle. Et il en fallait un maximum capables de parler des langues étrangères. Espagnol, français, allemand, italien… Car personne ne savait ce qui les attendait là-bas.

Bien que Matt ne l'ait pas encore vu, il savait que

le navire construit par les Kloropanphylles était gigantesque. Le peuple de la Forêt Aveugle fournissait un équipage réduit pour le diriger, mais une expédition vers l'Europe exigeait plusieurs centaines de Pans à bord, pour faire face à toute éventualité.

Les derniers détails de construction du navire avaient pris plus de temps que prévu, ainsi que l'élaboration du moyen d'acheminer le bateau depuis le cœur de la forêt des Kloropanphylles jusqu'à l'Océan. Un mois et demi de retard déjà. Ce qui avait arrangé Eden pour s'organiser, déterminer qui partait et ce qu'il fallait emporter.

Et pendant ce temps-là, Entropia menaçait depuis le nord.

Matt se leva.

— J'ai besoin d'une pause, je vais prendre l'air, dit-il à Tobias et Melchiot qui sélectionnaient l'équipage avec lui.

— Moi aussi ! s'écria Melchiot. Je suis vidé.

Les trois garçons sortirent pour faire quelques pas sur la grande place, sous l'ombre du pommier géant. Matt les dominait d'une bonne tête et d'une carrure. Son altération de force avait peu à peu modifié son physique, ouvrant son torse et dessinant une fine musculature. Il allait sur ses seize ans, et le garçon frêle aux joues roses des débuts de cette nouvelle vie se transformait peu à peu en un jeune homme ; il s'en rendait compte lui-même, parfois avec une certaine inquiétude. Ambre, qui avait un an de plus, était déjà devenue une vraie femme, cela ne faisait pas l'ombre d'un doute lorsqu'il la voyait passer dans les rues d'Eden. Son assurance, sa maturité, et les courbes de son corps… Qu'allaient-ils devenir ? Devraient-ils un jour quitter les Pans pour rejoindre les terres Maturs ? C'était ce qui se passait pour les Pans qui devenaient adultes. Venait le moment où ils ne se sentaient plus à leur place parmi les enfants et les adolescents… Matt craignait cet instant plus que tout. Il ne voulait pas se séparer des siens.

Un éclat doré attira son attention.

Le fleuve qui scindait Eden en deux coulait un peu plus loin, capturant la lumière du soleil pour la fragmenter en centaines de petits miroirs qui s'agitaient à sa surface. Matt aperçut une dizaine d'adolescents qui s'affairaient autour de cannes à pêche en bambou. Plus loin, derrière les maisons, un autre groupe décrochait les draps des fils de séchage, tandis qu'une vingtaine de Pans revenaient de la cueillette en longeant les berges, leurs paniers d'osier bien remplis. La vie s'était organisée ici, Eden les protégeait, et ils avaient tout ce qu'il fallait pour grandir sereinement. Depuis que la menace Cynik n'existait plus, il y avait eu quelques dissensions, certains rechignaient devant les corvées, mais dans l'ensemble, tout fonctionnait bien. Bien que constituée d'enfants et d'adolescents, Eden était une ville prospère, sûre, où il faisait bon vivre.

Pour combien de temps encore ? se demandait chacun d'eux en scrutant le ciel vers le nord…

Matt se rendit compte que son esprit partait dans tous les sens, il ne parvenait plus à se concentrer, divaguait d'un sujet à l'autre.

— Tu es bien songeur, fit Melchiot.

Matt prit une profonde inspiration et regarda son

compagnon, un peu plus âgé que lui, cheveux courts, traits anguleux et regard d'un bleu intense.

— Tu penses à Entropia ? devina Tobias qui connaissait son ami par cœur.

— Oui. À notre équilibre ici.

Tobias lui donna l'accolade.

— On va trouver une solution, t'en fais pas. On trouve toujours une solution, pas vrai ?

Comment Tobias pouvait-il être si souvent de bonne humeur ? Matt l'observa, détaillant la cicatrice rose qui descendait du front jusqu'à la joue, contrastant avec sa peau noire. Sa chair aussi avait été meurtrie ; chaque matin en se levant, Tobias ne pouvait oublier la guerre faite aux adultes, les hommes qu'il avait dû tuer, et pourtant, il continuait de faire le pitre.

Matt acquiesça sans joie. Il ne partageait pas le même enthousiasme. Il n'était sûr de rien. Il avait vu l'intérieur d'un Tourmenteur, il savait de quoi était fait leur ennemi. De vide. De chaos. D'entropie. La source même de la brume d'Entropia était une créature synthétique, Matt en était convaincu, un être artificiel.

Ggl.

GA-GUEU-LLE.

Rien que de la détermination à tout assimiler. Sans pitié. Sans trêve. Sans hésitation.

— Il nous manque combien de personnes pour embarquer ? demanda Tobias.

— Tout est bon, répondit Melchiot. Maintenant c'est vraiment du surplus, selon les altérations de chacun, celles qui pourraient nous être utiles.

— Combien ça fait ?

— Presque mille Pans.

Tobias siffla.

— J'espère qu'il est aussi grand qu'on l'affirme, ce bateau ! ajouta-t-il.

— Là-dessus faut se fier à Orlandia, c'est elle qui nous a dit combien de personnes il fallait recruter.

Melchiot se tourna vers Matt.

— Les hommes de Balthazar seront au rendez-vous ?

— Ambre a reçu un message de Zélie et Maylis depuis la forteresse de la Passe des Loups, a priori le roi des Maturs supervise en personne l'acheminement du Testament de roche. Nous ne devrions avoir aucun imprévu de ce côté-là.

— Tout fonctionne ? Tout est parfait ? C'est louche ! plaisanta Melchiot. D'habitude il y a forcément quelque chose qui coince, sinon c'est que c'est un rêve ! Vous voulez pas me pincer ?

— Nous avons déjà six semaines de retard sur ce qui était prévu, je n'appelle pas ça la perfection.

Tobias fit la moue.

— Toi tu es de mauvais poil. C'est quoi le problème ?

Matt soupira.

— Désolé les gars. C'est vrai, je suis sur les nerfs. Presque trois mois que nous sommes rentrés du nord, trois mois de préparatifs sans être dans l'action, je commence à perdre patience. J'ai besoin de bouger, d'être sur le terrain.

— Ça recommence, railla Tobias. Tu ne tiens plus en place !

— Je suis impatient de partir. Je n'aime pas savoir

qu'un danger plane au-dessus de nos têtes et rester là. Je me sens inutile.

— Tu es trop impulsif, intervint une voix féminine dans leur dos.

Ambre s'approcha en nouant ses longs cheveux avec une barrette de bois.

— J'aime me sentir utile, corrigea Matt.

— Tu aides ici, à ta manière. Si tu sors tout le temps, tu finiras mal. Comme beaucoup de ceux qui sacrifient leur vie pour notre communauté.

Matt lut de l'amertume et de la tristesse sur le visage de la jeune femme.

— Nous avons encore perdu quelqu'un, c'est ça ?

— Oui. Rhonda Nkalu.

— Une Long Marcheur, se souvint Melchiot. Je la connaissais un peu.

— Elle est morte ce midi en nous rapportant des nouvelles du Nord. Entropia avance. L'eau semble la ralentir, mais elle continue à descendre vers nous. D'après les relevés de Rhonda, Entropia a parcouru près de quatre cents kilomètres depuis que nous l'avons localisée. Mais sa progression est inconstante.

— Elle pourrait être là d'ici trois à quatre mois, estima Matt. Peut-être six avec de la chance.

— Ou moins, fit Ambre. Rhonda a donné sa vie pour nous renseigner. Tout comme Nick Rhinner.

— Il y aura un bûcher pour eux ce soir ? demanda Matt qui devinait à quel point Ambre était affectée.

Matt ignorait si c'était la guerre, l'épisode du Rauperoden et de Malronce, ou même son voyage en Entropia, mais il se sentait de moins en moins sensible lorsqu'on lui annonçait la mort d'un Pan. Bien sûr, une petite boule se formait dans son ventre, il était triste, mais ce n'était plus l'accablement qu'il éprouvait auparavant. La mort faisait désormais partie de leur existence, et aussi cynique que cela puisse paraître, il s'y habituait.

— Demain soir Rhonda sera célébrée, et Nick aussi, même si nous n'avons pas son corps.

— On sera là, assura Tobias au nom des trois garçons, comme une évidence.

Ils demeurèrent un instant sans parler, mal à l'aise, à sentir la petite brise de printemps balayer leurs cheveux et caresser leur peau. L'été approchait, ils étaient à la fin du mois de mai, et il semblait que l'hiver n'était pas passé sur Eden tant il avait fait bon. Même les champs s'y étaient perdus, à donner leur récolte par deux fois dans la même saison.

— La bonne nouvelle, c'est l'absence de Tourmenteurs sur nos routes, rappela Melchiot. Aucune de nos patrouilles n'en a repéré.

— Je n'utilise plus que mon altération naturelle, dit Ambre, sans puiser dans la force du Cœur de la Terre. Tant que je m'en tiens à cette règle, je pense que je suis à l'abri. Ggl ne doit plus savoir où je me trouve maintenant.

Matt haussa les épaules :

— Ou bien il a retenu la leçon lorsque j'ai détruit le Tourmenteur de l'intérieur, et il se méfie assez de nous désormais pour élaborer une autre stratégie afin de t'assimiler et s'emparer du Cœur de la Terre.

— De toute façon nous quittons le continent, trancha Ambre. Tout est prêt pour le recrutement de l'équipage ?

Melchiot hocha la tête.

— Oui, nous en sommes à tester les altérations des derniers volontaires, au cas où nous tomberions sur quelque chose d'exceptionnel, mais sinon nous sommes prêts. Le matériel est rassemblé, il ne manque plus que les provisions du voyage jusqu'à l'Océan. Tout sera terminé et empaqueté demain soir, le départ est donc confirmé.

— Tout est en place pour la suite de la vie à Eden ? s'enquit Matt.

Ambre désigna Melchiot :

— Oui, dit-elle. Comme prévu, Mel va prendre les choses en main ici en ville. Il fera le relais entre le Conseil d'Eden et les ambassadrices de la Passe des Loups, je vais leur envoyer un messager demain pour confirmer notre départ.

— Alors c'est sûr, Zélie et Maylis ne viendront pas avec nous ? déplora Tobias qui s'était entiché de Zélie lors de sa dernière venue à Eden.

Ambre le confirma.

— Elles restent pour garantir les bonnes relations entre les Pans et les Maturs. Elles avaient très envie de nous accompagner, mais leur rôle ici est primordial, elles connaissent mieux que personne les tractations diplomatiques entre les adultes et notre peuple. Ce sera d'autant plus important si Entropia finit par gagner Eden, car il faudra migrer vers le sud, se faire accueillir par les Maturs.

— Tant pis.

Melchiot lui donna une tape amicale sur l'épaule.

— T'en fais pas, il y a plein de jolies filles qui partent avec vous !

— Oh, c'est pas ce que je voulais dire…

— Bien sûr…

Ambre profita de l'échange entre Tobias et Melchiot pour se rapprocher de Matt.

— J'ai passé une soirée formidable hier.

Matt se passa la main dans les cheveux, un peu nerveux.

— Moi aussi.

Ambre s'était absentée pendant presque un mois et demi pour veiller sur les derniers préparatifs du navire des Kloropanphylles.

— Ce que je t'ai dit hier était vrai, tu sais ? Tu m'as vraiment manqué. Je n'aime pas me séparer de toi.

— On va faire en sorte que ça n'arrive plus.

Leurs retrouvailles, une semaine plus tôt, avaient été un peu particulières, pas aussi festives et amoureuses que Matt l'avait espéré. La distance et le temps avaient distendu leurs liens, leur complicité, et il avait fallu un moment pour que les deux adolescents retrouvent un peu de familiarité, qu'ils soient à nouveau à l'aise dans l'intimité, qu'ils osent s'embrasser passionnément. La veille, ils avaient passé toute la soirée ensemble, main dans la main, à admirer les étoiles près du fleuve, à se retrouver enfin, se serrer, s'enlacer.

— On va avoir du temps pour se rattraper, ajouta Ambre. Maintenant, on ne se quitte plus.

Elle lui adressa un clin d'œil et Matt répondit de la même façon.

— Ce soir nous allons enfin effectuer le dernier

test dans l'église avant de partir. Tu veux te joindre à nous ?

— Bien sûr !

En plus des relations avec les Kloropanphylles, Ambre supervisait un projet mené en toute discrétion aux abords d'Eden, une opération que les quelques Pans concernés avaient baptisée « Apollo ».

— Ce soir nous allons tenter de devenir amis avec les morts, Matt, ce sera une grande première. Et un moment crucial pour notre avenir. Si nous y parvenons, ça pourrait bien changer le monde.

3.
La voix des morts

Les Longs Marcheurs avaient découvert l'église par hasard, en explorant les ruines d'une ancienne bourgade isolée, à l'est d'Eden, lors de la recherche de matériel encore utilisable, voire de quelques denrées.

C'était un bâtiment assez étroit, mais avec un immense clocher entièrement recouvert de lierre et de mousse, colonisé de bas en haut par les ronces.

Une procession s'en approchait tandis que le ciel finissait d'étaler le vermillon du crépuscule entre les nuages. Une demi-douzaine de Pans marchaient une lanterne à la main, emmitouflés dans leurs capes, capuches rabattues sur leurs visages. Les deux premiers dégagèrent l'accès à coups d'épée, pour tailler un chemin au milieu des fougères et des épineux qui repoussaient en quelques jours seulement, puis ils ouvrirent les portes. La capuche glissa du crâne rasé d'un des deux garçons : Floyd se tourna vers ses compagnons pour les faire entrer avant de refermer derrière eux.

— Je l'ai nettoyée au mieux, avec Tania et Chen, dit-il, mais tout repousse tellement vite !

Une partie des bancs seulement était accessible

sous la masse de végétation qui s'était emparée du lieu de culte, mais l'autel et l'ensemble du chœur étaient épargnés.

Les capes tombèrent les unes après les autres et Ambre, Matt, Chen, Tania et une adolescente du nom d'Aly se postèrent au fond de l'église.

— Pour ceux qui ne la connaissent pas encore, commença Ambre, je vous présente Aly. C'est elle qui sera en charge du projet Apollo quand nous serons partis.

Aly acquiesça, un peu gênée. Elle avait presque seize ans, était un peu ronde, et ses cheveux châtains étaient coupés au carré.

— Qui a choisi ce nom ? demanda Matt.

— C'est moi, répondit Chen. Apollo en souvenir du voyage vers la Lune. C'est un peu ce que nous faisons ici depuis quelques semaines, nous essayons de quitter la Terre pour explorer une autre planète. Celle des morts.

— Vous avez effectué beaucoup de tentatives ?

— Pas tant que ça, intervint Tania. En l'absence d'Ambre nous avons préféré rester prudents. Et puis ça ne marche pas à la demande, c'est très étrange.

— En fait, reprit Chen, c'est comme si l'église était branchée sur une prise mal enfoncée. Parfois le courant passe pendant quelques minutes, et parfois il n'y a plus rien pendant des jours et des jours.

— Alors pourquoi sommes-nous ici ce soir en particulier ?

— La nuit, ça marche plus souvent, commença Chen.

— Et en présence d'Ambre aussi, continua Tania,

ça fonctionne plus facilement. La présence du Cœur de la Terre doit déclencher une réaction.

— Il faut que nous parvenions à comprendre, que nous établissions un contact précis, poursuivit Ambre, et qu'une fois en Europe nous puissions nous servir des églises pour envoyer des messages jusqu'ici.

Matt se souvenait de leur expérience dans une autre église, presque cinq mois plus tôt, les voix dans les bibles…

— Vous avez déjà identifié des décédés ?

— Plusieurs, oui, confirma Tania. En fait, quand l'église s'anime, il suffit de tourner les pages d'une bible pour tomber chaque fois sur un fidèle différent. Beaucoup s'expriment dans des langues étrangères, mais il y a pas mal d'Américains, et l'essentiel de notre mission jusqu'à présent a été de localiser quelqu'un qui était venu dans *cette* église.

— Et vous avez trouvé ? s'enthousiasma Matt.

Tania eut un sourire et pivota vers Chen.

— Chen a fini par discuter avec un homme d'une église de Saint-Louis, qui n'est pas loin, et lui a parlé de Caseyville – c'est comme ça qu'elle s'appelait avant. On se disait que les deux églises n'étant pas éloignées, peut-être que l'homme pourrait nous aider à localiser un esprit proche géographiquement. Ça n'a rien donné, parce que les esprits sont assez peu curieux et serviables, mais en revanche Chen s'est rendu compte de quelque chose de très précieux !

Chen enchaîna :

— Quand tu ouvres une bible, si tu te concentres sur toi, sur ta personne, ton emplacement, ta culture, tu contactes plus facilement des gens qui parlent notre langue, et surtout qui fréquentaient des églises très proches. Je suis certain qu'avec un peu de persévérance on peut accéder directement à un fidèle de cette église par exemple.

— Et quand tu discutes avec quelqu'un en ouvrant une page, si la semaine suivante tu reprends la bible à la même page, tu tombes sur la même personne ? demanda Matt.

— Non. Rien n'est figé. Les esprits sont en perpétuel mouvement, les bibles ne sont, je crois, qu'un transmetteur, un peu comme un combiné de téléphone. C'est à toi de te connecter au bon numéro. Pour l'instant, ça appelle un numéro au hasard, mais en se préparant bien, on doit pouvoir composer celui qu'on veut. Mentalement.

Matt se tourna vers l'entrée où Floyd restait debout sous l'éclairage tamisé de sa lanterne.

— Tu ne te joins pas à nous ?

— Non, je suis là pour la sécurité de tout le monde. Se balader en dehors des remparts d'Eden la nuit, ça n'est pas très sûr. Je préfère garder un œil sur ce qui se passe à l'extérieur.

Les cinq Pans concernés par l'expérience s'assirent sur les premiers bancs, une bible à la main, leur petite lanterne posée à leurs pieds, et attendirent. Chen et Ambre étaient concentrés, les paupières closes.

Après une heure, Matt se pencha vers Tania. Les yeux de la grande brune pivotèrent sous sa frange comme ceux d'un hibou.

— Ça peut durer longtemps ? chuchota le jeune homme.

— Toute la nuit. Parfois il ne se passe rien du tout. Parfois ça n'arrête pas.

Un long grincement les fit alors sursauter. La porte de la sacristie s'ouvrait lentement, comme sous l'effet d'un courant d'air.

Matt se leva, son épée à la main, et s'approcha sans faire de bruit. Il sentait les regards de ses camarades sur sa nuque.

Il brandit sa lanterne en arrivant sur le seuil d'un couloir étroit et découvrit un mur de ronces noires qui lui barrait le passage.

— Bon, au moins personne ne peut passer par là, dans un sens comme dans l'autre, dit-il pour lui-même.

À cet instant toute l'église s'illumina brièvement, un flash intense crépita depuis le tabernacle et toutes les bibles s'ouvrirent en même temps, les pages défilant à toute vitesse, tandis que des centaines de murmures se télescopaient. Plusieurs flashes jaillirent, puis des voix résonnèrent à l'unisson dans toute la nef pour entonner un chant religieux presque aussitôt interrompu.

Matt vit que Chen et Ambre gardaient les paupières closes, concentrés sur leur mission, repliés sur eux-mêmes.

Puis les flashes cessèrent, et il ne resta que les murmures, tout doux, comme des dizaines et des dizaines de personnes se parlant tout bas, sous les bancs.

Matt retourna auprès de Tania et Aly et ouvrit une bible au hasard. Une voix plus distincte que les autres se mit à lui parler dans une langue qu'il ne connaissait pas. Il tourna les pages et plusieurs personnes se succédèrent, jusqu'à ce qu'il tombe sur un accent anglais.

— Vous m'entendez ? demanda-t-il.

— Qui parle ?

— Moi, Matt Carter.

— Je suis Jane, de Southampton.

— Et vous êtes à Southampton ?

— Je… je l'ignore.

— Où êtes-vous alors ?

— Je suis… je ne sais pas. Tout est noir.

Matt se souvint de sa première expérience. Les esprits n'avaient plus la notion du temps ni de l'espace. Ils paraissaient flotter dans l'éternité.

— Il y a d'autres personnes avec vous ? demanda l'adolescent.

— Je crois.

— Vous pouvez leur parler ?

— Peut-être, je n'ai pas essayé.

— Allez-y, tentez le coup.

— Pour dire quoi ?

— Je ne sais pas, ce que vous voulez ! Par exemple, demandez comment s'appelle la personne la plus proche.

Il y eut un silence de plusieurs secondes, puis la voix de Jane de Southampton revint :

— Il y a Archie de Southampton avec moi.

— Et c'est tout ?

— Je n'ai pas demandé aux autres.

— Eh bien, posez la question !

Jane se tut un instant.

— Melinda de Southampton, Jeffrey de Southampton, Ned de Southampton et Clarice de Southampton sont là aussi. Et il y en a d'autres encore.

— Est-ce que vous pouvez sentir des gens qui seraient beaucoup plus loin ?

— Oui. Il y en a, beaucoup plus loin.

— Essayez de vous adresser à l'un d'entre eux.

— Je viens de le faire. Avec Peter de Netley Abbey.

Matt se tourna vers Tania et Aly.

— Je suppose que Netley Abbey est tout proche de Southampton, dit-il.

Il allait enchaîner lorsqu'il vit que Chen levait la main pour demander le silence.

Chen ouvrit la bible qu'il tenait sur ses genoux et prit une profonde inspiration.

— Est-ce que vous m'entendez ?

— Oui. Qui est-ce ?

— Je suis Chen.

— Et moi je suis James, de Mascoutah dans l'Illinois.

Tania attrapa la main de Matt et la serra, emportée par son excitation.

— Mascoutah est tout près d'ici ! murmura-t-elle. Chen a presque réussi !

— Je cherche quelqu'un de Caseyville, demanda Chen.

— Je connais Caseyville, répondit la voix.

— Vous y êtes déjà allé ?

— Je ne sais plus. Je crois. Peut-être. Mais je connais.

Tania se pencha vers Matt.

— Ils n'ont plus de mémoire. Quand on les sollicite, seules des bribes remontent, mais ça ne dure pas.

Matt hocha la tête, il se souvenait de cette particularité des morts.

De son côté, Chen insistait :

— Et il y a quelqu'un de Caseyville autour de vous, maintenant ?

— Je l'ignore.

— Vous ne pouvez pas chercher ? Demander ?

— Je ne sais pas.

Chen referma la bible en soupirant.

— Ça m'énerve ! soupira-t-il. Il faut tout leur dire et ça peut durer des heures… J'y étais presque ! Mascoutah est tout près !

Aly lui désigna Ambre du menton et Chen se tut pour la regarder.

Ambre ouvrit sa bible, gardant les paupières fermées.

— Je suis Ambre d'Eden, en Autre-Monde. Qui êtes-vous ?

— Je ne connais pas Eden, répondit une voix féminine.

— C'est normal, fit Ambre sur un ton posé, rassurant, c'est une nouvelle ville. D'où êtes-vous ?

— Je suis Patricia de Caseyville dans l'Illinois.

Tous les Pans de l'église se regardèrent avec un sourire de triomphe. Le premier palier était franchi. Restait à présent le plus difficile. Ambre se lança sans plus tarder :

— Patricia de Caseyville, j'ai besoin de votre aide pour contacter quelqu'un comme vous, mais beaucoup plus loin. Pouvez-vous m'aider ?

— Je ne sais pas. J'ignore comment faire.

— Il faudrait que vous passiez le message autour de vous. Il faudrait dire à tous ceux qui sont là que vous cherchez Jane de Southampton, en Angleterre. Pour qu'elle puisse répéter mon message.

— Et quel est le message ?

— Qu'Ambre va bien, et qu'elle s'apprête à partir pour l'Europe. Il faudrait qu'elle répète ce message à Matt. Vous pouvez le transmettre ?

— Je vais essayer. Je vais le faire passer autour de moi.

La voix dans la bible se tut.

Ambre se tourna vers ses amis.

— Tu avais raison, Chen, en se concentrant énormément, ça marche !

— Tu as activé le Cœur de la Terre pour y arriver ?

— Non, bien sûr que non. Matt, tu es toujours en contact avec Jane de Southampton ?

Matt approuva d'un signe.

— Maintenant, il n'y a plus qu'à croiser les doigts, murmura Aly. Si ça marche, vous pourrez nous donner des nouvelles une fois en Europe.

— Il faut que ça marche, insista Tania. Il le faut. Sans communication, ce voyage pourrait ne servir à rien.

La voix de Patricia de Caseyville résonna à nouveau dans l'église :

— J'ai passé le message à tout le monde autour de moi.

— Merci Patricia, répondit Ambre avant de déposer délicatement la bible sur le banc, sans perdre la page. Maintenant, les amis, il n'y a plus qu'à attendre…

Ce qu'ils firent pendant toute la nuit. Régulièrement, Matt demandait à Jane de Southampton si elle avait un message pour lui, mais Jane ne comprenait pas et la conversation s'arrêtait là.

Puis tous les murmures s'interrompirent à l'approche de l'aube.

Cette fois, c'était terminé.

Les Pans avaient somnolé, et ils rentrèrent à Eden un peu abattus, et très fatigués.

Tout n'était pas perdu, ils le savaient, mais il y avait encore beaucoup de travail, et ils devaient partir pour un long voyage.

Sur le chemin du retour, Ambre s'approcha d'Aly.

— Tu vas devoir constituer une équipe, chacun occupera l'église à tour de rôle. Pour écouter les bibles, chercher des messages. Nous tenterons de cibler Patricia de Caseyville.

— Nous serons à l'écoute. Jour et nuit.

— Prévois du monde, et aussi quelques gardes pour vous protéger. Floyd a raison, ce n'est pas un endroit sûr, surtout la nuit.

— Ne t'en fais pas, si vous envoyez un message depuis l'Europe, je ferai tout pour que nous le trouvions.

Bien des espoirs reposaient dans ces petites bibles. Dont celui de ne pas rompre le lien avec les leurs. Car tous ceux qui partaient savaient que c'était peut-être pour un aller sans retour. Personne ne se faisait d'illusions. Ils s'en allaient par-delà l'Océan, vers des terres inconnues, pour plusieurs mois, peut-être des années.

Et même s'ils devaient revenir un jour, ce serait en adultes.

C'était probablement ça le pire.

4.

Une question de point de vue

Une armée entière occupait la plaine à l'est d'Eden.

Des dizaines de chariots remplis de balles fermées par de la corde, de coffres en osier, de caisses en bois, prêts à être tirés par des mules, dessinaient un second rempart à la cité des Pans. Près d'une centaine de chiens de la taille de chevaux formaient la cavalerie, et le millier de volontaires sélectionnés pour traverser l'Océan commençaient à se rassembler, leurs affaires sur le dos.

La plupart étaient armés de petites lames, de hachettes, parfois de gourdins hérissés de piques, le voyage jusqu'aux côtes allait être long, et tous s'attendaient à affronter des dangers sous une forme ou sous une autre.

Au final, le plus difficile était de ne pas savoir ce qui les attendait en Europe. Ils ignoraient s'ils partaient pour mener une guerre, une longue exploration, ou pour entamer des relations diplomatiques avec un nouveau peuple. Personne ne savait même si la Tempête avait frappé là-bas, s'il y avait des survivants, si les Pans et les Maturs sur place vivaient en harmonie, ou s'il s'agissait encore de Cyniks : des adultes sans mémoire, cruels et belliqueux.

Matt chevauchait Plume, et ils trottaient à bonne distance du grand rassemblement, dominant la plaine depuis le sommet d'une longue colline. Tobias était à ses côtés, sur Gus, le saint-bernard.

— C'est plus long que je ne le pensais, déplora Matt.

— Beaucoup de monde, beaucoup de matériel. Nous serons prêts d'ici une bonne heure, je pense.

— Il va falloir instaurer un système de messagers pour faire circuler les ordres depuis la tête du convoi jusqu'à l'arrière.

— Je vais m'occuper de ça avec Floyd. On se servira de la cavalerie canine.

— En tout cas, nous ne passerons pas inaperçus.

— Est-ce un problème ?

— La bonne nouvelle c'est que ça devrait suffire à repousser la plupart des prédateurs, la mauvaise c'est que n'importe qui pourra suivre nos traces.

— Tu penses à qui ? Nous n'avons plus d'ennemi, maintenant.

— Nous avons toujours des ennemis, Toby.

— Pourquoi ? On ne fait de mal à personne !

— Nous prenons de la place, nous sommes certainement jalousés par certains, et parmi les Maturs des gens pensent encore que le Buveur d'Innocence avait raison, que l'Alliance avec les Pans est une mauvaise idée, que nous devrions être leurs esclaves. Il y a les Gloutons, personne ne sait à quel point ils se sont développés, nous savons seulement qu'ils vivent à présent en tribus sauvages. Sans compter les Tourmenteurs de Entropia, rappelle-toi ce qu'ils ont fait des Pans de Fort Punition !

— Jon et les siens…, se souvint Tobias d'une voix triste. Leur peau grise aux veines noires, et leurs yeux d'ébène.

— Qui nous dit qu'il ne reste pas des Pans ainsi possédés dans les forêts que nous allons traverser, pour renseigner Ggl, pour nous pister, voire nous attaquer ?

— Et le Buveur d'Innocence ? Tu crois qu'il est toujours après nous ?

— Si j'étais lui, je chercherais surtout à me faire oublier, avant que le roi Balthazar ne me mette la main dessus. S'il n'est pas fou, à l'heure qu'il est le Buveur d'Innocence vit loin, très loin au sud, ou à l'ouest, terré dans son trou.

— Avec lui, on ne sait jamais…

— C'est pour ça que j'ai demandé à Zélie et Maylis d'être très prudentes à la forteresse de la Passe des Loups. Elles vont être vigilantes, et elles peuvent compter sur le soutien de Balthazar, c'est un bon point.

Plume ralentit pour grimper sur un petit éperon rocheux qui dominait toute la plaine, et Gus la suivit.

Une fois en haut, Matt et Tobias découvrirent une vue à couper le souffle : au-delà de la plaine et des palissades, ils pouvaient admirer tout Eden. Ses toits pentus, les toiles tendues entre certaines maisons pour former les bazars, le grand pommier au centre, le fleuve d'argent qui passait au milieu, les vergers, les bois, et même la colline de l'amphithéâtre qui rappela de mauvais souvenirs à Matt.

— Elle va me manquer, fit Tobias. Je m'étais bien habitué à notre vie ici. Pas toi ?

Tobias observa son ami qui contemplait le paysage d'un air déterminé, sans mélancolie apparente.

— Non, pas toi, comprit Tobias. Tu es dans l'action, tu as tout le temps besoin de bouger.

— Le monde le réclame, il y a encore tant à faire pour que nous y fassions notre place.

— Ça ne te fait pas peur ? Jamais tu ne te demandes ce que tu feras quand on aura tout exploré, qu'on sera enfin tranquilles, en paix ?

— Il faudra plus d'une vie pour cela.

Matt tourna la tête vers Tobias et lui adressa enfin un sourire complice.

— Nous, ajouta-t-il, nous sommes les pionniers, c'est à nous de préparer le terrain pour les générations à venir.

Tobias haussa les sourcils, pas très enthousiaste.

— Générations à venir ça signifie grandir, devenir adulte, avoir des enfants… Je ne suis pas sûr d'en avoir très envie.

Matt ricana doucement.

— Attends un peu qu'une jolie fille t'ensorcelle et tu verras !

— Mouais… si c'est ça tomber amoureux, alors j'ai pas envie.

Matt sourit.

Les deux compagnons observèrent la marée humaine qui se déversait peu à peu dans la plaine. Puis, avant de repartir, Tobias demanda :

— À ton avis, ça va nous prendre combien de temps pour rejoindre la côte ?

— Il faut compter plus d'un mois de marche.

— Tant que ça ? Et la traversée de l'Océan ?

— Ça je l'ignore, peut-être autant.

— T'as pas peur de ce qu'on va découvrir là-bas ?

— Si, un peu. Mais nous avons un objectif.

— Les autres Cœurs de la Terre, murmura Tobias.

— Les deux autres, oui.

— Tu crois qu'Ambre peut les assimiler sans... sans risque ?

— Je l'espère.

— Quand j'y pense, je me dis que c'est tellement d'énergie que... que j'ai peur qu'elle n'explose !

Matt se mordilla les lèvres. Il n'aimait pas cette idée, même s'il devait bien avouer qu'il y songeait souvent lui aussi. Quand il voyait toute l'énergie que représentait déjà le Cœur de la Terre qu'Ambre portait en elle, il craignait qu'un second ne soit de trop, qu'elle ne devienne folle ou que cela ne la ronge de l'intérieur.

— Il faut le faire, pourtant, admit-il.

— Et si toute cette force ne suffisait pas à repousser Ggl ?

— Je préfère ne pas y penser, Toby.

— Parfois je me dis que ce qu'on fait n'a pas de sens. Ggl a cherché par tous les moyens à capturer Ambre, pour ce qu'elle abrite. C'est donc qu'il le veut, pas qu'il le craint !

— Il faut faire confiance à Ambre. Elle a senti que le Cœur de la Terre faisait peur aux Tourmenteurs. C'est une énergie colossale. Si c'est nous qui l'utilisons, peut-être qu'on réussira à détruire Ggl. Mais s'il l'atteint avant nous, il assimilera l'Énergie Source comme il l'appelle, et c'est lui qui deviendra plus puissant encore. Alors nous serons condamnés.

Tobias laissa échapper un petit gémissement. Il n'aimait pas du tout cette idée.

— Si les choses tournent mal en arrivant en Europe, poursuivit Matt, nous formerons un petit groupe pour nous concentrer sur notre mission, pendant que tous les autres géreront la situation, diplomatiquement ou militairement. Mais si nous ne rencontrons aucun obstacle, alors nous débarquerons tous. Quoi qu'il en soit il faut s'attendre à un périple éprouvant.

— Surtout, on ne se sépare pas, toi, Ambre et moi. Si nous restons ensemble, on peut tout réussir, pas vrai ?

Tobias guettait l'assentiment de Matt avec une pointe d'anxiété. Il avait besoin d'être rassuré. Ce voyage lui faisait peur.

Matt hocha la tête.

— L'Alliance des Trois, dit-il.

— L'Alliance des Trois, répéta Tobias.

À moins d'un kilomètre de là, à l'orée d'une immense forêt, un chariot bâché attendait, entouré de plusieurs chevaux sellés.

À l'intérieur, dans la pénombre, un homme tout sec, à la fine moustache blanche, se redressa après avoir donné une petite tape amicale sur la joue d'un adolescent qui ne broncha pas. Ses petits yeux brillaient d'une malice et d'une perversité malveillantes.

— Je vous alimenterai avec soin pendant tout le voyage, dit-il. Allez, allonge-toi dans cette caisse.

Le garçon obéit et s'étendit sur la couverture, dans ce qui ressemblait à un cercueil. À côté de lui, dans une boîte similaire, une adolescente attendait également, sans dire un mot.

L'homme fit craquer ses cervicales en se tordant le cou et fit face aux deux hommes qui l'accompagnaient. Deux Maturs en armures sombres, dont l'un arborait l'écusson du roi Balthazar.

— Ne restez pas plus longtemps, je ne veux surtout pas que les gamins d'Eden vous remarquent. Foncez auprès de Colin et notre flotte, dites-lui que je rejoins le convoi des gamins comme prévu. Nous communiquerons par le biais des oiseaux.

— Maître, vous n'allez pas vous frotter tout seul aux gamins quand même ?

Le Buveur d'Innocence se fendit d'un rictus grotesque.

— Vous me prenez pour un idiot ?

Il passa la main sous la chemise sale de l'adolescent et saisit l'anneau ombilical planté dans son nombril pour le tourner dans la chair de son esclave. Le garçon eut à peine un froncement de sourcils sous la douleur, et soudain le Buveur d'Innocence devint flou avant de rapetisser. En une seconde il se transforma et prit les traits du garçon. Seuls ses vêtements d'adulte le trahissaient encore.

Les deux Cyniks reculèrent, surpris.

— Apprends à te servir des forces de tes ennemis, dit le Buveur d'Innocence avec la voix de l'adolescent.

Les deux soldats étaient stupéfaits.

— De la magie ! dit le premier.

— Non, l'altération des gamins, corrigea le Buveur d'Innocence. Ce garçon ainsi que la fille ont la faculté de me donner leur apparence. Je pourrai ainsi passer de l'un à l'autre sans me faire remarquer.

— Ça veut dire que pendant tout le voyage vous n'aurez plus votre vrai… visage ?

— Tant que je nourrirai ces deux-là, je serai eux. Personne ne le saura. Je vais cacher leurs caisses bien à l'abri dans les cales du navire.

— Tout seul, c'est un peu risqué, non ?

— J'ai un espion parmi les gamins ! C'est comme ça que je sais ce qu'ils font. Allez, partez, il faut que je mette des vêtements à ma nouvelle taille.

Les deux hommes soulevèrent la bâche à l'arrière du chariot et sautèrent pour en sortir.

— Vous serez à bord de mes trois navires, rappela le Buveur d'Innocence, non loin de moi, je ne serai pas vraiment seul.

— Et pour les messagers que vous avez envoyés au nord, comment vont-ils nous retrouver ?

— Oui, si l'être qui vient du nord, dans la brume, souhaite prendre contact avec vous, comment ferons-nous ? insista le second.

— Si les émissaires que j'ai expédiés là-haut ne sont pas morts depuis le temps, ils sauront où aller, ils connaissent nos plans. Ayez confiance, mes amis, votre maître a tout prévu… Tout.

Les deux Cyniks grimpèrent sur leurs chevaux et adressèrent un salut respectueux à l'adolescent qui les toisait.

— Bientôt, dit-il, nous serons en Europe, et là je saurai faire ce qu'il faut pour trouver de nouveaux alliés. Soyez rassurés. Nous vivons de sombres heures, mais bientôt nous serons à nouveau en position de force. Et cette fois, je ne laisserai pas un seul gamin m'échapper. Pas un seul.

Les deux soldats approuvèrent, galvanisés par cette idée.

— Je vais commencer par décapiter l'ennemi, ajouta le Buveur d'Innocence. Pendant cette traversée de l'Océan, je vais me débarrasser des trois têtes pensantes.

Les soldats se regardèrent. L'adolescent devenait effrayant. Il y avait un enjeu personnel là-dessous, une affaire à régler, cela ne faisait aucun doute.

Ils éperonnèrent leurs montures et s'élancèrent à travers les fougères en direction du sud.

L'heure de la vengeance allait sonner.

Pour tous les Cyniks qui ne se reconnaissaient pas en Balthazar, tous ceux qui rêvaient de réduire les Pans en esclavage. Pour tous ceux enfin qui considéraient les enfants comme une menace.

Il était temps de s'insurger, de suivre le Buveur d'Innocence.

Lui seul pouvait les mener à la victoire.

5.

Sur la route

Le plus impressionnant, c'était la poussière que soulevait le convoi.

Une ligne de fumée brune qui s'élevait haut dans le ciel, étirée sur plusieurs centaines de mètres, avant de se dissiper progressivement, longtemps après le passage du dernier chariot.

Presque un kilomètre séparait la tête, constituée du gros de la cavalerie canine, de la queue, avec ses marcheurs et les dernières carrioles qui transportaient les vivres.

À l'avant, Matt, Ambre et Tobias recevaient les informations que rapportaient les éclaireurs qui ouvraient le chemin et les relayaient auprès de Clara et Archibald, les deux Pans nommés pour diriger l'exploration.

Aucun des membres de l'Alliance des Trois n'avait voulu de cette responsabilité. Ils estimaient qu'ils devaient rester à part, surtout s'ils venaient à quitter le groupe à un moment ou un autre pour partir en petit comité vers les Cœurs de la Terre. Il fallait que des leaders s'imposent, il fallait quelqu'un pour diriger, prendre les décisions et imprimer le rythme. Un vote avait été organisé à Eden, pour choisir, parmi les volontaires, un garçon et une fille qui représenteraient tout le monde, investis de la pleine confiance de tous.

Clara et Archibald étaient sortis du lot parce qu'ils étaient populaires, aimés de la plupart, sages au quotidien. Ils avaient tous deux seize ans, ce qui était jeune en soi, mais pour des Pans, c'était l'âge de raison, juste ce qu'il fallait pour être plus sérieux qu'un enfant, et pas assez mûr pour devenir un Matur.

Clara avait davantage de responsabilités humaines, la charge de gestion des équipages, des conflits internes, de l'organisation, tandis qu'Archibald assumait la logistique, les mouvements. Mais pour les questions militaires, tant que l'Alliance des Trois était présente, Clara et Archibald en référaient essentiellement à Matt, lui demandant son avis chaque fois qu'un danger était repéré par les éclaireurs. Ils le savaient, leur véritable rôle prendrait tout son sens lorsqu'ils atteindraient les côtes européennes.

Pour ce qui touchait à la diplomatie, tous deux étaient mandatés pour parler au nom du peuple Pan dans son ensemble, et cette énorme responsabilité pesait sur leurs épaules.

Clara était aussi brune et mate de peau qu'Archibald était blond et pâle. Elle était capable de colère là où lui demeurait flegmatique. Elle avait une vision d'ensemble des problèmes quand lui décortiquait une question à la fois, mais de fond en comble. Tous deux parlaient plusieurs langues, s'entendaient à merveille, se montraient patients et à l'écoute. Ils formaient un duo rassurant et équilibré.

Le midi du cinquième jour de voyage, un énorme

terre-neuve approcha par l'avant du convoi en galopant. Son cavalier, un Pan du nom de Devon, s'arrêta à la hauteur de Matt.

— Nous avons repéré toute une colonie de Gloutons droit devant ! À environ trois kilomètres.

— Combien sont-ils ?

— Plusieurs centaines, je n'en avais jamais vu autant à la fois depuis la guerre !

Matt serra les poings. Malronce était autrefois parvenue à rassembler bon nombre de tribus de Gloutons en leur offrant de la nourriture, en se comportant comme un dieu qu'ils avaient servi, aveuglément jusqu'à se jeter dans la bataille contre les Pans. Ils étaient tous morts ou presque. Les survivants étaient retournés dans leurs tribus pour ne plus approcher les adultes, et depuis, plus personne n'avait entendu parler d'eux. Les savoir à nouveau rassemblés en si grand nombre n'était pas bon signe. Les Gloutons commençaient à comprendre que l'union fait la force.

— Nous sommes tellement nombreux que ça devrait les dissuader d'attaquer, intervint Tobias.

— Pas sûr, répliqua Matt. Les Gloutons sont parfois très bêtes, au point de ne pas savoir se retenir s'il leur vient l'envie de nous planter sur des piques pour nous rôtir ce soir. Il serait préférable de les contourner.

— Ça signifie passer le long d'une immense forêt, rapporta Devon.

— Un gros détour ?

— D'après les Longs Marcheurs qui m'accompagnent, au moins une semaine de plus.

Matt soupira. Il savait que le temps leur était compté avec la menace Entropia qui fondait sur Eden.

— Merci, Devon, je vais en informer Clara et Archibald qui prendront la décision finale.

Le gigantesque terre-neuve fit demi-tour et bondit en arrachant des mottes d'herbe.

— Gloutons ou pas Gloutons ? demanda Tobias.

— Une semaine, c'est beaucoup trop, on ne peut plus se permettre un autre retard. Je vais préconiser de ne pas dévier de notre trajectoire, mais nous enverrons nos chiens sur les flancs du convoi, pour le protéger. Prépare les archers et disperse-les par petits groupes de dix ou quinze, tous les cent mètres à l'intérieur de la caravane. Personne ne bouge, mais si les Gloutons attaquent, pas de pitié. Je ne veux pas qu'ils nous approchent de trop près.

Tobias esquissa un bref signe d'assentiment et tira sur les poils de Gus, à droite du garrot. Le chien vira aussitôt sur la droite.

Matt le regarda s'éloigner.

Ils n'avaient pas encore quitté le continent que déjà les ennuis commençaient.

Les Gloutons s'étaient amassés sur le bord de l'ancienne route que les Pans empruntaient pour gagner l'océan Atlantique. Ils étaient environ trois cents. Grands, larges, gras pour certains, et puissants, couverts de pustules. La peau flasque, tombant sur le visage, le regard vide. La plupart brandissaient des bouts de bois en forme de gourdins, d'autres des pioches ou des pelles rouillées. Les premiers avaient manifesté des signes d'agressivité qui s'étaient aussitôt dissipés lorsqu'ils avaient découvert que ce n'était pas trois ou quatre adolescents qui trottaient sur le dos de leurs chiens géants, mais une bonne trentaine, suivis par près d'un millier de Pans escortés de toute part par des cavaliers canins. Les archers, au milieu de tout ça, ne se cachaient pas, flèches encochées, il ne manquait plus qu'à bander l'arc et viser.

Alors les Gloutons baissèrent les bras et se mirent à observer cet improbable défilé militaire. Chacun se toisait avec méfiance. L'air était électrique. Il aurait suffi de pas grand-chose pour que la confrontation silencieuse ne dégénère.

Pourtant le convoi passa, sans qu'un cri résonne, sans qu'une arme soit levée. Dans le plus grand silence.

Le soir même, Archibald demanda qu'on avance encore durant deux bonnes heures, afin qu'un maximum de distance sépare le bivouac des Gloutons, et personne ne trouva à redire malgré la fatigue.

La majorité des Pans n'avaient pas l'habitude de marcher autant, ils avaient les pieds douloureux, des ampoules énormes. Matt et ses amis le savaient, eux. Le pire serait bientôt les crevasses sous la plante des pieds, et les crampes dans les mollets et les cuisses après dix jours de marche. Mais tous s'y feraient, ils n'avaient pas le choix. Il fallait avancer, à tout prix. Chacun y allait de son bandage, de ses pansements, de ses baumes d'herbes séchées ou de miel.

Le dernier soir de la première semaine de marche, Ambre s'approcha du feu où Matt, Tobias, Floyd et Chen s'étaient regroupés.

— Je peux me joindre à vous ? demanda-t-elle.

— Bien sûr, fit Matt en se poussant pour lui laisser une place.

— Bah, moi, je tombe de fatigue, avoua Tobias en se levant, je vous laisse en amoureux.

— Ouais, très bonne idée, intervint Floyd.

— Moi aussi ! ajouta Chen.

En l'espace de dix secondes, Matt et Ambre se retrouvèrent seuls.

— J'espère que ce n'est pas moi qui les fais fuir ! s'étonna Ambre.

Matt ne dissimula pas son amusement.

— Non, je crois qu'ils voulaient seulement nous laisser un peu tous les deux.

— Je m'entretiens beaucoup avec Clara, elle n'arrête pas de me poser des questions sur ce qu'elle devra faire quand nous serons arrivés là-bas.

— Et tu lui réponds quoi ?

— Que je n'en sais rien ! Je ne sais même pas ce qui nous attend ! Mais nous parlons, de tout et de rien, et je crois que ça lui fait du bien.

— Tout le monde est anxieux, c'est normal.

— Tu l'es aussi ?

— Bien sûr.

— Tu ne le montres pas beaucoup.

Matt haussa les épaules.

— Tu me connais, je n'exprime pas toujours ce que je ressens.

Ambre posa sa main sur celle de Matt.

— Je sais que pour accéder au vrai Matt, là, dit-elle en posant un doigt sur le cœur de l'adolescent, il faut le mettre en confiance, il faut un peu de temps chaque fois.

— C'est vrai…

Matt était conscient d'être le plus renfermé des deux. Lorsqu'ils passaient un moment ensemble, Ambre était tout de suite à l'aise, franche dans ses contacts physiques, elle se posait moins de questions, prenait l'initiative. À Matt il fallait un temps d'adaptation, pour oser, pour parler sans retenue, pour la prendre dans ses bras. C'était d'autant plus vrai lorsqu'ils ne se voyaient pas pendant plusieurs jours. Matt devait alors prendre sur lui pour redevenir naturel avec Ambre. Ne plus craindre de la froisser, ne plus avoir peur de ses réactions, intégrer qu'elle aussi voulait cette intimité.

Matt serra plus fort la main de la jeune fille.

Il prit une bonne inspiration pour se donner du courage et, sans rien ajouter, se pencha vers elle pour l'embrasser doucement.

Ambre parut surprise, mais ses lèvres s'entrouvrirent aussitôt, et elle se rapprocha de lui. Leurs langues se caressèrent timidement, puis fougueusement. Matt sentit la chaleur monter en lui.

Il y avait comme des crépitements dans son cerveau, tels ceux d'un feu d'artifice éblouissant.

Lorsqu'il se redressa pour la regarder, il la vit plus belle encore qu'il ne l'avait jamais contemplée. Ses mèches de cheveux ondulées, comme la surface de la mer au large, encadraient son beau visage, les flammes du feu accentuant ses reflets roux. Matt adorait aussi ses yeux, se perdait dans leur émeraude pendant de longues minutes, et ne se lassait jamais de la petite étincelle qui les animait quand Ambre et lui se fixaient.

Elle était son point d'ancrage. Quand les choses allaient mal, il lui suffisait de songer à Ambre et il savait pourquoi il devait se lever, agir, se battre, ou prendre une décision difficile.

— Je ne veux pas te perdre, avoua-t-il d'une petite voix.

— Me perdre ? Pourquoi dis-tu ça ?

Il hésita, chercha comment formuler ses sentiments.

— Ce voyage… Les Cœurs de la Terre. Entropia. Tout ça. J'ai peur de ce qui va arriver.

Ce fut au tour d'Ambre de lui serrer la main plus fort.

— Sois confiant, le rassura-t-elle, tout se fera naturellement.

— Tu as déjà pris tant de risques… Parfois je me demande pourquoi c'est encore à nous de poursuivre. Pourquoi ne pas s'arrêter, vivre ensemble loin de toute cette agitation, et laisser les autres prendre la relève ?

— D'abord parce que tu ne tiendrais pas en place six mois.

Matt fit la moue.

— Avec toi, c'est différent…

— Ne te mens pas, Matt. Tu as besoin d'être dans l'action. Et puis de toute manière la question ne se pose pas. La vie a voulu que ça tombe sur nous dès le début. Malronce et le Raupéroden étaient les parents d'un enfant, il fallait bien que ce soit quelqu'un, cet enfant, et c'était toi. Tobias et moi t'avons suivi par amitié, mais maintenant nous sommes tous impliqués. Si un jour on devait raconter l'histoire des Pans, ce serait certainement à travers toi, à travers nous. Parce que le hasard a voulu que ce soient tes parents à toi.

— Je me demande souvent pourquoi la Tempête a choisi mon père et ma mère. Pourquoi leur avoir donné cette forme…

— Le hasard encore une fois. Tout simplement. Il en fallait un. Ç'a été toi. Notre chance c'est que tu as su te montrer à la hauteur, te hisser face à eux, ne pas abdiquer, ne pas être lâche, encaisser, et te battre, avec intelligence.

— À Eden, quand on parle de la Tempête, on dit qu'elle n'a pas de conscience, qu'elle agit comme les globules blancs d'un organisme qu'ils protègent. Mais alors, comment expliquer la forme de mes parents ?

— Je crois qu'ils ont cristallisé des courants, des symboles. Quand la Tempête a concentré toute la pollution du monde pour la rejeter loin au nord et donner naissance à Entropia, elle a probablement fait de même avec beaucoup d'autres choses. Comme l'inconscient collectif, les cauchemars communs de notre civilisation, nos peurs, tout ce qu'il y avait de sombre, d'incompris, de non maîtrisé dans notre ancienne société, tout ça s'est concrétisé dans la forme du Raupéroden. Les frustrations, les déséquilibres, la colère, eux, se sont incarnés dans ta mère. Lorsque Malronce et le Raupéroden se sont retrouvés, lorsqu'ils ont fusionné, je ne crois pas que ça a seulement permis à leur forme terrestre de s'unir et de se dissoudre dans une sorte d'équilibre essentiel, je crois qu'à ce moment nous avons aussi réparé certains excès du monde.

— C'est ce que je me suis dit.

— Je le crois. Tu n'as pas perdu tes parents ce jour-là, tu les as sauvés, et tu as pansé notre monde.

Nous avons contribué à corriger certaines erreurs du passé. C'est aux enfants à présent de payer pour les fautes de leurs parents.

Matt approuva doucement.

— Quelle aventure quand on y pense ! dit-il avec un peu d'émotion dans la voix.

— Oui.

Ambre posa une main sur son ventre.

— Tu portes l'énergie de la Terre, dit Matt tout bas.

Elle était belle, même ici, loin de chez eux, après une semaine de voyage. Elle était même magnifique.

— Et si je te perdais dans l'affrontement avec Ggl ?

Ambre lui rendit son sourire tendre, plein de douceur et d'amour.

— Tu ne me perdras pas. Il y aura tant d'énergie en moi que Ggl sera repoussé, voire détruit. Ne t'inquiète pas.

Mais Matt n'était pas dupe, il entendait derrière les mots apaisants qu'elle n'en savait pas plus que lui, et qu'une pointe d'angoisse surnageait au milieu de son attitude protectrice.

Et Ambre, qui portait le Cœur de la Terre, ne pouvait se mentir.

Si toute l'énergie qu'elle s'apprêtait à absorber ne la tuait pas, ou ne la rendait pas folle, alors il faudrait encore affronter Entropia.

Il y aurait tôt ou tard un prix à payer pour tout cela.

Et ce serait à elle de s'en acquitter.

6.

De souvenirs et d'espoirs

Le voyage depuis Eden vers l'océan Atlantique dura presque un mois et demi.

Le convoi avançait inexorablement, malgré les maladies, la fatigue, les blessures par morsure de serpent, piqûres d'insectes étranges, ou tout simplement parce que la route leur avait mis les pieds en sang. Ils n'avaient subi aucune attaque de prédateurs, le convoi avait certainement dissuadé toutes les créatures, mais on déplora tout de même plusieurs pertes à cause des fièvres. Leurs tombes furent creusées le soir même et on alluma des bougies à leur mémoire.

Mais la caravane repartit aussitôt.

Ils traversèrent des plaines immenses, où paissaient des troupeaux de bisons si vastes que le regard ne pouvait en mesurer les limites.

Ils marchèrent au milieu d'une forêt de marguerites plus hautes que des immeubles, et quand les rafales de vent arrachaient un pétale, celui-ci tombait comme une immense voile de bateau, dans un feulement qui soulevait un impressionnant nuage de poussière. Ils assistèrent à de nombreux ballets nocturnes de Luminobellules, ces formidables papillons aux ailes brillant tels des néons aux couleurs éclatantes. Ils firent quelques détours pour franchir rivières et fleuves sur des ponts endommagés, recouverts de végétation, et passèrent au milieu des ruines de nombreuses villes presque ensevelies elles aussi sous d'épaisses couches de feuilles, de lianes, de racines et de terre.

Les Longs Marcheurs qui guidaient la troupe firent un travail remarquable en ne perdant jamais le convoi, se guidant à l'aide de vieilles cartes froissées, et de croquis dressés lors de missions antérieures. Ils privilégièrent les anciennes routes, à présent recouvertes de mousse, parce qu'elles dessinaient encore des sillons à peu près repérables au milieu des forêts et des collines escarpées.

Et à trois reprises, ils croisèrent des autoroutes de Scararmées lumineux.

Les petits insectes bleus filaient tous dans un sens, du même côté, tandis que sur l'autre voie fonçaient les rouges. Une marée infinie de petites diodes qui couraient, en bon ordre, vers un destin dont personne ne savait rien. Il était facile de savoir qu'on les approchait lorsque l'atmosphère se remplissait du cliquetis de leurs pattes.

— Ils ont obligatoirement une fonction, avait dit Clara. C'est forcé ! On n'en trouve pas partout, sans raison !

— D'autant qu'ils sont gorgés d'énergie, avait rappelé Ambre.

— Personne ne les a jamais suivis ? Pour savoir où ils vont ?

— Des Longs Marcheurs ont rapporté que c'était un circuit fermé. Lorsque les Scararmées arrivent au bout de l'autoroute, alors ils passent sur la voie d'à côté et changent de couleur, tout simplement.

— C'est tout ? s'était étonnée Clara.

— Apparemment.

— Sans rien d'autre ?

— Non, sans rien d'autre. Ils tournent en rond, si on peut dire.

La première fois que le convoi les avait rencontrés, la question du franchissement s'était posée, avant qu'un éclaireur montre qu'il suffisait de s'avancer sur l'autoroute pour que les insectes s'arrêtent et laissent passer. Toute la caravane avait franchi le passage avant que les Scararmées ne reprennent leur marche aveugle, comme si rien ne les avait perturbés.

Personne ne remarqua l'adolescent qui, en douce, attrapa une pleine poignée de Scararmées pour les enfermer dans une boîte qu'il fit disparaître dans ses affaires, à l'arrière d'un chariot bâché.

Les petits insectes eux, continuaient leur curieuse danse, inlassablement, tassés sur l'autoroute comme les fantômes des voitures d'autrefois.

Autre-Monde conservait bien des mystères.

Un matin de début juillet, le convoi perçut une différence notable dans l'air. Il y avait davantage de vent, et celui-ci était plus humide, chargé d'embruns iodés. Le paysage aussi était plus vallonné que la veille, bordé de hautes falaises.

C'est en parvenant au sommet d'une butte qu'ils découvrirent l'ombre au loin.

Une forme arrondie, colossale, qui occupait tellement d'espace sur l'horizon qu'elle semblait être une anomalie du regard.

Tout l'après-midi, à mesure qu'ils s'en approchaient, les Pans ne cessaient de s'ébahir devant l'ampleur de cette immense tache noire.

Puis ils aperçurent l'Océan, cette plaque bleutée qui tranchait les perspectives de sa linéarité. L'odeur de la mer envahit leurs narines.

Et surtout, ils prirent conscience que la forme noire occupait encore plus d'espace qu'ils ne l'avaient imaginé. Monumentale.

Elle ressemblait à un vaisseau spatial posé sur la surface de l'eau. Si vaste qu'il pouvait être le fragment d'une lune échouée là.

Ambre la première posa un mot sur ce qu'ils voyaient :

— Voici notre nouvelle maison pour les semaines à venir. Voici notre navire. Le Vaisseau-Vie.

Près d'un millier de Pans s'étaient regroupés sur la plage et installaient leur long campement pour la nuit.

Non loin de là, dans une anse de la côte, des tentes formaient un cercle, et leurs occupants, des Maturs, assistaient à l'arrivée des Pans, impressionnés par leur nombre.

Quand le bivouac fut prêt, un vieil homme aux cheveux blancs, aux joues creuses, approcha du convoi avec son escorte. Il salua Clara et Archibald et adressa un sourire franc et chaleureux à l'Alliance des Trois.

Le roi Balthazar pointa le doigt vers l'ombre majestueuse qui occupait une partie du paysage à l'est, sur l'eau.

— J'ai tenu parole, dit-il, le Testament de roche est arrivé et a été livré à bord.

— Nous vous sommes reconnaissants, roi Balthazar, le remercia Clara. Pour votre assistance et pour votre soutien de toujours.

— Êtes-vous sûrs de ne pas vouloir embarquer des soldats à moi ? J'ai trois cents guerriers solides et valeureux derrière les dunes. Ils sont tous fidèles et prêts à vous aider.

Clara jeta un coup d'œil à Archibald, qui ne savait quoi répondre non plus, et chercha de l'aide auprès de Matt.

Ce fut Ambre qui répondit avant les autres :

— C'est très aimable à vous, mais nous préférons partir seuls. La présence d'adultes à bord pourrait compliquer les choses, je crois que personne, chez vous comme chez nous, n'est vraiment prêt à une longue cohabitation. Les souvenirs de la guerre sont encore trop vivaces, il faut du temps pour que la confiance se tisse, et que nous soyons à l'aise ensemble. Et ce voyage sera un long périple, serrés les uns contre les autres.

— Je comprends. Pour être franc, je m'attendais à cette réponse, mais je me devais de poser la question.

— Merci de vous être déplacé en personne.

— Vous ne partez pas pour sauver seulement votre peuple, rappela-t-il, car si la menace dont vous m'avez parlé est bien réelle, alors les miens seront tout aussi en danger. C'est notre avenir à tous qui repose entre vos mains. Un homme, tout roi qu'il est, ne peut que venir saluer ceux qui vont mettre leurs vies en péril pour sauver leurs semblables.

Matt et Ambre se regardèrent. Bien des choses s'étaient passées depuis l'arrière-boutique du vieux Balthazar à Babylone.

— Faites bon voyage, dit le roi. Pourvu que les adultes de l'autre côté de l'Atlantique n'aient pas été aussi stupides que nous l'avons été.

— Pourvu qu'ils n'aient pas perdu la mémoire, rétorqua Ambre. C'est ce qui fera toute la différence.

Balthazar eut un sourire triste. Il posa la main sur l'épaule de la jeune femme.

— Si tel est le cas, vous saurez la leur faire revenir, j'en suis sûr.

— Espérons-le.

Le roi Balthazar et ses hommes se retirèrent et les Pans se tournèrent vers leur avenir.

Le Vaisseau-Vie était si grand qu'il ne pouvait approcher trop près des côtes. Il était prévu que trois navires – des voiliers imposants qui pourtant semblaient minuscules dans son ombre – serviraient à acheminer les troupes et le matériel dès l'aube.

Juste avant le crépuscule, les trois voiliers jetèrent l'ancre à moins de deux cents mètres du rivage, et une barge à fond plat quitta le premier pour cracher trois adolescents sur le sable. La plus grande d'entre eux rejoignit le bivouac de Clara, Archibald et l'Alliance des Trois. Elle avait les cheveux verts, épais et torsadés, comme les toisons des rastafari, ses yeux brillaient de la même couleur, semblables à des pierres précieuses, et ses lèvres ainsi que ses ongles étaient sombres, comme s'ils étaient sculptés dans le jade.

Orlandia, la Kloropanphylle, salua les deux émissaires Pans avant de se courber plus solennellement devant Ambre.

— Nous sommes prêts à appareiller dès que tout le monde sera à bord. Les cales sont pleines de vivres, les carrés de culture sont ensemencés, les réserves d'eau potable à leur maximum, nous n'attendions plus que vous.

— L'acheminement du Vaisseau-Vie jusqu'ici n'a pas été trop compliqué ? s'informa Ambre.

— Sur la mer Sèche pas du tout, mais la descente a été plus complexe à négocier. On a eu quelques avaries, toutes réparées pendant que nous vous attendions, rassurez-vous.

— Il est énorme ! jeta Tobias encore sous le choc de ce qu'il avait contemplé toute la journée.

— C'est une demi-coquille de noix qui flotte. Nous l'avons entièrement aménagée. Vous verrez, vous y serez bien.

— Votre équipage est exclusivement composé de Kloropanphylles ? demanda Clara.

— Oui. Cent cinquante personnes en tout, dont les deux tiers sont aussi des combattants.

— Nous espérons ne pas en avoir besoin, s'empressa de dire Archibald.

— Il fait quelle taille votre bateau ? continua Tobias.

— Environ huit cents mètres de long sur une centaine de haut, et cinq cents de large.

— Waouh ! Ça, c'est une sacrée coquille de noix, dis donc !

— C'est la plus grosse que nous ayons trouvée. Au cœur même de la mer Sèche. Huit mois de travail acharné pour la transformer. C'est notre plus belle réussite, notre joyau.

— Et nous sommes honorés que vous la partagiez avec nous, ajouta Ambre.

— C'est parce que l'âme de l'Arbre de vie est en toi, qu'il t'a choisie pour nous guider.

Orlandia se pencha de nouveau pour saluer Ambre, puis s'éloigna vers ses deux compatriotes.

Un peu plus tard, Matt proposa à Ambre une petite marche digestive, et ils firent quelques pas sur la plage. Ils virent les trois Kloropanphylles à genoux dans le sable, en train d'embrasser le sol.

— Ils disent au revoir à la terre nourricière, expliqua la jeune fille à voix basse.

— Tu connais bien leurs rituels, maintenant.

— À force d'aller les voir, je commence à en avoir une certaine expérience. Les Kloropanphylles sont vraiment très proches de la nature. Beaucoup plus que nous. Ils considèrent que ce qui s'est passé avec la Tempête était une action de Gaïa, l'âme de la planète.

— On se ressemble pas mal, c'est juste qu'ils sont parfois un peu sauvages, déplora Matt.

— Rappelle-toi qu'avant ils étaient tous des enfants malades. La plupart ont vécu enfermés pendant des années, éloignés des autres, affaiblis, privés de bien des plaisirs. La Tempête en a fait des êtres forts, en pleine santé, les bouleversements génétiques qui ont eu lieu à ce moment les ont tous sauvés. Ce n'est pas rien. Avant ils étaient mourants, à présent ils vivent sur le toit du monde.

— Et ils t'ont acceptée dans leur famille.

— On peut dire ça. Même si je suis toujours aussi mal à l'aise d'être une sorte d'élue à leurs yeux…

Elle posa la tête contre l'épaule de Matt, et ils restèrent ainsi un long moment, à écouter le bruit du ressac, dans les ombres de la nuit, sous un filet d'étoiles.

Le voilier qui entraînait l'Alliance des Trois vers le Vaisseau-Vie était un trois-mâts tout en bois. Il fendait l'écume, chargé à ras bord de Pans et de chiens, le vent faisant claquer sèchement ses grandes voiles.

Matt se tenait à la proue, savourant la fraîcheur de l'Océan qui se déposait en fines gouttelettes sur son visage.

En quelques secondes, le soleil disparut totalement, ils étaient entrés dans l'ombre du Vaisseau-Vie.

La coquille de noix était encore plus impressionnante de près.

Elle était percée de toutes parts de balcons en bois, de passerelles qui jalonnaient sa coque, d'avancées qui dominaient le vide, ce n'était pas une simple structure rigide et fermée sur les côtés.

En s'approchant, Matt remarqua les centaines de petites ouvertures en guise de hublots, et parfois même ce qui ressemblait à de longues baies vitrées dans les hauteurs.

Un peu partout, des silhouettes s'agitaient pour préparer le départ.

Le navire entama les dernières manœuvres pour

s'arrimer au Vaisseau-Vie, et un grand pan de la coque s'ouvrit soudain et disparut à l'intérieur de la noix, libérant un vaste plateau en bois qui commença sa descente, grâce à un complexe système de treuils.

Tandis que les Pans et les chiens débarquaient sur la plate-forme qui paraissait flotter dans les airs contre le navire, Tobias désigna l'immense structure qui les surplombait telle une montagne :

— J'arrive pas à croire que ça va pouvoir avancer ! C'est déjà un miracle qu'il ne coule pas !

Ambre lui donna une tape amicale dans le dos :

— Fais confiance aux Kloropanphylles.

— Y a intérêt, on leur confie nos vies ! Dans quelques jours on sera tellement loin de la côte, que s'il se passe quoi que ce soit nous serons tous morts !

Puis ce fut leur tour de monter sur l'ascenseur au milieu d'une centaine de leurs camarades. Lorsqu'il se mit à grimper dans les airs, Tobias se rapprocha de Matt et Ambre, pas rassuré.

Le temps que Tobias rouvre les yeux, ils pénétraient dans les entrailles du Vaisseau-Vie où ils furent séparés en petits groupes.

Un Kloropanphylle accompagnait vingt Pans pour leur expliquer brièvement l'essentiel de ce qui allait être leur nouvelle maison.

Matt retint le plus important : les niveaux les plus bas servaient logiquement de cales, à mi-hauteur se trouvaient les appartements, et dans la partie supérieure tous les lieux de vie, pour bénéficier du maximum de lumière. Car le principal problème à bord c'était d'y voir clair. Le navire était si large qu'il suffisait de s'éloigner de quelques mètres du bord pour que la lumière du jour ne puisse plus pénétrer. Les Kloropanphylles avaient installé des lanternes en bois tous les cinq mètres dans les coursives, alimentées par la substance molle, une gelée froide qui irradiait une lumière blanche s'activant aux vibrations des pas ou des voix.

L'odeur était le plus marquant. Un parfum de noix omniprésent, entêtant tout d'abord, avant qu'on s'y habitue.

Matt était stupéfait par l'architecture intérieure. Des rampes en pente douce, des escaliers, des monte-charge sur poulies, des couloirs partout, s'ouvrant sur de grandes salles communes qu'ils découvraient depuis la mezzanine qui en faisait le tour, dominée par un lustre à substance molle. Et dès qu'ils s'enfoncèrent dans le Vaisseau-Vie, Matt constata avec surprise que le fruit de la noix était encore présent. Les Kloropanphylles l'avaient creusé de toutes parts, se servant de ses vides pour créer des puits de lumière larges parfois de cinquante mètres, où l'on pouvait apercevoir les nombreux étages en se penchant, et admirer les balcons, les passerelles et les fenêtres qui s'alignaient sur une centaine de mètres de hauteur.

Le Vaisseau-Vie était un trésor à lui seul, une merveille à explorer pendant des jours et des jours.

Les appartements étaient prévus pour deux, aussi Tobias se joignit-il à Matt dans une chambre munie d'un hublot pour apercevoir l'Océan.

Quant à Ambre, les Kloropanphylles avaient tenu à ce qu'elle soit près d'Orlandia, leur chef, à l'arrière du bateau, dans une suite spécialement aménagée pour elle, avec de l'espace, un véritable balcon, et de larges baies laissant pénétrer le soleil. Ambre ne put refuser malgré sa gêne, et elle installa ses affaires tout en regrettant d'être aussi éloignée de ses deux amis.

En fin d'après-midi, les trois voiliers avaient terminé de charger les Pans, la plage était vide. D'énormes poulies sortirent des flancs du Vaisseau-Vie et vinrent récupérer les voiliers pour les hisser à bord, dans leurs abris au niveau des cales.

Le ciel se teintait peu à peu d'orangé lorsque Orlandia vint chercher Ambre et les deux garçons qui l'accompagnaient, afin de les guider vers le pont principal.

— Nous allons prendre le large, dit-elle simplement.

Elle les entraîna dans des coursives plus larges, empruntant de vastes escaliers sculptés dans la chair de la noix, au milieu de vastes halls traversés par des dizaines de Pans et de Kloropanphylles occupés à leur expliquer ce qu'ils allaient devoir faire à bord.

Après avoir emprunté un dédale de rampes et de couloirs, Orlandia poussa une dernière porte et ils pénétrèrent au sommet d'une tourelle qui offrait une vue panoramique sur l'arrière du Vaisseau-Vie. Une vingtaine de Kloropanphylles s'attelaient à leurs tâches, actionnant des leviers, parlant dans des cornets en coquillage, tournant des molettes ou tirant des cordages.

— Voici le poste de manœuvre, expliqua Orlandia. À l'avant, nous avons le poste de pilotage, qui s'assure que la route est dégagée, qui établit notre position et notre trajectoire, et d'ici nous actionnons toute la machinerie qui nous permet d'avancer.

— Comment communiquez-vous ? demanda Ambre.

— Par le biais des trompettes nacrées que vous voyez là, ce sont des coquillages qui transportent les vibrations du son. Si vous parlez dedans, la personne à l'autre bout du coquillage vous entendra parfaitement. Nous sommes parvenus à en assembler de très importantes longueurs, mais ils sont fragiles, c'est le seul problème.

— Et comment va-t-on avancer ? s'enquit Tobias.

— Venez, dit Orlandia en les invitant à approcher de la baie qui dominait le pont supérieur.

Sous leurs pieds courait un gigantesque espace de tours, de puits, de larges terrasses, et surtout d'énormes zones blanches, construites avec symétrie et qui, vues d'en haut, ressemblaient à des champs de coton.

— Machine avant, ordonna Orlandia.

Dans son dos, l'équipage actionna une machinerie, et les champs blancs se mirent à frémir.

Des fragments de nuages se soulevèrent.

— Qu'est-ce que c'est que ce truc ? s'émerveilla Tobias.

De petites voiles grimpaient vers le ciel comme des cerfs-volants. Des dizaines, bientôt des centaines.

Plus elles prenaient de l'altitude, plus le vent s'engouffrait dedans et les emportait vite et haut, tirant sur les fils qui les retenaient au navire.

Les fils se tendirent et entraînèrent d'autres voiles plus larges, qui prirent le même chemin, et qui elles-mêmes tirèrent sur des surfaces trois à quatre fois plus étendues.

— Ce sont des pétales de fleurs géantes, précisa Orlandia.

Matt se souvint des forêts de marguerites qu'ils avaient croisées, hautes comme des immeubles.

De fil en aiguille, des centaines et des centaines de pétales emplirent le ciel, si nombreux qu'ils formèrent une immense masse translucide rivalisant avec les nuages.

Et le Vaisseau-Vie se mit en mouvement, tracté dans le ciel par les fleurs.

— En route pour le nouveau monde ! annonça Orlandia.

Matt gagna l'arrière du poste de manœuvre et grimpa sur un petit balcon.

Il observa la terre. Ses collines, ses falaises, et le tapis végétal qui couvrait l'horizon. Sur la plage, les Maturs s'étaient rassemblés le matin même pour assister au départ des Pans. Le roi Balthazar et les siens avaient longuement salué ceux qui partaient. Ces adolescents en qui ils plaçaient leurs chances de survie.

Matt les distinguait encore, petites taches noires sur le rivage blanc. Il avala sa salive avec difficulté.

Ils quittaient leur territoire.

Ils quittaient ce qui avait été l'Amérique.

Ils emportaient avec eux leurs souvenirs.

Et leurs espoirs.

7.
De nouveaux amis

Le crépuscule passa rapidement du mordoré à un liséré bleuté.

Colin et sa troupe de Cyniks avaient installé leur camp en bordure de forêt, là où le fleuve était assez large, et surtout assez profond pour que les trois bâtiments de guerre puissent accoster.

Ils n'étaient qu'à deux kilomètres de l'Océan, prêts à appareiller pour prendre en chasse le titanesque navire des enfants. Avec une masse pareille, il serait aisé de le suivre en restant à distance. Colin comptait sur son altération pour missionner des oiseaux et ainsi savoir à tout moment où se trouvait le bateau des gamins. Mais s'ils pouvaient se guider à vue, c'était aussi bien, à condition de ne pas se faire repérer. Ils aviseraient une fois en haute mer.

— Capitaine, demanda l'un des soldats, faut-il faire sortir tous les esclaves de leurs cales ?

Colin frissonna de satisfaction. Il ne s'habituait pas à ce titre, si doux à entendre. *Capitaine*. Lui. C'était formidable. Si seulement son père avait pu voir ça. Lui qui avait passé sa vie à le traiter de bon à rien et à lui taper dessus. Là, il aurait été fier.

Le soldat attendait unc réponse. Colin se racla la gorge pour prendre sa voix autoritaire :

— Non, laissez-les. Nous allons embarquer dans la soirée, il ne faut pas laisser trop de distance entre nos adversaires et nous. Que les gamins se reposent pour l'instant, il faudra qu'ils soient en forme tout à l'heure pour ramer jusqu'à l'estuaire.

— Comme il vous plaira.

Le garde le salua et partit au pas de charge relayer ses ordres.

Colin adorait commander. Il se sentait important. Il avait trouvé sa place, son rôle dans la vie.

Il regagna la chaleur du petit foyer qui terminait de consumer sa bûche, au centre d'un rond de pierres, et admira les braises crépitantes pendant de longues minutes.

Autour de lui, on terminait de démonter le campement. Les tentes retournaient dans leurs malles, avec les chaudrons, les broches à volailles, les râteliers à lances et épées, les torchères, les couvertures…

Colin, lui, était plongé dans ses pensées. Il ne parvenait pas à oublier son père. Il se demandait pourquoi il cherchait encore la reconnaissance d'un homme qui ne lui avait jamais témoigné le moindre amour, qui avait été violent avec lui…

Colin en était là de ses réflexions lorsqu'il crut entendre un sifflement provenant de l'intérieur de la forêt.

La nuit s'était emparée des ombres, et au-delà des dernières torches encore allumées, il faisait tout noir entre les arbres et les parterres de fougères.

« Colin… »

Cette fois le jeune homme se raidit. C'était une voix lointaine, pas un sifflement ! Et elle l'appelait !

« Colin… »

Elle l'appelait lui ! Une voix familière…

Son père.

Colin avala sa salive avec peine, le souffle court.

Puis, au milieu des ombres il aperçut un mouvement, et crut discerner une silhouette humaine qui se dressait à l'orée de la forêt.

— Papa ? C'est toi… ?

Colin n'en revenait pas. C'était impossible. Son père avait disparu au moment de la Tempête, comme la plupart des gens…

Il commença à se rapprocher.

Quelque chose bougeait tout autour de la silhouette, comme si la marée était parvenue jusque-là, comme si l'Océan envahissait lentement et sans bruit la forêt.

« Colin… »

C'était bien la voix de son père.

Aussi fou que cela puisse paraître, Colin eut envie d'y croire. Au moment même où il pensait à lui !

En passant devant une torchère plantée dans la terre, il s'en empara pour éclairer sa route. Il s'écarta d'une vingtaine de mètres du campement et avança entre les premiers arbres.

L'homme était là, devant lui.

Silhouette massive, grande, robuste.

Comme son père.

Colin leva la torche pour mieux voir.

Les flammes tremblèrent et faillirent s'éteindre avant de reprendre leur danse.

Colin étouffa un cri de terreur.

Et recula d'un pas.

Ce n'était pas son père. C'était un soldat en armure légère, faite de cuir noir, de plaques de métal sur la poitrine et les épaules, équipée de jambières et de gantelets remontant jusqu'aux coudes. Il ne portait plus de casque et son crâne chauve n'en était que plus effrayant. Car l'homme avait la peau aussi blanche que la neige, sous laquelle couraient d'énormes veines d'ébène, et ses yeux paraissaient obscurcis par une encre d'un noir profond comme les ténèbres.

Il respirait difficilement, en sifflant comme un asthmatique en pleine crise, et pourtant demeurait parfaitement stoïque.

Ce que Colin avait d'abord pris pour l'Océan se répandant dans la forêt était une épaisse brume qui stagnait derrière l'homme, roulait sur elle-même mais n'avançait plus, semblable à une créature mue par une volonté propre.

Colin eut envie de hurler mais aucun son ne sortit de sa gorge. Il était paralysé par la terreur.

L'homme posa une main sur la poignée de l'épée qui pendait à sa ceinture.

Ce visage, bien que déformé par ce qu'il avait subi, n'était pas inconnu à Colin. Il l'avait déjà vu aux côtés de son maître...

Un des messagers ! comprit-il soudain. *C'est un des messagers partis pour le nord ! Pour rencontrer l'entité ! Pour lui proposer un pacte !*

Tout lui revenait à l'esprit. L'espion Pan qui renseignait le Buveur d'Innocence lui avait tout relaté. La force supérieure qui hantait les terres les plus au nord, qui voulait mettre la main sur les gamins, et son maître qui espérait faire de cette menace un allié potentiel !

— Ne... ne me faites pas de mal..., gémit Colin.

L'homme n'arborait aucune expression, comme s'il était vidé de toute émotion.

Un liquide noir se mit à couler de sa bouche, glissant entre ses lèvres, et l'homme parla d'une voix sifflante et monocorde :

— Nous voulons la même chose.

— Les... les enfants ?

— L'Énergie Source.

— L'Énergie Source ? Qu'est-ce que... qu'est-ce que c'est ? demanda Colin d'une voix chevrotante.

— Elle est dans la fille.

— Si c'est une fille que vous voulez, nous pouvons vous la donner.

— Aidons-nous, fit la voix devenue presque gutturale.

— Mon... mon maître vous propose son aide...

— Ggl accepte.

Il avait prononcé un nom. Il l'avait dit avec la gorge, en aspirant les voyelles, comme si elles n'existaient pas. GA-GUEU-LLE.

Tout à coup le rideau de brume se souleva derrière l'homme, et dix formes humanoïdes surgirent dans leurs manteaux aux capuches profondes et vides, tels des avatars de la mort en personne.

Dix Tourmenteurs.

L'homme fit un pas vers Colin.

— Emmenez-nous, dit-il.

Et cette dernière phrase résonna comme un ordre.

8.

Une désagréable surprise

Les premiers jours à bord furent essentiellement consacrés à trouver ses repères. Le Vaisseau-Vie était si vaste que les Pans s'y perdaient régulièrement. Il semblait évident que nul n'en aurait fait le tour avant la fin du voyage.

Orlandia prit le temps de faire visiter le plus important et le plus spectaculaire à Ambre, accompagnée par Matt et Tobias. Aussi virent-ils les parcelles cultivables : des bandes de terre disposées entre les champs de voiles ; ils descendirent jeter un coup d'œil aux cales : des hangars sans fin remplis de caisses et balles de toile ; ils passèrent par le niveau inférieur du bateau : de longues étendues plongées dans l'obscurité, humides et sentant la moisissure, où poussaient des champignons sur le sol en terre et sur les parois. Une réserve de nourriture fraîche facile à renouveler. Avec le système de drainage qui permettait de récupérer l'eau de pluie dans les réservoirs, placés sur le pont supérieur afin d'avoir de la pression dans les étages inférieurs, le Vaisseau-Vie pouvait rester en mer pendant de longues périodes sans avoir besoin d'accoster. Orlandia les rassura sur ce point : s'il fallait faire demi-tour en découvrant ce qu'était devenue l'Europe, sans même refaire le plein de vivres, ça ne serait pas un problème.

— Lorsque nous approcherons des côtes, nous mouillerons les trois voiliers pour lancer une première mission de reconnaissance, proposa-t-elle, il est préférable de garder le Vaisseau-Vie à bonne distance, tant que nous ne savons pas ce qui nous attend.

— Très bonne idée, approuva Matt. Le Vaisseau-Vie servira de point d'appui, d'arrière-base.

— Vous voudriez débarquer vos troupes rapidement ?

Matt scruta Ambre pour connaître l'avis de la jeune femme.

— Non, d'abord un petit groupe discret, répondit-elle, et si nous pouvons faire débarquer nos ambassadeurs, alors nous le ferons. Gardons le gros des troupes au chaud, si c'est vraiment nécessaire.

— Vous ferez partie des premiers explorateurs ?

— Certainement, confirma Matt. Dans l'idéal, si l'accueil n'est pas trop froid, nous laisserons ensuite nos ambassadeurs faire le travail et nous filerons vers le sud, pour gagner l'emplacement du second Cœur de la Terre.

— Vous avez constitué un groupe ?

— Un commando devrait-on dire ! intervint Tobias. Avec Tania, Chen et Floyd.

— Je souhaiterais me joindre à vous, répliqua Orlandia avec détermination. Pour accompagner l'élue.

Matt haussa les épaules.

— Si vous voulez. Mais ce sera peut-être dangereux, tout dépendra de l'accueil…

— Raison de plus. Vous savez où se trouve le Cœur de la Terre ?

— Le Testament de roche va nous le révéler pendant la traversée.

Matt et Ambre échangèrent un regard complice.

— J'ai montré à Ambre où il est entreposé, il est à vous quand vous le désirez, bien entendu. Ce navire est le vôtre.

Ambre baissa les yeux. Elle n'était pas très à l'aise avec cette idée, qui signifiait se mettre nue, comme la première fois.

Le soir du quatrième jour, Matt vint toquer à la porte d'Ambre.

— Je peux entrer ?

Il pénétra dans la vaste suite toute boisée, et vit le soleil couchant l'embraser à travers la baie vitrée.

— Je voulais te dire que pour le Testament de roche, si tu préfères y aller seule ou avec quelqu'un d'autre, une fille, je comprendrais…

— Matt, tu sais bien que j'ai besoin de quelqu'un pour lire la carte, je ne peux pas être allongée et observer en même temps. Et je veux que ce soit toi, personne d'autre. Nous trouverons le bon moment, c'est tout.

Elle déposa un tendre baiser sur ses lèvres et lui caressa la joue du revers de la main.

— Comment va Tobias ? demanda-t-elle. Il s'habitue au navire ?

— Il est surexcité ! Il n'arrête pas de se promener. Il dit aussi que c'est injuste d'être dispensé de corvée à cause de notre statut, donc il file un coup de main un peu partout. Tu connais Toby, toujours hyperactif !

Ils parlèrent ainsi de tout et de rien pendant un petit moment, puis Matt fit mine de vouloir s'en aller. Ambre lui saisit la main et l'entraîna vers le lit.

— Reste encore un peu, dit-elle tout bas. Viens, viens m'embrasser. Cela fait longtemps que nous n'avons plus eu un vrai moment rien qu'à nous.

Et Matt resta. Ils échangèrent de longs baisers tendres, puis un peu plus enflammés, serrés l'un contre l'autre.

Un long moment plus tard, ils finirent par s'enlacer, et s'endormir ainsi, bercés par le souffle de l'autre. Des étoiles plein le ciel veillant sur leur sommeil.

Au petit matin, lorsque Matt regagna sa cabine, il passa par des coursives et des rampes quasi désertes, éclairées par les lampes à substance molle, et à plusieurs reprises il se retourna avec la désagréable sensation d'être suivi. La substance molle ne s'éteignait pas après son passage, comme si elle percevait les vibrations d'une autre personne.

C'est à cause du bateau, l'eau le fait vibrer, c'est pour ça. Les lampes doivent être déboussolées, se répéta Matt pour s'apaiser. Il ne voulait surtout pas tomber dans la paranoïa. *Et puis ces machins ne s'éteignent qu'après un moment je crois. Oui, ça doit être ça. Il n'y a personne derrière moi… Personne.*

Pourtant il parcourut les derniers mètres au pas de charge et entra rapidement dans ses appartements.

Tobias leva la tête de son oreiller, tout endormi.

— C'est à cette heure-là que tu rentres ? dit-il la voix enrouée de sommeil.

— J'ai l'impression d'entendre mon père.

— T'as une sale tronche, on dirait que t'as pas dormi de la nuit ! C'est pour ça que je veux pas tomber amoureux, j'aime trop dormir, j'aime trop mon lit !

Tobias se retourna et se couvrit la tête avec l'oreiller.

À midi, Tobias et Matt déjeunaient dans un des réfectoires – ces halls de huit mètres de hauteur dont un pan de mur était fait d'une matière translucide comme le verre, et qui dominait l'Océan – lorsque Floyd s'approcha avec un garçon d'environ quinze ans, brun, les cheveux en bataille et la tête ronde, et une fille un peu plus âgée, une petite métisse aux longues tresses.

— Je vous présente Maya et Randy. Maya parle cinq langues, et Randy connaît très bien l'Europe, il y vivait avant la Tempête.

— Ma mère était anglaise, et mes parents travaillaient dans le commerce entre Londres, Paris, Milan, Barcelone et Berlin, alors je suis un habitué, dit le jeune garçon aux joues de poupon.

Floyd enchaîna :

— Tous les deux sont sportifs, endurants, motivés, et n'ont pas peur facilement. Ils pourront nous accompagner pour nous aider. On aura besoin de leurs compétences une fois en Europe.

— Rassurez-moi, fit Matt à l'intention des nouveaux venus, pour qu'il en sache autant sur vous, Floyd ne vous a pas poussés à bout, j'espère !

Maya et Randy sourirent.

— Un peu quand même, répondit Maya. Mais nous sommes volontaires. On veut aider.

— Alors bienvenue à vous dans le groupe !

— Je leur ai proposé de traîner avec nous pour qu'on apprenne à se connaître, souligna Floyd.

— Ils vont pas être déçus, railla Tobias.

— Cet après-midi, j'organise un entraînement avec des armes en bois, les informa Floyd. Chen et Tania y seront, si ça vous tente.

— Excellente idée, il ne faut pas se rouiller, nous manquons d'exercice, s'enthousiasma Matt.

Ainsi en alla-t-il de la vie à bord du Vaisseau-Vie pendant les heures qui suivirent. Un mélange de joies, de fausse nonchalance, de doutes, d'angoisses sur l'avenir. Mais la démesure de leur abri rendait les Pans plus sereins. Ils étaient en confiance, même si les Kloropanphylles leur paraissaient parfois hautains. Ils se mélangeaient assez peu, mais il fallait leur reconnaître un génie et une habileté exceptionnelle pour avoir bâti pareille merveille, si vite, et la partager sans retenue.

Les choses changèrent en fin de journée.

Le lieutenant d'Orlandia, un Kloropanphylle que l'Alliance des Trois connaissait bien, Torshan, vint les trouver tandis qu'ils prenaient l'air sur le pont supérieur. C'était un grand adolescent, beau et musclé, dont l'émeraude des yeux brillait avec une intensité particulière.

— Il y a eu un incident. Nous devons parler, dit-il sobrement.

Tous se levèrent, Floyd, Chen, Tania, Randy et Maya compris.

Torshan désigna l'Alliance des Trois :

— Eux seulement.

— Pourquoi ? s'étonna Matt. Nous n'avons aucun secret pour nos amis !

— C'est une affaire délicate.

— Alors il faut en parler devant Clara et Archibald, dit Tobias.

— Non, juste vous.

— Mais pourquoi ? insista Matt.

Torshan guetta un instant la réaction d'Ambre.

— Parce que nous avons confiance en vous. En elle tout particulièrement. Allons, venez, nous avons du chemin à parcourir.

Torshan les entraîna dans les profondeurs du Vaisseau-Vie, empruntant des accès de plus en plus étroits, moins éclairés, où ils ne croisèrent personne. Il y faisait même beaucoup plus frais qu'en surface.

— Je ne connais pas cette partie du navire, fit remarquer Ambre, où sommes-nous ?

— Presque tout en bas, au centre, expliqua Torshan. C'est normal que vous ne connaissiez pas, nous ne l'avons fait visiter à personne.

Après une dizaine de rampes et le double de couloirs, un monte-charge les descendit de plusieurs niveaux d'un coup. Ayant emprunté un dernier escalier à vis, ils découvrirent Orlandia flanquée de deux gardes Kloropanphylles devant une grosse porte fracturée et entrouverte.

— Que s'est-il passé ? demanda Ambre.

— Quelqu'un a forcé l'accès, répondit Orlandia

en désignant l'imposant battant brisé au niveau de la serrure, et complètement fendu sur toute sa largeur.

— Une intrusion à bord ? s'étonna Ambre.

— Quelqu'un d'assez costaud, souligna Matt. Cette marque carrée, là, dans le bois de la porte, on dirait l'empreinte d'une masse.

Ambre s'approcha pour jeter un regard dans la pièce.

— Qu'y a-t-il derrière cette porte ?

— Le système de sécurité du Vaisseau-Vie.

Ambre pivota vers Orlandia.

— Un système de sécurité ?

— Oui. C'est une construction si formidable que si elle venait à tomber entre de mauvaises mains, elle deviendrait une arme redoutable. C'est pourquoi nous avons préféré la munir d'un système d'autodestruction. Si nous venions à être débordés, nous n'aurions plus qu'à l'armer et alors…

— Tout exploserait ? s'étonna Tobias, entre effarement et excitation.

— Oui.

— Mais c'est dingue ! Pourquoi avoir fait ça ?

— Vous avez pu constater la richesse, les dimensions et les possibilités du Vaisseau-Vie. Si des ennemis venaient à s'en emparer, il deviendrait une forteresse mobile imprenable. Nous ne pouvions prendre ce risque. Mieux vaut prévenir que guérir…

— Comment avez-vous pu fabriquer des explosifs ? demanda Matt.

— C'est un mélange de plantes macérées et distillées. Tout prendrait feu, et la dentelle de noix qu'on trouve partout à l'intérieur est un combustible très réactif.

Ambre secoua la tête de dépit.

— Qui était au courant de ce dispositif ?

— Tous les miens. Mais aucun n'aurait fait ça. Nous n'avons pas de traître parmi nous.

Tobias s'avança :

— Tu es bien sûre de toi.

— Le peuple de Gaïa vit en harmonie. Il est soudé.

Ambre jeta un coup d'œil à ses deux camarades :

— Les Pans sont nombreux, on ne les connaît pas tous personnellement.

— Mais pourquoi faire ça ? demanda Matt. Pourquoi agir de la sorte ? Nous sommes tous embarqués dans la même aventure !

— Un espion à la solde des Maturs qui refusent de soutenir Balthazar, ceux qui suivaient le Buveur d'Innocence ? proposa Ambre.

— Quoi qu'il en soit, reprit Orlandia, maintenant il sait comment nous détruire.

— À moins d'être kamikaze, il ne passera pas à l'acte, enchaîna Matt. Mais nous avons un ennemi à bord, et désormais il connaît notre point faible.

— Je vais mettre deux gardes en permanence, j'aurais dû le faire dès le départ, j'ai naïvement pensé que nous étions en sécurité entre nous.

Ambre posa une main sur le bras de la Kloropanphylle qu'elle devinait très nerveuse.

— Je suis désolée, dit-elle. Au nom des Pans, je suis désolée. Mais ce n'est pas parce qu'il y a un ver dans une pomme qu'il faut jeter le panier tout entier. Nous sommes avec vous, d'accord ? En confiance.

Orlandia acquiesça mollement.

— Nous allons enquêter de notre côté, fit Matt, et ouvrir l'œil. S'il se passe quoi que ce soit d'étrange à bord, fais-le-nous savoir.

— Comptez sur moi.

— Il n'y a rien eu d'autre pour l'instant ? insista Ambre.

Torshan prit la parole :

— Hier, on a retrouvé un sac de nourriture dans un hangar. Ainsi qu'une lanterne abandonnée dans un coin et une couverture. Manifestement, un de vos gars squatte les cales. Je doute que ça ait un lien, mais puisque vous le demandez…

— Pourquoi tout de suite « un de nos gars » ? s'indigna Tobias.

— Le peuple de Gaïa est discipliné, répliqua sèchement Torshan.

— Peut-être que vous avez un dissident, insista Tobias, et qu'il…

— Peu importe, coupa Matt. La nourriture est en libre accès, personne n'a de raison d'aller en voler. J'aimerais visiter ce hangar.

— Je t'y conduirai, affirma Torshan.

Matt désigna la porte endommagée.

— Je peux entrer ?

Orlandia repoussa le battant et la substance molle des lanternes entra en vibration, déclenchant la lumière blanche, presque argentée.

Un système de briquet avec deux silex et une mèche occupait un petit réceptacle au centre. Dans la cuvette flottait un liquide poisseux, sombre, qui sentait assez fort l'alcool. La cuvette rejoignait, par un conduit sur le sol, une citerne, et plusieurs tubes partaient dans toutes les directions, à l'intérieur même de la structure du Vaisseau-Vie.

Il suffisait d'un geste pour que tout s'embrase.

Matt soupira.

— Faites réparer la porte, dit-il sombrement. Mettez un cadenas si c'est possible, et laissez deux gardes en permanence.

— Tu crois que nous sommes en danger ? questionna Tobias.

— Cet endroit est isolé, celui qui est arrivé ici a cherché longtemps. La porte est massive, il a fallu de la détermination pour entrer, ce n'est pas un accident. Cette personne n'a pas de bonnes intentions.

Ambre ajouta, depuis le seuil de la pièce :

— Nous avons un traître parmi nous.

9.
Hangar 18

Torshan, Tobias et Matt arpentaient les niveaux les plus bas. Matt posa le pied sur la dernière marche de l'escalier et la substance molle des lampes entra en vibration, illuminant de proche en proche tout le couloir, long de plusieurs centaines de mètres.

— Waouh, laissa échapper Tobias, impressionné.

Une double porte perçait l'interminable passage tous les vingt mètres, avec un numéro inscrit au-dessus.

— Ce sont les hangars. Celui qui nous intéresse est le 18.

— Comment vous êtes-vous rendu compte qu'il y avait un squatteur ? demanda Matt. Vous organisez des patrouilles ?

— Oui, pour vérifier l'absence de fuites, nous sommes sous le niveau de l'eau.

Le couloir semblait sans fin, les lampes blanches brillaient les unes derrière les autres, dans une perspective étourdissante.

Les trois garçons finirent par s'arrêter devant la porte surmontée du chiffre 18.

Torshan entra le premier dans un hall que Matt

devina être gigantesque. Il n'en voyait pourtant rien tant il y faisait sombre, mais l'écho de leurs pas résonnait. Le Kloropanphylle avait pris une lampe au mur du couloir et la leva devant lui. Des caisses apparurent, entreposées les unes sur les autres, arrimées par des cordages noués au sol dans des cercles d'acier. Matt ne distinguait pas le plafond, perdu dans les ténèbres.

— C'est immense, non ? demanda-t-il.

— Oui. On y stocke assez de bois pour réparer n'importe quelle avarie, assez de cordages pour faire le tour de la terre, des pétales géants de rechange, des vivres en quantité astronomique, vos chariots, votre matériel, bref, de quoi vivre à bord longtemps et explorer tous les continents de la planète.

Tobias siffla d'admiration.

— Et encore, plus de la moitié des hangars sont vides, ajouta fièrement Torshan. La place ne manque pas.

Ils filèrent entre les rangées de caisses, seulement guidés par le cercle blanc de la lanterne tenue par Torshan. Après quelques hésitations, le Kloropanphylle retrouva l'emplacement dont il avait parlé.

Une couverture froissée et un sac de vivres vide gisaient dans un renfoncement entre des caisses en bois.

Matt se pencha pour les examiner.

— Des miettes, dit-il.

— Il ou elle est revenu, annonça Torshan. Il manque la lampe. Elle était là hier, j'en suis sûr, je l'ai vue.

Matt leva les yeux vers les hauteurs mais la pénombre lui masquait tout.

— Pourquoi rester caché ici ? s'interrogea Tobias. Un passager clandestin ? Quand serait-il monté ?

— C'est improbable, répondit Torshan. À moins qu'il ne se soit mêlé à la foule de vos troupes pendant l'embarquement.

— C'est plausible, avoua Matt. Nous étions nombreux, les voiliers ont fait plusieurs allers et retours... Mais on en revient à la première question : qui et pourquoi ?

— Un espion ? s'inquiéta Tobias.

— Ou un Pan très motivé que nous avons écarté lors des sélections. Tout est possible.

— Et il aurait défoncé la porte du système de sécurité ? demanda Tobias. S'il ne veut pas se faire remarquer, c'est plutôt idiot !

— Les deux ne sont peut-être pas liés. Torshan, approche ta lanterne, je vois quelque chose là...

Le Kloropanphylle et Tobias se resserrèrent autour de Matt qui attrapa un bout de corde tranchée.

— C'est ce qui sert à sangler chaque pile de caisses pour éviter qu'elles ne se renversent si le Vaisseau-Vie tangue pendant une tempête, expliqua Torshan.

— C'est coupé net, examina Matt, avec une lame. Ce n'est pas un accident.

— Pour quoi faire ? C'est dangereux...

Un grincement de bois résonna dans les ténèbres au-dessus d'eux et quelque chose siffla aussitôt.

Une ombre bascula brutalement sur les trois garçons et ils comprirent avec un temps de retard qui allait être fatal : une grosse malle leur fonçait dessus.

Tout se précipita : l'information du danger parvint à leur cerveau et celui-ci répliqua en ordonnant aux muscles de se contracter pour bondir sur le côté, mais la malle allait plus vite. Ils surent tout de suite que c'était trop tard, qu'ils ne pouvaient plus éviter l'impact. Ils commencèrent à lever les mains pour essayer de se protéger, même si c'était vain face à un poids pareil lancé à grande vitesse. Leurs os allaient se briser en centaines de fragments. S'ils survivaient, ce serait pour passer des mois sur un lit de douleur.

Le choc fut instantané.

Et latéral.

Matt en eut le souffle coupé et le bruit effroyable de la malle s'explosant contre le sol le terrorisa. Le hangar tout entier se renversa sur le côté tandis qu'il cherchait à inspirer à nouveau de l'air. Il se sentait comme un poisson échoué sur le parquet. Il cligna les yeux pour comprendre, et avala une grande bouffée d'oxygène.

Il était renversé sur le sol. Un peu sonné mais pas agonisant. Il se redressa doucement. La malle gisait en morceaux à ses pieds, des bouts d'armure répandus au milieu du foin censé les protéger.

Torshan se releva également, en titubant.

Tobias était entre eux. Il les avait sauvés.

Avec son altération de vitesse, il était parvenu à les pousser avant l'impact.

— Qu'est-ce qui s'est passé ? demanda Torshan en reprenant ses esprits.

Tobias pointa l'index vers le sommet de l'entassement de caisses qui les surplombait.

— Il y a quelqu'un là-haut !

— Ce n'est pas un accident, pesta Matt.

Un choc sourd retentit à quelques mètres et Matt comprit que quelqu'un venait de sauter d'assez haut.

— Il s'enfuit ! aboya-t-il en saisissant la lampe renversée aux pieds de Torshan.

Matt se jeta de toutes ses forces en direction du son qu'il venait d'entendre, la lampe brandie devant lui. Il s'était relevé si vite que sa tête se mit à tourner. Il se rattrapa à ce qu'il put, prit une grande inspiration pour se remettre, et fonça.

Une ombre fusa entre deux montagnes de colis entassés les uns sur les autres.

— Là ! s'écria Matt en la pourchassant.

Il perçut dans son dos les pas de ses deux compagnons qui accouraient dans son sillage et redoubla de motivation pour ne pas se laisser distancer.

Il avait du mal à courir avec une lampe à la main, et se demandait comment son agresseur pouvait foncer si vite sans le moindre éclairage.

Une altération de vue ? Vision nocturne ?

Possible. Il connaissait plusieurs Pans capables de voir aussi bien la nuit que le jour.

Matt reconnut soudain le claquement d'une corde tendue qu'on tranche net. Elle rebondit en frappant le sol.

L'adolescent freina aussitôt sa course, s'attendant à voir une masse d'objets lui tomber dessus.

Quelqu'un devant lui donna des coups contre une surface en bois et un sinistre grondement monta.

— Poussez-vous ! hurla Matt. En arrière ! En arrière !

Torshan et Tobias butèrent contre lui et il les repoussa brutalement.

Devant eux, la pyramide de caisses s'effondrait

dans un fracas assourdissant, dont plusieurs roulèrent jusqu'aux pieds des trois adolescents.

Matt se redressa, le cœur battant à tout rompre.

Il aperçut alors une ombre plus loin, qui semblait les observer. Elle était éclairée par le bas, grâce à une lanterne à peine visible entre les pans d'un manteau long.

Avant même que Matt ne puisse se relever, la silhouette fit volte-face et recouvrit la lumière de ses vêtements pour disparaître dans l'obscurité.

Ce n'est pas une altération de vue, comprit Matt. Il voulut repartir à la chasse à l'agresseur lorsqu'il entendit Torshan gémir.

Il leva la lampe et vit qu'une caisse écrasait la jambe du Kloropanphylle qui ne parvenait pas à se dégager. Du sang imbibait son pantalon déchiré.

— Bouge pas, dit-il, je vais t'aider. Tobias, prépare-toi à le tirer.

— Quand tu veux, répondit l'intéressé.

Matt prit le bloc de bois à deux mains et souleva de toutes ses forces. Son altération de puissance l'aida à arracher la caisse du sol et Tobias fit glisser Torshan sur un mètre. Le container retomba lourdement.

Au loin, la porte du hangar se referma en claquant.

Matt soupira.

Ils l'avaient raté.

— Ça va aller ? demanda-t-il au Kloropanphylle.

— J'espère que ma jambe n'est pas cassée, gémit-il.

— On va te porter.

Matt regarda Tobias.

— Au moins maintenant nous n'avons plus de doute, ce n'est pas un simple passager clandestin.

— Non, c'est un ennemi.

10.

Feu d'artifice sous-marin

Pendant plusieurs jours, Matt multiplia les discussions avec Orlandia à propos de la sécurité du Vaisseau-Vie ; l'agression dans le hangar l'avait profondément marqué. Il ne se sentait plus serein, et craignait à tout moment qu'on ne sonne l'alerte. Il envisageait le pire à chaque réveil, un sabotage, une nouvelle intrusion ou un crime. Déambuler au milieu des Pans tout en sachant que l'un d'eux était peut-être un traître prêt à tout le révulsait. Ambre tenta de l'apaiser avec ses mots, sa douceur, mais il restait aux aguets, scrutant tout le monde, les nerfs à fleur de peau. Les Kloropanphylles positionnèrent des gardes aux endroits stratégiques, et formèrent des patrouilles pour arpenter les couloirs, mais le navire était bien trop grand, ce n'était qu'une mesure de dissuasion.

Le soir du dixième jour, Ambre vint chercher Matt et Tobias pour qu'ils l'accompagnent dans sa suite. Elle les poussa devant la baie vitrée sans dire un mot.

La nuit était tombée, et pourtant l'Océan émettait une lumière étrange. Plusieurs grandes flaques multicolores frôlaient la surface. Des cercles bleus, roses, orange ou verts palpitaient, comme des nappes de produits radioactifs, lumineux comme des néons liquides.

Puis Tobias pointa du doigt la tache rouge la plus proche :

— C'est vivant ! s'exclama-t-il avec l'émerveillement d'un enfant. C'est une bestiole géante !

Les trois compagnons se collèrent à la vitre pour découvrir que Tobias disait vrai. Il s'agissait de créatures rondes, aux corps presque transparents, qui nageaient juste sous la surface, comme des méduses dont la chair luisait dans la nuit.

— Il y en a plein ! s'écria Ambre.

— Et certaines sont gigantesques ! ajouta Tobias.

— J'espère qu'elles ne sont pas agressives, intervint Matt, plus sombre. Elles sont partout, elles nous entourent.

— Non, regarde, c'est nous qui passons au milieu, elles vont dans la direction opposée.

On frappa à la porte et Orlandia en personne les salua.

— Je voudrais vous montrer quelque chose, dit-elle.

— Vous avez vu ces méduses lumineuses ? demanda Tobias.

— Justement, venez.

Orlandia les entraîna vers une série d'escaliers. Un monte-charge leur fit descendre quinze niveaux d'une traite, puis ils parcoururent plusieurs coursives étroites et désertes et enchaînèrent sur d'autres escaliers en colimaçon. La Kloropanphylle poussa une porte, puis une seconde, qui se révélèrent être un sas d'étanchéité, et ils entrèrent par un balcon dans une large salle très humide dont les murs tremblaient et brillaient sous l'effet d'une lueur bleue zébrée d'argent. Tout en bas, au centre, un cercle d'eau éclairé par des lanternes à substance molle immergées projetait ses reflets sur toutes les parois. Une très grosse poulie retenait un tuyau-câble d'un mètre cinquante de diamètre qui s'enfonçait au centre du bassin, dans les profondeurs de l'Océan, et deux immenses soufflets se contractaient en rythme pour pulser de l'air.

— Vous n'êtes pas claustrophobes ? demanda Orlandia.

Les trois adolescents secouèrent la tête.

Deux Kloropanphylles les attendaient en bas du balcon et les conduisirent près du tuyau. L'un des deux garçons aux cheveux verts disposa une passerelle en bois, comme un plongeoir, au-dessus de l'eau pour rejoindre le gros câble, et tira sur une poignée afin d'ouvrir une écoutille.

— C'est un passage vers la Nacelle, expliqua Orlandia. Je passe la première pour vous guider, suivez-moi.

Elle enjamba le rebord de l'écoutille et se glissa dans le câble, bientôt imitée par Matt.

— Bon, puisqu'il faut y aller, dit Ambre en s'élançant sur la passerelle.

Tobias était juste derrière, il guettait l'eau du bassin qu'il surplombait. Les lanternes formaient un cercle afin de rendre l'eau plus accueillante, plus translucide, mais il voyait bien qu'au-delà, l'eau redevenait aussi noire qu'une mer d'encre. Le câble dans lequel il comptait se faufiler plongeait vers les profondeurs.

— Et ça va loin comme ça ? demanda-t-il à l'un des Kloropanphylles.

— Tout dépend de la profondeur qu'on demande, répondit-il en désignant la grosse poulie au-dessus de leurs têtes.

— Ah. Et là, on a demandé beaucoup ?

— Non, une vingtaine de mètres seulement, rassure-toi.

— Mouais… Je sais pas si ça me rassure tant que ça.

Constatant qu'Ambre avait déjà disparu, il marcha jusqu'au câble et se hissa à son tour à l'intérieur via la petite écoutille.

Le tube était muni de barreaux d'échelle. Il tombait à pic. La chevelure d'Ambre était trois mètres plus bas.

— Wow ! s'écria Tobias. Faut pas riper !

Sa voix résonna dans toute la colonne creuse.

— Non, répondit Orlandia beaucoup plus bas, il ne faut pas !

Des morceaux de substance molle étaient incrustés dans de minuscules capsules transparentes tous les trois barreaux, si bien qu'on y voyait assez bien.

Soudain le câble grinça et Tobias le sentit qui bougeait et se courbait légèrement.

— Qu'est-ce qui se passe ? s'écria-t-il sous l'effet de la peur.

— Ce n'est rien, ce sont les courants et la vitesse du Vaisseau-Vie qui entraînent notre conduit vers l'arrière, tout va bien, lui assura Orlandia.

Tobias voulait la croire sur parole, mais ses sensations lui dictaient le contraire. Il n'aimait pas du tout cet endroit.

Il s'efforça cependant de poursuivre la descente, longue et désagréable, avant que les barreaux se transforment en une échelle en métal. Le tube débouchait sur une pièce circulaire d'une demi-douzaine de mètres de diamètre entièrement vitrée. Une lanterne au centre diffusait sa lumière.

— Bienvenue dans notre nacelle d'observation sous-marine, lança Orlandia en tournant le clapet de la lanterne pour occulter la lumière.

Plongé dans le noir complet, Tobias eut un nouvel accès de panique. Il n'aimait pas l'idée d'être coincé dans une bulle à plusieurs dizaines de mètres sous la surface de l'Océan. L'air lui paraissait plus dense, il faisait humide, chaud, et il ne respirait pas aussi bien qu'à l'air libre.

Mais à peine la lumière s'était-elle éteinte que les profondeurs s'illuminèrent autour d'eux.

Des méduses phosphorescentes apparurent. De toutes les couleurs. De toutes les tailles. Certaines pas plus grandes qu'un ballon de foot, d'autres plus étendues qu'un stade tout entier. Et à toutes les profondeurs.

Brusquement, Tobias se sentit moins nerveux.

— Elles sont combien ? demanda-t-il doucement. Des milliers, non ?

Elles illuminaient l'Océan.

— On se croirait sur Time Square, commenta Matt, admiratif. Le jour en pleine nuit.

Une toute petite méduse bleue passa devant la nacelle et se posa sur le verre avant de glisser dessus.

Ambre mit la main au même endroit pour l'accompagner du geste. La méduse se mit à palpiter, sa lumière gagnant et baissant en intensité comme si elle pouvait sentir le contact de la main humaine de l'autre côté de la paroi.

— Tu crois qu'elle communique ? interrogea Tobias.

— En tout cas elle réagit, répondit la jeune femme.

— Oh ! Regardez ! s'écria Tobias en tapant du doigt contre la vitre.

Dans la clarté d'une vaste méduse violet et rose, ils virent une ombre imposante, majestueuse, donner un coup de queue pour avancer, une silhouette aussi volumineuse que gracieuse : une baleine.

— Oh ! Une autre là-bas ! nota Ambre.

Soudain la nacelle trembla et des centaines de triangles irisés l'encerclèrent comme si elle passait au milieu d'une masse compacte.

— C'est… ce sont des poissons ! s'écria Tobias.

Ils furent bientôt si nombreux qu'ils bouchèrent la sphère d'observation, et ses quatre occupants ne purent que deviner l'impressionnante foule qu'ils traversaient, la percevant grâce aux vibrations.

Ils se dissipèrent aussi vite qu'ils étaient apparus.

Les méduses reprirent leur place dans ce ciel de couleurs, glissant en silence dans le presque vide des abysses. Par moments, des formes familières passaient tout près d'elles, des dauphins, des thons, des espadons, des poissons par bancs entiers.

Matt se tourna vers Orlandia.

— C'est formidable ! Merci de nous avoir fait découvrir cet univers.

— La plupart du temps l'eau est trop sombre pour qu'on puisse y voir quoi que ce soit, mais ce soir, cette nacelle prend tout son sens.

— Peut-être qu'on pourra apercevoir des requins pendant la traversée ? s'enthousiasma Tobias.

Matt ne réagit pas à la joie de son ami. Il voyait bien qu'Orlandia n'était pas ici seulement pour partager ce spectacle fantastique.

— Un problème ? questionna-t-il.

— Je l'ignore. C'est à elles qu'il faudrait le demander, dit Orlandia en désignant les méduses.

Matt contempla à nouveau l'Océan multicolore qui les entourait et sa vie grouillante qui filait sous leurs yeux ébahis.

Soudain il comprit.

— Les méduses, comme les poissons, vont toutes dans la même direction, c'est ça ?

— En effet. Tous.

— Comme s'ils migraient, fit Tobias en songeant aux oiseaux. Sauf que là ils migrent tous en même temps, dans la même direction…

— Ou comme s'ils fuyaient tous le même danger.

Tobias se retourna pour observer Matt.

— Hé, mais ils vont dans le sens opposé ! Si c'est ça, on fonce droit vers ce qu'ils cherchent à éviter !

Orlandia acquiesça.

— Ils fuient l'est, dit-elle.

— Une tempête ? supposa Matt. Un ouragan ?

Ambre continuait d'admirer le paysage envoûtant. Elle parla d'un ton posé :

— Je n'y connais rien en vie sous-marine, mais

en cas de forte tempête, la faune ne déserte pas la zone, si ?

— Non, bien sûr que non, répondit Tobias. Au pire elle s'enfonce plus profondément.

— Alors qu'est-ce qu'ils peuvent bien fuir, tous ?

— Soit c'est vraiment très gros, dit Tobias, soit c'est vraiment très agressif.

— De toute façon nous n'avons pas le choix, nous devons poursuivre vers l'est, trancha Matt.

— Peut-on au moins mettre des vigies à l'avant ? demanda Ambre.

— C'est déjà fait, répondit Orlandia. Avec des longues-vues. Mais ils ne peuvent distinguer plus loin que l'horizon.

— À moins qu'ils ne soient encore plus haut, suggéra Tobias. Avec la voilure dont nous disposons, on pourrait fabriquer une sorte de radeau aérien, porté par les pétales géants, et qui flotterait comme un cerf-volant, avec une cabine pour transporter deux observateurs. Si on les fait grimper de cinquante mètres ils pourront voir encore plus loin. Ça nous laissera le temps de nous préparer s'ils remarquent quelque chose.

Matt leva le pouce pour approuver cette idée.

— Le Vaisseau-Vie est équipé pour se défendre ? demanda-t-il.

— Oui, mais c'est rudimentaire.

Ambre se rapprocha de ses camarades.

— Je ne veux pas vous effrayer, dit-elle, mais s'il existe bien quelque chose droit devant, et si c'est capable de faire fuir toute la faune de l'Océan, je doute qu'on puisse l'arrêter avec nos petites armes bricolées.

Les quatre adolescents se regardèrent. Leurs visages

étaient illuminés de bleu, de vert, de rouge, de violet, tout un feu d'artifice silencieux qui les avait hypnotisés de beauté un instant plus tôt, et qui à présent leur donnait des réactions de peur.

Les animaux marins fuyaient, terrorisés par une menace inconnue.

Et le Vaisseau-Vie fonçait à pleine vitesse droit dessus.

11.
Sinistre crépuscule

Matt retourna à sa cabine, épuisé. Il venait de passer la journée à entraîner des Pans et des Kloropanphylles au maniement de l'épée et il ne se sentait plus aucune force.

Il n'avait jamais pris de cours lui-même, ne s'estimait pas plus compétent qu'un autre, mais il commençait à avoir un peu d'expérience dans l'art de se battre avec une lame, et Floyd ainsi que Tobias avaient lourdement insisté pour qu'il la partage.

Au final, Matt avait centré une large partie de son entraînement sur le déplacement du corps. Pour lui, c'était le plus important, bien plus que de savoir positionner son épée. Savoir à quel moment déclencher une attaque ou éviter un coup grâce à la gestion des distances était vital. Si un combattant régissait bien son espace, c'était déjà un avantage sur son adversaire. Savoir se mouvoir, ne jamais rester statique. Ensuite il avait insisté sur la nécessité d'esquiver le coup plutôt que de le parer avec son arme. Car le corps imprimait du mouvement pour faire tomber les repères de l'agresseur, et si ce mouvement était bien pensé, il pouvait se mettre en position pour riposter aussitôt. Parer avec son arme, au contraire, immobilisait celle-ci et faisait entrer en ligne de compte les forces de chacun. Un adolescent face à un adulte ou à une créature puissante risquait de ne pas avoir la force de dévier le coup. C'était prendre le risque de se faire désarmer, voire de se faire embrocher. Enfin, Matt avait terminé par le timing. Frapper dès qu'une fenêtre de tir s'ouvrait, et ne pas attendre « le moment idéal » car celui-là n'existait pas. Combattre, c'était avant tout maîtriser ses nerfs, gérer sa peur, faire avec la perte de moyens, avec la surprise. Et un affrontement était bref, un ou deux coups, loin, très loin de ce qu'ils voyaient autrefois dans les films ou les jeux vidéo. Matt insista sur ce point : bien souvent, celui qui frappait le premier était celui qui touchait et qui repartait sur ses deux jambes.

Quand il avait quitté le hall d'entraînement, la plupart des adolescents avaient perdu leur enthousiasme, leur excitation. Ils avaient lu en Matt, et compris que s'ils devaient faire usage de leurs armes, ce serait pour voir le sang couler. Le leur ou celui d'un autre être vivant. Qu'il y aurait des cris, de la souffrance, de la terreur, de l'horreur. C'était ça se battre. La violence.

Certains l'avaient déjà vécue lors de la Grande Bataille contre les Cyniks. Pour les autres, ceux qui n'avaient pas été en première ligne, ce n'était qu'un récit, un fantasme. Quant à ceux qui n'avaient pas participé à la guerre, ils n'avaient que leur imagination pour se faire une idée. Mais les mots et le regard de Matt les avaient calmés. Ils comprirent qu'il fallait s'entraîner pour être prêts à tout, mais dans l'espoir de ne surtout pas avoir besoin de se servir de leur apprentissage.

Matt avait passé sa journée dans la concentration, à parler, répéter les mêmes gestes, affronter chacun, les uns après les autres, pour montrer l'exemple.

Il poussa la porte et s'effondra sur son lit, le visage dans l'oreiller.

— Ah ! S'ils te voyaient maintenant ! se moqua Tobias gentiment. Tous les gars qui parlent de toi comme d'un grand général de guerre, vaillant, héroïque, indestructible !

— Je suis tellement fatigué que je pourrais dormir deux jours ! avoua Matt dans l'oreiller.

— Quatre mois à ne rien faire et voilà, on n'est plus habitués à se bouger… Ils disent pas ça dans les grands récits d'aventures ! Ils racontent pas comment les héros s'encroûtent… On dit toujours qu'ils rentrent à la maison, célébrés comme des dieux, qu'ils se marient et ont plein d'enfants… Mais on ne raconte jamais qu'ils finissent par divorcer, prendre trente kilos, devenir myopes, moches, et qu'au final, ils meurent seuls et pathétiques.

Matt leva la tête de son oreiller pour toiser son ami :

— Dis donc, t'es d'humeur joyeuse et optimiste, toi !

— Je crois que j'ai pas le moral.

— Pourquoi ? demanda Matt en s'asseyant dans son lit.

— Je sais pas…

— Tu n'entraînes plus les archers ?

— Si, sur le pont principal, mais avec le vent c'est pas facile.

— On ne peut pas être en forme tout le temps.

— Sûrement…

— Tu as vu Ambre ?

— Non, mais on a rendez-vous avec elle au coucher du soleil, ça ne devrait plus tarder.

Matt laissa tomber sa tête dans ses mains.

— Oh ! J'avais complètement oublié cette réunion, gémit-il.

— T'es pas content de la voir ?

— Si, mais pas dans ces circonstances… Là on va encore parler pendant des heures de logistique. Je crois que je suis fatigué de tout ça, d'imaginer, de prévoir, de supposer… J'ai envie d'arriver, de vivre les choses plutôt que de les anticiper.

— T'es décidément un homme de terrain, toi.

Matt haussa les épaules.

Puis les deux garçons bavardèrent de futilités, se remémorèrent un moment leurs meilleurs souvenirs d'avant la Tempête, notamment leur ami Newton, qui leur manquait. Faisait-il partie de ces millions de gens qui avaient disparu cette nuit-là ? Vaporisés par les éclairs ? Pourquoi eux ? Comment s'était opéré le choix de la Tempête ? Par hasard ? Matt aimait la théorie, qui circulait de plus en plus parmi les Pans, selon laquelle les personnes qui ne vivaient qu'à moitié, qui étaient déjà presque des fantômes de leur vivant, celles-là avaient été vaporisées. La Tempête n'étant qu'un accélérateur, un révélateur. Mais l'hypothèse était parfois dure à accepter, surtout pour les Pans dont la famille tout entière avait disparu, comme Tobias.

Dès que le soleil commença à changer de couleur et à entamer la dernière partie de sa descente, Matt et Tobias se rendirent au centre du Vaisseau-Vie, à l'Arbre-Fontaine.

C'était une vaste place, traversée par un immense puits de lumière sur douze niveaux et autant de balcons qui en faisaient le tour, entièrement sculptés dans la dentelle de noix, et qui se terminait par un impressionnant dôme en matière transparente semblable à du verre. Les Kloropanphylles l'obtenaient en faisant bouillir la sève de certains conifères de la mer Sèche. Au milieu de la place, un arbre taillé dans la chair de la noix occupait le centre d'un bassin, et l'eau qui jaillissait du faîte de l'arbre ruisselait sur son tronc.

Des dizaines de bancs et de tables, eux aussi taillés dans la chair de noix, délimitaient un espace de détente autour de la fontaine, et les deux garçons trouvèrent Ambre assise là.

— J'ai pris de la salade de quinoa et des fruits, dit-elle, pour combler vos estomacs.

— Pourquoi les filles pensent-elles toujours « salade » ? demanda Tobias. Et pourquoi pas pizza ou hamburger ?

Ambre secoua la tête, amusée.

Matt s'assit près d'elle et Ambre lui caressa le dessus de la main d'un geste tendre mais discret.

— J'ai discuté avec Orlandia. Si tout se passe bien, nous devrions accoster au nord-ouest de la France. D'après Randy, nous serons en Bretagne.

— C'est sûr ? interrogea Matt.

— Orlandia et les Kloropanphylles se fient aux étoiles et aux anciennes cartes, rien n'est certain, c'est une science qu'ils ne maîtrisent pas à la perfection, et quand le ciel est nuageux, nous naviguons à vue, avec une simple boussole.

Tobias intervint :

— Et le Cœur de la Terre que nous allons chercher, il est où ?

Ambre et Matt se regardèrent, un peu gênés.

— Nous ne le savons pas encore, avoua Ambre. Il faut que nous allions dans la chambre du Testament de roche.

— Est-ce que tout le monde débarque ou seulement un petit groupe ?

— D'abord, expliqua Matt, les trois voiliers seront remis à l'eau pour approcher des côtes, le Vaisseau-Vie est trop gros. Ces trois navires seront une base mobile. De là, nous enverrons un commando de reconnaissance. Et ensuite on expédiera nos troupes. Les Kloropanphylles resteront à bord pour garder le Vaisseau-Vie.

— Orlandia voudra certainement envoyer un ou deux émissaires à elle, le coupa Ambre.

— Je n'y vois aucun inconvénient. Nous ne serons pas loin de mille à traverser la France, de quoi dissuader pas mal d'agresseurs potentiels.

— Mais pas discrets, répliqua Tobias.

— D'où l'importance d'avoir de bons rapports avec ceux qui occupent cette terre. Qu'ils soient Maturs, Pans, les deux, ou tout autre chose encore. Tant qu'on ne sait pas comment la Tempête a frappé en Europe et ce que sont devenus tous ces gens depuis, il va falloir compter sur notre faculté d'adaptation et notre art de la diplomatie.

Tobias pouffa.

— On laissera Ambre parler, alors ! dit-il. Parce que toi et moi, c'est pas notre point fort…

— Ce sera le rôle de Clara et d'Archibald, rappela Ambre. Et puis nous…

Un sifflement sec stria l'air et Ambre se raidit sur son tabouret. Elle sursauta comme si un être imaginaire venait de lui taper dans le dos. Ses sourcils se froncèrent, elle ne comprenait pas, le sang se mit à couler entre ses lèvres, en fines gouttelettes qui laissaient un terrifiant sillon jusqu'au menton.

Matt bondit de son siège.

Ambre bascula et s'effondra sur le sol mais Tobias, d'un geste extrêmement rapide, la retint pour l'accompagner dans sa chute.

Un trait noir sortait du dos de l'adolescente. Une auréole pourpre grandissait à vue d'œil tout autour, imbibant l'arrière de son T-shirt. Matt la prit dans ses bras. Il craignait le pire, c'était la zone des poumons, du cœur.

— Non ! Ambre ! Non !

Elle clignait des yeux, sa bouche s'ouvrait mais elle avait du mal à respirer.

Ses pupilles trouvèrent celles de Matt.

— Sers-toi du Cœur de la Terre, implora-t-il, reste consciente, concentre-toi sur ton énergie, soigne-toi avec la puissance du Cœur de la Terre, je sais que tu peux y arriver.

Mais Ambre était parcourue de spasmes. Dans son dos, Matt sentait sa main se couvrir de plus en plus de sang.

Soudain un autre sifflement sec résonna dans le hall et Matt n'eut que le temps de voir la main de

Tobias fendre l'air à la vitesse improbable que lui conférait son altération et saisir en plein vol un carreau d'arbalète dont la pointe s'immobilisa à vingt centimètres de l'œil de Matt.

Tobias étouffa un cri de douleur et du sang perla entre ses doigts. Il ouvrit la main et le carreau tomba au sol. Sa paume était brûlée par la vitesse du projectile, et entaillée sur toute la longueur.

Matt sonda les alentours, avec la détermination de l'homme qui vient de voir celle qu'il aime se faire attaquer. La colère grondait en lui. Elle montait.

Il repéra la silhouette recroquevillée derrière le balcon du deuxième étage, le bout de son arbalète dépassant de la rambarde.

Dans ses bras, Ambre fut traversée d'un violent frisson.

Elle agrippa le col de Matt et le tira vers elle. Il se pencha.

— Je… je t'ai…

Mais elle ne put terminer sa phrase. Ses paupières tombèrent comme le rideau d'un théâtre clôt un beau spectacle, et elle perdit connaissance.

La colère de Matt se mua en rage.

Il déposa délicatement la jeune fille sur le flanc.

— Reste avec elle, ordonna-t-il à Tobias. Si quiconque l'approche, tue-le.

Matt était aveuglé par ses émotions. Ce torrent de sentiments qui le noyait, il fallait le canaliser, pour survivre. Et il ne voyait qu'un moyen pour cela, qu'un objectif. Un seul.

Attraper celui qui avait tiré.

Matt bondit tel un félin qui jaillit de sa cachette

pour attaquer sa proie et fendit la grande place en sprintant.

Deux niveaux plus haut, la silhouette lâcha son arbalète et fila vers le couloir le plus proche.

Matt gagna la porte de l'escalier et dans sa rage la brisa en la poussant, sans mesurer son altération de force. Il gravit les marches trois par trois, en apnée, obnubilé par l'idée de retrouver le coupable.

Il atteignit le deuxième étage.

Personne.

Il perçut un claquement de talons derrière lui, au détour d'un couloir. Il s'élança.

Vit les lanternes à substance molle défiler de part et d'autre, à toute vitesse.

Trois marches qu'il enjamba d'un saut. Une nouvelle porte qu'il enfonça, projetant des esquilles de bois un peu partout dans son sillage.

L'agresseur était tout près. Matt le devinait, il entendait ses pas précipités. Nouveau virage serré.

Il déboucha sur une longue mezzanine qui surplombait un des bassins servant de piscine et de réserve pour les douches. La lumière du couchant tombait du plafond ouvert et teintait la surface comme si elle s'embrasait.

Une ombre se dressa sur le côté et le temps que Matt se retourne il encaissa un violent coup qui lui bloqua le souffle. Il tituba. Le tabouret qui avait servi à le frapper avait explosé sous l'impact.

La seconde suivante il se sentait projeté contre la rambarde de la mezzanine et son assaillant lui attrapait les jambes pour le faire basculer dans le vide.

Matt, encore étourdi, leva le bras pour cogner de

toutes ses forces. Avec son altération il savait que ça pouvait être suffisant pour briser tous les os que son poing rencontrerait.

Un coup de coude le cueillit à la mâchoire au même moment.

Matt vit le paysage tournoyer, il perdit ses repères et sentit qu'on le poussait.

Il frappa au hasard, dans un geste désordonné et désespéré.

Son agresseur avait plus de force qu'il ne s'y était attendu.

Matt décolla du sol. Il était encore sonné par les coups et avait des difficultés à comprendre ce qui se passait mais une alarme se déclencha dans son esprit.

Il ne fallait surtout pas qu'il bascule. Il fallait se retenir, coûte que coûte. Il attrapa les vêtements de son adversaire et reçut un nouveau coup en plein visage.

Il était face à quelqu'un de sournois, de fort, un être déterminé.

Les doigts de Matt se refermèrent sur la gorge de son ennemi.

S'il pressait, il pouvait le tuer.

C'était ça ou il allait y passer.

Son hésitation lui fit perdre l'avantage. Un nouveau coup de coude en pleine tempe sonna Matt qui lâcha prise.

L'instant d'après, il était soulevé et passait par-dessus la rambarde.

Son agresseur n'eut aucune hésitation.

Il laissa Matt tomber de plus de vingt-cinq mètres.

12.

Le traître et la mouette

Matt sentit le vertige de la chute, et tout le décor défila en un instant devant ses yeux écarquillés.

Puis l'impact fut brutal.

Il s'enfonça de plusieurs mètres sous la surface de l'eau.

Le choc lui fit presque perdre connaissance, mais la fraîcheur de l'eau le réveilla en même temps. Il se débattit.

Il n'avait plus d'air dans les poumons. À peine plus de conscience. Il devinait qu'il risquait de s'abandonner à tout instant à la paix que lui commandait son organisme traumatisé. Mais il lutta. Vaciller maintenant c'était mourir. Se noyer.

Alors il épuisa ses dernières forces à nager, remonter vers la lumière rougeoyante qu'il devinait au-dessus de lui.

Et sa tête creva la surface en même temps qu'il aspirait tout l'oxygène du monde.

Plusieurs niveaux plus haut, une silhouette se pencha pour l'observer. Matt essaya de distinguer son visage mais il était enfoncé dans une large capuche. La silhouette frappa du poing contre une colonne de bois qui soutenait la mezzanine et recula précipitamment pour s'enfuir.

Matt cogna la surface d'un poing rageur.

Trop tard. Il ne pouvait plus rien faire pour rattraper le tueur.

Plusieurs Pans et Kloropanphylles accouraient sur les bords du bassin.

Même en sonnant l'alerte, l'agresseur avait huit étages d'avance, il était tout près de coursives passantes, de halls immenses, de chambres par centaines, jamais on ne pourrait l'attraper avant qu'il ne se mêle à la foule.

Matt s'était fait battre.

Et s'il n'y avait pas eu l'eau pour amortir sa chute, il serait mort.

Alors le jeune homme ne pensa plus qu'à une chose.

Retrouver Ambre.

La suite était occupée par une douzaine de Pans, tous très inquiets et nerveux. Dès que Matt entra, il fit sortir Floyd, Chen, Tania, Randy et Maya pour ne garder qu'Orlandia, Tobias et les cinq Pans ayant une altération de guérison que Toby avait fait quérir aussitôt.

Ambre était allongée sur le flanc, au milieu de son lit. Son T-shirt blanc était à présent d'un bordeaux sinistre, le carreau encore fiché dans son dos, enfoncé d'un bon tiers.

— Soignez-la, ordonna Matt aux guérisseurs.

Le plus âgé eut l'air profondément pessimiste.

— Nous ne faisons pas de miracle, Matt, dit-il.

— À cinq, vous pouvez la sauver.

— Si la colonne vertébrale est touchée, nous ne pourrons certainement rien pour elle. Si elle survit, elle restera paralysée pour le restant de ses jours.

— Elle ne pourra plus jamais marcher ? répéta Tobias, horrifié.

Le Pan âgé désigna le carreau.

— J'en ai bien peur.

— Et les dégâts internes ? insista Matt.

— Nous allons faire de notre mieux, tous ensemble. Mais là encore, si un organe vital est touché, il est peu probable que nous puissions la sauver.

— Ça prendra combien de temps ?

— Aucune idée. Peut-être plusieurs heures. Nous devons commencer maintenant.

— Si vous avez besoin de n'importe quoi, vous demandez, ordonna Matt. N'importe quoi.

Sur ce, il sortit avec Tobias et Orlandia.

Ambre était entre les mains des guérisseurs du navire.

Tant qu'elle serait inconsciente, Matt le savait, elle ne pourrait utiliser le Cœur de la Terre pour se soigner elle-même.

Ils ne pouvaient pas la perdre.

Matt refusait de l'envisager.

Ambre était immortelle.

Il le fallait.

Sinon, ce serait lui qui en mourrait.

Orlandia faisait les cent pas dans une des salles des cartes sous le poste de pilotage.

— Et tu n'as pas pu voir son visage ? demanda-t-elle une fois de plus.

— Non, pesta Matt.

— C'était un garçon ou une fille ? interrogea Tobias.

— Un garçon certainement. Il avait une force surprenante.

— Une altération comme la tienne ? s'étonna Tobias, troublé.

— Je ne sais pas. Tout est allé tellement vite, je n'en sais rien. Je ne crois pas. C'est juste que… je ne m'attendais pas à rencontrer beaucoup d'opposition, et en fait il était bien plus fort que je ne l'avais imaginé. Je l'ai sous-estimé. C'est ma faute.

Orlandia prit un objet qui était emballé dans un linge blanc et le déposa sur la table centrale. Elle tira sur l'étoffe et dévoila une arbalète à double tir, deux arcs montés l'un au-dessus de l'autre pour tirer deux carreaux rapidement.

— On l'a retrouvée là où le tireur s'était positionné, expliqua-t-elle.

— C'est un modèle Cynik, constata Tobias. La double arbalète, ils sont les seuls à savoir en construire.

— Ce qui ne veut pas dire qu'ils sont derrière cette attaque, modéra Matt. N'importe qui a pu s'en procurer une pendant la Grande Guerre. J'en ai déjà vu à Eden. Chen en a une dans le même genre, plus petite.

— En tout cas cette personne a eu Ambre et elle a essayé de te tuer, rappela Orlandia. C'est vous les cibles.

— Tu veux dire… comme si c'était personnel ? releva Tobias.

— Ou qu'on cherche à se débarrasser d'une menace.

— Ça survient juste après l'épisode du hangar 18, rappela Matt. Nous avons peut-être dérangé la mauvaise personne…

— Un passager clandestin qui en plus nous en veut personnellement ? s'étonna Tobias. Ça fait beaucoup !

— Je n'arrête pas de penser à cette corde qui était tranchée quand on est arrivés dans le hangar.

— Un piège !

Matt secoua la tête.

— Non, plus j'y pense et plus je me dis que ça ne tient pas la route. Il ne pouvait pas savoir qu'on allait arriver. La corde était déjà coupée, sinon on l'aurait entendu, elles sont tellement tendues qu'elles claquent quand on les sectionne, c'est comme ça que j'ai compris que ça allait nous tomber dessus quand on s'enfuyait. Non, je crois que la corde était déjà coupée.

— La seule raison de faire ça, c'est de vouloir renverser les caisses.

— Ou d'accéder à du matériel, dit Orlandia.

Matt approuva :

— Oui, je crois bien que notre passager mystère ne cherchait pas au hasard. Il serait bien d'y retourner et de vérifier s'il ne manque pas quelque chose. Toby, tu peux t'en charger ?

— Bien sûr. Et toi, tu vas faire quoi ?

— Veiller sur Ambre. Je veux être à son chevet.

Orlandia demanda :

— Et pour l'attaque, tout le monde va en parler à bord. Il faut que nous communiquions. Que voulez-vous qu'on dise ?

— Pour l'instant on ne parle pas de traître mais d'un clandestin dangereux. Que tout le monde garde l'œil ouvert.

— Et pour Ambre, que dit-on ?

— Qu'elle a été blessée, rien d'autre. Toby, prends des gardes avec toi, évitons autant que possible de nous promener seuls tant qu'on n'en saura pas plus.

Matt avisa la main toute bleue de Tobias et se souvint qu'il lui avait sauvé la vie. Avec l'adrénaline et ce qui était arrivé à Ambre, il l'avait totalement oublié.

— Merci, Toby, dit-il en le fixant droit dans les yeux. Merci pour tout à l'heure.

Tobias haussa les épaules, comme si c'était naturel.

— Oh, c'est rien. T'aurais fait la même chose à ma place…

— Tu devrais aller faire soigner cette main avant que ça ne s'infecte.

— Y a pas d'urgence, ça fait mal mais c'est pas grave. Toi aussi t'es amoché, je sais pas si t'as vu ta tête, mais t'as quelques bleus !

Matt effleura sa tempe et sa joue du bout des doigts. Il perçut la douleur, mais il était tellement obsédé par Ambre et son agresseur qu'il ne se souciait même plus de lui-même.

On cogna à la porte et un Kloropanphylle apparut. C'était l'un de ceux qui montaient la garde devant la suite d'Ambre.

— Les guérisseurs m'envoient vous dire que

c'est plus grave qu'ils ne le pensaient, annonça-t-il sombrement.

— Mais… ils vont la sauver, non ? jeta Tobias, les traits crispés par l'angoisse.

— La colonne vertébrale est touchée, ajouta le Kloropanphylle. Même si elle survit, elle ne marchera plus jamais.

Plus bas, dans le Vaisseau-Vie, un Pan se glissa sur un des balcons qui dominaient l'Océan et observa la ligne d'horizon. La lune se reflétait sur la surface lisse, allongée comme si elle avait été écrasée par une machine extraordinaire. Le vent soufflait assez fort et le Pan dut plisser les yeux.

Il venait ici au moins deux fois par jour pour s'assurer qu'il n'avait pas de message. Il fallait attendre, vérifier qu'aucun oiseau ne s'approchait. De nuit, il lui semblait que c'était plus improbable, mais avec la magie des gamins, tout était possible, alors il décida d'attendre dix minutes encore.

Il était anxieux. D'abord parce qu'il n'avait plus reçu aucun message depuis quatre jours, ce qui n'était pas bon signe, et puis à cause de l'attaque de ce soir. Tout ne s'était pas passé comme il l'avait espéré. Certes, il avait bien touché la fille, et avec un peu de chance elle allait y passer, mais il avait raté Matt. Il l'avait bien vu remonter à la surface après sa spectaculaire chute dans le bassin. Ce gosse était terriblement résistant ! La plupart des gens se seraient assommés au moment de l'impact, mais pas lui. Tout était à refaire. Et maintenant ils allaient être méfiants.

Un mouvement capta son attention sur le côté et une forme surgit brusquement dans la pénombre. Les ailes déployées, elle fondait sur lui.

Le Pan lâcha un cri avant de constater que c'était une mouette qui se posait sur le rebord du balcon.

— Satanée bestiole ! s'énerva-t-il avant de remarquer qu'elle transportait un petit rouleau de papier noué à la patte.

Le garçon s'approcha doucement et l'oiseau se laissa faire.

Le Pan déplia le message et reconnut l'écriture un peu grossière de Colin.

« *Maître,*

Comme vous le souhaitiez, nous sommes à quelques kilomètres à l'est, derrière vous. Les oiseaux me renseignent sur votre position. Nous sommes invisibles pour les Pans.

Comme vous le disait mon dernier message, depuis qu'ils se sont imposés à bord, les émissaires de Ggl n'avaient plus dit un mot... Les choses ont changé ce midi ! Ils se sont mis à parler. Je crois que d'une certaine manière, ils communiquent encore avec leur maître, de l'intérieur... Ils veulent notre assistance pour récupérer l'Énergie Source. Ils veulent la fille ! Ambre. Ils la veulent vivante. Et ils ne veulent plus attendre. Ils exigent mais ne donnent rien en échange !

J'ignore quoi faire, Maître. Leur présence à bord est angoissante. Ils sont effrayants. Ils ne bougent pas, jamais, et restent debout dans un coin. Et parfois ils redressent leur capuchon comme s'ils se réveillaient, alors il y a plein de chuchotements entre eux, des bruits étranges, et il se met à faire froid dans tout le bateau ! Nous sommes obligés de leur demander de changer de place régulièrement, sinon le bois sous leurs pieds commence à pourrir !

Ils m'ont demandé dans combien de temps nous vous aurons rattrapé, j'ai dit que ce n'était pas le but, mais ils n'étaient pas contents. Ils veulent vous rejoindre, pour récupérer la fille...

Votre présence nous manque, Maître. J'ignore combien de temps encore je pourrai les faire patienter. J'ai le sentiment qu'à tout moment ils peuvent décider de prendre le contrôle, et qu'alors nous ne pourrons rien faire pour leur résister.

J'attends vos ordres.

Colin. »

Le garçon grimaça. Les choses ne s'engageaient pas bien ! Pas bien du tout ! Il ne fallait surtout pas que les émissaires de Ggl prennent le contrôle du navire de Colin. Ils risquaient de saboter son plan !

Quelle poisse ! Et dire qu'il venait juste d'attaquer Ambre...

Le garçon prit le temps de réfléchir et se protégea du vent en lui tournant le dos pour écrire à son tour un petit mot à Colin.

Il fallait du même coup gagner du temps avec les émissaires de Ggl, et faire en sorte que tout le monde soit satisfait. Une fois en Europe, il s'arrangerait pour leur livrer ce qu'ils voulaient, en signe de bonne volonté. Peut-être pourraient-ils ensemble bâtir une alliance, afin de lui permettre de prendre le pouvoir. Si c'étaient des enfants qu'ils voulaient, il pourrait leur en donner !

« *Colin,*

Ton maître est tout près, n'aie crainte. Je suis moi-même parfaitement intégré parmi les enfants, sous mes deux apparences, que j'alterne pour ne pas éveiller les soupçons. J'ai pris soin de déplacer les deux caisses avec les Pans d'un hangar vers un autre, et ainsi éviter d'être démasqué. Je suis invisible.

Dis aux émissaires que je me charge de neutraliser la fille qu'ils recherchent. Elle sera à eux dès que nous gagnerons la côte européenne. D'ici là, qu'ils patientent. Le Vaisseau-Vie est trop vaste et trop peuplé pour qu'ils prennent le risque d'une attaque frontale. Avec moi, il n'y aura aucun danger.

Mais en échange, je veux leur assistance, une fois à terre, pour neutraliser les compagnons d'Ambre. Ils ne seront pas nombreux, je les isolerai des autres. Donnant-donnant. Et je veux que leur maître, Ggl, s'engage à ne pas attaquer ce qui se trouve en Europe, qu'il me laisse ce territoire. Le reste sera à lui.

Quant à toi, maintiens notre flotte à bonne distance, comme prévu. Nous serons bientôt rendus. »

Il roula le mot et l'accrocha à la patte de la mouette.

Si les émissaires jouaient le jeu, il n'aurait plus à prendre de risque jusqu'à l'arrivée. Et ils allaient accepter, il en était certain. Après tout, ils n'avaient rien à perdre. Un combat contre le Vaisseau-Vie était inutile, surtout s'ils avaient la garantie d'obtenir ce qu'ils voulaient d'ici à quelques jours.

Restait maintenant à s'assurer qu'Ambre Caldero n'allait pas mourir !

Et ce n'était pas le plus simple.

13.
Murs d'incertitudes

Matt tenait la main d'Ambre dans la sienne.

La jeune femme n'avait pas repris connaissance.

Cinq guérisseurs se succédaient à son chevet en usant de leur altération jusqu'à l'épuisement. Ils avaient extrait le carreau d'arbalète, appliqué leurs mains contre la plaie pour stopper l'hémorragie, puis ils avaient projeté toute leur énergie, les uns après les autres, pour essayer de réparer les tissus endommagés, mais surtout soigner la vertèbre touchée, celle qui faisait craindre que la moelle épinière ne fût sectionnée.

Le plus âgé d'entre eux, un garçon prénommé Duncan, secoua la tête.

— Je suis désolé, dit-il, mais c'est impossible.

— Est-ce que je peux vous aider ? demanda Matt. En vous donnant toute mon énergie, par exemple.

— Non, ça ne marche pas comme ça. J'ignore même si nous avons réparé tous les dégâts internes. Il est possible que ce soit le cas, qu'elle n'ait aucune séquelle, mais il se peut également que nous n'ayons pas été assez performants, et qu'une artère soit encore sectionnée, ou que le cœur soit endommagé.

— Quand le saura-t-on ?

— Au fil des heures. Si son état se dégrade ou s'améliore.

— Et pour ses jambes ?

— Je crains que ce ne soit hélas définitif. Réparer la moelle épinière est trop complexe. Nous n'y arrivons pas.

— Si je vous trouve des livres de médecine qui détaillent la procédure, vous pourriez le faire ?

— D'abord, je ne crois pas que ce soit possible, et puis de toute façon ça ne marche pas comme ça. Nous ne savons pas *exactement* ce que nous faisons, nous transmettons notre énergie à la plaie pour aider le corps à se régénérer tout seul. Ce n'est pas une intervention chirurgicale comme le faisaient nos parents.

Matt hocha la tête.

— Je comprends, dit-il, abattu.

Duncan lui posa une main sur l'épaule.

— Je suis désolé, il n'y a rien de plus que nous puissions faire. Sinon attendre de voir comment elle réagit au traitement.

— Elle n'acceptera jamais de ne plus marcher…

— Hélas, elle n'aura pas le choix.

Matt serra la main de la jeune femme, et déposa un baiser sur son front brûlant.

Duncan, malgré les énormes cernes qui plombaient son regard, proposa de rester près d'elle et les autres guérisseurs partirent se reposer, totalement épuisés. Il s'écroula dans un fauteuil à l'écart et s'endormit aussitôt.

Tobias entra dans la suite vers deux heures du matin, lui aussi l'air fatigué. Avisant que Matt ne dormait pas, allongé contre Ambre, il s'approcha et chuchota :

— On a fouillé tout le hangar 18, et en particulier la pile de caisses qui avait été libérée de son cordage avant notre arrivée. Rien. Ce n'est que du matériel pour la mission d'exploration.

— Tu es sûr ? Vous avez bien tout vérifié ?

Tobias leva un long index noir devant lui, avec l'air de celui qui s'est gardé la meilleure carte dans la manche.

— Cependant j'ai trouvé des traces. Des stries dans le plancher, la poussière avait été effacée par un colis qu'on a tiré. Quelqu'un a pris une caisse et l'a sortie du hangar.

— Tu as pu suivre la trace ?

L'air satisfait de Tobias s'effaça subitement.

— Hélas non ! Ça se dirige vers la porte, et ensuite plus rien. Le gars a fait attention.

— C'est étrange. Qu'est-ce qu'il pouvait bien y avoir dans cette caisse de si important qu'il fallait la récupérer avant la fin de la traversée ?

Tobias tendit le poing et l'ouvrit. Un insecte en partie écrasé occupait le centre de sa paume.

Un scarabée.

— Je l'ai trouvé pas loin de là où se trouvait le passager clandestin.

— Il est gros, et alors ? Des tas de bestioles sont à bord, Toby !

— T'es bête ou quoi ? C'est pas n'importe quel insecte ! C'est un Scararmée ! Regarde ! Son abdomen est plus gros et translucide, s'il était vivant il pulserait sa lumière magique !

Matt rapprocha son nez du petit cadavre de chitine.

— Bien vu, Toby.

— Et si notre clandestin était venu récupérer ça ? Des Scararmées ?

— Un clandestin qui aurait une altération ?

— Et qui voudrait la rendre encore plus puissante.

— C'est pas bon ça. C'est pas bon…, marmonna Matt, à la fois furieux et inquiet.

Tobias désigna Ambre du menton :

— Comment va-t-elle ?

— La blessure cicatrise, du moins en apparence. Maintenant il faut savoir si à l'intérieur les dégâts sont réparés aussi.

— Et… elle remarchera ?

Matt secoua la tête avec accablement. Les yeux pleins de larmes.

Tobias proposa de rester avec lui pour le reste de la nuit, mais Matt le renvoya vers leur cabine pour qu'il se repose. Orlandia avait disposé un garde devant la porte, il savait que son ami serait en sécurité là-bas aussi.

Matt somnola durant une heure, et fut sorti de son sommeil par trois petits coups secs contre la porte.

Un des soldats Kloropanphylles s'excusa et dit :

— C'est une fille, elle dit qu'elle est guérisseuse. Une très bonne soigneuse. Elle a insisté pour vous parler.

— Qu'elle entre.

Une grande adolescente d'environ seize ans salua Matt. Une jolie métisse aux cheveux capturés sur la nuque par un large ruban et ramassés dans un chignon de tresses.

— Je m'appelle Dorine. C'est ma colocataire qui m'a réveillée en revenant de son service de nuit, et elle m'a raconté que vous avez été attaqués et qu'Ambre est blessée. J'ai vu Benny et Logan dans les couloirs, ils allaient se coucher, je sais que ce sont des guérisseurs, et vu leur tête, j'ai compris que ça va plus mal qu'on ne le dit. Pas vrai ?

— Si tu es guérisseuse, pourquoi n'as-tu pas été appelée tout à l'heure ?

— J'ai été sélectionnée parce que je parle plusieurs langues, que je suis très sportive, que j'ai pratiqué les sports de combat pendant des années, pas pour mon altération. Je crois même qu'elle n'est pas répertoriée.

Matt se souvenait vaguement d'elle à cause de son physique un peu hors normes, mais pas de ses compétences. À une certaine période, il avait vu défiler tellement de candidats qu'il avait saturé, et fait du remplissage, il fallait bien l'avouer.

— Et tu te dis douée en soins ?

— Je le crois, oui. C'est pour ça que je suis venue. Ma mère était vétérinaire, j'ai passé mon enfance à soigner les animaux, et j'ai continué après la Tempête, du coup mon altération s'est développée en ce sens.

Matt s'écarta pour montrer Ambre qui dormait.

— A priori ses blessures sont pansées. C'est la moelle épinière qui est touchée.

Dorine vint à son chevet.

— Je peux ? demanda-t-elle en désignant la jeune femme inconsciente.

Matt acquiesça, et Dorine prit le poignet d'Ambre, tâta son pouls. Puis elle souleva le drap afin d'inspecter le cercle de sang séché qui dessinait un œil au centre du dos.

— Ça a l'air propre, dit-elle. Ils ont fait du bon boulot.

— Tu peux faire mieux ?

— Je ne peux pas refaire ce qui a été fait, même en mieux. En revanche, je peux user de mon altération pour lui redonner des forces, son cœur est faible.

— Et pour sa vertèbre, tu peux agir ?

— Je vais essayer d'agir sur l'os, pour le réparer. Mais la moelle épinière, c'est autre chose. Personne n'est jamais parvenu à en réparer une.

Matt la regarda agir, et ses gestes sûrs mais attentionnés le rassurèrent. Peu à peu, gagné par la confiance, il finit par la laisser faire.

Après avoir disposé un linge humide sur le front d'Ambre, Dorine s'assit à côté d'elle et passa une main sous son dos.

— J'ai une méthode douce, dit-elle, qui peut prendre des heures, tu devrais aller te reposer.

Matt ne tenait plus debout. Pourtant il voulait rester près de son amie.

— Je vais me mettre dans le fauteuil là-bas. Si je m'endors et que tu as besoin de quoi que ce soit, réveille-moi.

Dorine lui adressa un sourire bienveillant, comme sa mère lorsqu'il disait quelque chose de touchant. Puis elle se concentra sur sa patiente.

Matt ouvrit les paupières d'un coup.

Comme si tout son corps avait deviné le danger. Comme si sa chair avait *flairé* la présence menaçante.

La suite était nimbée d'une lumière pâle, une lumière vive mais très blanche. Matt songea à un petit matin, au soleil masqué par un nuage de brouillard.

Il se leva et vit que Dorine était allongée à côté d'Ambre. Les yeux de la guérisseuse s'ouvrirent et elle leva la main pour saluer Matt, mais sans prononcer un mot. L'adolescent vit alors qu'elle appliquait toujours sa paume contre la blessure d'Ambre.

Il se tourna vers la baie vitrée. Duncan n'était plus là, il était reparti dans la nuit, rassuré par la présence de Dorine.

Dehors l'horizon avait disparu.

Englouti par un mur de brume.

Une brume grise, épaisse.

À l'intérieur de laquelle se devinaient des dizaines d'éclairs bleus.

Matt fit un pas en arrière, le corps hérissé par la chair de poule.

Entropia était juste là, devant eux.

14.

Le septième continent

Matt et Tobias entrèrent dans le poste de pilotage, au sommet de la proue du Vaisseau-Vie : une salle arrondie, sur deux niveaux, avec des longues-vues partout, des cartes sur les tables et divers instruments de navigation anciens, comme des sextants et des boussoles.

Orlandia et Torshan attendaient là, ainsi qu'Archibald et Clara.

L'immense baie qui occupait la moitié avant de la salle surplombait l'Océan, donnant l'illusion de voler à cent mètres au-dessus de la surface.

Face au navire, le mur de brume barrait la ligne d'horizon plein est.

— Nous sommes à l'arrêt ? demanda Matt.

— Oui, confirma la capitaine. Dans l'attente de prendre une décision.

Clara salua Matt.

— Vous êtes nos conseillers pour ce qui concerne Entropia, dit-elle.

— Depuis quand est-elle là, face à nous ?

Orlandia prit la parole :

— Les guetteurs installés dans le radeau volant

inventé par Tobias ont deviné quelque chose en fin de nuit, mais ça ne s'est confirmé qu'au petit matin, quand nous avons pu distinguer ce que c'était.

— On estime qu'elle est à moins de cinq kilomètres, ajouta Torshan.

— La question est de savoir si nous entrons dedans ou pas, conclut Archibald.

— C'est bien Entropia, dit Matt. La brume avec des éclairs bleus à l'intérieur, ça ne fait aucun doute.

— Et on peut en faire le tour ? demanda Tobias.

— Elle barre tout l'horizon, nous n'en voyons pas la fin, répondit Orlandia. Si nous choisissons de piquer plein sud, il faudra d'abord espérer que cette brume finisse quelque part pour la contourner, et aussi qu'elle se déplace plus lentement que nous, sinon ça ne servira à rien.

— Ça peut prendre des semaines, voire des mois, grinça Matt. Sans garantie de succès.

Torshan pointa un doigt vers l'écran gris-blanc.

— Si vous voulez atteindre l'Europe, j'ai bien peur que notre chemin passe à travers cette purée de pois.

Orlandia fixa Archibald et Clara.

— À vous de prendre la décision.

Les deux ambassadeurs s'observèrent et Clara demanda à Matt et Tobias :

— Que risque-t-on de rencontrer là-dedans ?

— Tout, répliqua Matt. Peut-être une faune monstrueuse, peut-être des Tourmenteurs... En fait je n'en ai aucune idée, ça dépend du pouvoir d'Entropia en pleine mer.

— En pleine mer justement ! Qu'est-ce qu'Entropia fait là ?

— Je ne sais pas. C'est Ambre qui devine le mieux ce genre de chose.

— A-t-elle repris connaissance ?

— Hélas non, toujours pas.

Orlandia reprit son rôle de capitaine :

— Il faut se décider, nous ne pouvons pas rester là indéfiniment.

— Avons-nous le choix ? résuma Archibald.

— Je ne crois pas, dit Matt.

— Alors vous avez ma réponse. Clara ?

L'ambassadrice hésita, puis approuva, sans conviction.

— Mais préparez toutes les défenses du navire, précisa-t-elle. Nous allons demander à tous les Pans de se tenir parés. Que les archers soient en alerte, ainsi que ceux qui ont des altérations destructrices.

— Je vous conseille aussi de fermer toutes les écoutilles, préconisa Matt, ainsi que les balcons et les fenêtres, et aussi de faire descendre les garçons du radeau volant. Il est préférable de sécuriser au maximum tout le bateau.

Tobias hocha vivement la tête.

— Parce que nous allons traverser l'enfer, dit-il.

Il savait de quoi il parlait.

Le Vaisseau-Vie reprit sa route, toutes voiles dehors, et ne tarda pas à s'enfoncer dans le mur de brume.

À bord, tout le monde s'était préparé au pire. Tellement de légendes circulaient à propos d'Entropia qu'ils s'attendaient à ce que des squelettes surgissent de la brume, ainsi que des monstres sanguinaires. Mais l'immense bateau pénétra dans la ouate grise sans un ralentissement, sans un cri, sans le moindre signe de danger.

Seuls les flashes des éclairs, au loin, embrasaient les volutes d'humidité en suspension. Ils illuminaient l'atmosphère sans un son, comme les stroboscopes dans une discothèque dont la musique serait tombée en panne.

Pendant toute la journée, le Vaisseau-Vie poursuivit son chemin sans autre problème que l'angoisse de ses passagers.

Matt revenait régulièrement au chevet d'Ambre pour constater que Dorine ne la quittait pas, la main toujours plaquée contre son dos. La guérisseuse avait les traits tirés, mais elle rassurait Matt en lui disant qu'Ambre reconstituait ses forces. Pour autant, elle n'avait pas encore repris connaissance.

En fin de journée, le navire sembla ralentir, comme si l'eau qu'il traversait n'avait plus la même densité.

Matt retrouva Orlandia sur le pont supérieur tandis qu'elle se précipitait vers le poste de manœuvre.

— Que se passe-t-il ? demanda-t-il.

— Je l'ignore. On dirait que nous rencontrons un courant contraire.

Ils entrèrent dans la grande salle, et Orlandia écouta les rapports des différents observateurs en collant son oreille contre les trompettes en nacre.

— Nous avons un problème, annonça-t-elle en revenant vers Matt. Viens.

Elle l'entraîna au pas de course vers les niveaux inférieurs avant de parvenir dans un réfectoire ouvert sur les flots par plusieurs baies, à moins de deux mètres au-dessus de la surface.

Un Kloropanphylle les attendait juste devant les ouvertures. Il pointa son doigt sur l'extérieur et recula, mal à l'aise avec ce qu'il voyait.

Matt se pencha.

Il vit surtout la brume, partout.

Puis l'Océan sous leurs pieds.

Et l'Océan brillait étrangement, couvert de reflets argentés qui ondulaient au gré de la houle.

— Des poissons morts, comprit-il. Des milliers de poissons morts…

L'Océan en était tapissé. Partout. Des poissons de toutes tailles, de toutes espèces. Tout ce qui vivait autrefois dans ces eaux était à présent en train de flotter, le ventre à l'air, l'œil vide.

— C'est l'œuvre d'Entropia, murmura Matt. Elle tue tout ce qui vit, elle détruit tout ce qui ne lui sert à rien. Et elle assimile le reste.

— Cette chose n'a aucun respect pour la vie, pesta Orlandia.

— Non, elle est faite de ce qui n'était pas vivant, de matières synthétiques, de déchets, de pollution, d'intelligence artificielle.

Le garçon Kloropanphylle soupira.

— Pourvu qu'on sorte vite de là, dit-il avec dégoût.

Lorsque la nuit tomba sur le Vaisseau-Vie, l'angoisse redoubla d'intensité à bord. Chacun craignait que des créatures n'en profitent pour venir les attaquer, et les gardes redoublèrent de vigilance, tout comme les vigies, emmitouflées dans leurs capes, sur les balcons en hauteur.

Pourtant la nuit fut calme, tout autant que l'Océan.

Mais le lendemain midi, Torshan vint chercher Tobias. Matt, lui, refusait de quitter le chevet d'Ambre, sauf en cas d'urgence, car d'après Dorine elle avait repris connaissance à plusieurs reprises pendant son absence, avant de retomber dans une profonde léthargie.

Tobias suivit le Kloropanphylle qui claudiquait à cause de sa blessure à la jambe.

— Qu'est-ce qui se passe ? demanda le Pan.

— Le guetteur sous-marin a vu des « fantômes de poissons » tout autour du Vaisseau-Vie. Il dit qu'il y en a partout et qu'ils nous encerclent !

— Des fantômes de poissons ? J'espère que c'est le guetteur qui a pété les plombs parce que si c'est vrai on est mal.

Les deux garçons se glissèrent dans le tuyau et descendirent les barreaux à toute vitesse pour entrer dans la nacelle d'observation sous-marine, plongée à une vingtaine de mètres de profondeur. Là, le guetteur, un Kloropanphylle pas rassuré, referma une partie des clapets de la lampe à substance molle pour que la pénombre leur permette de voir au-delà des énormes vitres.

Les formes spectrales apparurent les unes après les autres dans la mer obscure.

Des silhouettes de toutes les formes, blanchâtres, qui flottaient autour d'eux.

Le Kloropanphylle avait dit la vérité. Ils étaient encerclés par des fantômes de poissons.

— Tu as mis les lanternes à l'eau pour avoir plus de lumière ? s'enquit Torshan.

— Non. J'ai eu peur de les attirer.

Torshan actionna un levier et des écoutilles s'ouvrirent sur les côtés de la nacelle. De la substance molle apparut et entra en vibration avec l'eau, projetant sa lumière argentée.

Les fantômes s'agitaient dans le courant et les remous provoqués par la coque du navire.

Ils devinrent encore plus étranges. Leurs corps étaient déchirés, comme des lambeaux de vêtements troués.

— Ce ne sont pas des fantômes, devina Tobias.

— Non, ce sont… des sacs en plastique. Des centaines. En morceaux…

— Des milliers même.

Ils traversaient un interminable banc de sacs en plastique qui glissaient dans l'eau telles des méduses albinos.

Soudain tout le navire trembla et un choc violent le ralentit, projetant les occupants de la nacelle contre le verre.

Tobias se releva, en alerte.

— On a percuté quelque chose ! On va couler !

— Non, dit Torshan. C'était plus progressif qu'un choc direct. Comme si nous nous étions enfoncés dans du sable.

Pourtant, de là où ils étaient, aucune terre n'était en vue, rien que les abysses pollués et leurs ténèbres hantées.

Ils remontèrent aussi vite que possible et regagnèrent le poste de pilotage à la proue. Ils y entrèrent en sueur, hors d'haleine.

— Qu'est-ce qui s'est passé ? demanda Torshan.

Orlandia surgit au milieu de ses officiers de bord.

— Nous avons heurté une terre.

— Une terre ? Mais il n'y a rien en dessous ! Nous étions dans la nacelle d'observation.

— Alors c'est une terre flottante. Et nous nous sommes encastrés dedans. Le navire ne bouge plus.

— Nous avons atteint l'Europe ? s'étonna Tobias. Déjà ?

— Non, pas encore. C'est autre chose, qui ne devrait pas être là, nous sommes encore en plein océan Atlantique.

— Quoi donc ? questionna Torshan. Pour que ça nous stoppe en plein élan ça doit être énorme, sinon nous l'aurions traversé !

— Regarde.

Orlandia poussa vers lui une longue-vue et Tobias en attrapa une autre, afin de scruter la surface de l'eau à travers les filets de brume.

Là où aurait dû clapoter la houle, il distingua des formes géométriques grises, blanches et noires.

Il reconnut des bidons d'essence, par centaines, des bouteilles agglutinées les unes aux autres, des cartons, des récipients, le tout à moitié fondu, couvert de débris et de sacs en plastique. Et si la brume lui masquait la vue à courte distance, il devinait des collines d'ombres à travers le brouillard. C'était une terre entière qui les retenait. Une terre de détritus.

— Je crois que, cette fois, il faut aller chercher Matt, dit Tobias. Là, c'est une urgence.

Entropia était en train de conquérir les océans.

Non seulement elle y détruisait toute forme de vie, mais elle recouvrait peu à peu la surface de ses immondices.

À cet instant, Tobias ne pensait plus qu'à une chose.

Il espérait de tout son cœur que l'humanité ancienne n'ait pas produit de son vivant assez de matériaux nocifs ou polluants pour recouvrir toute la surface de l'Océan.

Sinon l'humanité nouvelle ne tarderait pas à en payer le prix fort.

Et définitif.

15.
Flaques de mort

Tobias n'était pas rassuré.

— Tu es sûr que c'est une bonne idée ? insista-t-il. Moi je le sens pas.

Matt termina de sangler le baudrier de son épée sur son dos, afin que la poignée soit à bonne hauteur, entre ses omoplates.

— Si tu en as une meilleure, je prends ! Je n'ai pas plus envie que toi d'y aller, mais le bateau est immobilisé.

— Et descendre explorer cette terre de pollution va nous permettre de dégager le Vaisseau-Vie ?

— Je n'en sais rien. Mais il faut comprendre ce que nous avons en face de nous. De toute manière nous sommes coincés, on ne peut pas attendre de miracle.

— Moi je dis qu'on est plus en sécurité à bord.

— Pour combien de temps ? Et si nous restions prisonniers à jamais ? Tu n'es pas obligé de venir si tu n'en as pas envie.

Tobias fit une grimace de garçon blasé, comme si, de toute façon, il n'avait pas le choix. Il souleva le sac en toile à ses pieds et en sortit son arc et un carquois de flèches.

Puis ils rejoignirent Floyd, Chen et Tania ainsi que trois Kloropanphylles volontaires pour descendre : Rordan, Ti'an et Tikanush, deux garçons et une fille aux corps sculptés par le sport. Les trois guerriers aux cheveux verts, revêtus d'une armure blanche en chitine de fourmi, étaient armés de bâtons taillés en pointe et d'un arc dans le dos.

On fit ouvrir une écoutille à quelques mètres de la surface et ils descendirent par une échelle de corde.

En tête, Matt posa le pied sur la matière synthétique de ce sol bizarre. Il s'était attendu à ce que l'amas de plastique s'enfonce sous son poids, mais il n'en fut rien. Lorsque les huit explorateurs furent débarqués, l'échelle remonta et Matt désigna ce qui devait être le centre de l'activité de cette étrange île : les éclairs bleus qui coloraient le ciel de brume.

— Suivons cette direction, si nous pouvons découvrir quelque chose, ce sera là-bas.

— On n'entend pas le tonnerre qui devrait accompagner les éclairs, commenta Chen, ça voudrait pas dire qu'ils sont en fait très très loin d'ici ?

— Peut-être. Mais s'il existe une chance pour nous de comprendre ce qu'est cette chose et comment en sortir, elle se trouve sûrement là-bas. Tania, tu as la boussole pour que nous puissions revenir ?

— Oui, je vous guiderai au retour.

Ils avancèrent d'abord d'un pas assez lent – ils craignaient de se tordre une cheville – le sol était irrégulier, des fragments de bidons, de bouteilles, de cartons et de millions d'objets en plastique entremêlés, fondus ensemble, constituaient un parterre chaotique et dangereux. Il fallait enjamber, s'accrocher, éviter les trous, les objets pointus, les blocs, les surfaces molles qui ressemblaient à des mares d'hydrocarbures... Puis le petit groupe finit par s'habituer et trouva son rythme, progressant en file indienne.

Chacun partageait son attention entre le sol et l'environnement, se méfiant du peu de visibilité dont ils disposaient. À tout moment, ils s'attendaient à voir surgir une silhouette menaçante et à devoir se battre.

Pourtant cette étendue ne semblait abriter aucune forme de vie. Aucun mouvement, aucun bruit. Et c'était ça le plus troublant : l'absence de son. Pas même celui de la mer. Rien sinon leurs pas, le frottement de leurs semelles lorsqu'ils dérapaient, et le rythme de leurs souffles.

Peu à peu, néanmoins, sans qu'ils s'en rendent compte, la matière de ce continent synthétique s'éveillait sur leur passage. Des fissures se prolongeaient brusquement. Des morceaux de plastique se mettaient à s'enfoncer dans leur dos, et finissaient aspirés, pour ne laisser qu'un trou à la place. Les flaques noires se mettaient à onduler, comme si un mouvement agitait leurs profondeurs.

À mesure que les adolescents avançaient, l'île s'éveillait.

Ils avaient parcouru près de deux kilomètres lorsque Floyd les stoppa. Il mit la main sur la poignée de son épée.

— Ça bouge ! prévint-il. Je viens de voir quelque chose s'enfoncer dans le sol !

Tous dégainèrent leurs armes et se rapprochèrent les uns des autres pour former une colonne unie.

Brusquement, le paysage tout entier se mit à bouger, des dizaines d'objets furent happés d'un coup pour laisser place à un puits sans fond, des fissures apparurent et la terre trembla.

Un jerrican aux pieds de Matt se mit à fondre sous l'effet d'une brusque chaleur invisible, et une petite radio jaillit de ses entrailles, comme si le sol de plastique la régurgitait. Sans qu'elle s'allume, un son résonna depuis le haut-parleur, un crachouillis inaudible aussitôt suivi d'une voix lointaine :

— *Inertiens, laissez-vous assimiler. Pour vous répandre dans le Réseau.*

Tous les trous qui venaient de se former autour des adolescents se remplirent alors d'un liquide noir et visqueux.

La voix, sans aucun ton, aucune émotion, ajouta :

— *Plongez. Rejoignez le Réseau.*

Matt fit un pas en arrière et buta contre Tobias.

— Hors de question que je saute là-dedans, fit ce dernier.

— On va se noyer si on va dans ce truc ! grommela Chen d'un air dégoûté.

— On dirait du pétrole, ajouta Tania.

— Personne ne saute, ordonna Matt.

— *C'est votre programme. Vous devez rejoindre le Réseau.*

— Nous voulons parler à Ggl, dit Matt en haussant la voix.

L'île sembla se figer. Plus rien ne bougea dans ses profondeurs.

Puis la voix répondit, toujours aussi lointaine, crachée par le petit poste de radio :

— *Vous n'êtes pas habilités à entrer dans le Réseau Source.*

Aussitôt des bruits de succion brisèrent le silence et des pseudopodes de plastique aggloméré surgirent des flaques noires pour s'agiter dans l'air.

— Oh, non, gémit Tobias. Pas bon signe ça.

— On se tire d'ici ! s'écria Matt. Au bateau ! Vite !

Une demi-douzaine de tentacules se mirent à tournoyer au-dessus de leurs têtes et un premier s'abattit si rapidement qu'aucun adolescent ne put réagir. Le bout du pseudopode s'abattit sur la tête de Rordan et l'avala d'un coup, tandis qu'un liquide visqueux et noir dégoulinait sur les épaules du Kloropanphylle. L'appendice se souleva et emporta avec lui le pauvre garçon qui s'agitait dans la brume sans même pouvoir crier.

Ti'an leva le bras vers son compagnon et un éclair blanc fusa depuis le bout de sa main pour transpercer le pseudopode qui fut sectionné en deux. Le corps de Rordan tomba de plusieurs mètres au milieu des débris de sacs en plastique. Mais avant même que les deux Kloropanphylles ne puissent accourir pour le dégager, un autre pseudopode l'attrapa par la tête et se rétracta pour disparaître dans une flaque d'hydrocarbures avec sa proie humaine.

La surface du liquide émit quelques bulles, s'agita, puis ce fut le silence.

Les adolescents étaient sous le choc.

Mais ils reprirent leurs esprits lorsque deux autres pseudopodes foncèrent sur eux.

Le premier fut traversé de trois flèches tirées à toute vitesse par Tobias, puis par une quatrième venue de Tania, tandis que Ti'an et Tikanush délivraient leurs éclairs blancs sur le second, aussitôt mis en pièces.

En revanche les flèches n'affectèrent en rien la créature qui ne ralentit même pas et s'abattit sur Floyd pour le saisir de son extrémité noire et collante. Le Pan décolla du sol, attrapé par le dos, comme une mouche sur un ruban de Scotch. Matt trancha l'extrémité du tentacule d'un ample coup d'épée rageur.

L'effet collant disparut immédiatement et Floyd fut libéré.

— Courez ! aboya Matt. Courez jusqu'au bateau !

Les sept adolescents filèrent à toute vitesse, sautant par-dessus les obstacles, trébuchant, roulant parmi les détritus de plastique et se relevant dans la foulée. Stimulés par la peur, ils fusaient alors que les sombres tentacules fouettaient l'air juste au-dessus de leurs têtes.

Tobias continuait de décocher ses tirs en courant, il allait beaucoup plus vite que ses camarades et du coup se permettait de s'arrêter pour tirer en visant la tache noire au bout des pseudopodes, sans que cela semble les affecter.

Soudain Tania fut saisie par les cheveux et s'envola en hurlant.

Chen fit un bond impressionnant pour se jeter sur le pseudopode, et usant de son altération, Gluant grimpa à toute vitesse sur le tentacule et parvint à son extrémité avant que celle-ci ne disparaisse dans une flaque de pétrole. Il plongea sa dague effilée de toutes ses forces dans la tête de plastique et la découpa net avant que Tania ne se décolle et chute de plusieurs mètres. Elle heurta le sol dans le fracas du plastique. Chen bascula en arrière et, d'un mouvement parfaitement maîtrisé, tourna sur lui-même pendant qu'il tombait pour atterrir sur ses pieds.

Floyd aida Tania qui se relevait avec peine, et Tikanush trancha en deux à l'aide de ses éclairs blancs un tentacule qui se précipitait vers eux.

Les adolescents dévalaient la pente de détritus, et en cet instant il leur sembla improbable qu'ils puissent survivre. Des pseudopodes surgissaient au fur et à mesure qu'ils avançaient, toujours plus nombreux, et le Vaisseau-Vie leur paraissait toujours plus loin.

La seule arme efficace était celle des deux Kloropanphylles qui du coup contraient la plupart des attaques. Ils parvenaient à repousser avec leurs éclairs les longues colonnes de plastique qui les assaillaient, tout en sprintant, mais il devenait évident que leurs forces s'épuisaient.

Matt arrivait par moments à trancher une créature avec son épée lorsqu'elle s'approchait trop près, mais les autres ne pouvaient que courir, le plus vite possible, en s'efforçant de ne pas trébucher.

Les Pans et les Kloropanphylles n'avaient plus de souffle, les poumons en feu, ils haletaient, la sueur dégoulinant dans leurs yeux, les aveuglant d'une brûlure salée. Ils perdaient de leur lucidité, s'écorchaient les mains en se retenant in extremis, se cognant contre les blocs, à bout, hors d'haleine, incapables de résister plus longtemps.

Plusieurs pseudopodes fendirent alors la brume devant eux, formant un tapis de vers grouillant au sol.

Tikanush et Ti'an dépassèrent leurs compagnons et crachèrent leurs éclairs blancs pour ouvrir la voie. Ils y mirent leurs dernières forces, et sectionnèrent la plupart des vers qui leur barraient la route.

Mais l'un d'entre eux surgit dans le dos de Tikanush et l'attrapa avant de se rétracter aussitôt. Ti'an n'eut pas le temps de réagir, il vit son amie s'élever en criant, aspirée dans une flaque de pétrole où elle disparut aussitôt.

— Tikanush ! hurla-t-il. Tikanush ! Non !

Il voulut s'élancer vers la flaque mais Floyd le retint.

— Ne fais pas ça ! C'est trop tard ! Tu n'y gagneras que ta propre mort.

Ti'an était épuisé, il titubait. Floyd n'eut aucune peine à l'entraîner avec lui.

Dans leur dos, d'autres pseudopodes rampaient vers eux, comme une meute affamée.

Ils n'allaient pas survivre, songea Floyd. C'était impossible.

Cinq autres monstres se dressèrent devant lui.

Puis d'autres encore, sur les côtés.

Matt en repoussa deux avec son épée, Tania et Tobias tiraient autant de flèches qu'ils le pouvaient, sans grand effet.

Ti'an était vidé, il ne parvenait plus à déclencher le moindre tir.

Chen se rapprocha de Floyd.

— J'ai été heureux de faire ta connaissance, dit-il, résigné.

— Moi aussi, Gluant. Moi aussi.

Ils étaient encerclés.

Cette fois, c'était la fin.

Matt s'acharnait avec l'énergie de celui qui refuse l'évidence. Qui veut y croire jusqu'au bout. Il frappait, encore et encore, décapitait tous les pseudopodes à sa portée. Mais pour un abattu, deux nouveaux accouraient.

Alors un étrange son s'éleva. Semblable à un cor de chasse avant l'hallali.

Et soudain des dizaines d'éclairs argentés fendirent la brume.

Une petite armée de silhouettes blanches, en armure de chitine, arrivait au galop sur les chiens géants.

À leur tête : Orlandia sur le dos de Plume.

16.
Tout donner

L'assaut fut bref.

Des dizaines d'éclairs crépitèrent dans l'atmosphère, laissant une odeur d'ozone dans leur sillage, et les pseudopodes tombèrent les uns après les autres, permettant à Matt et ses compagnons de rejoindre la protection de la cavalerie canine.

Orlandia tendit la main à Matt qui sauta sur le dos de Plume.

Un tentacule surgit brusquement d'une flaque toute proche, Plume fit un bond pour l'éviter et d'un coup de mâchoire féroce déchiqueta ce monstre de plastique sur plus d'un mètre.

Lorsque tous les explorateurs furent en selle derrière un Kloropanphylle, la cavalerie s'élança pour regagner le bateau.

Le Vaisseau-Vie apparut à travers la brume un instant plus tard.

Mais le sol se mit à gronder.

Quelque chose se déchirait dans les profondeurs du continent de synthèse. Des crevasses s'ouvrirent et s'élargirent de part et d'autre de la cavalerie qui accéléra encore.

Une énorme créature souterraine se rapprochait. Matt pouvait la deviner sous la patte de sa chienne. Une forme colossale qui remontait à la surface. Rapidement.

Les rochers de plastique se désolidarisaient de leur sol et se mettaient à rouler au gré des tremblements, des geysers de liquide poisseux et noir explosèrent un peu partout.

L'ouverture avant du Vaisseau-Vie était béante, sur la proue, et la passerelle descendait jusqu'à la terre. Un groupe d'archers Pans se tenait en haut, près à décocher leurs flèches.

Les premiers chiens parvinrent au pied de la passerelle lorsqu'un immense ver fendit la croûte plastique pour grimper vers le ciel.

Il semblait aussi long qu'un train et plus large qu'un bus.

Sa gueule s'ouvrit en plusieurs triangles, comme les pétales d'une fleur mortelle, et il se contorsionnait au-dessus des Kloropanphylles qui évacuaient les explorateurs.

Il allait retomber, gueule béante, et aspirer tout ce qui serait sur sa trajectoire.

Les Kloropanphylles déclenchèrent en même temps leur tir, et un flash aveuglant illumina la brume tandis que de nombreux éclairs frappaient leur cible.

Le ver géant se cabra et s'agita tout entier avant de retomber brusquement dans son orifice. Il venait de prendre une décharge incroyable.

Les chiens remontaient la passerelle au galop, Matt et Orlandia supervisaient la retraite, parmi les derniers, lorsqu'ils perçurent de nouveaux tremblements dans le sol.

— Si cette monstruosité revient, s'écria Orlandia, il va vite falloir trouver un moyen de la détruire, nous ne pourrons pas user de nos pouvoirs très longtemps. Cela nous épuise !

Les derniers chiens traversèrent la brume et montèrent sur la passerelle.

Le continent de synthèse s'ouvrit à nouveau, et un ver semblable au précédent s'éleva vers le ciel comme une tour s'érigeant d'un seul coup par magie.

Juste derrière lui, un autre apparut.

Puis un troisième sur le côté. Et le sol tremblait encore.

— C'est plus le moment de traîner ! s'écria Matt.

Orlandia tira sur le poil de Plume pour l'inviter à se mettre en action, la chienne semblait tout aussi médusée par ce qu'elle voyait. Puis elle poussa sur ses puissantes pattes et ils remontèrent la passerelle en un rien de temps. Les portes coulissaient déjà dans leur dos tandis que les derniers chiens les rejoignaient.

Torshan se précipita vers Orlandia, malgré sa claudication :

— Les archers sont déployés sur le pont supérieur et aux différents postes de défense. Les arbalètes sont armées.

— Flèches et carreaux ne sont d'aucune utilité contre ces bestioles, répliqua Matt. Il faut un maximum de vos lanceurs d'éclairs, et tous les Pans dont l'altération est guerrière. Les cracheurs de flammes ou de glace, les contrôleurs de vent ou d'eau, bref, tous ceux qui peuvent en venir à bout !

Tout le Vaisseau-Vie fut alors frappé d'une violente secousse et la noix craqua autour d'eux.

— Les vers ! cria un garde. Ils nous attaquent !

Orlandia pivota vers Torshan :

— Tous nos tireurs en position, aussi fatigués soient-ils ! Feu à volonté !

Dans le hall, les cavaliers sautaient de leurs chiens géants pour se précipiter vers les plates-formes des niveaux supérieurs. Matt et Orlandia, accompagnés par ce qu'il restait des explorateurs, se précipitèrent à leur tour sur un des balcons qui dominaient le continent de synthèse.

Dehors, dix énormes vers frappaient la coque du Vaisseau-Vie comme d'improbables gourdins. À chaque choc, tout le navire tanguait et craquait. Des canalisations se brisaient, inondant les planchers, des escaliers s'effondraient, coupant les passages entre certains niveaux, et tout ce qui n'était pas bien arrimé à bord s'envolait pour s'écraser contre les murs.

Matt vit un ver frapper de face, perforer l'avant du bateau et s'y enfoncer d'une vingtaine de mètres avant d'en ressortir.

Les éclairs s'abattaient sur les créatures, mais il en fallait une telle quantité pour repousser un seul ver, que pendant ce temps les autres pouvaient frapper. Des gerbes de feu et de glace perforaient l'épaisse croûte qui servait de peau aux vers, les Pans participaient à la défense avec leurs altérations.

Mais après plusieurs minutes de combat, Matt comprit que les forces des adolescents déclinaient rapidement et qu'en face, les vers étaient encore plus nombreux. Quatre d'entre eux étaient parvenus à frapper la coque et à la perforer. Chaque fois les dégâts étaient considérables. Par chance, ils n'avaient encore frappé qu'au-dessus du niveau de l'eau, toutefois il suffisait d'une avarie sous la ligne de flottaison pour que le Vaisseau-Vie ne soit en péril.

— Nous ne tiendrons plus longtemps, lança rageusement Orlandia.

— Il faut sortir les voiles de pétales, toutes, insista Matt. Il faut se dégager de là.

— Nous avons déjà essayé, le bateau est enfoncé dans cette matière sur une trop longue distance. Nous sommes coincés !

— Si nous n'en sortons pas, nous serons bientôt tous morts !

— Je sais, Matt, je sais. Mais il nous faut une autre idée.

L'adolescent serra les mâchoires. Il n'en avait pas. Il ne voyait pas comment se sortir de ce traquenard. Ils n'étaient pas assez nombreux pour repousser les vers plus longtemps. Mais il refusait de baisser les bras et de s'avouer vaincu.

Il voyait les vers heurter le navire avec de plus en plus de violence, et sentait la noix se fendre sous ses pieds.

À chaque impact, plusieurs adolescents passaient par-dessus bord depuis les terrasses, balcons, passerelles, d'où ils tiraient avec leurs altérations. On les voyait chuter en criant, disparaître dans l'eau sombre, et aucun ne remontait à la surface.

Le plafond et les murs se zébrèrent de petites veines creuses…

— Oh non, fit Chen, tout est en train de se briser.

— Je vais aller auprès d'Ambre, annonça Matt, si nous coulons il faudra qu'on la sorte de là.

— Je t'accompagne, lança Tobias.

Deux nouveaux coups puissants contre le Vaisseau-Vie le firent tanguer et les deux garçons réussirent in extremis à ne pas passer par-dessus bord.

— Ces vers nous mettent en pièces, enragea Floyd.

Orlandia acquiesça en silence, réduite à l'impuissance. Des larmes coulaient sur ses joues tandis qu'elle voyait son magnifique navire se faire détruire peu à peu sans pouvoir repousser les attaques.

Au loin, les éclairs bleus d'Entropia étaient plus nombreux et semblaient se rapprocher, alertés par cette activité.

Puis l'air devint brusquement électrique.

Tous le perçurent et s'arrêtèrent un court instant.

L'air devint plus froid, puis plus chaud.

Et de grandes vagues se formèrent, et vinrent se briser contre les côtes synthétiques.

De plus en plus hautes.

Les vers ralentirent, comme intrigués.

Alors l'Océan se souleva d'un coup, un mur d'eau jaillit, surplombé d'une écume tourbillonnante, et il monta encore et encore, l'eau parut aspirée vers le sommet, et le mur se dressa de part et d'autre du Vaisseau-Vie, comme pour le protéger.

Et il s'abattit brutalement sur la terre de synthèse. Non comme l'eau aurait glissé du sommet d'un immeuble, mais avec une force semblable à la main d'une mère qui veut protéger son enfant.

L'Océan donna une gifle impressionnante à Entropia.

Et les vers furent aussitôt balayés, arrachés à leurs terriers.

Tous à bord fixaient la scène de leurs yeux écarquillés, sans comprendre ce qu'ils voyaient.

Seuls ceux qui se trouvaient à l'avant, sur le pont supérieur, virent deux Pans qui portaient un large fauteuil.

Ambre était assise, les mains levées au-dessus de sa tête.

L'air tremblait autour d'elle, comme sur une route d'asphalte par une journée de canicule.

Elle avait d'énormes cernes. Ses bras retombèrent.

Extrêmement pâle, Ambre serra pourtant les poings et se concentra à nouveau.

Le Cœur de la Terre se mit à tournoyer en elle, une fois encore.

Elle puisa dans ses dernières forces, et dans celle de cette énergie incommensurable qui vivait à présent en elle.

Et tout le Vaisseau-Vie trembla.

Il se mit à reculer, son étrave glissa hors de l'étau de plastique qui le retenait prisonnier.

Le navire prit de la vitesse.

Ambre vit la menace qui reculait. Entropia s'éloignait d'eux.

Il ne restait que l'enveloppe de brume.

Elle avait accompli son devoir. Soudain ses yeux se révulsèrent, et elle s'effondra dans son siège.

Dorine accourut pour la retenir avant qu'elle ne tombe.

Elle chercha son pouls.

Mais cette fois, elle ne le trouva pas.

17.

L'électricité primale

Ambre était allongée sur son lit.

Ses mains croisées sur la poitrine, dans une robe blanche en satin, sa préférée.

Plus tard, Dorine raconta à Matt qu'Ambre s'était réveillée au début de la bataille contre les vers géants. Elle avait demandé qu'on lui explique ce qui se passait et, au moment de se lever, la douleur l'avait foudroyée. Elle avait rapidement pris conscience de la gravité de son état, et compris que plus jamais elle ne marcherait. Pourtant ses états d'âme étaient passés au second plan. Elle avait exigé d'être conduite sur le pont.

Bien que Dorine le lui eût fortement déconseillé, Ambre avait puisé dans ses forces et dans celles du Cœur de la Terre pour réveiller l'Océan et l'utiliser comme la force supérieure capable de protéger le Vaisseau-Vie.

Elle avait tout donné. Tout. Pour sauver ses compagnons, pour dégager le bateau de sa gangue de plastique, jusqu'à en perdre son souffle. Sa vie.

Matt posa un genou à terre devant la jeune femme et baissa la tête.

Elle venait d'être allongée là. Dorine avait tout fait, mais ça n'avait pas suffi. Ambre était partie.

Les larmes glissaient en silence sur les visages. Matt était accablé. Terrassé. Il refusait d'y croire, malgré l'évidence.

Une partie de lui entendait et subissait, l'autre n'était pas là, pas dans cette pièce, et vagabondait parmi les souvenirs qu'il avait d'Ambre, les espoirs, les projets, les émotions. Cette partie-là de lui n'était pas prête à entendre la vérité.

Ambre ne pouvait pas mourir.

C'était impossible. Ils étaient l'Alliance des Trois, et ça ne pouvait fonctionner qu'avec Tobias et elle. Et il y avait tout ce qu'ils n'avaient pas fait ensemble, tout ce qu'ils ne s'étaient pas dit.

Ambre ne pouvait pas être partie comme ça, si vite, sans accomplir ce qui l'attendait.

Alors Matt se redressa et déposa un long baiser sur ses lèvres.

Il lui prit les mains.

Elles étaient chaudes.

Dans son dos, Orlandia, Dorine, Tobias, Clara et Archibald regardaient, impuissants.

Matt sentait la vie en elle. Elle tournoyait comme un courant marin, imperturbable. Une force supérieure à celle qui anime un corps humain.

Le Cœur de la Terre.

Matt le savait, il était là, il habitait Ambre. Et tant que son enveloppe physique serait apte à le protéger, il alimenterait Ambre. Parce qu'il était la matrice de la vie terrestre. Le courant originel, l'arc électrique de la vie. L'Énergie Source.

Matt sentit la peau d'Ambre frissonner. Il lui caressa le front et l'observa avec les yeux de l'amour. Elle était belle comme un tableau de maître. Même inconsciente, une grâce exceptionnelle habitait l'adolescente. Ses cheveux brillaient dans la lumière du jour, comme saupoudrés de paillettes. Son nez remontait juste ce qu'il fallait pour conférer à son visage délicat un air mutin. L'ourlet de ses lèvres appelait Matt, doux et accueillant, tendre et apaisant.

Il constata que les joues pâles reprenaient un semblant de couleur, une timide pointe de rose.

— Elle n'est pas morte, murmura-t-il, comme s'il le savait depuis le début.

Tobias s'approcha.

— C'est vrai ? Je le savais ! Elle ne peut pas mourir, pas elle, pas comme ça !

Matt serra les mains de la jeune femme.

— Tu ne peux pas nous quitter, lui chuchota-t-il. Tu m'entends ? Tu ne peux pas nous lâcher !

Il l'embrassa à nouveau et glissa son nez dans le cou de son amie. Sa peau exhalait un parfum léger, un peu sucré, comme du pain d'épice. Une odeur familière, rassurante. Matt l'inspira à pleins poumons.

— Reviens-nous, lui murmura-t-il au creux de l'oreille. Nous sommes là pour toi. *Je* suis là.

Il demeura ainsi un moment, assistant au retour de la vie. Il vit sa poitrine se soulever à nouveau, progressivement, un souffle court mais régulier. Il perçut les battements de son cœur, timides, à travers la fine peau de son cou. Elle était de retour.

Matt lui déposa un baiser sur le front et se tourna vers Dorine.

— Elle est très faible, il faut l'hydrater, mais elle va vivre.

C'était à présent Dorine qui était pâle comme un spectre.

— Mais… son pouls… il…

— Le Cœur de la Terre vit en elle, expliqua Matt. Peut-être que pendant un moment elle a été… morte. Mais l'énergie de la vie est en elle. Elle la protège. Je le savais.

— Ambre est… immortelle ? demanda Clara.

— L'âme de l'Arbre de vie l'habite, expliqua Orlandia. Tant qu'il sera en elle, rien ne pourra lui arriver.

— Je crois que la source d'énergie qui bouillonne en elle la préserve, dit Matt. Du moins dans une certaine limite. Tant que son intégrité physique n'est pas menacée. La chair reste fragile.

— En revanche, elle peut libérer autant d'énergie qu'elle le veut ? questionna Archibald. Sans limites ?

— La preuve que si. Lorsqu'elle va trop loin, elle en paye le prix fort. Je crois qu'elle a vraiment été morte, pendant un court moment. Avant que la vie ne se fraye un chemin jusqu'à son esprit, son cœur. Il ne faut pas qu'elle pousse trop, qu'elle prenne le risque qu'un jour l'énergie ne suffise plus, ou que ça ne marche plus. Je ne crois pas que ce soit systématique.

— Elle a été choisie par l'âme de l'Arbre de vie, rappela Orlandia. Il a su détecter en elle une force singulière, un être à part. Capable de le transporter.

— Et de l'unifier à ses autres fragments, ajouta Tobias.

— Mais alors, enchaîna Archibald, quand elle va

absorber les autres Cœurs de la Terre, elle va devenir quoi ? Un être… exceptionnel ! Presque comme un dieu !

— Si toute cette énergie et ce pouvoir ne la rendent pas folle, compléta Clara.

— Nous verrons en temps et en heure, dit Matt avant de pivoter vers Dorine. Reste à son chevet. J'ai confiance en toi, je t'ai vue à l'œuvre, je sais que tu es attentionnée. Elle va avoir besoin de soins, qu'on veille sur elle. Ambre doit être dans un état de fatigue extrême. Il faudra peut-être plusieurs jours avant qu'elle puisse s'éveiller. Je reviendrai souvent, mais fais-moi prévenir si elle rouvre les yeux.

— Tu parles comme quelqu'un qui s'en va pour une longue mission ! s'étonna Tobias. Qu'est-ce que tu as en tête ?

— Nous avons beaucoup de travail, en effet. Il faut contrôler l'état du navire. Si Ambre nous a tirés de la terre synthétique, ça ne signifie pas pour autant que nous sommes en sécurité. Il faut faire le point complet de nos avaries. Puis trouver un moyen de contourner cette terre ignoble. Nous sommes loin d'être tranquilles.

— Nos voiles n'ont pas souffert de l'attaque, l'informa Orlandia. En revanche les dégâts de la coque sont nombreux.

— Il faut en faire l'inventaire, voir ce que nous avons perdu. Et s'assurer que nous sommes encore capables de naviguer, même en cas de forte tempête. Et surtout veiller à ne plus nous échouer dans Entropia.

— Et il y a autre chose, rappela Tobias. N'oubliez pas que nous avons toujours un espion à bord. Et qu'il a déjà essayé de nous tuer.

— Et il prépare probablement un sale tour, déclara Matt en songeant au Scararmée retrouvé par Tobias.

— Les gardes ne quitteront pas la porte de cette chambre, lança Orlandia. Et ils vous accompagneront aussi, Tobias et toi, Matt.

— Je n'en veux pas, répondit Matt.

— Pourquoi ?

— Parce que nous ne pourrons jamais remonter jusqu'à lui, il y a trop de monde à bord, et il est trop prudent pour avoir laissé des indices derrière lui, c'est ce que Tobias a constaté en fouillant le hangar 18. Donc le seul moyen de le démasquer avant qu'il ne commette un acte de sabotage qui pourrait être fatal à cette mission, c'est de le laisser venir jusqu'à moi.

Tobias fixa son ami.

C'était une très, très mauvaise idée.

18.

L'envie du sang

Le Vaisseau-Vie avait subi des avaries multiples. Une quinzaine de trous perçaient la coque, parfois sur plus de vingt mètres de profondeur. Le vent de l'Océan s'y engouffrait en sifflant, tourbillonnant dans les niveaux inférieurs comme un diable jouant à décoiffer tous les adolescents à bord.

De très nombreuses fissures lézardaient la structure.

Mais par chance, aucune brèche sous la ligne de flottaison. Le Vaisseau-Vie pouvait naviguer sans prendre l'eau. Cependant il fallait prier pour ne pas croiser une tempête et des creux de plusieurs mètres, car l'étanchéité ne serait alors plus du tout garantie.

Une grande quantité de vivres avaient été perdus, ainsi que du matériel destiné à l'exploration de l'Europe : des armes, des chariots essentiellement. Par miracle, tous les chiens se trouvaient dans le hall de débarquement au moment de l'attaque, et non dans leur chenil qui avait été mis à mal. Les Kloropanphylles en improvisèrent un nouveau dans deux réfectoires des niveaux supérieurs.

Au rang des mauvaises nouvelles, la destruction des voiliers dans les cales hangars. Sur les trois, deux avaient tellement souffert qu'ils étaient irrécupérables. Le dernier nécessitait des réparations mais pourrait reprendre la mer.

Orlandia organisa les travaux en fonction des priorités, dont la sécurité du navire, et tous les Pans qui n'étaient pas en service furent réquisitionnés.

Dans le même temps, on doubla le nombre de guetteurs aux postes de vigies. On sélectionna ceux qui avaient une altération de vue capable de voir loin ou la nuit. La brume masquait l'horizon et il était difficile de guider le Vaisseau-Vie avec si peu de visibilité. Il était primordial de ne plus s'échouer sur le continent de synthèse.

Le navire voguait à petite allure. Après avoir piqué plein sud, ils avaient remis cap à l'est en croisant les doigts pour qu'Entropia ne se soit pas étendue. Si la brume omniprésente les oppressait toujours, ils commencèrent néanmoins à reprendre espoir après deux jours de navigation sans menace.

Ambre n'avait pas repris connaissance, mais Dorine veillait sur elle, se chargeant de l'hydrater. Matt passait la voir régulièrement. Il lui parlait avec douceur, s'asseyait près d'elle sur le lit, l'embrassait sur le front.

Pendant ces deux jours, il multiplia les allers et retours, se montra souvent en public, sans aucune garde rapprochée. Il voulait être vu, que sa vulnérabilité devienne évidente pour celui qui avait tenté de le tuer. Il était pourtant vigilant, prêt à tout moment à se jeter au sol pour éviter un projectile ou riposter. Il ne se promenait pas avec son épée qu'il jugeait trop voyante, mais gardait un couteau dissimulé sous son pull.

Pourtant il ne détecta pas la moindre menace. Aucune présence dans son dos, ni durant la journée, lorsqu'il empruntait des accès isolés, ni le soir lorsqu'il rentrait à ses appartements.

Matt avait insisté pour que Tobias et lui ne dorment plus dans la même chambre. Il ne voulait pas mettre son ami en danger et il n'était parvenu à le convaincre qu'en prétextant qu'à deux cela dissuaderait leur agresseur d'intervenir, et donc compromettrait le plan de Matt. Du coup Tobias dormait dans une autre cabine, surveillée en permanence par des gardes Kloropanphylles.

Un matin, Matt se rendit dans la suite d'Ambre pour prendre de ses nouvelles, lorsqu'il la trouva assise dans son lit.

Il se jeta à son cou.

— Doucement..., fit-elle en souriant, je ne suis pas encore solide.

— Si tu savais ce que tu nous as fait peur !

Elle posa sur lui un regard tendre, plein d'amour.

— Tu ne croyais tout de même pas que j'allais partir comme ça, sans un au revoir ?

— Ne me refais jamais un coup pareil ! Si tu meurs, j'irai te chercher, tu m'entends ?

Ils rirent ensemble, brièvement, avant que le regard de Matt ne tombe sur les jambes de son amie. Son sourire se figea.

— Ne t'en fais pas, dit-elle en comprenant.

— Je... je suis désolé.

— Ne le sois pas.

— Tu sais, ça ne change rien pour moi, même si tu ne peux plus marcher, nous...

Ambre posa son index sur les lèvres de Matt.

— Ne dis rien.

Elle l'embrassa lentement, un baiser chaud, sa langue caressant celle de Matt, une main sur sa joue.

— Maintenant file, je sais que tu as beaucoup à faire, Dorine m'a raconté. Moi je dois me reposer, je ne suis pas encore remise. Reviens me voir ce soir.

Matt sortit de la suite avec un curieux sentiment. Le cœur à la fois léger de bonheur, et en même temps lourd de tristesse. Ambre ne marcherait plus jamais, et il ne parvenait pas à le concevoir.

Il éprouva alors une terrible envie de vengeance.

Faire payer ce drame à celui qui avait tiré sur Ambre.

Matt se mit plus que jamais à déambuler dans les halls, dans les coursives.

En espérant de toutes ses forces qu'on vienne l'attaquer.

Le Buveur d'Innocence était furieux.

Il ferma à clé la porte de sa chambre et alla s'asperger le visage d'eau fraîche. Il ne supportait plus ce corps d'adolescent. C'était usant à la longue d'habiter la peau d'un autre. Pratique, mais épuisant.

Et le gamin, lui, était-il épuisé de se servir de son altération pour maintenir le Buveur d'Innocence dans cette apparence ? C'était une question qui taraudait le Buveur d'Innocence. Il craignait que son déguisement ne se volatilise brusquement. Pourtant il tenait bon. Même s'il alternait, passant de celui de l'adolescent à celui de l'adolescente, pour les reposer, jamais il n'avait perçu de défaillance. C'était extraordinaire, la force et l'endurance de ces gosses… Et l'anneau ombilical y était pour beaucoup. Il les rendait capables de s'épuiser jusqu'à en mourir plutôt que de désobéir à un ordre. Il les avait totalement asservis.

Quelle découverte que cet anneau ! Quel progrès !

Le Buveur d'Innocence s'assit à un petit bureau et prit de quoi écrire.

Il n'était pas près d'oublier ce qu'il avait vécu ! L'attaque du navire par ces vers géants ! Ils n'étaient pas passés loin de la catastrophe !

Il commença sa rédaction :

« *Colin,*

Je n'ai pas pu t'écrire depuis que nous nous sommes échoués. Tes oiseaux espions n'auront pas manqué de te tenir informé de notre départ depuis.

Je veux que tu dises aux émissaires de Ggl que leur maître doit garantir ma sécurité ! Ses créatures ont attaqué le bateau et il s'en est fallu de peu que nous soyons tous détruits !

J'ai promis de lui livrer la fille avec le Cœur de la Terre dès que nous serons en Europe ! Qu'il me fasse confiance ! Une fois là-bas, Ggl n'aura plus aucun autre allié que moi, il sera seul, sans moyen. Je peux être ses yeux, ses oreilles, mais je veux qu'il me protège en échange ! Je serai intégré au cœur des forces vivantes d'Europe, je peux lui rendre de précieux services.

Lorsque nous débarquerons, je veux que ses émissaires me suivent à bonne distance. Je communiquerai avec eux via tes oiseaux espions. Dès qu'une oppor-

tunité se présentera, je les appellerai pour qu'ils me débarrassent des gamins et ils pourront partir avec la fille. Mais ce sera à mon commandement.

Cela me laissera le temps de juger des forces en présence. De trouver le meilleur moyen de nous positionner. Je vais gagner la confiance des ambassadeurs Pans, pour pouvoir les influencer. S'il y a encore des adultes en Europe, je ferai tout pour me rapprocher d'eux, et conclure une alliance, contre les enfants. Tout dépendra de ce que nous allons trouver sur place.

Sois prudent, Colin, et méfiant.

Ggl et ses émissaires ne servent qu'eux-mêmes.

S'ils ont l'opportunité de prendre ce qu'ils convoitent sans rien donner en échange, je suis sûr qu'ils le feront. Garde l'œil ouvert. Nous ne pouvons pas avoir confiance en eux.

Je ne suis pas loin de toi, mon serviteur. »

Le Buveur d'Innocence plia le petit papier, le roula et s'approcha du balcon. L'oiseau était là, posé sur le bastingage.

Le Buveur d'Innocence noua le message à sa patte, regarda la mouette s'envoler et disparaître dans la brume. Il ignorait comment elle se repérait, mais Colin les avait parfaitement dressées, elles remplissaient leur mission.

Maintenant il lui restait à prendre une décision importante.

Matt Carter et son arrogance le défiaient un peu plus chaque jour, tandis qu'il se promenait seul, sûr de sa force. Mais si vulnérable.

Il devait faire son choix.

Sauter sur l'occasion de se débarrasser d'un des Pans les plus influents et puissants, ou prendre son mal en patience et faire confiance aux émissaires de Ggl qui s'en chargeraient une fois à terre ?

Le Buveur d'Innocence ouvrit une petite malle et en sortit une arbalète à deux tirs.

L'opportunité ne se présenterait peut-être pas deux fois.

Et il avait un compte personnel à régler avec Matt.

Mais la prudence lui commandait d'attendre.

Il hésita.

Ses doigts se crispèrent sur l'arme.

19.

Corps à cœur

Matt reçut une convocation de la main d'un Kloropanphylle pour rejoindre la chambre du Testament de roche, au crépuscule.

Il s'y rendit dès que la lumière, à travers la brume, changea de couleur et se teinta d'orange.

Lorsqu'il entra dans la salle, il constata avec étonnement qu'il n'y avait personne, alors qu'il s'était attendu à y trouver Orlandia, probablement les ambassadeurs Pans et Tobias, voire Ambre si elle avait assez de forces pour être transportée jusque-là.

La salle était mal éclairée : deux lampes à substance molle brillaient à l'entrée, et un grand vitrail rond tamisait la lumière du soir, au fond, au-dessus de l'estrade sur laquelle reposait le lourd bloc de roche noire.

— Ferme à clé derrière toi, dit une voix familière, depuis la pénombre d'un recoin.

Matt n'en crut pas ses oreilles. Il reconnaissait le timbre d'Ambre.

Il obéit et avança vers l'alcôve.

Elle apparut, vêtue d'une large robe beige, les épaules recouvertes d'une étole de soie blanche.

Elle marchait.

Matt en resta bouche bée.

— Nous ne pouvons plus attendre, dit-elle. Si nous parvenons à sortir de cette brume, nous serons bientôt face aux côtes d'Europe. Il faut localiser le second Cœur de la Terre.

— Mais… tu marches !

Ambre s'approcha et Matt remarqua que sa démarche était étrange. Parfaitement fluide, coulée. Sans déhanchement.

— Non, répondit-elle, je triche.

Elle souleva sa robe pour dévoiler ses pieds qui flottaient à cinq centimètres du parquet.

— Tu lévites ?

— Je me sers de mon altération. Au lieu de déplacer un objet, je me déplace moi-même.

— Ce n'est pas épuisant ?

— Non. Tant que je ne cherche pas à me projeter trop vite, c'est même assez simple.

— Mais tu n'es pas en état de faire…

— Je vais bien, rassure-toi.

Elle pivota vers le Testament de roche.

Matt ne parvenait pas à détacher son regard de la silhouette flottante.

— Es-tu prêt à m'aider ? demanda-t-elle. Comme la première fois ?

— Oui.

— Il y a trois Cœurs de la Terre. Celui que nous avons trouvé, l'un en Europe, et l'autre plus loin en Orient. Concentrons-nous sur celui de l'Europe. Il faut essayer de le localiser le plus précisément possible.

Ambre regarda le gros bloc de pierre noire, puis

Matt. Elle prit une profonde inspiration et posa les mains sur les bretelles de sa robe.

Matt se tourna. Il entendit le glissement du tissu sur la peau de la jeune femme, avant de tomber au sol.

L'idée de la redécouvrir nue fit frissonner Matt. Il n'était pas très à l'aise malgré leur relation et il éprouvait beaucoup de gêne. Ce n'était pas comme ça qu'il voulait découvrir le corps d'Ambre. Alors il songea à la première fois qu'ils avaient exploré le Testament de roche, et il entreprit de se déshabiller à son tour, pour qu'elle ne soit pas seule dans cette troublante nudité. Pour l'accompagner jusqu'au bout. Ses vêtements sur le parquet, Matt se retourna doucement.

Elle était là, face à lui, son corps parfait dans la pénombre, la lumière argentée des lampes luisant sur sa peau. Elle avait les bras contre les flancs, ne cherchant pas à se dissimuler à lui. Matt approcha et lui prit les mains pour la guider vers la table de lave séchée. Ambre flottait à quelques centimètres du sol, et elle suivit, légère comme une plume.

Le Testament de roche était parcouru de lignes, de points, qui, réunis, dessinaient une carte du monde gravée en détail, avec une étoile en son centre. Là où le nombril devait se superposer. Le symbole de la vie, le cordon de la mère à l'enfant, de la Terre à l'Homme.

Matt se souvenait des trois grains de beauté principaux. Sous le sein gauche : le Cœur de la Terre qui était au Nid, chez les Kloropanphylles. À l'intérieur de la cuisse droite, celui qui les intéressait. Quant au dernier, il était… quelque part dans l'intimité d'Ambre. Et celui-là mettait Matt particulièrement mal à l'aise.

Il l'aida à s'allonger sur la pierre froide, et Ambre fut saisie de chair de poule. Il la guida pour que son nombril recouvre avec précision l'étoile. Avec des gestes maladroits. Matt n'était plus du tout sûr de lui. La toucher lui procurait d'étranges pics de chaleur, et sa peau douce…

Ambre lui attrapa la main.

— Ne sois pas intimidé, dit-elle. Mon corps est le prolongement du tien.

Elle guida sa main vers son sein gauche. La paume de Matt se referma sur la sphère de chair rose qui se contracta aussitôt.

Dessous, le cœur d'Ambre battait fort.

Elle frissonna mais aucun trouble ne se lut sur son visage. Elle gardait la maîtrise de ses émotions.

— Sens-tu ? demanda-t-elle. Il bat pour nous.

Matt acquiesça en silence. Aucun son ne sortait. Seule une chaleur enivrante tourbillonnait en lui. Qui lui envahit l'esprit, et commença à le détendre.

— Je veux que mon corps ne te fasse pas peur, murmura Ambre.

Elle fit glisser la main de l'adolescent sur son ventre.

— Je veux que tu l'aimes sans le craindre. Qu'il soit comme le tien, familier, rassurant, apaisant.

Puis elle attira sa main vers son intimité, et les doigts de Matt se posèrent sur son pubis.

— Nos corps doivent s'aimer, apprendre à se connaître. Sans gêne, sans peur. Détends-toi.

Elle lui lâcha la main et Matt demeura ainsi un

moment, avant de se redresser, les joues en feu, les tempes bourdonnantes. Son propre corps était en émoi, aussi tendu que sa peau était bouillante de désir.

— Guide-nous, dit Ambre. Montre-nous le chemin à suivre.

Matt prit une profonde inspiration et se pencha pour scruter le nombril de la jeune femme. Il savait que de nombreuses taches de rousseur constellaient sa peau, et il ne fallait pas se tromper. Il ne faisait pas assez clair pour y voir parfaitement, alors il attrapa une des lampes et l'approcha du nombril de la jeune femme.

— Je suis désolé, c'est pour distinguer…

— Ne t'excuse pas, le coupa-t-elle.

Matt posa son index sur le nombril d'Ambre et, du bout du doigt, suivit les nombreuses petites taches semblables à des éclats de fond de teint. Il y en avait partout.

Il se souvint alors qu'elles avaient un sens, une forme légèrement allongée, et en y prêtant attention cela lui sauta aux yeux : elles ressemblaient à des gouttes prises dans le vent. Toutes emportées dans la même direction. Trois amas se détachaient. Il fallait bien observer pour les distinguer des taches de rousseur normales. De l'extrémité du doigt il suivit celles qui filaient vers la cuisse droite.

Il était tellement penché sur Ambre qu'il pouvait deviner son propre souffle contre la peau de la jeune femme, qui frémissait à chaque expiration.

L'index filait sur le léger duvet de ses cuisses, et il plongea dans l'intérieur de la jambe. Ambre se laissait faire sans rien dire, elle attendait d'en savoir plus, les yeux grands ouverts.

— Je… je suis désolé, fit Matt, je crois qu'il faut que… que tu écartes un peu les jambes. Pour qu'elles soient dans l'alignement des grandes stries. Je crois que c'est à ça qu'elles servent, elles épousent parfaitement les contours de ton corps et ne représentent rien sur le planisphère, aucune terre. Je crois que c'est pour délimiter l'emplacement de ton corps sur le Testament.

Ambre obtempéra sans un mot, et Matt avala sa salive avec peine. Il était encore plus désemparé que la première fois. Peut-être parce que depuis il s'était encore rapproché d'Ambre, qu'ils s'étaient embrassés souvent, que leurs corps se désiraient. Cette proximité l'affolait. Il parvenait avec peine à contrôler ses élans d'amour. Et le désir qui bouillonnait en lui comme une brume voilait la réalité, brouillait sa vision, emmêlait ses pensées.

Matt respirait fort, l'émotion lui donnait le vertige.

Il trouva le grain de beauté, plus gros que les autres, juste au milieu de la cuisse.

— Je l'ai, dit-il, presque soulagé.

Il fit glisser son doigt le long de la peau jusqu'à atteindre la roche, juste en dessous, dans l'alignement du grain de beauté.

— Tu vas pouvoir te lever, je marque l'endroit.

Ambre lui tendit une petite pierre bleue, un minuscule saphir qu'elle tenait dans la main depuis le début.

— Pose-le à l'emplacement.

Ce qu'il fit. Le saphir s'incrusta parfaitement dans

un petit trou qui marquait l'emplacement du deuxième Cœur de la Terre.

— Puisque nous sommes là, tu veux qu'on s'occupe du dernier ? demanda Matt d'une voix presque chevrotante, le cœur affolé.

— Tu sais où il se trouve ? fit Ambre.

Matt comprit que ce n'était pas une vraie question. Elle aussi savait où était situé le dernier grain de beauté. Il y avait tellement de sens dans cette interrogation, tellement de sous-entendus.

Matt avait du mal à déglutir.

Ambre lui prit la main et l'attira à elle. Ils se retrouvèrent presque l'un sur l'autre, le visage de Matt au-dessus de celui de la jeune femme.

— Tu es prêt à aller jusque-là ? demanda-t-elle tout bas.

Matt respirait par la bouche. Le souffle court.

— Je... je ne sais pas.

— Alors attendons. Rien ne presse. Rien. Nous avons tout le temps.

Ambre attira sa bouche et l'embrassa tendrement. Le buste de Matt se posa contre les seins de la jeune femme et ils frissonnèrent tous deux. Puis elle le repoussa lentement.

— Aide-moi à me relever.

Matt lui tendit la main, afin qu'elle puisse s'asseoir sur le rebord du Testament de roche. Ils se rhabillèrent avant de regarder la carte de l'Europe.

La pression de leurs émois retombait peu à peu, et Matt se sentait redevenir maître de son corps, de ses envies. La température retombait en lui. Il avait les tempes humides.

Le saphir était posé en France. Matt n'était pas un as de la géographie, encore moins de celle de l'Europe, mais il n'avait aucune peine à reconnaître cet emplacement-là.

— Je crois que c'est Paris, dit-il.

— C'est exactement ça, confirma Ambre. Le deuxième Cœur de la Terre se trouve dans la Ville-Lumière.

Ambre flottait à nouveau dans sa robe beige. Elle lui prit la main.

— Merci de m'avoir guidée, confia-t-elle.

Matt haussa les épaules, encore un peu gêné.

— Je sais que ce n'est pas évident pour toi non plus, ajouta-t-elle. Mais nous nous rapprochons. Progressivement, nous allons vers notre objectif final.

Matt hocha la tête.

— Je sais.

— Il faut de la patience. Notre heure approche.

Elle serra sa main.

Matt n'était pas sûr de savoir s'ils parlaient bien de la même chose. Mais pour l'heure, il préféra se dire qu'ils avaient une destination précise, et c'était déjà beaucoup.

Ils devaient mettre le cap sur Paris.

20.
Un accueil chaleureux

Le matin du seizième jour en mer, le Vaisseau-Vie fendit la brume d'un coup, et le soleil d'été vint souligner la blancheur des immenses pétales-voiles qui tractaient le navire, aveuglant tout le monde à bord.

Il n'en fallut pas plus pour qu'un sentiment de joie se diffuse rapidement, des cris de triomphe montèrent des différents ponts, ainsi que des chansons entonnées par des groupes entiers de Pans que le soleil galvanisait enfin.

C'était comme de sortir d'un long hiver froid et sombre pour redécouvrir la caresse de la lumière sur la peau et ses effets bénéfiques sur le moral.

Ils virent la brume d'Entropia qui les suivait lentement, et tous se rassurèrent en la voyant distancée au fil des heures. En fin de journée, elle n'était plus qu'un trait sur l'horizon, à l'ouest et au nord, un mur lointain, qu'ils allaient s'efforcer d'oublier, même s'il était aussi, pour certains, le symbole d'amis perdus, leurs morts, ces adolescents happés par Entropia pendant l'attaque des vers géants. Ce mur serait leur tombe, un cimetière qui se répandait peu à peu sur le monde.

Le soir même, au crépuscule, Matt promenait Plume sur le pont supérieur, entre les rectangles de terre cultivable, une main enfouie dans l'épais pelage du chien géant. Tobias s'accouda au bastingage. Le vent soulevait les cheveux trop longs de Matt, mais se heurtait à l'imposante toison de Tobias comme à un casque, ce qui fit rire les deux garçons. Lorsqu'ils eurent bien décompressé de toute la tension accumulée depuis l'accident d'Ambre, Tobias redevint sérieux et demanda :

— Tu crois qu'elle va supporter sa nouvelle condition ?

— Ambre ? Je ne sais pas. J'imagine qu'elle va faire comme toujours : rester positive.

— Son altération tiendra le coup ? Elle ne peut pas se porter en permanence !

— Je l'ignore, Toby. Je l'ignore… Et en même temps, a-t-elle le choix ?

— C'est injuste. Elle a tellement fait pour nous tous. Et c'est elle qui… J'aimerais tellement qu'on attrape celui qui a fait ça !

— Moi aussi. Mais il ne se montre pas. Pourtant je lui ai offert un paquet d'occasions de me tomber dessus, et rien. Il se méfie.

— Un traître à la solde de Ggl ?

— Je ne sais pas.

— Et tu crois que les Tourmenteurs vont nous retrouver, maintenant qu'Ambre a utilisé le Cœur de la Terre pour nous sauver ? Ils auront senti sa présence à coup sûr !

— S'ils sont loin, ils ne pourront rien faire. Un Océan nous sépare, ne l'oublie pas.

— Je sais, mais je fais des cauchemars presque toutes les nuits. Je suis nerveux en ce moment.

— Je vois ça…

— Pourquoi ?

— Tu n'arrêtes pas de parler, de poser des questions. Nous allons bientôt accoster en France, et nous mettre en marche, ça te changera les idées.

— C'est vrai qu'on s'ennuie un peu…

Plume tourna la tête et donna un grand coup de langue à Tobias, ce qui revint à lui doucher le visage.

— Oh, merci Plume… Maintenant je sens bon le chien !

La chienne le fixait de ses prunelles bienveillantes. Elle avait l'air de trouver ça bien.

Le soir même, tandis que Matt et Tobias dînaient avec Ambre dans sa suite, Torshan entra, essoufflé.

— Nous ne sommes plus très loin des côtes ! lança-t-il. Les vigies ont repéré de plus en plus de mouettes ! Et d'autres oiseaux encore. Nous approchons.

Matt regarda ses compagnons.

— Il faut préparer le voilier. Dès que nous serons en vue du littoral, nous partirons pour la mission d'exploration.

— Nous sommes sur le coup. Nous rassemblons l'équipage. Et pour ce qui est du commando ?

— Le groupe d'exploration est constitué. Des volontaires seulement.

Torshan acquiesça.

— Je me joindrai à vous, dit-il avant de repartir.

Tobias observa Ambre.

— Je viens, l'informa-t-elle en devinant ce qu'il pensait.

— Mais tu…

— L'Alliance des Trois, tu te rappelles ? On ne discute même pas. Vous n'aurez pas à vous occuper de moi, je gère toute seule.

— Et si c'est dangereux ? Et si…

— Ce sera dangereux, forcément. Le monde est devenu dangereux. Mais vous aurez besoin de moi.

Tobias ouvrit la bouche pour argumenter, mais Matt intervint :

— Ambre sera des nôtres, fin de la discussion. Maintenant allons nous coucher. Ce sera peut-être notre dernière nuit à bord. Autant en profiter.

Tobias regarda son ami se lever d'un bond.

À l'approche de l'aventure, il redevenait sûr de lui, déterminé.

Les affaires reprennent, songea-t-il. Sauf que personne n'avait la moindre idée du genre d'affaires qui les attendait sur la terre ferme, de ce côté de l'Atlantique. Et c'était bien ce qui perturbait Tobias. Ne pas savoir. Imaginer le plus terrible. Et affronter pire encore.

Les vigies avec leur altération de vue repérèrent la terre avant midi. Orlandia fit stopper le Vaisseau-Vie peu après, lorsqu'une fine bande noire se détacha sur l'horizon au nord-est.

Le voilier était prêt, chargé de vivres et de tout l'équipement nécessaire. On fit monter à bord les chiens de la petite équipe d'explorateurs, en même temps que l'équipage, et les immenses trappes sur le côté du Vaisseau-Vie s'ouvrirent pour permettre aux poulies de descendre le voilier à l'eau.

Matt avait constitué son groupe.

En plus de Tobias et Ambre, il emmenait avec lui ceux qu'il connaissait le mieux. Floyd, Chen et Tania. Dorine également les accompagnait pour ses capacités de soin, ainsi que Randy pour sa connaissance géographique, Maya pour sa maîtrise des langues, et un nouveau venu : Elliot, dont l'altération avait convaincu Matt de le prendre. Côté Kloropanphylles, Torshan et Ti'an se joignaient à la bande de Pans. Leur commando se composait de douze membres. À bord du voilier, Clara et Archibald attendraient leur retour avant de débarquer, afin de nouer les premiers contacts diplomatiques. À condition de rencontrer des êtres civilisés et enclins à discuter.

Tout le monde embarqua en milieu d'après-midi, sous les yeux brillants d'espoir des Pans et des Kloropanphylles qui restaient à bord du Vaisseau-Vie. Tous étaient impatients de savoir ce qui les attendait sur le vieux continent.

Orlandia serra dans ses bras chaque membre de l'exploration, puis la passerelle du voilier remonta doucement, tandis que les poulies l'éloignaient des entrailles du Vaisseau-Vie pour le suspendre au-dessus de l'Océan.

Le voilier toucha la houle, et ses voiles se gonflèrent aussitôt. Matt regarda l'immense coque de noix qui les dominait, et ils commencèrent à prendre de la distance.

Avec l'équipage, ils étaient environ soixante à

bord. Soixante adolescents qui fixaient la bande de terre avec autant de curiosité que d'appréhension.

Le navire se rapprocha des côtes en même temps que le soleil déclinait. À l'est, le ciel s'était couvert de nuages gris menaçants au-dessus de la terre.

La vigie appela le capitaine, un Kloropanphylle du nom de Royar'dan, qui fit venir à son tour Matt, Tobias, Ambre et les deux ambassadeurs Pans.

— De la vie droit devant, dit-il en tendant la longue-vue à Ambre.

Après s'être fait guider par la vigie, elle parvint à distinguer une tour en pierre, une vieille construction médiévale d'avant la Tempête. Elle était toute moussue, et son toit en ardoise virait au vert. Dans la lumière déclinante du crépuscule, les torches non loin de ses ouvertures brillaient comme de minuscules phares.

— Vous avez vu des silhouettes ? demanda Ambre.

— Personne, répondit la vigie, un garçon d'à peine douze ans doté d'une altération de vue remarquable.

— C'est une tour de garde, annonça Ambre pour les autres. Avec une vue pareille sur la mer, s'ils ne nous ont pas encore repérés, ça ne tardera pas.

— Machine arrière, ordonna Matt.

— Maintenant ? s'étonna Royar'dan.

— Nous ne savons pas s'ils sont bien intentionnés. Je n'ai pas envie de prendre de risques. Nous débarquerons en pleine nuit, à bonne distance de cette tour.

Archibald s'invita dans la discussion :

— Cette tour est l'occasion de nouer un premier contact.

— Pas tant que nous ne saurons pas qui l'habite. Nous allons la surveiller.

— C'est plus sûr, approuva Clara.

Royar'dan attacha ses cheveux verts avec un ruban qu'il noua sur sa nuque.

— Combien de temps pensez-vous rester à terre ?

— Je l'ignore, répondit Matt. Nous avons plusieurs objectifs. D'abord repérer les occupants du pays, définir leur comportement à notre égard. Et aussi localiser une église pour tenter d'établir un contact avec Eden. Puis, dès que nous serons prêts, notre petit groupe vous laissera pour gagner Paris le plus vite possible.

— Et si les adultes d'ici se montrent agressifs ?

Matt se tourna vers Clara et Archibald.

— Nos ambassadeurs tenteront de les raisonner.

— Ça peut virer à la mission-suicide !

— À nous d'être perspicaces et convaincants, dit Archibald.

— Pour nous, ça ne changera rien, ajouta Matt. Nous devrons tout de même aller récupérer le Cœur de la Terre, avant qu'Entropia ne le fasse.

Royar'dan fit la moue.

— J'espère pour nous tous que les adultes d'Europe n'ont pas subi le même sort que ceux d'Amérique.

— On va vite le savoir, fit Tobias en regardant la tour au loin, tandis que le soleil disparaissait.

Le voilier se rapprocha des côtes vers vingt-trois heures. On mit à l'eau les six chaloupes – il fallait bien ça pour transporter les douze explorateurs et leur équipement, mais surtout les onze chiens. Ils se mirent à ramer, par deux, pour gagner la terre, et virent le pont du voilier s'éloigner dans la nuit, seulement éclairé par quelques lampes à substance molle.

Il faisait nuit noire. D'épais nuages masquaient la lune. Sans éclairage, on n'y voyait pas à dix mètres.

Lorsque la chaloupe de Tobias racla les galets du rivage, le garçon sauta pour tirer leur embarcation et aider Tania à descendre, ainsi que Lady, sa chienne, qui occupait la moitié de la barque.

Les premiers pas furent étranges, Tobias tituba. Il n'était plus habitué à marcher sur la terre ferme.

Les douze Pans se rejoignirent et tirèrent les chaloupes sur les galets pour les abriter derrière de gros rochers.

Puis ils cherchèrent un passage vers l'intérieur des terres. Ils avaient accosté dans une anse dominée par de hautes falaises, et ils mirent plus d'une heure pour dénicher dans l'obscurité ce qui ressemblait à un chemin serpentant le long de la pente. Ils allumèrent leur lanterne en laissant les volets de côté fermés, afin que la lumière filtre par le bas, et éclaire leurs pieds sans être trop visible.

Ils remontèrent sur les hauteurs de la côte, par ce qui était un ancien chemin de douanier, en file indienne, Matt en tête, suivi par Randy et Ambre qui chevauchait Gus pour ne pas avoir à user de son altération. Floyd et Chen fermaient la marche. Chaque chien suivait son maître en silence.

Des rafales fraîches se plaquaient contre leurs visages, leur poitrine, pour les repousser vers l'intérieur des terres, et les explorateurs ne tardèrent pas à s'emmitoufler dans leurs manteaux.

Randy estimait qu'ils n'étaient plus qu'à un kilomètre de la tour, lorsque Ti'an leva son bâton vers la mer.

— C'est pas notre voilier qui brille là-bas ?

La colonne s'immobilisa pour scruter la nuit.

Plusieurs flashes bleus illuminèrent la flaque de ténèbres qui coulait à leurs pieds. Ils provenaient bien de leur voilier. Et dans la brève clarté de chaque éclair, ils virent qu'il était encadré par deux gros navires noirs, semblables aux galères romaines d'autrefois, mais plus imposants. Des dizaines et des dizaines d'ombres s'agitaient sur les ponts.

— Qu'est-ce que ça veut dire ? lança Maya.

— Les Kloropanphylles sont en pleine attaque, commenta Ambre.

— Tu es sûre ?

Les éclairs cessèrent.

Pendant plusieurs minutes, les adolescents se demandèrent s'ils n'avaient pas rêvé, tant il n'y avait plus le moindre mouvement au loin. Puis une flamme apparut, de plus en plus haute, et en quelques secondes seulement elle se transforma en un brasier infernal.

Leur voilier prenait feu.

— Oh non ! gémit Maya.

Dans l'embrasement du navire, ils aperçurent les deux grosses galères noires qui repartaient lentement.

Les Pans demeurèrent silencieux, pendant que leur bateau se transformait en torchère.

Puis il sombra d'un coup dans la mer noire, avant que les ténèbres reprennent leur droit.

Le premier, Torshan, rompit le silence :

— J'espère qu'ils auront fait des prisonniers.

— Archibald aura préféré se rendre plutôt que de risquer la vie de tout le monde à bord, affirma Tobias.

— S'il a eu l'opportunité de hisser le drapeau blanc. J'ai l'impression que tout a été très vite.

— Il faut être optimiste, coupa Ambre. Pour nos amis.

Matt se tourna vers le chemin qu'ils empruntaient. La tour se dressait un peu plus loin. Il avait subitement les mains moites.

— Nous sommes coincés ici ! s'affola alors Maya. Comment va-t-on regagner le Vaisseau-Vie ? Il est beaucoup trop gros, il ne pourra jamais approcher des côtes !

— Du calme, l'interrompit Matt. Nous verrons en temps et en heure.

Torshan soupira.

— Maintenant nous savons que nous ne sommes pas les bienvenus, dit-il.

Et dans le groupe, chacun mesura ce que cela impliquait.

21.

Différentes stratégies

Ils rampaient au milieu des buissons d'épineux, se faufilant dans l'herbe humide, plaqués au sol par les rafales de vent, invisibles au milieu de cette nuit sans lune.

Matt, Tobias, Floyd et Tania progressaient sans un bruit pour atteindre le bord de la falaise.

La tour apparut en contrebas, sur son éperon rocheux, haute de vingt bons mètres, les flammes de ses lanternes brillant derrière ses fenêtres profondes.

Floyd désigna une petite cabane en bois avec un enclos sur le côté, au pied de la tour.

— Ils ont une écurie, donc ils montent à cheval ! Ce ne sont pas des Gloutons, c'est déjà ça !

— Et un chemin file derrière cette colline, releva Tobias.

— Regardez ! s'exclama Tania un peu trop fort.

Elle pointait le doigt vers la mer : des signaux lumineux clignotaient en direction de la tour.

— Ils communiquent en morse ?

— Peut-être, hasarda Matt. Ce sont les bateaux qui ont attaqué notre voilier.

— Et ils vont derrière la colline, nota Tobias. Certainement un village ou une base.

Matt commença à se replier pour retourner vers le reste du groupe lorsque Floyd l'arrêta :

— On ne va pas explorer la tour ?

— Non, trop risqué.

— Moins que d'entrer dans une ville ennemie sans rien savoir de ce qu'ils sont !

— Pénétrer dans cette tour, c'est un acte d'agression, et c'est trop petit pour qu'on ne se fasse pas repérer à un moment ou à un autre. Ça risque de finir en affrontement direct. Avec des blessés, ou pire.

— Ces gens viennent de brûler notre navire, Matt ! Ils ont peut-être tué tous nos amis à bord !

— Justement, on n'en sait rien. Peut-être qu'on a mal interprété ce qu'on a vu. Je veux d'abord aller jeter un œil à cette ville. Voir si nos amis sont prisonniers là-bas avant de faire quoi que ce soit.

Floyd secoua la tête de dépit.

— Tu raisonnes trop… Mais c'est toi qui décides.

Ils rejoignirent leurs camarades et le convoi se mit en route. Lorsque le chemin qu'ils suivaient bifurqua, ils prirent la direction de la colline derrière laquelle avaient disparu les deux galères. Aucun arbre sur cette lande aride, rien que des massifs de buissons labyrinthiques, des champs de ronces desséchées, traversés de bandes d'herbes jaunies, sillons de terre parsemés de grosses pierres sur lesquelles les Pans trébuchaient, se rattrapant à leurs chiens.

— Au moins la végétation n'a pas repoussé comme chez nous, nota Tobias. Sinon ce serait un monde d'épines, des murs entiers jusqu'au pied des falaises !

— Peut-être que la Tempête n'a pas frappé ici ! lança Maya avec une pointe d'espoir.

— T'emballe pas, répliqua Floyd, après ce qu'on a vu de l'accueil, j'ai peu d'espoir.

Ils marchèrent sur deux kilomètres, avant de franchir un petit col rocailleux derrière lequel le relief s'ouvrait complètement pour laisser apparaître des dizaines de points lumineux, plus bas, près de l'Océan.

De là où ils se tenaient, cela ressemblait davantage à un village qu'à une ville, les lumières ne s'étendaient pas beaucoup. En revanche, deux silhouettes imposantes se découpaient sur le port : les deux galères dont les ponts étaient illuminés par des lanternes et des torches, tandis qu'on s'agitait dans tous les sens pour débarquer.

Chen sortit de sa besace une longue-vue qu'il déplia pour y coller son œil. Tobias de son côté fit de même avec sa paire de jumelles.

— Je vois Archibald et Clara ! dit-il après un moment. Ils sont en train de descendre la passerelle.

— Oui, des membres de notre équipage sont avec eux, confirma Chen.

— Ils sont tous là ? demanda Floyd.

— Je l'ignore, c'est difficile à dire. Une bonne partie en tout cas. Tiens, regarde.

Chen lui tendit sa longue-vue.

— Ça n'a pas l'air très amical, on dirait, commenta Tobias.

— À quoi ressemblent les occupants des galères ? demanda Matt. Des hommes ?

— On dirait bien. En armure noire. Enfin, il me

semble. Pas une armure identique à l'autre. Ils sont nombreux.

Tobias tendit les jumelles à Matt.

Des adultes guidaient sans ménagement leurs prisonniers, pour qu'ils remontent le quai et grimpent dans des chariots bâchés. Ils étaient armés de lances, d'épées, et parfois même d'arcs et d'arbalètes. Un océan les séparait des Cyniks de Malronce, et pourtant ils se ressemblaient beaucoup. À peine les hommes avaient-ils perdu leurs repères qu'ils s'étaient rassemblés en armée, pour fondre du métal et se fabriquer des armes rudimentaires, les plus faciles à produire vite et en masse, ainsi que des protections élémentaires pour affronter les nouveaux dangers du monde.

— Alors, c'est bien des Maturs ? questionna Dorine.

— Non, je dirais plutôt des Cyniks, corrigea Floyd. Ils n'ont rien d'amical avec les Pans. Au contraire.

Matt observa le débarquement jusqu'à ce que les chariots s'ébranlent et traversent le village pour s'arrêter devant des hangars de tôles dans lesquels on fit entrer l'équipage du voilier, avant de refermer les portes et de placer des gardes en armure.

— Au moins nous savons où ils sont, dit-il en rendant ses jumelles à Tobias.

Floyd fit craquer ses phalanges.

— On descend les sortir de là ? demanda-t-il.

— Oui, répondit Matt, mais pas comme tu l'entends.

En arrivant aux abords du village, Matt approcha de Gus qui portait Ambre.

— Ambre, est-ce que tu peux te servir de ton altération en plus de te faire léviter ?

— Je ne ferai pas des miracles, mais pour des choses simples, ça doit être possible.

— Très bien. Alors, nous y allons ensemble, toi, Toby et moi. Et il nous faudra l'aide de Maya également, pour traduire.

— Qu'est-ce que tu comptes faire ? s'inquiéta Torshan.

— Négocier.

Floyd s'agita d'un coup :

— Tu es fou ? Nous avons l'avantage de la surprise ! Ils ne s'attendent pas à nous voir attaquer, il faut en profiter !

— Je ne veux pas que notre première confrontation avec les adultes d'Europe soit guerrière.

— C'est eux qui ont commencé !

— Je leur laisse le bénéfice du doute. Ils ont peut-être eu peur, ou ils ignorent qui nous sommes. Je veux mettre les choses au clair.

— Mais ils vont vous mettre en pièces ! Ne prends pas ce risque, Matt !

Les deux garçons se fixaient, aussi déterminés l'un que l'autre.

— Tant que nous ne saurons pas qui ils sont et ce qu'ils veulent, il est hors de question de les affronter, répondit Matt, sûr de lui. Je ne déclencherai pas une guerre sur un malentendu, par ignorance. Je vais leur parler. Tout leur expliquer. Ce sont des adultes, ils vont comprendre. Ils doivent comprendre.

— Tu es trop confiant en la nature humaine, répliqua Floyd avec dépit. Fais comme tu veux, c'est toi qui mènes notre équipe. Mais je pense que tu as tort. Ce sont des Cyniks, ils sont comme ceux que nous avons affrontés à l'époque de Malronce. Des hommes qui ont perdu la mémoire, qui ont peur, et qui écoutent le premier tyran assez malin pour les rassembler. Ils sont dangereux et bornés, parce qu'il n'y a plus de raison en eux, plus de souvenirs, rien que la peur et maintenant l'endoctrinement.

— Peut-être, mais je veux encore y croire. Au moins essayer.

Tandis que Matt prenait son épée qu'il accrochait avec son baudrier entre ses omoplates, Tobias s'approcha de Floyd.

— Ne lui en veux pas, il a vu trop de nos amis mourir pendant la guerre, il est prêt à tout pour éviter la violence, murmura-t-il.

— Moi aussi, Tobias, moi aussi. Mais là c'est de la folie. Il ne pourra pas les raisonner ! Ce sont des Cyniks !

— Laisse-le essayer. S'il n'y arrive pas… Eh bien, il aura la conscience tranquille s'il doit se battre.

— Mais nous n'aurons plus aucune chance de libérer nos amis !

— Fais-lui confiance.

Floyd hocha la tête, pas convaincu.

Matt monta sur le dos de Plume et aida Maya à grimper derrière lui, tandis que Tobias rejoignait Ambre sur Gus. Au moment de partir, Floyd posa une main sur la botte de Matt.

— Bonne chance. Faites gaffe à vous.

Matt le salua et ils s'élancèrent en direction du village.

Ils allaient se livrer à l'ennemi.

Floyd les observa jusqu'au dernier moment. Il espérait que Matt savait vraiment ce qu'il faisait. Puis il se tourna vers la troupe qui restait. Tous guettaient son ordre.

— Matt a son plan, moi j'ai le mien. Alors on file se mettre en place.

Torshan fronça les sourcils.

— Es-tu sûr que c'est une bonne idée ? Nous devrions les attendre ici.

— Si Matt est un éternel optimiste, moi je suis lucide : je ne crois pas au malentendu avec les Cyniks. Cette nuit va être agitée. Croyez-moi, mieux vaut prendre les devants. Allez, venez, suivez-moi !

Floyd resserra sa cape verte sur ses épaules et tapota affectueusement le museau de Marmite, son chien, avant de quitter le chemin pour s'enfoncer entre les ombres des buissons.

Les autres hésitèrent. D'un côté ils pouvaient obéir à Matt et à ses espoirs de paix en restant là, de l'autre ils pouvaient craindre le pire, et suivre Floyd en espérant qu'ils ne fassent pas tout capoter.

Les Pans et les Kloropanphylles se regardèrent, pris de doute.

Il fallait faire un choix.

22.

Un pouvoir inattendu

Les deux chiens géants n'avaient pas parcouru trente mètres dans le village que deux gardes en armure noire surgirent avec des lances.

Le premier aboya un ordre dans une langue que Matt ne comprenait pas.

— Il nous ordonne de nous arrêter, traduisit immédiatement Maya.

Les quatre Pans avaient remonté leurs capuches, si bien que leurs visages étaient invisibles.

— Maya, dis-leur : nous sommes venus en paix, dit Matt, sûr de lui. Conduisez-nous auprès de celui qui dirige le village.

Le second garde répondit, manifestement pas rassuré par la taille des chiens.

— Il veut qu'on descende de nos montures, répéta Maya.

Le premier ajouta autre chose avec beaucoup d'agressivité.

— Il exige qu'on lâche nos armes, ajouta Maya.

— Nous ne déposerons rien. Emmenez-nous à votre chef.

À peine Maya avait-elle traduit les propos de Matt

que le garde se mit à crier avec autorité, mais sa phrase mourut dans sa gorge : Plume tourna sa large gueule vers lui, ses babines se soulevèrent sur des crocs impressionnants, en même temps qu'un grondement rauque jaillissait de sa gorge.

Le garde recula de deux pas, sa lance se mit à vaciller.

— Nous ne vous voulons aucun mal, reprit Matt, mais ne nous donnez pas d'ordres. Nous sommes venus pour discuter. À présent conduisez-nous auprès de votre chef. Laissez-le prendre la bonne décision.

Les deux gardes se regardèrent, indécis. Plume ne les lâchait pas du regard.

Un des soldats hocha la tête et aussitôt l'autre approuva, rassuré.

— Suivez-nous, traduisit Maya.

— C'est du français ? demanda Tobias.

— Oui. Randy avait raison, nous sommes en France. Probablement en Bretagne, comme prévu.

Ils remontèrent la rue principale, jusqu'à une petite place, et entrèrent dans un bâtiment de pierre en mauvais état qui autrefois avait dû être une mairie. Les quatre Pans descendirent de leurs montures et suivirent les gardes. Les deux chiens baissèrent la tête pour entrer à leur tour.

De grosses bougies étaient disposées un peu partout, et les deux soldats entraînèrent les adolescents vers le premier étage où régnait une certaine agitation.

En arrivant sur le seuil d'une grande pièce, Matt perçut la voix grave d'un homme. Maya s'empressa de lui traduire à l'oreille tout ce qu'elle entendait :

— Comment ça, il n'y a que des enfants ? Aucun adulte, vous êtes sûr ?

— Catégorique, Maester. Rien que des ados. Une dizaine ont péri pendant l'assaut. Ils doivent être une quarantaine.

— Des fuyards des mines ?

— Certainement pas. Ils sont en bonne forme. Et autre chose, Maester. Ils… ils ont utilisé leurs pouvoirs pour se défendre.

— Les parasites ! Ils ont osé ? Malgré l'Interdit ?

Les deux gardes pénétrèrent dans la salle et la discussion s'interrompit. Avant même qu'ils puissent s'exprimer, Matt entra à son tour et leva la main devant lui en signe de paix :

— Je crois que nous vous devons des explications, dit-il, aussitôt traduit par Maya.

Six hommes en armure se retournèrent brusquement, avant que le septième, vêtu d'une ample tunique de lin, se contente d'incliner la tête avec curiosité. Il avait une quarantaine d'années, les cheveux clairsemés, une importante fossette au milieu du menton, et un regard extrêmement sévère. Rien en lui n'inspirait la douceur, l'insouciance.

Lorsque les deux derniers Pans surgirent, accompagnés par leurs immenses chiens, il ne laissa apparaître aucune émotion, alors que ses hommes reculaient.

— Nous venons de très loin pour vous parler, continua Matt.

Maya commença sa traduction, mais l'homme leva la main pour la faire taire.

— Je parle la langue de la Grande-Île, dit-il froidement en anglais.

— Ce sera plus simple ainsi.

— Qui êtes-vous ?

— Je suis Matt Carter, et voici mes compagnons, Ambre, Tobias et Maya. Nous venons des États-Unis.

Cette fois l'homme fronça les sourcils.

— Je ne connais pas. C'est un royaume rattaché à celui de la Grande-Île au nord ? Vous vous êtes enfuis ?

Matt ne releva pas. L'homme avait certainement perdu l'essentiel de sa mémoire avec la Tempête, comme la plupart des adultes. Il supposa que la Grande-Île au nord était la Grande-Bretagne.

— Non, nous sommes venus vous proposer notre aide, et réclamer la vôtre.

L'homme ouvrit grands les yeux, et s'adressa à ses compagnons, manifestement pour traduire. Tous se mirent à rire, entre stupéfaction et incrédulité.

— Vous ne manquez pas de culot, répondit l'homme en tunique de lin.

— Je ne veux pas vous manquer de respect, pardonnez-moi si je n'ai pas été très méticuleux dans le suivi de vos règles, mais nous venons de loin et nous ignorons tout de vos habitudes.

— Nos habitudes ? Mais à ce qu'il me paraît, ce sont les mêmes que sur la Grande-Île ! Pour commencer, jamais un garçon de ton âge ne s'adresse à un adulte sans d'abord baisser la tête ! Et il attend qu'on l'autorise à parler !

Matt serra les dents pour se contenir, et ses mâchoires se contractèrent.

— De là où nous venons, les adultes et les plus jeunes vivent ensemble, du moins en paix.

L'homme fit un pas vers Matt pour le dominer d'une tête.

— Quel triste monde que le tien, dit-il sans une once d'humour.

Il fit un signe de la main et deux soldats approchèrent.

— As-tu tout oublié ? insista-t-il. Qu'il est interdit à un jeune de porter une arme ?

Les deux guerriers approchèrent dans le dos de Matt pour saisir son épée.

D'un bond Matt leur fit face, mains levées vers le ciel pour les stopper et les avertir :

— Ne me touchez pas ! Je suis venu en paix, mais je ne vous autorise pas à me prendre mes affaires.

Matt défit le baudrier et fit coulisser les sangles pour déposer son épée sur le sol, à ses pieds.

— Voilà qui devrait vous rassurer, dit-il.

— Je ne comprends pas ce que tu veux…, affirma l'homme en tunique. Vous vous enfuyez, et vous revenez nous voir ? Les hommes de la Grande-Île sont-ils si terribles que vous préfériez nos mines et nos champs aux leurs ?

— Nous ne venons pas du nord, insista Matt. Mais de loin à l'ouest. Et nous venons vous prévenir : une terrible menace se rapproche. Elle sera bientôt sur vous, et si nous ne nous entraidons pas, bientôt nous serons tous morts.

L'homme secoua la tête d'un air déçu, et dit quelque chose en français. Maya s'empressa de le traduire pour Matt :

— Il dit que tu es fou. Que nous sommes une bande de dingues.

Matt fit un pas vers lui.

— Je vous dis la vérité ! Vous devez me croire !

L'homme, agacé, ordonna à ses gardes d'intervenir.

Matt se jeta sur le premier avant que celui-ci ne puisse dégainer son épée et lui bloqua la main sur le fourreau avec son altération de force, et de l'autre main lui décocha un puissant direct du droit en pleine mâchoire qui l'expédia au tapis.

Le second avait à peine armé son coup en levant sa lame que Matt l'attrapait par le plastron pour le soulever et le projeter contre le mur. Les parois tremblèrent, les trophées de chasse dégringolèrent et toute la salle s'immobilisa, figée devant la force de l'adolescent.

L'homme parut brusquement aussi fasciné qu'intéressé.

— Ton pouvoir de force est exceptionnel, dit-il dans un anglais impeccable. Je le veux !

Il tendit une main vers Matt, et celui-ci ramassa son épée sur le sol avant de reculer.

— Je peux vous aider si vous nous faites confiance, répéta Matt.

— Je n'ai pas besoin de ton aide. Je n'ai qu'à prendre ce que je veux. Tu oublies ce que tu es ? Un enfant !

Trois soldats se précipitèrent vers Matt, armes levées devant eux.

Et soudain ils rebondirent contre une surface invisible, comme un mur de verre, et s'effondrèrent, le nez ou le poignet cassé. Matt vit du coin de l'œil Ambre qui baissait la main.

L'homme s'approcha de Matt et, avant que ce

dernier ne puisse agir, son épée sortit de son fourreau et la pointe vint se coller sous son menton. Matt en resta coi.

— Rendez-vous tout de suite, vous n'êtes pas de taille à lutter contre nous.

L'homme faisait bouger ses doigts dans l'air et manipulait l'épée à distance, comme l'aurait fait Ambre.

Les trois derniers gardes se préparaient à fondre sur les adolescents. Tobias leva son arc et, en l'espace de deux secondes, décocha trois traits qui se fichèrent dans le pied de chacun, rivant les bottes et leur contenu au parquet, dans un concert de cris aigus.

La lame recula dans l'air pour prendre son élan et se précipita pour fendre la gorge de Matt.

La pointe s'immobilisa à un centimètre de sa peau.

Matt devinait une force autour de lui, comme de l'électricité statique qui saturait l'air. Les cheveux sur sa nuque se dressèrent. Ses vêtements se mirent à crépiter, couverts de minuscules arcs électriques.

L'homme vêtu de lin recula d'un pas, déstabilisé.

— Qui ? balbutia-t-il.

Il n'était pas habitué non seulement à rencontrer une altération semblable à la sienne, mais encore moins qu'elle soit plus puissante que la sienne.

Matt profita de la seconde de flou pour passer sur le côté d'un bond rapide et attraper son arme par la poignée. Puis, usant de toute son altération de force pour briser le charme, il la fit tournoyer, pointe tendue vers l'œil de l'homme.

Qui recula, avant de se retrouver coincé contre la cheminée.

Matt était sur lui, l'arme menaçante.

— J'ai essayé d'être diplomate, dit-il avec colère. S'il faut utiliser la force pour que vous m'écoutiez, alors soit. Qui dirige votre terre ?

L'homme semblait perdu, ses yeux s'affolaient, cherchant une explication, ou de l'aide.

— Comment faites-vous cela ? demanda-t-il, effrayé. Comment faites-vous pour avoir des pouvoirs aussi puissants ?

— Réponds à ma question ! insista Matt en rapprochant l'épée de son menton.

— C'est Oz, c'est Oz !

— Oz ? répéta Tobias. C'est un nom ça ?

— C'est l'empereur de toutes les terres de l'ouest, expliqua l'homme.

— Où vit-il ? demanda Matt.

— Dans son domaine, à Castel d'Os, sur la Grande-Île.

— Et qui gouverne la ville de Paris ?

— Je ne connais pas cet endroit.

Matt, excédé, enfonça la pointe dans la peau. Une perle de sang apparut.

— Je vous le jure ! Je ne connais pas !

— La grande ville avec la tour Eiffel ! Une immense tour de fer, pointue ! Ils parlent la même langue que toi.

— La Tour-Squelette ! C'est de la Tour-Squelette dont vous parlez ! C'est la cité Blanche ! À l'est d'ici ! La cité de l'énergie lumière !

Matt jeta un rapide coup d'œil à ses camarades. L'énergie lumière ! Le Cœur de la Terre !

— Qui dirige la cité Blanche ?

— Un Maester comme moi, mais un Maester très puissant, un proche de l'empereur Oz. Il s'appelle Luganoff. Le Maester Luganoff. Un homme cruel !

— N'y a-t-il aucun enfant libre dans tout l'Empire ?

— Vous… vous avez vraiment tout oublié ? Vous ne savez plus rien ?

— Réponds à ma question ! s'énerva Matt en enfonçant un peu plus la pointe de son épée.

Le sang dessinait une larme rouge sur le menton du Maester.

— Vous êtes nos esclaves ! s'empressa-t-il de rappeler. Vous n'avez aucun droit ! Mais si vous arrêtez maintenant, je vous promets de vous laisser repartir, je ferai comme si je n'avais rien vu. Vous pourrez repartir de l'autre côté de la mer, sur la Grande-Île. Vous n'aurez rien à craindre de moi !

— Vous avez capturé nos compagnons sur le voilier que vous avez brûlé cette nuit. Je veux qu'ils soient libérés.

— Ce sont des esclaves en fuite, ils n'ont pas le droit de circuler librement ! Vous ne ferez pas un jour de marche tous ensemble sans vous faire repérer ! Partez tous les quatre tant que c'est encore possible, et oubliez vos camarades. Ils sont perdus.

— Tu n'es pas en position de nous dire quoi faire. Tout à l'heure tu as utilisé une altération de télékinésie, comment as-tu fait ?

— Mon pouvoir ? Mais… j'ai bu de l'Élixir de jouvence, pardieu ! Comme tous les combattants !

— Tu veux dire que tous les adultes ont des capacités comme toi ?

— Bien sûr !

Matt était dépité. Si tous les Cyniks d'Europe avaient une altération, alors ce voyage allait se révéler beaucoup plus compliqué que prévu.

Soudain il entendit des cris à l'extérieur. Plusieurs exclamations. On sonnait l'alerte. Puis des hurlements guerriers. On s'affrontait.

Tobias se précipita à la fenêtre.

— Je crois que ça vient de derrière le bâtiment, tout au bout.

— Le hangar où sont enfermés les Pans ! comprit Ambre.

— J'ai bien peur que ce soit Floyd, révéla Tobias. Il ne sait pas obéir.

Matt laissa son arme contre le menton du Cynik et jeta un œil par la fenêtre. Il vit le ciel s'illuminer brièvement, et songea à un tir d'éclair, comme les Kloropanphylles savent en faire.

— S'il a attaqué les gardes du hangar sans se douter qu'ils ont aussi une altération, ça risque d'être une boucherie ! gronda Matt.

Il attrapa le Maester du petit village.

— Tu vas nous guider jusque là-bas.

Et il le poussa devant lui.

23.

Une alliance possible…

Un soldat crachait des flammes par le bout de ses mains tandis qu'un autre projetait des éclairs en direction du petit groupe guidé par Floyd.

Pour l'heure, les Pans s'étaient recroquevillés derrière un muret de pierre et serraient les dents sous chaque nouvelle salve. Ils transpiraient autant à cause des flammes que de la peur. Ils s'étaient attendus à peu de résistance, il n'y avait qu'une poignée de gardes, et Floyd avait compté sur l'effet de surprise pour les désarçonner et prendre le dessus sans affrontement. Au lieu de quoi les Cyniks avaient répliqué en dégainant leur propre altération de combat.

Floyd avait usé de sa faculté pour allonger son bras et pousser Randy en dehors de la trajectoire d'un premier jet de flammes avant qu'ils ne se retrouvent acculés.

Les gardes se rapprochaient, et à mesure qu'ils sonnaient l'alerte, Floyd pouvait en entendre d'autres accourir. Il fallait se rendre à l'évidence : ils étaient coincés.

Tania se redressa un bref instant pour décocher une flèche en pleine cuisse du soldat le plus proche qui tomba en criant avant qu'une gerbe de feu ne s'abatte sur la position de l'adolescente.

Tania eut à peine le temps de rouler au sol qu'elle sentit le brasier la raser. Les pointes de ses cheveux grésillèrent.

Ti'an la tira vivement à l'abri du muret.

— C'est pas passé loin, dit-il.

Tania hocha la tête, incapable de prononcer un mot, la peur lui remplissant la gorge. Elle avait vu le jet de flammes bouillonner dans sa direction et, pendant une seconde, s'était vue mourir brûlée vive.

Elliot se leva à son tour. Avant que ses compagnons puissent l'en empêcher, il fixa l'un des gardes qui se tournait vers lui. Le Cynik pointa sa main vers le jeune garçon blond et s'apprêtait à déclencher son tir pour l'électrocuter.

Leurs regards se croisèrent.

L'électricité commença à se former au bout des doigts du Cynik.

Les pupilles noires d'Elliot entrèrent dans son esprit.

Elliot ferma le poing devant lui, les paupières de l'homme s'abattirent brusquement, et il s'effondra. Elliot se jeta à couvert.

Floyd, qui avait tout vu, lui donna un petit coup sur le bras.

— Incroyable ! Comment as-tu fait ?

— C'est mon altération, avoua Elliot sans joie. Je peux endormir qui je veux, rien qu'en croisant son regard.

— Et tu peux tous les atteindre comme ça ?

— Hélas ! Je ne peux pas le répéter trop, ça

m'épuise. Et certaines personnes n'y sont pas sensibles. Mais si vous me couvrez, d'ici une minute ou deux je pourrai recommencer.

— On n'a pas une minute ou deux ! grogna Torshan.

Deux éclairs frappèrent le muret en claquant, projetant des fragments de calcaire dans les airs, forçant les Pans à rentrer la tête dans les épaules.

— Floyd ! aboya Randy. On ne va pas tenir longtemps ! Il faut se rendre !

— Où est Chen ? s'inquiéta soudain Tania. Il n'est pas là !

— Je l'ai vu sauter sur le mur du hangar au moment de l'attaque, dit Dorine.

Tous entendirent alors le martèlement des bottes qui accouraient vers eux. Une troupe entière.

— On est mal, gémit Randy.

Floyd risqua un œil au-dessus du muret.

Une douzaine de soldats arrivaient au pas de course pour prêter main-forte à leurs camarades.

Floyd frappa la terre du plat de la main. Il enrageait. S'ils ne se rendaient pas maintenant, ils allaient se faire mettre en pièces.

C'était à lui de prendre la décision. C'était lui qui les avait entraînés dans cette galère.

Floyd leva les bras et commença à se lever pour sortir du couvert du muret.

— Nous nous rendons, cria-t-il. Ne tirez plus !

Il était debout lorsqu'il vit le Cynik en face de lui, celui qui projetait des jets de flammes, se fendre d'un rictus cruel. L'homme le pointa du doigt.

Pas pour le désigner.

Mais pour le carboniser.

L'index se recourba et une lueur rouge comme une braise incandescente apparut sous la peau.

Floyd n'eut pas le temps de réagir.

Les flammes jaillirent comme un geyser.

Et l'homme s'envola dans le ciel, déviant par la même occasion son tir. Il s'éleva de plusieurs mètres, sa gerbe de flammes s'arrondissant au passage pour dessiner une arabesque rougeoyante qui vint frapper la terre aux pieds de Floyd, médusé.

Les deux acolytes du Cynik firent volte-face en comprenant qu'un nouveau danger venait de surgir. Ils reçurent chacun une flèche en pleine poitrine, parfaitement ajustée, comme s'il s'agissait d'une cible de tir. Tobias et Ambre apparurent dans la clarté des torches, sur le dos de Gus.

Un quatrième Cynik se prépara à faire feu lorsqu'un carreau le cloua entre les omoplates.

Chen venait de riposter à l'arbalète, accroché au toit du hangar par son altération.

Les renforts sortaient leurs épées, haches et autres gourdins hérissés de clous tout en cherchant à identifier d'où provenait le danger, quand une masse de poils de la taille d'un cheval les renversa, projetant plusieurs d'entre eux dans les airs.

Les autres eurent à peine le temps de comprendre ce qui leur arrivait que Plume faisait face, babines retroussées sur ses crocs luisants. Un grondement menaçant résonnait dans sa gorge.

Les Cyniks connurent plusieurs secondes de flottement, cherchant comment réagir. Ils n'eurent pas le temps de se ressaisir.

La voix de Matt sonna, puissante, devant le hangar :

— Lâchez vos armes ! Lâchez-les ou c'est votre Maester qui paiera pour vous.

Il apparut dans la lumière des torches, tenant l'homme en tunique de lin devant lui, le tranchant de l'épée posé contre sa gorge.

Les Cyniks eurent une brève hésitation, avant d'abandonner leurs armes. Leurs regards témoignaient de leur effarement. Jamais des adolescents ne s'étaient montrés si hardis, si organisés.

Jamais des enfants ne s'étaient rebellés.

— Ouvrez les portes du hangar ! ordonna Matt avec la même autorité impérieuse dans la voix.

Les hommes n'étaient pas sûrs d'eux. Ils s'observèrent pour savoir s'ils devaient obéir.

— Faites ce qu'il vous dit ! grogna le Maester.

Peu à peu les Pans et les Kloropanphylles traqués se mirent à sortir dans la nuit, hagards. Floyd entreprit aussitôt de les guider, imité par ses compagnons. Torshan et Ti'an, eux, grimpèrent sur le muret pour s'assurer que les Cyniks obéissaient sans tenter le moindre coup tordu.

Lorsque tout le monde fut sorti, Matt ordonna que les soldats Cyniks entrent dans le hangar, et Tobias verrouilla les lourdes chaînes et les cadenas.

— Où sont les enfants que vous gardez dans le village ? demanda Matt au Maester.

— Nous… nous n'en avons presque pas, avoua-t-il, la plupart ont été réquisitionnés pour les mines de fer.

— Où sont-ils ? insista Matt en plaquant la lame contre sa peau.

— Je vais vous montrer !

Ils traversèrent une partie du village, dont les

fenêtres s'étaient allumées pendant l'appel de la garde, et ils marchèrent sous les regards effarés des Cyniks qui ne comprenaient pas ce qu'ils voyaient. Certains sortaient sur le pas de leur porte et, constatant qu'il s'agissait d'une horde d'enfants armés, s'empressaient de rentrer en s'enfermant à double tour.

Le Maester les conduisit jusqu'à une étable dans laquelle dormaient une petite dizaine de garçons et filles de huit à quinze ans.

Tobias, Ambre et Tania les firent sortir en les rassurant, mais aucun ne comprenait ce qui se passait. Ils avaient peur, surtout du Maester qu'ils ne lâchaient pas du regard.

— Vous allez payer pour tout ça, dit l'homme à Matt.

— Je suis venu à vous en paix, je vous ai tendu la main, ne l'oubliez pas ! C'est vous qui avez refusé !

— Vous êtes des esclaves, garçon, et les esclaves n'ont pas à donner des ordres à leurs maîtres.

— Les temps changent, Maester. Vous devriez vous en rendre compte. Car bientôt il sera trop tard. La mort descend du nord à l'instant où nous parlons. Elle sera bientôt sur vous.

Matt guida toute sa bande jusque sur le quai, et les quatre soldats de faction ne purent que reculer en voyant surgir près de soixante gamins dont les meneurs étaient armés.

Les Pans prirent place à bord de la galère et préparèrent l'appareillage. Lorsque tout fut prêt, Matt relâcha le Maester, la pointe de son épée brandie vers son visage.

— N'oubliez pas que mon message était un message de paix. Nous n'avons fait que répondre par la force à la force que vous avez employée. Il est toujours possible de nous allier. Faites circuler l'information ! Nous ne sommes pas venus de l'autre côté de l'Océan pour vous faire la guerre. Nous devons nous entraider.

Le regard du Maester changea. Matt comprit que pour la première fois, l'homme envisageait qu'il était peut-être non pas face à des enfants fous, mais à de véritables voyageurs. Alors Matt reprit espoir.

Peut-être qu'une alliance deviendrait possible, peu à peu, avec les Cyniks d'Europe. Il fallait espérer que ce premier contact serait le pire. Il devait faire confiance à cet homme. À sa capacité à vouloir le mieux pour tous, à espérer la paix. À son intelligence.

Matt fit remonter la passerelle, et la galère commença à s'éloigner doucement.

— Nous avons besoin les uns des autres ! cria-t-il.

Et la galère prit le chemin de la mer.

Le Maester ne bougea pas pendant plusieurs minutes, plongé dans ses pensées.

Un de ses gardes approcha.

— Maester, ils n'ont même pas sabordé notre autre navire ! Voulez-vous que je sonne l'embarquement ? Nous pouvons les prendre en chasse ! Ils ne sauront pas manœuvrer aussi bien que nous !

— Non, c'est inutile.

— Mais ils…

— J'ai dit non. Ils reviendront. Ici ou ailleurs, mais ils reviendront. Ces enfants-là ne fuient pas. J'ignore ce qui les anime, mais il y a une profonde conviction dans ce qu'ils font. Nous les reverrons sur nos terres. Très bientôt. Je vais faire prévenir le Maester de Cytadel. Préparez nos messagers, je veux qu'ils partent cette nuit même.

Un autre soldat le rejoignit et baissa la tête en guise de salut.

— Un des gamins a fait tomber ça tout à l'heure en embarquant, dit-il en tendant une pierre à son maître.

Un morceau de papier était enroulé autour, à la va-vite, tenu par un élastique.

Le Maester le déplia et découvrit une écriture maladroite, des mots jetés là dans la précipitation.

Lorsqu'il releva la tête, il affichait une mine rassurée et mystérieuse. La galère n'était plus visible que par les minuscules points lumineux de ses lanternes.

— Tout va bien, Maester ?

— En définitive, peut-être que ces enfants ont dit la vérité.

— Vous voulez dire… qu'ils viennent vraiment de l'autre côté de l'Océan ?

— C'est possible. Mais il semblerait que tous parmi eux ne partagent pas leurs idées. Nous avons un allié dans leur groupe. Faites seller mon cheval, je vais à la cité Blanche.

— Seul, Maester ?

— Il se trame quelque chose. D'importantes choses. J'ai commis l'erreur de sous-estimer ces gosses. Je pars avant l'aube. Je veux rendre visite à Maester Luganoff.

— Bien, Maester.

— Et s'il arrive le moindre message de notre nouvel ami, faites-moi prévenir aussitôt ! Envoyez les pigeons voyageurs pour ne pas perdre de temps. Mon intuition me dit que nous devons faire vite.

Le soldat recula d'un pas et s'inclina.

La détermination de son maître l'inquiétait.

24.

Un ciel de mauvais augure

Le jour se levait à peine quand la vigie de la galère cria pour prévenir qu'il avait repéré le Vaisseau-Vie. Sans lune, ils avaient été incapables de retrouver leur base d'attache, et s'étaient contentés de jeter l'ancre pour la fin de nuit, le temps de pouvoir s'orienter.

Ils accostèrent et firent débarquer l'équipage entier, avec Clara et Archibald encore secoués par la nuit qu'ils venaient de passer, suivis des dix nouveaux venus, tout penauds et terrorisés.

Le plus âgé, un brun d'environ quinze ans aux cheveux hirsutes et à la bouille toute ronde, s'approcha de Matt.

— C'est toi le chef ? demanda-t-il avec un fort accent français.

— Tu parles notre langue ! Parfait, tu vas pouvoir nous aider avec tes amis.

— Vous faites partie de la rébellion ?

— Quelle rébellion ?

Le garçon se renfrogna.

— Alors c'est vrai ce que vous nous avez raconté tout à l'heure à bord du bateau ? Vous venez vraiment de loin ?

— Oui.

— Vous allez libérer tout le pays ?

Matt ne sut que répondre. Il balbutia.

— Nous… En fait nous devons atteindre Paris. C'est un peu compliqué comme ça…

— Vous voulez retourner sur la terre ? Pourquoi ne pas rentrer chez vous ? C'est dangereux dans le pays ! Il y a des adultes partout.

— Nous ne pouvons pas rentrer. Notre pays est menacé. Le monde entier l'est à vrai dire.

— Mais les adultes sont une plus grande menace encore.

— Je ne crois pas.

— Parce que tu ne sais pas de quoi ils sont capables, fit le garçon d'un air sombre.

— De toute façon nous n'avons pas le choix. Je dois y retourner. Nous allons naviguer le plus longtemps possible le long des côtes, et lorsque nous serons au plus près de la cité Blanche, nous débarquerons pour la rejoindre par la terre. Nous aurions bien besoin d'un guide. L'un d'entre vous pourrait-il nous assister ?

Le garçon secoua la tête doucement, d'un air attristé.

— Vous ne savez pas ce que vous faites. Les hommes sont cruels. Personne ne voudra y retourner. Personne.

Puis le garçon partit rejoindre ses camarades.

Ambre posa une main sur le bras de Matt.

— Tu ne pourras pas les convaincre, dit-elle, ils ne savent pas ce que nous avons vu.

— Manifestement il pense la même chose de nous.

— Nous connaissons les Cyniks. Eux n'ont jamais affronté Entropia. Laisse-les.

— Quand veux-tu repartir ? demanda Torshan.

— Ce midi. Équipage minimum. Nous ne pouvons plus perdre de temps.

— Je vais organiser les préparatifs, faire charger les vivres.

Floyd s'approcha à son tour, il attendait depuis un moment derrière Matt.

— Merci pour cette nuit, dit-il, embarrassé.

— Pas de problème.

— Je suis désolé.

— Pas la peine. Tu as fait ce que tu croyais bon, comme moi. Aucun de nous n'avait raison. Personne n'est blessé, c'est le principal.

— C'est pas passé loin pour Tania et moi. On aurait pu y rester.

Matt le gratifia d'un sourire amical.

— Te prends pas la tête. T'as écouté ton instinct, c'est tout. La prochaine fois on réfléchira plus longtemps, toi et moi, avant de prendre une décision.

Floyd hocha la tête, et Matt lut le doute dans son regard.

— Tu repars avec nous ? interrogea-t-il.

— Bien sûr.

— Tu n'es pas obligé.

— Je sais. Mais je viens quand même. Je ne vous lâche pas.

Matt le prit par les épaules. Floyd était un garçon courageux, ils auraient besoin de lui et de son tempérament de feu avant d'atteindre Paris, Matt n'en doutait pas une seconde.

À midi, la galère fut prête à repartir.

Matt salua Clara et Archibald – cette fois il était plus prudent de partir sans eux. Le moment n'était pas à la diplomatie, les Cyniks l'avaient hélas prouvé. Leur heure viendrait, il fallait être patient. Matt voulait un commando discret, qui pourrait se faufiler à travers le territoire adulte sans se faire remarquer, et gagner Paris au plus vite pour récupérer le Cœur de la Terre. Une fois cette mission remplie, lorsque Entropia serait aux portes des Cyniks, Matt ne doutait pas une seconde que les adultes changeraient radicalement d'attitude, et que le temps de la paix pourrait s'imposer tout seul. L'Alliance des Trois s'était résolue à ne compter que sur elle-même, pour un moment encore.

Ils étaient sur le point de lever la passerelle lorsque le garçon brun à la tête ronde arriva en courant.

— Que fais-tu ? s'étonna Tobias.

— Je viens avec vous.

— Tu sais qu'on retourne là-bas ?

— Oui. Et vous aurez besoin d'un mec comme moi, qui connaît bien ces terres, annonça-t-il dans son anglais chantant.

— Tu es sûr ? demanda Matt. Ce sera intense.

Le garçon haussa les épaules.

— Si personne ne le fait, que deviendront tous les esclaves comme moi ?

Tobias et Matt échangèrent un regard entendu.

— Bienvenue à bord, dit Matt.

— J'ai toujours voulu rejoindre la rébellion de toute façon.

— C'est quoi cette rébellion ? insista Tobias.

— Des mecs et des filles comme vous, qui refusent l'autorité de l'Empire.

— Ils sont nombreux ?

— J'en sais rien. À vrai dire, j'en ai jamais vu. C'est une rumeur.

— Ils sont à la cité Blanche ? demanda Matt.

— Aucune idée. Je sais qu'ils habitent une forteresse cachée dans la forêt, loin à l'est, c'est tout ce que j'ai entendu dire, et qu'ils font des sorties pour attaquer l'Empire. Voilà tout.

— Comment peut-on les contacter ? questionna Tobias, plein d'espoir.

— Alors ça…

— S'ils existent vraiment, modéra Matt. En temps d'oppression les rumeurs les plus folles peuvent circuler. Surtout celles qui rassurent.

Le garçon renifla et haussa les épaules.

— Moi, j'y crois à la rébellion, dit-il. Au fait, je m'appelle Léo.

Il leur tendit la main, et scella l'alliance avec ses nouveaux amis.

Aucun d'entre eux ne vit l'oiseau étrange qui flottait à quelques mètres au-dessus de la galère.

Un oiseau noir, au plumage maculé de goudron séché. Ses deux yeux étaient fixes, tels deux trous d'ombre.

Un oiseau mort qui planait comme un satellite espion.

Matt s'endormit dans l'après-midi, sur le pont, contre Plume roulée en boule près d'une pile de cordages. Le soleil fendit les nuages et vint les réchauffer. La plupart des Pans qui avaient participé à l'expédition nocturne somnolaient aussi, profitant de cette accalmie, convaincus que bientôt le sommeil se ferait plus difficile et plus rare.

L'équipage manœuvra en silence, laissant les gréements grincer dans le vent, les voiles claquer lorsque la brise se réveillait et le bois de la coque craquer au gré de la houle. Ils voguaient à bonne distance de la côte, fin ruban sombre sur l'horizon, assez près pour naviguer à vue, assez loin pour ne pas être repérables.

La nuit tomba rapidement, et un étrange phénomène perturba tout le monde à bord. Ambre, Tobias et Matt se retrouvèrent à la proue pour l'observer.

Le nord rougeoyait. Le ciel brûlait d'une lueur inquiétante, comme si d'immenses incendies ravageaient toute la Grande-Bretagne. C'était une lumière d'un rouge intense, lointaine et permanente, qui occupait tout le ciel à bâbord.

— C'est le monde qui brûle ? demanda Tobias, pas rassuré.

— Ça me rappelle le château de Malronce, murmura Matt, les volcans qui crachaient leur lave.

— L'Angleterre devenue une terre volcanique ? répéta Ambre. Pourquoi pas…

Matt posa sa main sur la cuisse de la jeune fille, assise sur un tonneau.

— Comment vas-tu ?

Elle hocha la tête, un peu trop vivement pour être crédible.

— Si je peux t'aider, n'hésite pas à…

— Je le ferai. Mais ça va.

Matt et Tobias connaissaient assez leur amie pour percevoir que ce n'était pas le cas, mais il était délicat d'insister si elle ne voulait pas se confier.

— Ç'a été une attaque violente, continua Matt. Nous n'en avons pas reparlé, et je crois que ce serait bien de…

— De quoi ? D'avoir des regrets ? le coupa Ambre. Non, trop tard pour ça. Nous pourrions en parler des heures, mes jambes ne fonctionneraient pas mieux. Ce qui est fait est fait. Maintenant il faut aller de l'avant…

— C'est tout de même un traumatisme, tenta Tobias, et en parler pourrait…

— Nous faire perdre du temps, trancha Ambre. Ce qui compte, c'est d'identifier celui qui nous a fait ça pour qu'il ne puisse plus recommencer, hélas ça n'a pas été possible.

— Orlandia a doublé les effectifs autour des points stratégiques du Vaisseau-Vie. Maintenant c'est à elle de jouer.

Ambre fixa les cieux carmins.

Matt pouvait voir ses mâchoires crispées. Elle éprouvait de la colère, ou plus certainement de la frustration. Ce qui lui arrivait était d'une injustice intolérable. Matt savait qu'il ne servait à rien de s'en vouloir, il n'avait rien pu faire, l'attaque avait été brutale, inattendue. Il songea de nouveau à ce bref affrontement, ce corps à corps au cours duquel il avait sous-estimé son adversaire, il s'était laissé surprendre par sa force… comme s'il s'était agi d'un adulte.

Ou d'une force surnaturelle… Entropia ? Non, peu probable…

Ggl n'avait aucun moyen de placer ses espions parmi les Pans, c'était impensable.

Restaient les Cyniks, les derniers traîtres à la solde du Buveur d'Innocence…

Il a disparu, s'il est malin, il est déjà loin, très loin, pour éviter les représailles du roi Balthazar ! Ça ne peut pas être lui !

Matt réprima un profond soupir. Il ne supportait pas de l'avoir laissé s'échapper. Et n'aimait pas l'idée qu'Ambre vienne avec eux, dans cet état. En même temps, se séparer d'elle lui était insupportable.

Et la convaincre de ne pas venir serait suicidaire ! Jamais elle n'acceptera de rester à bord.

— Randy a préparé l'itinéraire ? demanda-t-elle après un long silence.

— Oui. Nous avons récupéré une carte du nord de la France. D'après lui, selon l'état du chemin on devrait mettre entre cinq et sept jours pour atteindre la cité Blanche.

— Nous resterons hors des routes ?

— Aussi souvent que possible, mais si le pays est dans le même état que le nôtre, il sera difficile de progresser à travers la végétation. On improvisera.

— Et puis il faudrait trouver une église sur le chemin, rappela Tobias. Pour essayer de prendre contact avec Eden.

Matt vit le regard triste de son ami.

— Ils te manquent ?

— Je m'inquiète pour eux. J'espère qu'Entropia n'est pas déjà sur notre ville.

Matt le prit par l'épaule, pour le réconforter.

— On va y arriver. Dès que nous serons à Paris, Ambre absorbera le Cœur de la Terre, et je suis prêt à parier ce que tu veux que Ggl n'osera plus nous affronter de face. Quand j'étais dans le Tourmenteur, j'ai senti combien il désirait assimiler Ambre, et en même temps il la craint énormément. Alors imagine quand elle aura le double de puissance en elle !

— Et si on se trompait ? Si tout ce qu'il voulait justement, c'était l'assimiler avec toute son énergie pour devenir lui-même indestructible ?

— S'il m'atteint, c'est ce qu'il fera, intervint Ambre. Mais si je ne me laisse pas faire et que je retourne la force de la Terre contre lui, alors je pense que je peux détruire Entropia.

Tobias émit un petit râle qui ressemblait à une plainte.

— J'espère qu'on ne se trompe pas, dit-il.

— De toute façon, nous n'avons pas d'autre option, rappela Matt. Il faut y croire.

Ambre prit la main de Tobias.

— Fais-moi confiance. Je sens des choses en moi. Des changements, des influences. J'ai perçu la peur des Tourmenteurs. Cette énergie, ils veulent l'absorber pour ne pas qu'elle puisse les détruire. Aide-moi à rallier le deuxième Cœur de la Terre et je vous protégerai. Plus aucun Tourmenteur ne pourra nous faire du mal. Je te le jure.

Tobias retrouva un léger sourire. Pas vraiment rassuré pour autant, mais avec l'envie de l'être.

— Alors je vais nous mettre des coups de pied aux fesses tous les matins pour avancer plus vite sur la route de Paris.

Ils sourirent ensemble.

Sous le ciel rougeoyant du nord.

En pleine nuit, une silhouette se détacha du pont pour faire descendre le plus discrètement possible un petit canot. La vigie avant était trop loin pour le voir, et celle de l'arrière gisait, assommée.

Dans le canot, une caisse en bois occupait presque toute la longueur de la frêle embarcation.

La silhouette détacha le dernier cordage et regarda le canot s'éloigner lentement au gré des courants.

Le ciel rouge au-dessus de l'Angleterre ne l'inquiétait pas. C'était le signe que les temps changeaient. Une révolution était en marche. Les hommes libres prenaient enfin le pouvoir. Affranchis de leurs anciennes traditions, des liens de toute sorte. À présent plus aucun homme ne serait obligé d'avoir des enfants, ou de les éduquer, ils ne devraient plus rien. À personne. Plus de dépendance. Fini les jérémiades, les caprices, les droits des enfants. L'existence était trop courte pour la sacrifier aux enfants.

Les hommes redevenaient les seuls maîtres de leur vie, servis par des petits esclaves.

Le Buveur d'Innocence se frotta les mains.

Un oiseau tournait au-dessus de la barque. Il allait guider Colin jusqu'à elle, afin que l'adolescent récupère sa précieuse cargaison.

Le Buveur d'Innocence avait un plan. Un plan

terrible. Mais pour qu'il fonctionne, Colin allait devoir faire vite. Tout était une question de vitesse et d'organisation.

Tant qu'ils pourraient dialoguer et se concerter, pour tout préparer, le plan fonctionnerait.

Alors les Pans n'y verraient que du feu.

Non seulement ils le conduiraient jusqu'au Cœur de la Terre, pour satisfaire Ggl, mais en plus ils se jetteraient dans la gueule de l'Empire.

Et lui, le Buveur d'Innocence, il en tirerait profit d'une manière ou d'une autre. Il n'avait aucun doute à ce sujet.

Tout était dans le timing. Attendre le bon moment pour intervenir. Pour tout faire basculer.

Jouer avec les deux camps, celui de Ggl et celui de l'Empire.

Le Buveur d'Innocence tenait sa revanche.

25.

La fumée des morts

La galère se rapprochait des falaises, en même temps que le soleil blanchissait peu à peu le rideau céleste, éteignant les dernières étoiles.

Matt aurait voulu débarquer en pleine nuit, mais ils avaient tardé à atteindre le point indiqué par Randy pour accoster.

— Tu ne préfères pas attendre la nuit prochaine ? demanda Tobias. Là, avec l'aube, on risque de se faire repérer.

— Je prends le risque, tant pis. Nous ne pouvons plus attendre.

Torshan rejoignit les deux garçons à la proue du navire.

— Il nous manque une chaloupe, les informa-t-il d'un air contrarié.

— Comment ça ? s'étonna Matt.

— Il en manque une, c'est tout. Le cordage qui la retenait est rompu, j'ignore s'il a cassé ou s'il a été tranché.

— Pourtant la mer a été calme cette nuit, non ? rappela Tobias.

— Oui. Mais la vigie arrière s'est endormie, il n'a rien pu voir.

— Endormi ? répéta Matt.

— Oui. Enfin, il dit qu'il s'est cogné, que c'est un gréement qui a tourné avec le vent et l'a assommé.

— Et il ne manque rien d'autre à bord ? demanda Matt, soupçonneux. Ni personne ?

— Je viens de vérifier. Rien. L'équipage est au complet.

Matt fit la moue. Il n'aimait pas ça. Mais il avait d'autres préoccupations en tête pour l'heure.

— Torshan, dit-il, rassemble notre groupe, nous allons bientôt embarquer dans les chaloupes pour gagner la terre. Je vais faire monter les chiens.

Les douze Pans et Kloropanphylles qui avaient constitué le premier commando ainsi que leurs onze chiens occupèrent bientôt le centre du pont supérieur, auxquels s'ajouta Léo qui allait monter avec Randy sur Chunk, un bâtard au poil long et aux oreilles pointues continuellement dressées. Chacun avait vérifié son paquetage, pour s'assurer qu'il emportait les vivres nécessaires, les ustensiles pour cuisiner, un sac de couchage, une provision d'eau pour au moins deux jours, des vêtements de rechange, et les armes qu'ils avaient astiquées, aiguisées et précieusement rangées dans leurs protections de voyage. Les trousses de premiers soins et le matériel particulier, comme les pelles pliables, ou les mini-tentes, étaient répartis entre les membres en fonction de leur gabarit et de leur force.

L'équipage les salua avec beaucoup de solennité, comme s'ils craignaient de ne plus jamais les revoir.

Ou comme s'ils savaient l'importance de ce que nous

nous apprêtons à faire, songea Matt. Car en effet cette mission était primordiale. Retrouver le Cœur de la Terre allait leur donner un avantage considérable sur Entropia.

Si les Cyniks ne leur mettaient pas de bâtons dans les roues.

La galère s'éloigna peu à peu.

Elle allait regagner le large, puis le Vaisseau-Vie. Elle ne devait revenir que dans dix jours et attendre leurs signaux de fumée pour accoster.

Matt espérait que, dans dix jours, il se tiendrait sur cette plage, occupé à allumer un immense feu, l'excitation au ventre, Ambre galvanisée par l'énergie de la Terre, et tous leurs espoirs restaurés.

Lorsqu'il posa le pied sur les galets humides, il eut une sensation de déjà-vu. Deux jours plus tôt, ils avaient investi la plage par une nuit noire, curieux et anxieux de ce qu'ils allaient découvrir…

— Nous marchons dans les pas de nos ancêtres, s'écria Floyd par-dessus le bruit du ressac. Nos grands-parents et nos arrière-grands-parents ont débarqué sur ces plages de Normandie avant nous pour libérer l'Europe de l'occupation tyrannique ! Soyons fiers !

— Je vois pas ce qu'il y a de réjouissant là-dedans, maugréa Tobias. C'est juste la preuve que l'homme est capable de répéter ses pires bêtises !

— Et qu'il en existera toujours d'autres pour s'opposer à l'oppression.

Seul Floyd semblait optimiste, les autres mesuraient surtout le danger qui les attendait.

Ils tirèrent les barques, les cachèrent dans un recoin de la falaise, et ramassèrent autant d'algues que possible pour les recouvrir. Puis ils marchèrent vers ce qui ressemblait à un vieil escalier taillé dans la pierre et gagnèrent les hauteurs, afin de s'engager dans l'arrière-pays.

En parvenant au sommet, Matt fut soulagé de ne découvrir aucune patrouille de Cyniks. En débarquant au petit matin ils avaient pris le risque d'être repérés.

Le vent soufflait, et lorsque les Pans enfourchèrent leurs montures, ils durent se recroqueviller pour lui offrir le moins de prise possible, afin de ne pas être déséquilibrés. Les chiens s'élancèrent, Matt en tête, avec Randy à ses côtés pour le guider, Ambre et Tobias sur Gus, l'impressionnant saint-bernard, en troisième position. Les deux Kloropanphylles fermaient la marche sur leurs bergers malinois. Ni Torshan ni Ti'an n'avaient revêtu leur armure en chitine de fourmi, à la blancheur et à la fluorescence trop repérables. Ils s'étaient emmitouflés dans des vêtements de cuir renforcé, recouverts d'une cape brune à large capuchon pour dissimuler leurs visages si particuliers, au cas où ils croiseraient des Cyniks.

Les premiers kilomètres, à travers le bocage normand, furent assez aisés. Ils traversaient de vastes prairies d'herbes si hautes qu'elles dépassaient le garrot des chiens, puis franchissaient de petits bosquets d'arbres et de buissons, ou les contournaient quand c'était possible.

Chen sonna l'alerte le premier :

— Aïe ! Oh non ! Regardez ma jambe !

Une excroissance beige clair dépassait de son mollet droit, grosse comme une balle de golf.

— Une tique ! s'écria Tania d'un air dégoûté. Et elle est énorme !

Chen releva son pantalon sur l'autre jambe et en découvrit deux plus petites.

— Je crois que je vais m'évanouir, dit-il.

— Jamais vu des tiques aussi grosses, avoua Tobias, et pourtant avec les campements scouts j'en ai vu !

— Elles vont te vider de ton sang, intervint Ambre qui ne prenait pas du tout la menace à la légère, il faut les brûler tout de suite !

Elle commença à chercher un briquet dans ses affaires, mais Ti'an guida son chien à la hauteur de Chen et posa le bout de son index tout près de la première tique.

Un minuscule éclair jaillit de son ongle et la tique se contracta.

Chen étouffa un gémissement de douleur, la boule beige se mit à flétrir tandis que du sang s'écoulait par les côtés de son corps difforme. La tique finit par se décrocher. Ti'an répéta l'opération sur l'autre jambe et, pendant que Chen vérifiait qu'il n'en portait pas d'autres, le Kloropanphylle descendit de sa monture pour inspecter Zap, le berger australien de Chen. Il en repéra quatre rivées au pauvre chien, et les fit tomber de la même manière.

— C'est dégueu ! lâcha Maya en s'examinant attentivement.

Personne d'autre n'avait été victime de ces vampires infects et ils purent repartir d'un bon pas.

— Inspection des chiens à chaque pause, recommanda Matt.

Ils parvinrent à une rivière qui roulait des eaux marron, et ils durent la longer sur une dizaine de kilomètres avant de parvenir à un pont de pierre recouvert de lierre. À son approche, Matt fit ralentir tout le monde et termina les cent derniers mètres seul, en marchant devant Plume, pour vérifier qu'aucune présence ne rôdait aux alentours.

Ne voyant personne, il fit signe aux autres de le rejoindre sur le pont.

Une route le traversait avant de filer droit vers le sud, l'itinéraire qu'ils devaient suivre. Les ornières creusées par le passage répété des chevaux et des chariots prouvaient qu'elle était régulièrement utilisée.

— On ira beaucoup plus vite par là, indiqua Chen qui en avait assez de servir de garde-manger aux insectes.

— Elle sert encore, indiqua Matt, c'est risqué. Si on tombe sur une escouade de soldats Cyniks sans avoir le temps de se cacher, ça posera problème. Je préfère que nous restions loin des axes de circulation tant que c'est possible.

Ils franchirent la vieille construction sans s'attarder et repartirent à bonne vitesse à travers les champs d'herbes folles. Chen inspectait ses jambes et ses bras toutes les demi-heures, de crainte d'être à nouveau infesté de tiques, et ses camarades en firent autant, dégoûtés par ce qu'ils avaient vu sur ses mollets.

À mesure qu'ils s'éloignaient de la côte, le vent retombait, et le soleil refaisait son apparition entre deux trouées dans les nuages gris qui défilaient au-dessus de la Normandie.

Les chiens trottaient à bonne allure, engloutissant les kilomètres. Ils firent une pause à l'heure du déjeuner, se contentant d'un repas froid pour ne pas avoir à sortir les ustensiles de cuisine, et sondèrent la fourrure de leurs animaux, à la recherche des tiques. Ti'an avec ses doigts électriques servit d'instrument de pointe.

Dans l'après-midi, ils repérèrent une fumée opaque au loin, un bouquet noir qui se désagrégeait dans le ciel. Matt décida de ne pas l'éviter pour découvrir ce qui devait être une ville Cynik.

Il interpella Léo, qui chevauchait tout près, derrière Randy :

— Tu sais quelle ville c'est ?

— Encore trop tôt pour être Cytadel, l'ancienne ville de Caen. Et puis on la repérerait de loin avec tous ses clochers…

— Une cité avec beaucoup d'églises ? demanda Tobias.

— Oui, énormément. Elles sont recouvertes par la végétation, mais on en distingue encore les toits.

— On cherche une église, l'informa Matt.

— Eh ben là vous en aurez ! Sauf que… c'est en plein territoire de l'Empire. Il y a un château sur la colline qui domine la ville, et il est occupé par les adultes.

— Avec la végétation, on pourrait s'approcher sans risques ?

— J'imagine, mais faudra être discret…

— Si nous ne trouvons pas d'église avant, nous

tenterons notre chance, conclut Matt. Randy, tu prépares la route pour Cytadel ?

Randy déplia sa carte qu'il tenait contre lui dans une besace de cuir.

— C'est l'ancienne ville de Caen, dis-tu ? C'est sur notre route. Si on continue comme ça, on peut y être demain.

— Parfait. Alors gardons le cap.

— Par contre, je crois pouvoir nous positionner sur la carte et je ne vois rien qui puisse correspondre à cette fumée. Quoi que ce soit, c'est nouveau.

— Raison de plus pour aller voir, dit Matt en scrutant le panache obscur.

Une heure plus tard, ils remontaient une colline couverte de tilleuls et de houx qui bruissaient dans le vent. Derrière, la fumée ondulait en deux larges rubans fuligineux. C'était bien plus gros que ce que Matt avait cru. Il s'était attendu à une auberge, puis à des feux de forêt, mais à présent il devinait une dimension industrielle dans ces colonnes qui grimpaient sans fin jusqu'aux nuages.

Lorsqu'ils eurent presque gravi la colline, Matt descendit de sa monture, imité par ses camarades, et approcha du sommet en baissant la tête.

Plus bas, dans la plaine, il découvrit un spectacle qui le glaça d'effroi. Ses mains se mirent à trembler.

Une construction longue comme un paquebot et haute comme un building semblait écraser le paysage de sa pierre noircie. D'étroites fenêtres en perçaient les flancs, munies de barreaux. Un mur de barbelés entourait l'édifice, sorte de bunker colossal, et deux immenses cheminées culminant à près de cent mètres crachaient leur poison. La masse semblait hésiter entre son rôle de prison ou d'usine.

À peine s'était-il approché que Léo poussa un cri de terreur qui fit bondir tout le monde. Ambre glissa d'un coup vers lui pour le faire taire, une main sur sa bouche.

— Qu'y a-t-il ? s'alarma Floyd. Ambre, laisse-le parler !

Léo fixait l'incroyable rectangle noir, les yeux affolés, comme s'il contemplait l'enfer.

— C'est une usine à Élixir, finit-il par cracher, blême.

— Il va falloir nous expliquer, lui demanda Floyd d'un ton qu'il voulait le plus rassurant possible, alors qu'il était lui-même perturbé par la peur du garçon.

— J'en avais entendu parler mais je n'en avais jamais vu…

— Et c'est quoi ? insista Chen.

— C'est là que les Ozdults fabriquent l'Élixir.

— Ozdults ? C'est ainsi que vous appelez les adultes de l'Empire ? devina Tania.

Léo acquiesça.

— Et cet Élixir, dit Matt, c'est celui qui leur donne leurs pouvoirs, c'est ça ?

— Exactement.

Tous devinrent curieux d'un coup. La marche en file indienne les avait un peu éteints, elle n'incitait pas vraiment à la discussion. Depuis que Léo et les siens avaient rejoint les Pans, personne n'avait eu le temps de converser, pris par la fuite, les préparatifs et la fatigue. Ambre demanda :

— Tous les adultes en boivent ?

— Les chefs, oui. Et les officiers. Il n'y en a pas assez pour tout le monde heureusement. Et l'effet ne dure pas longtemps, quelques heures au plus, selon la qualité et la concentration de l'Élixir.

— Mais ils le produisent comment ? demanda Randy.

Léo avala sa salive avec difficulté.

— En prenant leur pouvoir aux enfants. Ils les capturent, les font venir ici, et... j'ai entendu dire qu'ils distillent leur sang.

— Ils le *distillent* ? répéta Tobias, incrédule. Comme de l'alcool ?

— Oui, ils le font bouillir dans des alambics, pour en récupérer une sorte de suc qu'ils diluent ensuite pour obtenir l'Élixir.

— Donc en fonction du sang de l'enfant, ils parviennent à un Élixir différent ? comprit Ambre. Selon le pouvoir de l'enfant ?

— C'est ça. Un enfant qui a une vue exceptionnelle va donner un Élixir de vue parfaite. Un autre qui serait capable de cracher des flammes produira un Élixir de feu, et ainsi de suite...

Matt, qui ne parvenait pas à lâcher la fumée du regard, demanda :

— Et qu'arrive-t-il aux enfants ensuite ?

Léo prit une profonde inspiration. Son visage se leva vers les cheminées.

— Ils sont vidés de leur sang. Ensuite on brûle leurs corps dans de gigantesques fourneaux.

Un murmure d'horreur parcourut le groupe.

— Ce sont des vampires, dit Torshan tout bas. Ces adultes sont des monstres.

— Regardez ! fit Dorine en désignant l'extrémité de la route qui arrivait jusqu'à l'usine.

Plusieurs cavaliers en armure noire apparurent, suivis de six créatures de la taille d'éléphants, mais ressemblant à des bisons au pelage blanc, qui tiraient de longs chariots bâchés reliés entre eux par des cordages. Un autre groupe de cavaliers fermait le convoi.

— Qu'est-ce que c'est ? s'inquiéta Chen.

— De la matière première, j'en ai bien peur, murmura Léo.

— Tu veux dire que... ces chariots sont bourrés d'enfants ? Matt ! On ne peut pas laisser faire ça !

Matt avait son visage des mauvais jours. Il fixait les troupes Ozdults d'un air totalement fermé. Il serrait les dents de colère. Ses yeux lançaient des éclairs de rage.

— Ils sont une vingtaine, dit-il, c'est faisable.

Floyd lui posa la main sur le bras.

— Tu oublies les soldats à l'intérieur de l'usine. Ils ne manqueront pas d'accourir... je ne suis pas sûr que ce soit une bonne idée.

— Fermer les yeux sur l'existence de cet endroit n'en est pas une non plus.

— C'est une forteresse. Regarde ! Il y a des barbelés partout, presque aucune ouverture et elles sont toutes en acier ! Jamais on ne pourra entrer là-dedans par la force ! Et vu la taille de cette chose, ça doit grouiller de Cyniks à l'intérieur ! On n'y arrivera pas.

Ambre approcha.

— J'ai bien peur que Floyd ait raison, Matt.

— Vous voulez passer votre chemin et oublier ce qu'on vient de voir ? Toute cette fumée qui... qui répand des filles et des garçons comme nous dans l'air ? On les respire, bon sang ! On ne peut pas laisser faire ça !

— À treize, nous ne servirons à rien, insista Ambre. Notre mission est ailleurs. Là où nous pouvons réussir. Nous fermerons cette usine en temps et en heure, dès que nous serons en mesure de dialoguer avec les Cyniks, de les contraindre à nous écouter.

— Ambre et Floyd disent vrai, fit Tobias à son tour.

Matt respirait par le nez, ses narines se contractaient de rage.

— Léo, dit-il en desserrant les mâchoires, il y en a d'autres des usines comme celle-là ?

— Hélas oui. Plusieurs en Europe, mais j'ignore où.

— Alors, quand Ambre aura assimilé le Cœur de la Terre et que nous engagerons le dialogue avec les Cyniks, je veux les voir toutes fermer, je reviendrai jusqu'ici pour qu'on la détruise.

— Je serai avec toi, murmura Chen.

Ambre repoussa les garçons, pour retourner vers les chiens.

— Ne restons pas là, ce n'est pas un lieu où il faut s'attarder.

Matt jeta un dernier regard au convoi qui se rapprochait de l'énorme bâtiment.

Ses cheminées crachaient plus de fumée que celles d'un navire en pleine mer.

Et les âmes de centaines de Pans se déversaient en même temps à travers les nuages.

26.

Confidences et curiosité !

Sans en avoir reçu l'ordre, les chiens filaient à bonne allure pour mettre un maximum de distance entre eux et l'usine à Élixir, comme s'ils avaient perçu la malignité de l'endroit.

La lumière du jour déclina au fil des heures, et la végétation devint de plus en plus dense. Le bocage se transformait en bois touffus ou en petites forêts pleines de fougères qu'il devenait difficile de traverser.

Lorsqu'ils croisèrent une route, Matt hésita longuement avant d'accepter de l'emprunter. Floyd partit en éclaireur pour ouvrir la voie, et Ti'an se positionna à cinq cents mètres derrière le groupe pour prévenir de toute arrivée.

Matt était resté silencieux depuis l'épisode de l'usine. Ses convictions étaient blessées, une part de ses espoirs s'était évanouie face à ce spectacle. Ambre le sentait. Il avait placé tellement d'attentes en ces adultes d'Europe, misant sur l'idée que tous ne pouvaient avoir basculé dans la même folie guerrière que leurs comparses américains. Constater qu'ils n'étaient pas meilleurs, mais pires, l'avait bouleversé.

Ambre savait qu'il comptait sur le Cœur de la

Terre, à Paris, et la menace d'Entropia pour provoquer un électrochoc, mais après ce qu'ils avaient découvert, il devait douter de tout. Une telle haine de l'enfant dépassait tout ce qu'ils avaient connu dans leur propre pays. En Amérique, Malronce avait rassemblé tous ces amnésiques terrifiés derrière ses propres obsessions d'un dieu réclamant le sacrifice ultime, celui de leur progéniture, pour gagner leur salut, comme Abraham dans la Bible. Ici, cela semblait relever seulement de la haine. Profonde et terrifiante. Le désir de destruction. Un reniement de toute humanité dans ce qu'elle avait de cyclique. Le refus de tout renouveau.

Chez les Cyniks d'Europe, les Ozdults, la volonté d'autodestruction relevait du fanatisme.

Le message de la Tempête dans son extrême.

L'homme est mauvais et destructeur. Il doit disparaître.

Ambre profita que Tobias somnolait sur Gus pour donner un léger coup de talon au chien et lui intimer d'avancer plus vite, jusqu'à atteindre le même niveau que Léo et Randy.

— Est-ce que tu sais ce que veulent les Ozdults ? questionna-t-elle.

— Ce qu'ils veulent ? Non. Le pouvoir je suppose. Survivre dans ce monde chaotique et dangereux.

— Mais ils ont bien un but, une obsession ? Leur empereur, Oz, il a une doctrine ?

— À part celle d'asservir tout ce qui a moins de vingt ans ? Je ne crois pas.

— Et ils n'ont pas d'enfants eux-mêmes ? Il n'y a plus de femmes ?

— Si, il y en a encore bien sûr. Mais…

Le visage de Léo s'assombrit.

— Eh bien ? insista Ambre. Quoi ?

— On voit souvent des femmes enceintes, mais elles partent avant le terme et reviennent plus tard, sans enfant.

— Tu crois qu'ils… qu'ils les tuent ?

— Je l'ignore. Quand on connaît l'existence des usines à Élixir, on peut craindre le pire.

Ambre demeura songeuse un moment. Une espèce animale incapable de garder sa progéniture était condamnée à disparaître en très peu de temps. Que voulaient les Ozdults ? Éteindre la race ?

— Et vous avez tous des pouvoirs ? interrogea-t-elle. Tous les enfants ?

— La plupart. Mais comme il nous est interdit de les utiliser sans qu'un Ozdult nous le demande, on ne sait pas s'en servir.

— Comment se passe la vie pour vous ? Vous êtes enfermés et vous devez obéir aux ordres ?

— Oui, à peu de chose près. Et de temps en temps le Maester de notre village vient nous prendre un par un pour nous forcer à utiliser notre pouvoir. Et quand celui-ci lui plaît, alors le garçon ou la fille disparaît et on ne le revoit jamais. Ils vont à l'usine d'Élixir pour en récupérer l'énergie, pour le Maester. Je le sais. C'est pour ça que la plupart des enfants refusent leur pouvoir. On fait semblant de ne pas en avoir ou de ne pas réussir à s'en servir.

— Et ça marche ?

— Jusqu'à un certain point. Ils nous torturent

pour nous obliger… Et s'il ne se passe rien, on finit par être expédiés vers les mines de fer.

Ambre secoua la tête avec dégoût.

— Je déteste ces gens.

— Nous aussi. Mais nous n'avons pas le choix.

— Vous n'avez pas essayé de vous révolter ? De vous battre ?

— Au début si. Quand on s'est tous réveillés après la tempête d'éclairs, les enfants et les adolescents se sont rassemblés et ont essayé de survivre ensemble. Puis les adultes sont venus, cruels et jaloux. Nous avons voulu les approcher pour qu'ils nous aident, on s'est cru sauvés au début… Avant de comprendre qu'il n'y avait plus aucun amour en eux, ni aucune mémoire. Ils sont arrivés d'un peu partout. D'abord ils nous ont ignorés, on leur faisait peur, je crois. Puis Oz a rassemblé les adultes sur la Grande-Île, l'Angleterre. Et il a conquis la France, puis le reste de l'Europe. Ce n'était pas bien dur, les autres adultes n'étaient pas organisés, ils étaient même terrifiés par ce nouveau monde. Alors ils lui ont obéi. Il a inventé des règles. Et c'est là qu'ils se sont mis à nous traquer. Pour faire de nous des esclaves. On s'est battus mais nous n'étions pas assez forts, pas assez nombreux.

— Et la rébellion est née à ce moment ?

— Oui, à peu près.

— Tu crois vraiment qu'elle existe ? Ce n'est pas une légende que les enfants se racontent pour entretenir l'espoir ?

Léo haussa les épaules.

— Je n'en sais rien. J'espère que non.

Tobias émergeait de sa torpeur.

— J'ai entendu parler de rébellion ? dit-il.

— Léo me raconte à quoi ressemble leur vie ici.

— Vous avez des anneaux ombilicaux ? voulut savoir Tobias. C'est le pire truc que les adultes ont inventé !

— Non, j'ignore ce que c'est.

— T'as de la chance ! C'est une horreur.

Ambre tapota l'épaule de Tobias.

— Je ne crois pas que leur vie soit plus enviable pour autant.

— Ça va changer, tout ça.

Léo avisa Tobias.

— Tu le crois vraiment ?

— Oui, avec Ambre et Matt, tu vas voir, les choses vont s'améliorer.

— Ne dis pas ça, Toby, le gronda Ambre. Ne nous fais pas porter autant de responsabilités, il y en a déjà bien assez. Trouvons le Cœur de la Terre pour commencer, et nous verrons ensuite.

— Si on pouvait s'allier à la rébellion, ce serait bien, commenta Tobias.

— Encore faut-il les trouver, dit Léo. J'ai entendu dire que leur base est dans une immense forêt à l'est, mais c'est peut-être encore une rumeur.

— Alors on fera en sorte qu'ils nous trouvent.

— Comment ça ?

— Si on fait assez de bruit et de dégâts chez les Ozdults, la rébellion ne manquera pas de s'intéresser à nous.

— Toby, ne lui donne pas de faux espoirs. Nous ne sommes pas venus pour ça. Rappelle-toi. C'est affronter Entropia la priorité. Sinon, d'ici quelques mois il n'y aura plus personne ni ici ni ailleurs.

Léo observa Ambre, et ils en restèrent à ces mots tandis que le soleil se couchait dans leur dos.

Ambre resta pensive un moment. Mille questions se télescopaient sous son crâne. À commencer par ce qu'elle et Matt allaient devenir. L'aimerait-il encore, maintenant qu'elle ne pouvait plus marcher ? Son altération pouvait faire illusion, la tenir debout, mais ce n'était pas pareil. Ses jambes ne répondaient plus du tout. Elles étaient comme deux bûches molles et inutiles.

Son cœur se serra, sa gorge devint douloureuse. Les larmes n'étaient pas loin.

Elle avait toujours refusé de pleurer en public, ce n'était pas maintenant qu'elle craquerait. Elle se concentra pour étouffer ses émotions. D'un discret revers de la main, elle effaça les larmes au coin de ses yeux.

Aujourd'hui il prétend que ça ne change rien, mais viendra un jour où il se lassera de moi, de mon handicap. Il regardera les filles normales et voudra partager avec elles ce que les couples partagent habituellement. Il voudra une existence banale, sans les contraintes de ma colonne vertébrale brisée.

Ambre serra les poings. Combien de temps encore Matt se montrerait-il patient avec elle ?

Un mouvement sur les bas-côtés attira son attention.

Pendant une seconde elle crut voir une silhouette entre les branches d'un cyprès. Le temps qu'elle cligne des paupières et il n'y avait plus rien.

Puis une tête réapparut plus loin, entre les branches.

On les observait.

Ambre voulut secouer la manche de Tobias mais Plume bondit d'un coup, tandis que Matt dégainait son épée et jaillissait sur le bord de la route.

— Sors de là ! s'écria-t-il.

Maya s'empressa de traduire d'une voix chevrotante, surprise par la soudaine panique du convoi.

Tania et Tobias avaient déjà sorti leurs arcs et encoché une flèche.

La silhouette s'avança prudemment hors de sa cachette.

C'était une adolescente, dans les quatorze ou quinze ans, cheveux châtain clair, reflets dorés, au visage maculé de saleté, les traits tirés par l'épuisement. Elle titubait.

Matt inspectait la forêt à la recherche d'autres personnes, mais voyant qu'elle était seule, il fit passer Plume derrière elle.

— Qui es-tu ?

Maya répéta ses mots en français.

La jeune fille était maigre. Très maigre.

Elle guettait la horde de chiens géants avec effroi.

Lorsque Plume approcha son museau pour la renifler, l'adolescente voulut s'enfuir, mais l'émotion et l'effort furent comme un raz de marée et elle ne fit pas trois pas avant de s'effondrer.

Inconsciente.

Matt se tourna vers ses compagnons.

— C'est sûrement une fuyarde, intervint Léo. C'est rare, mais il arrive que des enfants parviennent à s'enfuir.

Ambre glissa de sa monture et survola le sol de quelques centimètres jusqu'à la fillette.

— Elle est à bout de forces. Dorine, tu peux t'en occuper ?

— Bien sûr.

Chen demanda :

— On établit un camp pour la nuit ?

— Non, contra Matt. Il est trop tôt, nous devons encore avancer. Jusqu'à ce qu'il fasse nuit. Chaque heure compte.

— Matt, fit Ambre, on ne peut pas la laisser là. Elle mourra.

— C'est pour ça qu'on l'emmène avec nous. On verra ce qu'on fait d'elle quand elle se réveillera.

Dorine s'approcha d'elle et lui passa la main sur le front.

— Elle est brûlante de fièvre, dit-elle.

La fillette ne reprit pas connaissance, elle grelottait malgré la couverture dans laquelle elle avait été emmitouflée. Dorine veillait sur elle, après l'avoir installée contre elle sur le dos de Safety, son bobtail.

La nuit était tombée, et les Pans s'en remettaient à présent aux yeux de leurs chiens pour suivre la route. Tous commençaient à trouver le temps long et attendaient le repos avec impatience.

Matt commençait à faire ralentir la troupe pour chercher un endroit où bivouaquer, lorsque Floyd revint au galop.

— Cytadel est juste là, après cette forêt ! s'écria-t-il. Elle brille de partout ! C'est magnifique ! J'ai vu les clochers ! Il y en a plein !

Matt mit pied à terre.

— Alors profitons de la nuit pour dénicher une église, dit-il. Il est temps de communiquer avec Eden.

Personne ne remarqua l'oiseau goudronné qui les observait de sa branche, en silence. Un oiseau aux yeux morts qui tournait la tête pour ne rien rater de ce qui se faisait et se disait plus bas.

27.

Quand tout va pour le mieux…

Un ancien château fort dominait le paysage, du haut de sa colline, le contour de ses murailles et de ses tours souligné par des centaines de torches qui brûlaient dans la nuit.

Il était surtout construit en largeur. Pas de tourelles dominantes ou de donjons élancés, rien que des murs épais et interminables qui épousaient parfaitement le dernier tiers de l'éminence. Il ressemblait à un gigantesque boa de pierre lové contre sa proie.

À ses pieds, une ville de toits pentus, de cheminées étroites, de façades moussues l'encerclait. Des lanternes se balançaient au-dessus de chaque porte, aux intersections, arrimées à des mâts tous les vingt mètres, projetant des ombres mouvantes dans toutes les rues, faisant ressembler la bourgade à un théâtre d'ombres dans lequel se produiraient des fantômes. Et pas âme qui vive.

Matt sondait le moindre recoin avec les jumelles de Tobias, et ne distinguait personne.

— Ils dorment tous ?

— Faut croire, répondit Tobias.

— C'est à cause des Raptors, expliqua Léo. La région de Cytadel est réputée pour ça.

— Des Raptors ? répéta Tobias, effrayé. Tu veux parler des dinosaures ?

— C'est un peu ça, oui. De gros lézards rapides et très dangereux. Ils sortent la nuit pour chasser. La lumière les tient à distance, mais les Ozdults préfèrent ne pas prendre de risques, et ils ne sortent plus hors des remparts du château après le crépuscule.

— C'est maintenant que tu nous préviens ?

— Je n'y pensais plus…

Ignorant la conversation, Matt se concentrait sur les clochers qui dépassaient de la forêt tout autour de la ville de Cytadel. Il en voyait des dizaines. L'ancienne cité de Caen croulait sous une impressionnante toison végétale. Le centre était à présent le bastion des Ozdults, mais le reste avait été colonisé par les racines, le lierre, les lianes, les fougères et un épais tapis de mousse. Les arbres poussaient un peu partout dans les rues, et parfois à travers les fenêtres, faisant s'écrouler les immeubles et les maisons. Restaient debout toutes les églises qui lui avaient valu autrefois le surnom de « ville aux cent clochers » et qui à présent perçaient ce plafond vert pour former une chaîne de fines montagnes sauvages qui entouraient le château et ses faubourgs.

— Matt ! Matt ! insista Tobias pour le sortir de ses pensées. Et si on mettait en place deux tours de garde, pour ne prendre aucun risque. On se relaiera…

— Pour ceux qui restent là, pourquoi pas. Mais moi je vais dans une de ces églises là-bas.

— En pleine nuit ? Tu veux pas attendre le jour ? Avec cette histoire de Raptors, je…

— Non ! Au moins on est sûrs que les Cyniks ne nous approcheront pas si on y va maintenant.

— À choisir, je crois que je préfère les hommes aux Raptors…, fit Tobias en jetant un regard désespéré à Léo.

— Je vais avoir besoin d'aide, l'informa Matt. Floyd va rester, il surveillera le bivouac et la fille inconsciente.

— Je savais que tu allais dire ça. Je vais voir avec Tania et Chen s'ils nous accompagnent.

— Propose à Ambre, elle voudra venir.

Sur quoi Matt remit les jumelles pour localiser l'église la plus proche. S'il fallait traverser le territoire de chasse des prédateurs nocturnes, autant parcourir le moins de distance possible.

L'Alliance des Trois, suivie par Tania, Chen et Ti'an, se faufilait entre les troncs en s'éclairant avec le champignon lumineux de Tobias. Ils limitaient au maximum les lampes pour ne pas attirer l'attention de la faune. Randy, Maya et Léo avaient voulu se joindre à eux mais Matt avait refusé, pour qu'ils se reposent, et que leur groupe soit le plus restreint et discret possible. Ils disposaient d'une puissance de frappe suffisante pour se défendre le cas échéant, et restaient mobiles en cas de fuite.

Tandis qu'ils progressaient dans la forêt pour se rapprocher des ruines de la ville, Matt remarqua que les yeux de Ti'an étaient légèrement phosphorescents dans l'obscurité, émettant un halo vert.

— Est-ce que tu vois dans l'obscurité ? demanda-t-il.

— Un peu. Mieux que les Pans, je crois, mais ce n'est pas parfait non plus.

— Je l'ignorais.

— Il y a beaucoup de choses que vous ignorez sur mon peuple. Les Kloropanphylles, comme vous nous appelez, sont les enfants de la forêt. Nous sommes silencieux sur son ventre, et invisibles si besoin est.

Sur quoi Ti'an sauta de Kolbi, son chien, et s'enfonça dans le creux d'un tronc. Il baissa la tête et sa chevelure en dreadlocks verdâtres retomba sur son buste. À cet instant Matt dut reconnaître que s'il ne l'avait vu faire, jamais il n'aurait pu le distinguer.

— Pas mal, avoua-t-il.

Ti'an sauta avec agilité sur le dos de Kolbi, un large sourire aux lèvres.

— Et notre peau n'a pas d'odeur animale. Si nous restons immobiles, les animaux ne nous détectent pas, ajouta-t-il fièrement.

— Je suis bluffé.

— C'est vrai qu'avant la Tempête vous étiez tous des enfants malades dans un immense hôpital ? demanda Chen sans le moindre tact.

Ti'an haussa les épaules d'un air bougon.

— Peu importe. Ce qui compte, c'est que Mère Gaïa nous ait choisis pour être son peuple.

— Le peuple élu, c'est ça ? insista Chen maladroitement.

— Exactement.

— C'est pas cool pour nous, pour tous les autres. Ça signifie qu'on ne compte pas ?

— Si. Mais nous sommes là pour vous montrer la

voie. Pour vous guider. C'est pour ça que Gaïa nous a donné toutes nos facultés.

— Mouais…

Chen n'était pas convaincu, et il allait poursuivre le débat lorsque Ambre les fit taire :

— Silence ! Nous arrivons dans la ville.

Les premières ombres rectangulaires de leur ancienne vie se profilèrent devant eux, au milieu des troncs et des parterres de fougères. La petite troupe progressa entre les façades éboulées, les squelettes d'immeubles, les vestiges de stations à essence, de parkings, de supermarchés et de lotissements englués dans des nasses de racines, lianes et autres végétaux qui ressemblaient à d'interminables toiles d'araignées complexes et inextricables.

Il n'y avait plus de ciel, rien qu'un treillis de feuilles et de branchages pendouillant, qui filait d'un toit à l'autre, s'accrochant au passage sur les vieux lampadaires, les pylônes électriques et les panneaux publicitaires aux couleurs délavées, aux photos rongées par l'humidité. Les Pans n'avaient que leur champignon lumineux et sa clarté argentée pour se guider.

Même le bitume avait disparu sous un tapis de mousse qui absorbait le son de leurs pas.

Comme aux États-Unis, les voitures avaient fondu sous la puissance des éclairs, il n'y avait plus la moindre trace d'épave, rien que des gravats ou des échafaudages effondrés pour leur barrer la route.

Tania repéra ce qui ressemblait à une église dans une rue adjacente, et ils se faufilèrent jusqu'à son parvis. Là elle sortit son arc, imitée par Tobias, et ils entrèrent prudemment dans l'édifice.

— Tania, ferme derrière nous, on ne sait jamais, commanda Matt.

À peine les six Pans et leurs chiens avaient-ils franchi le seuil que deux cierges s'allumèrent comme par magie de part et d'autre de l'allée centrale.

— Wow ! fit Chen. Ça c'est pas normal !

— Avec toutes les églises que tu as explorées aux alentours d'Eden, demanda Matt, tu n'as jamais vu un phénomène de ce genre ?

— Non, jamais !

— C'est cette église, dit Ambre. Elle est réceptive.

— Tu traduis ? demanda Tobias.

— Elle est pleine d'énergie. Notre arrivée fait un peu l'effet d'une étincelle sur une nappe d'essence, si tu préfères.

— Elle est gavée d'âmes, c'est ça ? Et elles vont s'embraser ? Super ! ironisa l'adolescent.

Chen hocha la tête.

— C'est vrai, je le sens. On dirait de l'électricité statique, dit-il.

— Nous ne devrions avoir aucun mal à établir le contact, ajouta Ambre en remontant vers l'autel.

Des bibles recouvraient les bancs et les dalles de pierre du sol. Il y en avait partout.

Ambre flotta jusqu'aux marches de l'autel et s'assit pour se concentrer sans plus attendre. Chen la suivit dans sa méditation, même s'il savait qu'avec le Cœur de la Terre en elle et sa faculté à concentrer ses pensées, Ambre était celle qui avait le plus de chances de nouer le contact.

Le tabernacle s'illumina brusquement et projeta plusieurs flashes violents, aveuglants, en même temps que toutes les bibles s'ouvraient et que les pages se mettaient à tourner. Un murmure général s'éleva dans la nef. Des centaines de personnes parlaient tout bas, dans toutes les langues.

Matt, Tobias, Tania et Ti'an n'étaient même pas encore assis que déjà l'église communiquait.

— Dis donc, on a enfin un peu de bol ou elles sont toutes comme ça en Europe ? chuchota Tobias à l'intention de Matt.

— C'est une église qui devait être très visitée. Ou peut-être qu'au moment de la Tempête elle était pleine et qu'elle est saturée d'âmes maintenant.

— Je pense que la présence d'Ambre, avec l'énergie qu'elle transporte, doit jouer aussi.

Tobias vit une bible à ses pieds qui tremblait tellement que ses pages défilaient. Il la ramassa et aussitôt une voix à l'accent très prononcé lui parla :

— Je m'appelle Kestie de Perth.

Accent australien, comprit Tobias.

— Je suis Tobias. Vous m'entendez ?

— Oui. Il fait noir chez vous aussi ?

— Euh... non, pas tout à fait.

— Moi, il fait noir, et je crois que je stagne dans l'air. Je ne sens rien. Plus rien.

— Et... il y a du monde autour de vous ?

— Oui, je crois. Il y a d'autres voix.

Tobias jeta un œil à Matt.

— Perth, c'est beaucoup trop loin d'Eden, dit ce dernier, laisse tomber.

Tobias hésita, il ne savait pas comment mettre un terme à cette conversation sans être impoli.

Ambre releva la tête. La bible qu'elle tenait sur les genoux lança un flash de lumière.

— Je suis Ambre Caldero, est-ce que vous êtes Patricia de Caseyville ?

— Non. Je suis Loïs de Caseyville.

Tobias claqua sa bible.

— Impressionnant, dit-il tout bas, elle est allée super vite !

— Je cherche Patricia. Est-ce que vous pouvez demander aux autres voix qui sont à côté de vous ?

— Oui. Je peux.

Moins d'une minute plus tard, une voix féminine sortit du petit livre de cuir :

— Je suis Patricia de Caseyville.

Tobias donna un coup de coude amical à Matt. Leur plan fonctionnait, et mieux encore qu'ils ne l'avaient espéré.

— J'en reviens pas, triompha-t-il. D'habitude ça marche jamais comme on voudrait ! Et là, du premier coup ! En cinq minutes !

— Je suis Ambre Caldero. Est-ce que vous pouvez retenir un message à transmettre à mes amis d'Eden ?

— Oui, je crois.

— Dites-leur que nous sommes en Europe. Dites-leur que les Cyniks contrôlent le pays. Nous sommes en route pour Paris, afin de récupérer le Cœur de la Terre. Vous pouvez le leur transmettre ?

— Je vais essayer. Mais comment je fais ? Où sont-ils ?

— Ils vont vous interroger. Tout ce que vous devez faire, c'est retenir mon message et le répéter quand on vous le demandera.

— Attendez… Je me souviens. Aly, d'Eden, c'est bien ça ?

— Oui ! s'enthousiasma Ambre. C'est elle !

— Elle m'a parlé. Aly d'Eden. Elle a dit qu'Eden se prépare.

— Se prépare à quoi ?

— Attendez, j'essaie de me souvenir… Eden se prépare à évacuer.

Tous les Pans dans l'église se raidirent.

— La brume approche, ajouta la voix de Patricia. La brume descend du nord. Une question de semaines.

— C'est tout ? insista Ambre. C'est tout ce qu'Aly vous a dit ?

— Oui. C'est tout ce dont je me souviens.

— Alors mémorisez bien mon message et faites-le-lui passer quand elle reviendra vous interroger, c'est d'accord ?

— Oui : un message d'Ambre Caldero. Je lui dirai.

Ambre allait refermer sa bible lorsque Chen leva la sienne devant lui.

Une étrange voix en sortait, parasitée par un son désagréable, comme celui d'une télé mal réglée. Le signal était entrecoupé de blancs et de sons numériques distordus.

Puis soudain les pages s'embrasèrent et Chen jeta le livre en reculant précipitamment.

— On a un problème ! s'écria Tania.

Tous se retournèrent et virent que les bibles s'enflammaient les unes après les autres.

Tobias lâcha la sienne.

— Chen, qu'est-ce que t'as fait ?

— Rien ! C'est pas moi !

— À quoi tu pensais ?

— Je me concentrais !

— Mais sur quoi ?

— Sur nous, sur Eden, sur l'église de Caseyville, sur Patricia ! Je vous jure !

Toutes les bibles prenaient feu.

Les Pans se regroupèrent et commencèrent à battre en retraite vers la sortie.

— T'es sûr que tu pensais à rien d'autre ?

— Oui !

— Même pas une pensée polluante ? questionna Ambre.

— Non… enfin, peut-être si…

— À quoi ?

— En me concentrant sur Eden, j'ai songé à Entropia qui se rapprochait… mais pas longtemps ! Je vous jure !

— Oh non, maugréa Tania. Manquait plus que ça.

Tobias contempla les livres qui se transformaient en torches.

— C'est Entropia qui a fait ça ? Elle est connectée aussi avec le monde des esprits ?

— C'est pas l'au-delà, Toby, corrigea Ambre, je crois que c'est une sorte de pellicule entre notre monde et autre chose de plus éthéré. Et tous les gens qui étaient dans les églises au moment de la Tempête, pour prier, ont été enfermés dedans. À force de croire en quelque chose, tous de la même manière, j'ai l'impression qu'ils ont fini par créer une force parallèle dans laquelle leurs pensées, leurs esprits se sont emprisonnés au moment où les éclairs vaporisaient leurs corps.

Matt tirait tout le monde vers la sortie, les chiens attendaient, l'œil inquiet.

Les flammes grandissaient à vive allure, les bancs commençaient à prendre feu et plusieurs tentures accrochées aux piliers de la nef se mirent à flamber à leur tour.

— Tout le monde dehors ! ordonna Matt.

Mais Plume lui barra le chemin.

Elle fixait la grande porte en bois, la truffe en l'air, ses narines noires palpitantes.

— Quoi ? Qu'est-ce qu'elle a ? s'inquiéta Ti'an.

— Elle sent quelque chose.

— Et alors ?

— Pour qu'elle nous bloque ici, c'est que l'odeur ne lui plaît pas. Pas du tout.

La porte s'enfonça d'un coup. Pas assez pour la briser, mais assez pour faire sursauter toute l'assemblée.

Quelque chose de lourd venait de la heurter.

Et cette chose recommença, en prenant de l'élan cette fois, et la porte craqua, prête à céder.

Puis tous les Pans entendirent ce qui ressemblait à des griffes qui raclaient le battant.

Alors un grondement animal monta à l'extérieur.

Un grondement sinistre.

Et d'autres créatures répondirent.

28.

Du sang dans la nuit

Le feu se propageait de plus en plus rapidement dans l'église. Le bois sec des bancs partait en fumée comme autant d'allumettes.

— Nous n'avons pas le choix, s'écria Tania par-dessus les crépitements de l'incendie. Il faut sortir !

— Avec ces trucs qui nous attendent ? grimaça Chen.

Matt prit les choses en main :

— Tania, Toby et Chen, préparez vos flèches. Ti'an, tu ne déclenches tes éclairs qu'en dernier recours, ça risque d'attirer l'attention.

Le Kloropanphylle acquiesça et serra son bâton devant lui. Les chiens se rassemblèrent aux côtés de Plume.

Puis Matt défit le verrou de la porte et tira sur les battants, une main sur la poignée de son épée, prêt à la brandir.

La gueule d'un lézard apparut dans le halo du champignon lumineux que Tobias venait de planter au bout de son arc. Il était plus haut qu'un homme et dressé sur ses pattes arrière. Sa mâchoire s'ouvrit sur plusieurs rangées de dents pointues et sa langue fourchue balaya l'air.

— Un Raptor, annonça Tobias.

Deux de ses congénères se dandinèrent derrière lui pour approcher du festin qui s'offrait à eux.

Puis un quatrième et un cinquième, plus loin dans la rue.

Chen n'attendit pas plus longtemps. Il déclencha les deux tirs de son arbalète, et Tania suivit. Tobias fut plus lent à se décider, mais lorsqu'il entra en action, quatre flèches fusèrent presque instantanément si bien qu'Ambre, avec son altération, ne put en guider que deux.

La premier Raptor encaissa cinq projectiles et tituba en vociférant.

Ses cris résonnèrent dans la ville, plus forts qu'une sirène.

Un deuxième Raptor bondit dans l'église, mais au moment où il dépliait son cou pour saisir Matt à la tête, Plume referma ses crocs sur la nuque du reptile, le fit décoller du sol et le secoua contre les murs de l'entrée jusqu'à ce que ses os se fracassent.

Matt accueillit le suivant en esquivant la gueule pour mieux lui trancher la tête en frappant de toutes ses forces.

D'autres Raptors accouraient, ameutés par les cris.

— En selle ! hurla Matt en constatant qu'ils allaient être débordés par le nombre.

Les chiens jaillirent hors de l'église en même temps qu'une salve de tirs lancée pour éclaircir le passage.

Plume repoussa d'un violent coup de griffes un

Raptor qui tentait de la mordre à la patte et Matt le neutralisa d'un moulinet du poignet.

Il en arrivait de partout.

Des dizaines.

Derrière, l'incendie de l'église projetait une lumière qui faisait fuir les moins téméraires, mais ce n'était pas suffisant.

Les mâchoires claquaient tout autour des Pans et les chiens se mirent à galoper comme le vent.

Tobias enchaînait les tirs. Ses flèches traversaient la nuit comme des spectres s'enfonçant dans la chair des vivants pour leur aspirer toute vie. Ambre veillait à corriger le maximum de tirs avec son altération pour que les pointes s'enfoncent de préférence dans les yeux ou la gorge.

Les cordes de Chen et Tania claquaient également à la chaîne.

Mais pour un Raptor qui tombait, deux le remplaçaient aussitôt.

Matt comptait sur la vitesse de leurs montures pour distancer les lézards, il voulait éviter à tout prix que Ti'an n'use de son altération. Il se savait beaucoup trop proche de Cytadel pour que les gardes sur les remparts ne les remarquent pas.

Pourtant, après deux cents mètres de course, il dut se rendre à l'évidence : les Raptors surgissaient de partout. Ils devaient être plus d'une centaine à grouiller dans les bas-fonds de la ville, à attendre qu'une proie s'aventure sur le territoire, et ils attaquaient avec la pugnacité et l'efficacité d'un prédateur né pour tuer.

Lorsqu'il eut frôlé de peu la morsure, ne devant

son salut qu'à l'adresse de Plume, Matt se tourna vers Ti'an et cria :

— Maintenant !

Alors le Kloropanphylle leva une main et la foudre s'abattit sur les sauriens.

Trois tombèrent dans des gerbes d'étincelles avant que la meute ne finisse par ralentir, effrayée par les flashes des éclairs.

Ti'an en foudroya deux autres.

Puis les Raptors cessèrent la poursuite aussi vite qu'ils l'avaient entamée. Ils se glissèrent dans les ruelles, par les ouvertures sombres des bâtiments, sautèrent dans ce qui devait être des bouches d'égout béantes.

En un instant, la ville se vida de ses monstres.

Les chiens ne ralentirent pas pour autant et évacuèrent les adolescents au grand galop à travers la forêt avant que les ronces, les branches basses et le feuillage des épineux ne les obligent à marcher.

Les Pans demeuraient silencieux, éprouvés par ce qu'ils venaient de vivre.

— Tu crois que les Cyniks nous ont repérés ? demanda Chen à Matt.

— Avec le boucan qu'on a fait et les éclairs, il faudrait être aveugle pour passer à côté.

— Nous ne devrions pas dormir dans le secteur, conseilla Ti'an.

— Tu as raison. On rejoint les autres et on plie bagage.

— Attention à ne pas nous épuiser, le modéra Ambre. Tout le monde est à bout. Si nous ne dormons pas, nous n'irons pas loin.

— On se reposera avant l'aube. Lorsque nous aurons mis quelques kilomètres entre cette forteresse Cynik et nous.

Ils retrouvèrent le bivouac, guidés par le flair des chiens.

Matt s'attendait à devoir réveiller ses camarades en sautant du dos de Plume, alors qu'il ne trouva qu'un cercle de cendres à l'emplacement du feu de camp, et des sacs de couchage vides.

Ti'an, Chen et Tania sautèrent de leurs montures pour faire le tour des fourrés alentour.

— Rien ! fit l'adolescente.

— Ils sont partis à toute vitesse, conclut Tobias.

Le Kloropanphylle posa un genou à terre :

— Ou ils ont été enlevés. Il y a du sang !

Matt accourut pour découvrir plusieurs taches autour d'un sac de voyage. Il reconnut celui de Floyd.

Et les taches se multipliaient plus loin.

Ils étaient blessés.

Mais quand il vit les flaques qui imbibaient la terre, il eut un funeste pressentiment.

29.
Halte

Des projections de sang tapissaient les feuillages sur plusieurs mètres, des branchages cassés jonchaient le sol et la terre était toute retournée.

Un combat avait eu lieu.

Chen fit une grimace, effrayé.

— Et maintenant on fait quoi ? demanda-t-il. On part à leur recherche dans quelle direction ?

— Soit ils sont partis précipitamment, avança Matt, et dans ce cas il faut qu'on parvienne à les retrouver, soit ils ont été capturés par les Cyniks et ils sont en route vers Cytadel.

— Avec les Raptors dehors, suis pas sûr que les Ozdults sortent de chez eux la nuit ! C'est ce que Léo avait l'air de dire…

Matt répliqua :

— Ils évitent d'errer la nuit dans les rues, mais de là à rester terrés, j'ai un doute… Il faut faire attention, notre présence à l'église a probablement alerté leurs vigies, évitons de leur donner envie de venir jusqu'à nous. Ti'an, tu as repéré une piste ?

Le Kloropanphylle revint avec sa lanterne.

— Oui, c'est truffé de traces par là-bas, vers

l'ouest. Empreintes de chiens – il y en a partout – mais aussi de pattes à trois doigts, massives.

— Raptors ? lança Tobias en frissonnant.

— J'en ai bien peur.

Matt désigna l'ouest.

— En selle, on remonte la piste. Prenons toutes les affaires laissées ici. Et soyez vigilants. Préparez vos armes. Ces créatures sont agressives, j'ignore si en plus elles sont fourbes et capables d'attendre cachées dans les fourrés, ne prenons aucun risque.

Ils allumèrent plusieurs lanternes pour se repérer et les chiens s'élancèrent, guidés par Ti'an sur le dos de Kolbi.

Le Kloropanphylle s'arrêtait régulièrement pour sauter à terre et inspecter les traces, avant de repartir en suivant tout autant les branchages cassés que les empreintes.

Ambre repéra plusieurs taches sombres sur les feuilles.

— Du sang, dit-elle tout bas.

Puis soudain Kolbi s'immobilisa, et Ti'an leva son bâton devant lui.

Des bruits étranges leur parvinrent. Droit devant. Des grondements sinistres, des roucoulements gutturaux. Et le bruissement de la végétation quand des formes filaient entre les troncs et les buissons.

— Des Raptors, murmura Tobias.

— Une dizaine au moins, compléta Chen.

Les chiens se rapprochèrent les uns des autres, les babines retroussées sur leurs crocs, prêts à défendre leurs maîtres.

Et toute la ligne se mit à avancer doucement.

Les Raptors fusaient dans la nuit, changeant de position, comme pour mieux distinguer ce qui approchait, ou pour les impressionner par une sorte de danse guerrière.

Un des sauriens se mit alors à crier, un long râle aigu, répété par un autre plus lointain, puis un troisième.

Alors les lézards détalèrent brusquement, à toute vitesse, dans la nuit.

— C'est nous qui les avons effrayés ? commença à se réjouir Tania.

— Je crois bien..., répondit Ti'an.

Tobias, lui, restait attentif au moindre signe :

— Dans les films, c'est là que surgit un monstre encore plus gros...

Mais aucune créature n'apparut.

Jusqu'à ce que des yeux s'illuminent dans l'obscurité. Face à eux.

Une dizaine. La lumière des lanternes se réfléchissant sur les pupilles jaunes.

Des yeux plus grands que ceux d'un homme.

Comme des loups géants.

Les gueules sortirent peu à peu de l'obscurité.

Et les attitudes changèrent.

Les oreilles s'affaissèrent, les babines retombèrent et les regards s'adoucirent.

Marmite, Chunk, Safety, Nak et les autres chiens s'approchèrent.

Mais il n'y avait personne sur leur dos.

Draco, le chien d'Elliot, apparut à son tour, il boitait et son poil était maculé de sang sur tout le flanc droit.

Gus fit un bond pour surgir à ses côtés et lui donner un coup de langue sur la truffe.

— Où sont Floyd et les autres ? s'inquiéta Matt en descendant de sa monture.

Il dépassa les chiens et explora les environs, une lanterne à la main.

Il vit des lueurs et des ombres. Et le flash du métal qui prend la lumière.

Une lame !

Matt saisit la poignée de son épée.

Puis il reconnut Floyd et son crâne rasé. Il peinait à tenir debout, l'arme dressée devant lui.

— Floyd ? C'est moi, Matt !

— Matt ?

Le Long Marcheur tituba jusqu'à lui.

Il avait deux longues entailles, l'une sur le bras, l'autre sur la poitrine, et il saignait abondamment.

— On a été attaqués, souffla-t-il. J'ai fait tout ce que j'ai pu.

Il s'effondra et Matt le retint in extremis pour l'asseoir contre un arbre.

Derrière lui, Randy serrait son arc en tremblant. Maya et Léo s'appuyaient l'un contre l'autre, Torshan était couvert d'écorchures, son bâton prêt à frapper tout ce qui approcherait. L'adolescente inconsciente était allongée dans l'herbe, là où un chien l'avait déposée avant de repartir au combat.

Ils sont presque tous là, constata Matt avant de comprendre qu'il en manquait deux.

Il les repéra à l'écart, grâce à la lanterne posée à leurs pieds.

Dorine se tenait à califourchon sur le corps d'Elliot dont les cheveux blonds étaient à présent rougis. Le jeune garçon était inconscient et, en voyant ses blessures, Matt comprit qu'il n'en avait plus pour très longtemps.

Dorine n'abandonna pas. Elle s'acharna pendant deux heures à l'aide de son altération, pour sauver Elliot. Ses mains étaient plaquées sur les joues du garçon, et elle lui transmettait toute son énergie pour qu'il survive.

Pendant ce temps, Tania, assistée par Ambre, prit du fil et une aiguille et, après avoir nettoyé les plaies, elle s'efforça de les recoudre le plus proprement possible.

Le pauvre garçon était blessé au ventre, sur les bras et le long du crâne, au-dessus de l'oreille. Cette dernière blessure était la plus grave. Il s'en était fallu d'une seconde qu'un Raptor ne vienne enfoncer ses dents dans le crâne d'Elliot. Floyd était intervenu pour le sauver, mais pas assez vite.

Pendant ce temps, Matt multiplia les rondes dans les alentours, sur le dos de Plume, avant d'être relayé par Tobias sur Gus.

Les Pans craignaient tout autant un retour des Raptors qu'une patrouille Cynik alertée par le bruit et la lumière. Mais l'état des blessés interdisait tout transport.

Lorsque Elliot fut recousu, Ambre vint au chevet de Floyd et apposa ses mains sur les entailles qui le faisaient souffrir. Elle ferma les yeux et Floyd sursauta.

— Je sens… je sens de la chaleur ! balbutia-t-il.

— C'est l'énergie du Cœur de la Terre, expliqua Matt. Ambre est en train de te soigner.

— Mais… ça va attirer les Tourmenteurs d'Entropia, non ?

— Si elle l'utilise trop longtemps. Mais ils sont loin, nous aurons le temps de bouger d'ici à ce qu'ils nous trouvent.

— Je l'espère…, murmura Floyd en se laissant aller contre un tronc.

Il était à bout de forces.

Quand elle eut terminé avec Floyd, elle vint près de Dorine et Elliot.

— Laisse-moi prendre le relais. Tu es épuisée, dit-elle.

Dorine lâcha son patient et manqua s'effondrer en se relevant. Elle était livide. Mais Elliot était toujours en vie.

Ambre posa ses mains sur le visage du garçon et se concentra.

Elle resta près d'une heure ainsi, jusqu'à ce que Matt vienne l'interrompre :

— Tu dois arrêter maintenant. On a besoin de toi. Et si tu prolonges trop, tu sais qu'Entropia va te sentir.

Ambre acquiesça et passa la main dans les cheveux d'Elliot.

— Il faut le veiller. Il va s'en sortir.

— Je m'en occupe, dit Léo en mouillant un linge pour commencer à nettoyer le sang qui maculait les cheveux de son compagnon de route.

Matt attira Ambre près des chiens qui se reposaient, côte à côte, se léchaient les pattes, leurs petites blessures.

— Draco est en mauvais état. Si tu ne peux rien faire pour lui, il aura du mal à nous suivre. Il nous ralentira.

— Nous ne laisserons pas l'un de nos chiens derrière nous, dit Ambre, catégorique. Je m'en occupe.

Matt lui posa une main sur l'épaule.

— Garde un peu de force pour toi.

— Ne t'en fais pas.

— C'est promis ?

Matt savait qu'elle pouvait tout donner pour aider les autres, surtout s'il s'agissait des Pans ou des animaux. Il craignait qu'elle n'aille trop loin, qu'elle perde de nouveau connaissance durant plusieurs jours, ou pire…

— C'est promis, dit-elle en s'asseyant près de Draco, qui leva les yeux vers elle sans trouver la force de bouger.

Ambre appliqua ses mains sur les flancs de l'animal, et le processus de guérison monta du Cœur de la Terre.

L'aube se levait, accompagnée par le chant des premiers oiseaux. Un ciel blanc recouvrait la forêt.

Matt avait peu dormi, montant la garde avec Chen et Tobias. Ce dernier se réveillait à peine. Il ouvrit les paupières et aperçut son ami assis sur un minuscule rocher.

— Comment vont les blessés ? demanda-t-il en s'étirant.

Il était courbatu par la fatigue et la dureté du sol.

— Dorine a fait du beau boulot, et Ambre a terminé le travail, ça devrait aller. Ils vont avoir besoin de repos maintenant.

— Sauf qu'on n'a pas le temps !

— C'est tout le problème. Ambre et Dorine ne tiennent plus debout, Elliot et Floyd ne sont pas mieux. Torshan a reçu quelques mauvais coups qu'il va falloir surveiller, et chez les chiens plusieurs sont amochés. Rien de grave, mais ils ne sont pas vaillants.

— Draco ? Il va s'en sortir ?

— Oui. Ambre fait des miracles.

— Mais à quel prix, murmura Tobias en la voyant assoupie plus loin, pâle comme un spectre et respirant difficilement.

Matt hocha la tête, la mine grave.

— Nous ne pouvons plus nous permettre ce genre d'affrontement. On finira par tous y passer, et ils nous font perdre un temps précieux.

— La fuite à tout prix, dit Tobias tout bas.

— Ce sera plus malin que d'aller au combat.

— Quand repart-on ?

Matt jeta un coup d'œil au campement. Tous ou presque dormaient, certains gémissaient, les chiens ronflaient, épuisés.

— Pas aujourd'hui. Personne n'est en état.

Tobias ouvrit la fermeture Éclair de son sac de couchage.

— On va distribuer les tours de garde.

— Inutile. Maintenant qu'il fait jour nous allons rester ensemble ici. On sera silencieux et attentifs. Je préfère que tu te reposes. Nous serons bientôt à la cité Blanche. Là-bas nous aurons besoin d'être particulièrement en forme.

Le regard de Matt s'arrêta sur la silhouette de l'adolescente inconnue. Elle avait été emmitouflée dans des couvertures pour la nuit.

— Qu'est-ce qu'on va faire d'elle ? demanda Tobias.

Matt haussa les épaules.

— Si je le savais…

Une heure plus tard, Chen descendit de l'arbre où il était monté grâce à son altération. Il rangea sa longue-vue et vint s'entretenir avec Matt.

Quelques minutes plus tard, ce dernier réveilla tout le monde :

— On remballe tout, dit-il, il faut changer de place.

— Pourquoi ? s'étonna Torshan, nous sommes à l'abri dans la forêt.

— Chen a repéré des Cyniks sur le sentier. Ils patrouillent. Les traces de votre fuite d'hier sont visibles, on peut remonter jusqu'ici très facilement, c'est d'ailleurs ce que nous avons fait. Nous allons nous éloigner un peu, par prudence. Nous ne pouvons nous permettre un nouveau combat. Pas dans cet état. Tobias et moi nous serons derrière, nous veillerons à couvrir les traces.

Ils rangèrent leurs affaires à contrecœur, englués dans la torpeur, installèrent les blessés sur le dos des chiens, avant de se glisser entre les arbres en quête d'un autre emplacement pour bivouaquer.

Ils marchèrent moins d'une heure.

Torshan et Ti'an trouvèrent la ruine d'un ancien moulin, au bord d'une petite rivière et, au final, l'effort fut bénéfique. Ils avaient des murs pour s'abriter du vent, et de l'eau fraîche à profusion. Ils investirent le rez-de-chaussée et ressortirent les sacs de couchage et les ustensiles de cuisine. On alluma un petit feu pour faire chauffer de l'eau, et tous s'allongèrent contre leurs chiens, savourant ce repos.

Dorine et Ambre se relayaient auprès d'Elliot et de Floyd, mais les deux garçons dormaient profondément, engoncés dans leurs bandages.

Léo caressait Draco en lui murmurant des gentillesses en français, pour réconforter le golden retriever qui gémissait dans son sommeil. Maya vint lui tenir compagnie, et tous deux se racontèrent leur vie dans la langue de Molière.

Tobias descendit vers la rivière pour se laver. Il se mit en slip et commença à s'asperger d'eau. Elle était tellement froide qu'il y allait timidement. Un peu sous les aisselles, un peu sur la nuque…

Soudain, quelque chose le poussa et il chuta dans l'eau.

Lorsqu'il sortit la tête de l'eau, le souffle coupé, il poussait des petits cris de chiot.

Et vit Matt, hilare, sur la berge.

— J'ai senti que t'osais pas te lancer, cria-t-il.

— Elle est glaciale !

— Ça va te réveiller !

— J'aimerais t'y voir, toi !

— OK. S'il n'y a que ça pour te faire plaisir…

Matt se déshabilla rapidement et sauta pour rejoindre Tobias.

Il remonta aussitôt à la surface, les traits déformés par la stupeur.

— Elle est super froide ! s'écria-t-il.

Et Tobias éclata de rire à son tour.

Quand les deux garçons remontèrent se sécher, Tobias lui donna une bourrade amicale.

— Merci, dit-il.

— Pour t'avoir poussé ?

— Ben ouais. Ça faisait longtemps qu'on n'avait plus ri tous les deux.

— C'est vrai.

Matt lui ébouriffa les cheveux, la main dans l'épaisse toison crépue.

— Oh ! mon Dieu, ma main ! railla-t-il. Jamais je ne vais la retrouver !

— Pffff. Toujours aussi con quand tu veux ! Mais moi au moins, je ressemble pas à un vieux Bee Gees !

— Arg…

Matt mima un coup en plein cœur et chancela avant de tomber à genoux.

— Là, tu viens de tuer mon amour-propre.

En riant, les deux garçons regagnèrent le moulin. Ils déjeunèrent de rations lyophilisées, l'esprit léger.

En début d'après-midi, Tania, Chen et Ti'an se levèrent pour aller chasser, dans l'espoir de mettre du gibier au menu du dîner.

Tobias essaya comme tous les autres de profiter de leur halte forcée pour faire une sieste, mais ne trouvant pas le sommeil il se leva pour marcher un peu.

Il aperçut l'adolescente, toujours inconsciente, et

vint s'agenouiller à son côté. Il avait vu Ambre l'hydrater dans la journée et il entreprit d'en faire autant. Il imbiba un linge d'eau pour lui laver le visage, avant de faire couler quelques gouttes dans sa bouche. Elle était plutôt jolie, débarrassée de sa saleté.

Il pivota pour reprendre un peu d'eau, et lorsqu'il se retourna vers elle, les yeux de la fille étaient grands ouverts. Surpris et effrayés.

— Oh ! Bonjour. Tu reviens à toi ? Je m'appelle Tobias.

Se souvenant alors qu'ils n'étaient plus en Amérique, Tobias se désigna de la main :

— Tobias.

L'adolescente fouilla du regard autour d'elle, paniquée. Mais lorsqu'elle vit les chiens qui dormaient avec les adolescents, elle s'apaisa, son souffle se calma.

— Relax, relax. Tu connais ce mot, non ? Cool. Pas peur.

Tobias faisait de son mieux pour essayer de se faire comprendre, mais il n'était pas certain qu'elle l'écoutait vraiment.

— Où suis-je ? dit-elle avec un accent britannique.

— Oh, tu… parles anglais ? C'est génial.

— Où sommes-nous ?

— Quelque part en Normandie, en Europe.

— En France ?

— Oui.

L'adolescente s'assit sur son lit de fortune.

— Qui êtes-vous ?

— Nous venons de l'autre côté de l'Océan. Nous sommes des Américains. Enfin, j'ignore si ça signifie quelque chose désormais. Et toi, qu'est-ce que tu faisais là dans les fourrés ?

— Je…

Elle porta la main à son front et grimaça de douleur.

— Tu t'es enfuie ?

— Je crois… je ne me souviens plus très bien. J'étais… j'étais enfermée. Par les adultes. Une esclave. Je devais obéir. À tout ce qu'ils voulaient.

— Ici, en France ?

— Oui, je crois bien.

— Comment tu as atterri là ?

— Je… je ne suis pas sûre…

— Et tu t'es échappée quand ?

— Je ne sais pas. J'ai perdu la notion du temps. Je me souviens d'avoir frappé mon maître et d'avoir couru, couru, couru tellement longtemps !

— Tu te souviens de ton prénom ?

— Katie.

— Bienvenue parmi nous, Katie.

— Qui êtes-vous ? Pourquoi il n'y a pas d'adultes avec vous ?

— Nous sommes libres. Nous sommes des Pans. Enfin, sauf ces deux là-bas, avec les cheveux bizarres, comme des lianes, et les yeux verts. Eux ce sont des Kloropanphylles. Nous nous sommes dégagés de la tyrannie des Cyniks, pardon, des Ozdults. Et nous vivons librement.

— Mais c'est impossible !

— Chez nous, ça l'est devenu. Au prix d'une guerre terrible, mais ça l'est devenu.

Katie secoua la tête.

— Ici, c'est impossible. Ils vont nous rattraper, et ils nous puniront et nous…

Sentant que ses peurs les plus primitives remontaient à la surface, Tobias voulut la calmer en posant ses mains sur ses épaules mais l'adolescente le repoussa violemment.

— Excuse-moi, je voulais juste te rassurer.

Katie replia ses jambes contre elle et enserra ses genoux avec ses bras.

— Personne ne nous punira, parce que nous ne nous laisserons pas faire. Nous sommes ici en mission. Nous devons retrouver quelque chose de très important. Un objet puissant. Et quand nous l'aurons, tu verras, les choses changeront. Tu vas venir avec nous, de toute façon tu n'as pas le choix, tu ne peux pas rester seule ici, dans la forêt. Et bientôt, tu verras, on sera tous face aux Ozdults et les choses vont changer. Fais-moi confiance.

Katie avait le regard perdu dans le vague.

— Tu vas venir avec nous, d'accord ?

Katie ne répondit pas.

— Tu me fais confiance ?

L'adolescente leva les yeux pour l'observer.

Puis elle fixa les chiens.

— Ils… ils ne sont pas dangereux ?

— Eux ? Certainement pas ! Viens.

Il la prit par le poignet, et cette fois elle se laissa faire. Il l'entraîna vers Gus qui ronflait doucement et posa la main de la jeune fille sur le poil du saint-bernard.

— Tu sens comme il est doux ?

Gus ouvrit un œil, vit Tobias et Katie, soupira et se rendormit aussitôt.

— Tu vois, rien à craindre.

Un début de sourire émergea au coin des lèvres de l'adolescente.

— Ce sont nos chevaux. Ils sont incroyables, tu verras.

— Il est tout doux…

Tobias la regarda prendre peu à peu confiance, en caressant le chien. Ils commençaient à être nombreux. La mission commando ne pourrait supporter d'autres recrutements intempestifs du même genre. S'ils devaient croiser d'autres enfants en fuite, comment feraient-ils ?

Tobias préféra ne pas y penser. Bientôt ils seraient à Paris, la cité Blanche, et alors il leur faudrait récupérer le deuxième Cœur de la Terre. Ce ne serait pas une partie de plaisir, il l'imaginait sans peine. Mais la mission accomplie, les forces en présence s'équilibreraient. D'ici à ce qu'Entropia tombe sur les Ozdults, ces derniers prendraient peur. Ils n'auraient d'autre choix que de s'allier aux Pans. Pour être sauvés. Alors ils verraient que les enfants n'étaient pas leurs ennemis. Ils comprendraient qu'il ne fallait pas les craindre.

Oui, ils verront… À ce moment-là ils nous comprendront. Ils nous accepteront. Et la guerre sera finie.

Tania apparut brusquement à l'entrée de la ruine, le front en sueur :

— Une patrouille Cynik ! hurla-t-elle. Ils arrivent !

Katie se raidit. Terrorisée.

Matt ouvrit les paupières et bondit de son sac de couchage, déjà armé.

Il dormait avec son épée.

30.

Cheminement

Chen et Ti'an entrèrent dans la ruine du moulin et désignèrent la forêt sur la colline.

— Ils arrivent ! cria le premier.

— Une dizaine de cavaliers ! ajouta le second.

Les chiens se redressèrent, l'œil aux aguets.

— On peut filer en longeant la rivière ! proposa Matt.

— Non, répliqua Tania aussitôt. Ils nous verraient, la rivière est dominée par le chemin et plus loin elle est à découvert. Ils seront là dans une minute ou deux, nous n'avons pas le temps de partir !

— Alors on se prépare à l'assaut, fit Torshan en attrapant son bâton.

Matt inspecta la ruine.

— On se cache, lança-t-il. Si les cavaliers ne font que passer, nous avons une chance de passer inaperçus.

Torshan ne partageait pas cet avis :

— S'ils entrent, nous serons faits comme des rats !

— Il faut tenter le tout pour le tout. Planquez-vous ! Vite !

Tous les Pans se jetèrent sur leur matériel pour le

tirer dans l'ombre ou sous la végétation et ils se plaquèrent derrière les murets du vieux moulin gagné par la mousse et les feuillages. Matt renversa de l'eau sur le petit foyer et se hâta de disperser la fumée avec les pans de son manteau. Tobias et Ambre poussèrent les chiens dans la pièce du fond, celle qui n'avait aucune fenêtre, et leur ordonnèrent de se coucher.

Chen se frotta les mains et se mit à escalader le mur le moins abîmé de la ruine, ce qu'il fit aisément. Il se plaça le plus haut possible, près de ce qui avait été le faîtage, et se cacha derrière la maçonnerie de la cheminée.

La fumée du feu s'était dissipée et Matt se trouvait encore au milieu de la pièce lorsqu'ils entendirent les sabots des chevaux qui approchaient au trot.

Matt roula en direction de l'angle où Tobias et Ambre s'étaient dissimulés et tira la couverture marron sur eux. Avec les fougères qui poussaient partout dans la ruine, ils pouvaient rester invisibles en cas d'inspection rapide. Mais le subterfuge ne tiendrait pas si l'un des Ozdults entrait dans le moulin.

Les cavaliers ralentirent.

— Il y a nos traces dehors ? s'inquiéta Ambre.

— Non, la rassura Matt, on a effacé l'essentiel.

Tobias gémit :

— Oh non ! Le bain de ce matin ! Je n'ai rien nettoyé !

— Moi non plus, avoua Matt.

— Nos empreintes sont restées sur la berge !

— Tant pis. C'est trop tard maintenant.

Les cavaliers étaient devant le moulin, ils parlaient entre eux, en français.

— C'est là que j'aimerais être avec Maya ! fit Tobias.

— Chut, commanda Ambre. Écoute leurs intonations…

Les hommes s'exprimaient d'une voix forte. Certains mirent pied à terre et leurs voix trahirent un déplacement rapide.

— Ils inspectent…, devina Ambre.

Un garde cria, assez loin, près de la rivière. Il avait trouvé quelque chose.

— Merde, pesta Tobias. Nos traces…

Aussitôt un cavalier s'approcha du moulin. On pouvait entendre le bruit de ses bottes, les boucles de son baudrier qui cliquetaient et les pièces de son armure qui s'entrechoquaient à chaque pas.

Il était juste au-dessus de Matt, Tobias et Ambre, ses gants d'acier résonnèrent quand il agrippa les rebords de la fenêtre, à quelques centimètres de leurs têtes.

Il regardait l'intérieur du moulin.

Il renifla, plusieurs fois.

Puis cria en français avant de repartir aussi vite qu'il était arrivé.

Les Cyniks se rassemblèrent au pas de course et firent claquer les rênes de leurs chevaux qui partirent au galop le long de la rivière.

Matt attendit une bonne minute avant de ressortir de la couverture.

Les autres en firent autant, attentifs.

— Maya, appela-t-il, qu'est-ce qu'ils ont dit ?

— Ils ont découvert des traces près de la rivière. Un des gars a passé la tête ici, et il a dit que ça sentait encore le feu de bois. Alors leur chef a crié que nous ne devions pas être loin, qu'il fallait suivre la rivière pour nous intercepter plus haut sur la route.

Tobias et Matt se regardèrent.

— Ils nous pensent sur la route, se félicita ce dernier. C'est déjà un bon point.

— Sauf que maintenant ils savent que nous sommes dans le secteur ! déplora Léo.

— Après ce qui s'est passé cette nuit et notre première soirée dans leur village sur la côte, notre présence dans la région n'est plus un mystère pour personne.

Ambre posa la main sur le bras de Matt.

— Nous ne sommes pas prêts à repartir. Il nous faut encore un peu de repos.

— Je sais. Nous allons rester ici. Ils ne reviendront probablement pas sur leurs pas, ils pensent que nous sommes en route pour la cité Blanche, ils nous chercheront devant, à l'ouest, pas derrière eux.

Chen, qui redescendait de sa position stratégique, trois mètres au-dessus de ses camarades, annonça :

— Je vais monter la garde dans le grand arbre.

Matt enchaîna :

— Profitez tous de ces quelques heures, nous repartons demain avant l'aube et nous ne nous arrêterons plus jusqu'à Paris.

Matt endossait à nouveau le rôle du rabat-joie, et il n'aimait pas ça. Mais les choses s'étaient faites ainsi, naturellement, tout le monde lui demandait sans cesse de prendre des décisions, de dire quoi ou comment faire. Quand il fallait choisir, c'était vers lui qu'on se tournait. Alors il s'était habitué, et il essayait tant bien que mal de rassurer, de rassembler, de se responsabiliser. D'être un leader en somme. Il remplissait ce rôle du mieux qu'il pouvait, sans en tirer beaucoup de satisfaction, sinon celle de se dire qu'ils allaient dans la bonne direction, avec Ambre et Toby.

Il guetta les réactions de ses camarades et constata que personne ne remettait en question ses décisions. Ils allaient tirer avantage le plus possible de ces quelques heures de répit supplémentaire, et lorsque Matt leur dirait de braver la fatigue et les souffrances, ils se lèveraient sans rechigner, et ils se mettraient en marche. Tous savaient que cette aventure mettait leur vie en péril, qu'ils en souffriraient, que ce serait dur, et que ceux qui reviendraient seraient marqués à jamais.

Pourtant ils étaient tous là. Ses amis. Fidèles comme toujours à l'appel.

Il les observa s'installer pour dormir, discuter tout bas, finir de nettoyer leur équipement. Certains allaient peut-être y laisser la vie. Comme tous les Pans qu'il avait côtoyés et qui étaient morts. Amy, CPO, Mia, Jon, Horace, Luiz, Neil et Ben… Ainsi que tous ceux dont le visage ne s'imposait pas à sa mémoire, mais dont il avait partagé un bout d'existence.

Matt inspira un grand coup.

Une boule au ventre.

La chaleur semblait monter de la terre elle-même. La température avait grimpé en quelques heures, à mesure que le soleil s'élevait dans le ciel bleu, sans aucun nuage à l'horizon.

Les Pans avançaient à bonne allure, sur le dos de leurs chiens. Dorine avait pris Katie en croupe sur son bobtail, Safety. Ils étaient partis très tôt, après qu'Ambre eut soigné Elliot et Floyd, ainsi que Draco le chien. Ce dernier gambadait sans ralentir malgré les blessures qui boursouflaient ses flancs. Ambre et Dorine avaient accompli beaucoup en peu de temps. Floyd était conscient, bien que fragile, et Elliot, qu'ils avaient cru perdu pendant un moment, se remettait peu à peu d'avoir frôlé la mort de si près.

Mais les deux jeunes femmes étaient épuisées, elles vacillaient sur leurs montures, luttant pour ne pas s'endormir après avoir puisé dans leurs réserves d'énergie pendant près de trente-six heures.

Les jeunes cavaliers avaient retiré leurs capes, leurs manteaux, pour ne garder qu'un T-shirt ou une chemise. Même Matt avait finalement ôté son gilet en Kevlar. Ils suivaient la route pour ne pas perdre de temps lorsque la végétation était trop dense, quitte à progresser à découvert. Mais par prudence, Chen ou Ti'an ouvraient la route à cinq cents mètres devant, et Torshan ou Tania la fermaient pour avoir le temps de prévenir le groupe en cas de patrouille ennemie.

À midi, le soleil au zénith tapait très fort et ils traversaient de longues étendues d'herbes hautes, de petits étangs et de collines sans ombre, durant plusieurs heures.

Les chiens finirent par haleter, malgré les pauses près des cours d'eau pour les faire boire, et ils ralentirent l'allure en début d'après-midi, lorsque la chaleur les épuisa.

À deux reprises, l'éclaireur revint au galop pour

ordonner à la colonne de se cacher. La première fois ils virent passer, depuis les fourrés, un chariot tiré par deux bœufs et conduit par deux Ozdults. La seconde, un groupe de cinq cavaliers en armure noire remonta la route au trot. Personne ne bougea et les soldats passèrent sans rien remarquer. Le plus dur fut de ressortir des orties et des ronces, couverts de piqûres et d'écorchures.

Le soir, ils s'éloignèrent du chemin pour établir leur campement près d'une rivière protégée par une falaise entourée de bois. Ils allumèrent un feu pour cuire les deux lièvres que Plume et Kolbi avaient rapportés, et Elliot donna de vrais signes de santé en mangeant de bon appétit malgré le bandage qui ceignait son crâne comme un bonnet.

Tobias s'éclipsa pour digérer, et il revint après une vingtaine de minutes.

— Tu ne devrais pas t'éloigner seul, le réprimanda Matt. La nuit est tombée en plus !

— J'avais besoin d'air.

— Peut-être, mais dans ce cas tu pars avec quelqu'un, jamais seul !

— Hé, ça va, m'engueule pas !

Ambre intervint et posa la main sur le bras de Matt pour le faire taire :

— Il s'est inquiété pour toi, Toby, c'est tout.

Tobias donna un coup amical à son ami.

— Je sais. Désolé. Il y a une ville pas loin, de l'autre côté de la rivière.

Matt ouvrit grands les yeux, surpris.

— Et c'est maintenant que tu me le dis ?

— Bah ! Tu m'as pas laissé le temps de…

— Ils pourraient avoir vu notre feu ? s'inquiéta Floyd.

— Non, elle est bien assez loin, aucun risque.

— On l'évitera demain, ajouta Randy. Ce doit être l'ancienne Rouen. J'ignore ce qu'elle est devenue, mais inutile de l'approcher.

— C'est une garnison de soldats et une région entourée de mines de pierre, expliqua Léo.

— Raison de plus pour la contourner, trancha Matt.

— Autre chose, ajouta Tobias. Une autoroute passe derrière la colline. Enfin, ce qu'il en reste. Elle est couverte de scararmées, ce sont leurs lumières rouges et bleues qui ont attiré mon attention.

— Alors il en existe ici aussi, dit Ambre, songeuse.

Tobias se tourna vers Léo et Katie, les deux Européens du groupe :

— Des scarabées lumineux qui grouillent sur les anciennes autoroutes, ça vous dit quelque chose ?

— Les Flotgrouillants, confirma Léo. C'est le nom qu'on leur donne.

— Vous avez trouvé ce qu'ils font ? demanda Ambre.

— Non. Ils grouillent et avancent sans arrêt, comme des flots, c'est tout… En même temps, ça ne semble pas intéresser les Ozdults et nous autres, on ne sait pas grand-chose.

— Pardon, dit Ambre, confuse d'avoir oublié que la vie des Pans d'Europe ne ressemblait en rien à celle qu'elle connaissait.

Pendant le dîner, Tobias essaya de lier connaissance avec Katie, qui n'avait pas décroché un mot de la journée, mais l'adolescente ne semblait pas encline à la confidence. Elle observait tout le monde, aidait pour installer le camp, ou découper les lièvres, mais elle ne manifestait aucune curiosité particulière, et encore moins le besoin de se livrer. Tobias alla se coucher un peu déçu, mais il estima qu'il lui fallait du temps. La pauvre fille devait se débattre avec elle-même pour tenter de renouer avec ses souvenirs, et recouvrer la mémoire de ce qu'elle avait vécu. Viendrait un temps où elle serait plus disponible et désireuse de partager.

Ils se relayèrent pour la garde de la nuit, et repartirent au petit matin, dès que le ciel, à l'est, se mit à blanchir.

La route se scindait en deux après la rivière et le pont de pierre qu'ils avaient traversé avec la crainte d'être surpris au milieu par des Cyniks. Randy se repéra avec sa vieille carte et sa boussole. Il estima que celle de droite devait descendre vers l'ancienne Rouen, et celle de gauche partir vers la cité Blanche. Il ne comprit son erreur qu'après trois heures, lorsqu'ils durent partir à travers les hautes herbes des plaines pour tenter de rectifier l'axe plein ouest, vers le sud-ouest.

Ils finirent par apercevoir les clochers de Rouen au loin, tandis qu'ils filaient sur la crête d'une colline abrupte. Toute la ville ou presque était recouverte de végétation, sauf son centre, d'où s'échappaient de nombreuses fumées.

Les chiens purent reprendre une meilleure cadence lorsqu'ils retrouvèrent une route plus au sud, mais après trois plongeons dans les fourrés pour éviter des charrettes, les Pans décidèrent qu'il serait plus commode d'avancer en parallèle, dans le sous-bois qui n'était pas trop fourni.

Le rythme était soutenu, mais la monotonie du voyage endormait tout le monde, et ils finirent par ne plus échanger le moindre mot.

La nuit les surprit alors qu'ils traversaient une interminable étendue herbeuse sans aucun repli de terrain pour s'abriter. Ils décidèrent de continuer, aussi longtemps que possible, profitant de la lune qui éclairait leurs pas.

Deux heures plus tard, ils parvenaient à une région boisée, où une petite trouée dominait l'ancien bassin parisien. Ils se regroupèrent au sommet d'un escarpement qui tombait à pic sur près de trente mètres.

Tout en bas, le bassin qui entourait la cité Blanche courait à perte de vue, entre les anses d'un fleuve noir sous la lune.

Et loin au sud-ouest, brillait une intense lumière rouge et bleue.

Comme un phare gigantesque dominant la région, pour prévenir des dangers des récifs urbains.

La Tour-Squelette.

Leur destination étincelait de sa bichromie mystérieuse.

Comme un appel mystique dans le silence de la nuit.

31.

Technique d'approche

Le champignon lumineux de Tobias lui éclairait le visage par en dessous, lui faisant des yeux un peu effrayants.

Il parlait tout bas, pour ne pas réveiller les Pans qui dormaient :

— Comment va-t-on approcher de la cité Blanche ?

Léo eut une moue chagrinée.

— C'est tout le problème, j'ai entendu dire que la ville est fortifiée, dit-il. Et ce n'est pas tout : avant même d'y pénétrer, il faut l'atteindre ! En bas, dans le bassin, ce ne sont que des garnisons et des villages Ozdults partout, ainsi que des fermes, des champs, et donc beaucoup de circulation. Nous ne pourrons pas rester discrets très longtemps.

— Il faut se séparer, conclut Matt.

Les trois garçons se regardèrent.

— Est-ce qu'on peut circuler librement en ville quand on est un adolescent ? questionna Tobias.

Léo hocha la tête :

— Oui. En étant calme. Tu te fais passer pour un esclave qui remplit une tâche pour son maître.

— Aucun jeune ne passe du côté Ozdult ? Des traîtres de la rébellion par exemple !

— Certains se sont ralliés à Oz dès le début, mais ils sont rares.

— On pourrait se faire passer pour des gars de ce genre, proposa Tobias.

— En étant peu nombreux, ça peut fonctionner.

— Il nous faut un groupe passe-partout, intervint Matt.

— Ambre voudra en être, devina Tobias.

— Avec sa démarche flottante, c'est impossible, elle attirera l'attention !

— Tu crois vraiment qu'elle va nous laisser entrer dans la cité Blanche sans elle ? se moqua Tobias. Tu la connais ! Tu devrais savoir qu'elle n'acceptera jamais de rester à l'écart.

— Juste le temps que nous repérions le Cœur de la Terre. Une fois qu'on saura où il se trouve et comment l'atteindre, on reviendra la chercher. Mais tant que nous devrons nous promener en ville et poser des questions, il ne faut pas qu'elle soit là. Elle va nous faire repérer.

— C'est toi qui te charges de lui annoncer alors !

— Autre chose, murmura Léo, les chiens ne pourront pas venir non plus. Il n'en existe pas des comme ça ici.

Matt acquiesça à contrecœur, en jetant un regard à Plume qui dormait, épuisée par ces longues journées de marche.

— Demain nous allons nous poster près d'une route, expliqua Matt, et nous attaquerons un chariot pour nous l'approprier.

— Attaquer ? répéta Tobias, mal à l'aise. Tu veux dire qu'on va… tuer ses occupants ?

— Non ! Ils seront nos prisonniers. Sous la garde de ceux qui resteront là. Nous les libérerons au retour.

— Je préfère ça… Je me voyais pas assassiner quelqu'un de sang-froid, même un Cynik !

— Il faut que Maya nous accompagne, pour traduire. Ce ne sera pas simple de passer par elle chaque fois…

— La langue officielle des Ozdults est devenue l'anglais, le rassura Léo, mais elle n'est pas encore utilisée partout. À la cité Blanche ça devrait être le cas. Oz a rassemblé les adultes de toute l'Europe ou presque, il a bien fallu imposer une langue commune. Il a des gens de tous les pays dans la ville, ils circulent beaucoup.

— Tu sais à quoi ressemble le monde à l'est ? demanda Matt.

— Je sais que loin à l'est, vers l'ancienne Russie, le froid est descendu et a repoussé beaucoup de monde vers l'ouest. Et les pays de l'est sont saturés de bêtes sauvages, on parle même de loups-garous et de vampires ! Mais je suppose que ce sont des légendes.

— Aux États-Unis on en a des vampires ! contra Tobias en frissonnant. Ils s'appellent les Mangeombres.

Un froid s'installa entre les garçons, et chacun songea à ces créatures et aux légendes les plus sinistres qui couraient sur leur compte.

— Léo, interpella Matt pour changer de sujet, est-ce que tu as une idée de la façon dont nous pourrions débusquer le Cœur de la Terre dans la ville ?

— Ils l'appellent l'énergie lumière. Ça ne devrait

pas être trop difficile, tout le monde doit le savoir. Soit nous allons dans une auberge et on fait parler les ivrognes, soit nous nous rendons directement à l'office d'intégration.

— C'est quoi l'office d'intégration ? demanda Tobias.

— Il y en a dans toutes les villes importantes Ozdults, c'est là que vont les nouveaux venus quand ils sont perdus et qu'ils cherchent de l'aide pour s'y retrouver, une affectation, des contacts, du travail, etc.

— Et comment font les adultes en Europe pour commercer ? Par le troc ou un système d'argent ?

— Ils frappent leur monnaie. Des pièces en or je crois.

— Il nous en faudra un peu.

— Dans ce cas il vous faudra un boulot…

— Nous verrons sur place.

— Les armes sont autorisées en ville ? s'inquiéta Tobias.

— Pas pour les esclaves, répondit Léo en secouant la tête.

— Nous nous ferons passer pour des jeunes convertis à la cause de Oz, expliqua Matt. J'ai un visage qui peut faire dix-huit ans.

— Ils vont se méfier de vous, les avertit Léo, vous paraissez jeunes, ils n'aiment pas ça. Ils n'auront pas confiance.

— De toute manière nous n'avons pas le choix, conclut Matt.

Il se leva pour retourner vers son sac de couchage.

— Il est temps de dormir, les gars, demain une journée capitale nous attend.

Les trois garçons se couchèrent, mais ne parvinrent pas à s'endormir tout de suite. Trop d'images tourbillonnaient dans leurs esprits. La cité Blanche, les Cyniks, et les ombres de créatures monstrueuses en arrière-plan.

Et lorsqu'ils parvinrent enfin à sombrer, leur nuit fut peuplée de vampires et de loups-garous.

Ambre se tenait au bord de la falaise, contemplant l'immense plaine qui courait à ses pieds. Au loin, elle pouvait deviner le sommet de la Tour-Squelette, une petite pointe noire qui se détachait sur le ciel bleu.

Elle avait une boule dans la poitrine. Un poids qui pesait de plus en plus lourd.

Elle comprenait Matt, il avait raison quand il lui disait que sa démarche n'était pas naturelle et que ça allait se voir, mais elle ne pouvait s'empêcher de lui en vouloir de la contraindre à rester ici avec les autres. Ce n'était pas sa faute si elle ne pouvait plus marcher. Elle était la première à en souffrir, il ne s'en rendait pas compte. Chaque matin, en ouvrant les yeux, pendant trois ou quatre secondes, elle serrait les poings très fort en priant pour que ça ne soit qu'un cauchemar. Puis elle essayait de s'asseoir en bougeant les jambes, mais rien ne se passait et elle réprimait ses larmes de rage.

Il lui arrivait de s'endormir en pleurant, et elle devait se retourner dans ses couvertures pour que personne ne la voie étouffer ses sanglots dans la boule de vêtements qui lui servait d'oreiller.

Ambre maudissait cette injustice, qui aujourd'hui la reléguait à l'arrière-plan. Elle était obligée d'attendre avec les autres, de se séparer de Matt et Tobias. De les laisser prendre tous les risques sans elle. C'était humiliant. Insupportable.

Et effrayant.

Ambre prit soudain conscience de l'étrange sentiment qui l'étreignait. Une forme de désir de protection totale, absolue.

Le besoin de tout contrôler pour être sûre qu'il ne va rien leur arriver, c'est une obsession. La volonté d'être à leurs côtés pour les protéger, les guider, m'assurer que personne ne leur fera du mal.

Ambre secoua la tête.

Je déteste ce sentiment. Il me rend folle. Il me renvoie à mon impuissance. À mon inutilité.

Cette émotion la dépassait. Elle la devinait très féminine, obsédante.

L'instinct maternel ? C'est ça ? Je déteste... Ça me rend fragile et inefficace.

— Je suis désolé, fit Matt dans son dos.

Elle pivota dans les airs. Sa longue robe masquait l'espace de dix centimètres entre le sol et ses pieds, mais le mouvement était tellement fluide qu'il trahissait l'absence de mécanique naturelle. Quiconque la regarderait se déplacer comprendrait qu'il y avait une étrangeté là-dessous.

— Crois-moi, insista le jeune homme, je préférerais mille fois t'avoir à nos côtés.

Ambre glissa jusqu'à lui et, en guise de réponse,

ses lèvres cherchèrent les siennes, sa langue s'invita à la caresse.

Lorsqu'elle s'écarta, Ambre lui dit :

— Fais ce que tu dois, mais ne prends aucun risque inutile. Lorsque tu auras localisé le Cœur de la Terre et trouvé un moyen de l'approcher, reviens me chercher, nous y accéderons la nuit. Fais attention à toi, c'est tout ce que je te demande.

Matt demeura plusieurs secondes sans voix, admiratif, et Ambre lut beaucoup d'amour dans ce regard. Ses pupilles brillaient.

Alors il la prit dans ses bras et la serra fort contre lui.

Elle enfouit sa tête dans son cou et le respira autant qu'elle put.

La tiédeur de sa peau était rassurante. Elle y colla sa joue.

Elle ne se sentait nulle part aussi bien qu'en cet endroit.

C'était son sanctuaire.

Une larme coula lentement jusqu'à mouiller la peau de Matt.

Il n'était pas encore parti qu'il lui manquait déjà.

Un chariot tiré par deux mules approchait sur la route. Un Ozdult tenait les rênes en somnolant, insensible à la poussière que soulevaient les sabots de son attelage.

Lorsque le chariot passa à travers le bosquet qui masquait le virage, Tobias, Chen et Tania surgirent, leurs flèches braquées sur le conducteur. Matt se posta au milieu du chemin, l'épée posée sur l'épaule.

— Halte ! aboya-t-il.

Le Cynik releva la tête, surpris, et avisa la troupe avec stupeur.

— Arrête-toi, cria Maya en français.

L'homme fronça les sourcils, ne comprenant pas ce qu'une bande d'adolescents pouvait lui vouloir avec autant d'arrogance.

Il se pencha pour attraper un gourdin et les toisa avec méchanceté.

Matt s'écarta et fit signe à Elliot d'intervenir :

— Vas-y, entraîne-toi, dit-il.

Le jeune blondinet coiffé de son casque de bandages se concentra et leva les mains devant lui.

Il fixait le conducteur du chariot, les yeux grands ouverts, sans ciller.

L'homme finit par croiser son regard, et fut pris de tressautements cependant que ses yeux se fermaient et qu'il tombait à la renverse, inconscient.

— J'adore ton truc ! s'écria Tobias à l'intention d'Elliot.

Tania et Chen grimpèrent sur le chariot en marche et le stoppèrent. Matt saisit le Cynik sous les bras, le fit descendre et l'installa sur le dos de Plume.

— Retournez au campement, dit-il à l'intention de Chen et Tania. Gardez le Cynik en permanence, qu'il ne puisse surtout pas s'enfuir. Et souhaitez-nous bonne chance.

Tobias et Elliot sautèrent à l'arrière du chariot, sous la bâche, tandis que Matt prenait les rênes, Maya à ses côtés.

Le groupe s'était constitué selon les besoins de la mission. Maya parce qu'elle parlait français, et Elliot, compte tenu de son altération, pouvait être précieux pour éviter les ennuis tout en restant discret.

Tobias rangea son arc, et le véhicule se mit à cahoter.

— Ça te vient d'où cette altération ? s'enquit-il.

— Mon père était psy, et il pratiquait l'hypnose. Je lui ai souvent demandé de me montrer, et à l'école je m'entraînais sur mes copains. Ça marchait jamais, mais j'essayais… Je suppose que mon don vient de là.

— C'est génial. Tu peux endormir tout le monde ?

— Si on croise mon regard. Parfois ça ne fonctionne pas, des gens résistent.

— Et sur dix personnes à la fois, tu pourrais ?

— Je ne crois pas. Chaque fois que j'endors quelqu'un, je me sens moi-même un peu groggy. Si je le fais trop sans me reposer, je finis par m'évanouir.

— Et le plus que tu as fait d'une seule traite, c'est combien ?

— À l'académie de l'altération, une fois j'en ai endormi six de suite avant de m'effondrer. Ensuite j'ai dormi pendant vingt-quatre heures !

— Tu étais à l'académie à Eden ? Tu as connu Ambre là-bas ?

— C'était ma professeur.

— Dis pas professeur devant elle, elle serait folle !

— En tout cas, c'est elle qui m'a aidé à exploiter mon altération. Elle ne s'en souvient sûrement pas, elle a eu tellement de gens les premiers temps, mais moi je me souviens très bien d'elle. Tout le monde l'admirait énormément. Et ensuite j'ai eu Melchiot comme prof, c'était un bon lui aussi.

Tobias soupira.

— Eden me manque. Le Salon des Souvenirs, le grand pommier, les siestes dans le verger…

Elliot approuva d'un hochement de tête convaincu.

— Moi aussi. Vivement qu'on rentre.

Brusquement les deux garçons glissèrent vers l'avant du chariot.

Ils entamaient la descente vers le bassin de la cité Blanche.

Malgré la chaleur, Matt remit sa cape sur ses épaules et baissa la capuche pour masquer son visage, aussitôt imité par Maya.

— Difficile de croire qu'on approche d'une grande ville, s'étonna-t-il.

Après avoir traversé, pendant plus de six heures, des champs et des prairies où paissaient des bœufs, des moutons et des chevaux, ils roulaient sur une route au milieu d'une forêt interminable qui venait enfin de s'ouvrir sur une vue plus dégagée. Ils dominaient un fleuve que traversait un pont gardé par deux tours en pierre, flanquées de gardes en armure noire. Au-delà, la route se continuait vers un canyon d'immeubles couverts de lianes et de branchages, quand ce n'était pas des montagnes de ronces dégoulinant des portes, des fenêtres et même des toits.

Au loin, d'anciens buildings jaillissaient de la végétation, vitres et structures couvertes de champignons et de mousse, leur donnant l'apparence d'antiques monolithes titanesques plantés là plusieurs siècles plus tôt par une civilisation disparue. Des nuées d'oiseaux tournoyaient autour de ces rectangles dressés vers les cieux.

La Tour-Squelette régnait un peu plus loin, dans le vent, comme l'étendard de la cité Blanche.

Le chariot cahota sur la pente, jusqu'à ralentir devant les gardes qui régulaient le passage du pont. Ils étaient six en train de discuter et un seul s'écarta de ses compagnons pour s'intéresser à la voiture qui approchait.

Matt tira sur les rênes pour stopper les mules. Le soldat lui parla en français et avant que Maya ne puisse traduire, Matt répondit en anglais :

— Pardon ?

— Qu'est-ce que vous transportez ? s'enquit le soldat en approchant de Matt sans même le regarder.

— Deux esclaves.

— Pour quoi faire ?

— Ils viennent de notre Maester, à Cytadel, en cadeau à son ami le Maester Luganoff.

À ces mots le soldat sembla impressionné.

— Pour Maester Luganoff ? Rien que ça…

Cette fois il dévisagea attentivement Matt qui soutint son regard.

Matt avait affronté bien assez de périls, de batailles, il avait vu la mort de près, et même fixé des hommes dans les yeux au moment où sa lame s'enfonçait dans leur chair. Il avait soutenu bien des regards, dans les pires instants de l'existence, et quand ses prunelles se calèrent sur celles du garde, elles dégageaient une telle assurance que l'homme finit par cligner des paupières et passer à Maya qu'il vit à peine.

Matt avait certes le physique d'un adolescent, à peine un jeune homme, mais ce qui émanait de ses yeux forçait le respect.

— Vous avez un accent fort, dit le garde.

— Vous aussi.

L'homme émit un rire gras, saccadé, qui trahissait son malaise.

— Allez-y, fit le Cynik en joignant le geste à la parole. Vous connaissez le chemin ?

— Non, c'est la première fois.

— Suivez la route jusqu'à la Patte d'Oie du destin, il y a trois embranchements. Là, soit vous prenez tout droit pour entrer par l'avenue de l'Empereur, soit vous passez par la droite pour entrer par les quartiers marchands, si vous voulez d'abord vous reposer. Le palais est au centre de la ville, vous ne pourrez pas le manquer.

— Et la troisième route ? demanda Maya. Vous avez mentionné trois embranchements à la Patte d'Oie.

— Vous l'oubliez. La gauche part vers le cloaque des Dieux, dit le garde en désignant les anciens buildings. Ne songez même pas à y pénétrer. Plus personne n'y entre. Bonne route !

D'un mouvement du poignet, Matt ordonna aux mules de repartir et ils traversèrent le pont, attentivement observés par les soldats.

Le chariot fila ensuite sur la route, tandis que Matt et Maya scrutaient les façades ravagées par la nature.

— Tout va bien ? fit la voix de Tobias depuis l'arrière.

— Vous êtes officiellement nos deux esclaves.

— C'est toujours la même chose ! Les Noirs sont enfermés au service des petits Blancs ! plaisanta Tobias. Attends un peu que je te fasse ma révolution !

— On est en ville ? demanda Elliot.

— Dans ce qui était, autrefois, les faubourgs de Paris. Maintenant on dirait une interminable ruine hantée et dévorée par les plantes.

Ils croisèrent plusieurs autres charrettes, des cavaliers et plusieurs adultes à pied, portant des sacs ou des baluchons. Il y avait assez de trafic pour rassurer Matt sur la sécurité des lieux. C'était certes à l'abandon, mais manifestement pas infesté de prédateurs.

Il n'était pas difficile de se repérer. Malgré les voies qui partaient dans tous les sens, les tunnels, les ponts, les carrefours et les impasses, Matt n'avait qu'à suivre la seule route entretenue.

Après une heure, ils débouchèrent sur la Patte d'Oie du destin, et Matt fit ralentir l'attelage.

— Je propose qu'on évite l'avenue de l'Empereur, dit-il, rien qu'au nom ça m'a tout l'air d'être un grand truc, j'ai pas envie qu'on nous guette de tous les côtés.

— Va pour les quartiers marchands, avec un peu de chance il y aura tellement de monde qu'on passera inaperçus, approuva Maya.

Matt jeta un regard sur le chemin qui partait à gauche.

Après seulement une centaine de mètres, l'herbe, les fougères et les ronces la recouvraient. Au loin, la rue descendait en passant sous une énorme construction en béton qui avait dû être un centre commercial ou un parking. Au-dessus, les buildings couvraient de leurs longues ombres toute l'esplanade. Les oiseaux continuaient de s'agiter dans les hauteurs mais, au niveau du sol, aucun mouvement n'était perceptible, aucun bruit.

— J'aime pas cet endroit, avoua Maya.

— Moi non plus. On dirait que plus rien n'y vit. Même les oiseaux n'osent pas s'y poser.

— Pourtant ils sont nombreux. Beaucoup trop, même.

La tête de Tobias apparut entre deux pans de la bâche.

— C'est glauque ! C'est ça le cloaque des Dieux ? Pour une fois, je suis content d'aller dormir dans une cité Cynik ! Pas envie de m'assoupir ce soir avec cet endroit à proximité !

Matt tira sur les rênes et le chariot vira à droite. Ce faisant, il crut apercevoir une ombre fugitive à l'entrée du souterrain, mais ce fut si rapide et lointain qu'il n'était sûr de rien et, s'il fallait en croire le garde, personne ne vivait là. Qui pourrait s'installer dans un endroit pareil, alors qu'une ville, avec son confort et sa sécurité, s'étendait à proximité ?

Une impression de malaise planait. Comme si tout ce qui devait s'oublier du passé y était entreposé. Un cimetière de souvenirs.

De mauvais souvenirs.

Matt vit les gratte-ciel s'éloigner, et il s'en félicita. C'était viscéral, il détestait ce lieu, comme tous ses compagnons.

Ils pouvaient oublier le cloaque des Dieux. Leur mission n'avait rien à y faire.

Et c'était bien mieux ainsi.

32.

L'âme d'Oz

Paris, la ville-lumière, était devenue la cité Blanche, quatre vastes quartiers parfaitement nettoyés de toute la pollution végétale qui avait dévoré et qui recouvrait à présent les trois quarts de ce qui avait été autrefois la capitale de la France. Les murs des maisons et des immeubles, propres et régulièrement raclés, réfléchissaient le soleil, et cette blancheur donnait son nom à la cité.

Le quartier de l'Empereur coupait la ville en deux, avec son large boulevard au sommet duquel l'Autel Impérial plantait ses quatre colossaux pieds de pierre, zone administrative qui se terminait par le palais du Maester Luganoff. Au nord, le quartier des églises, trop peuplé, des ruelles étroites, des passages couverts, des entrepôts, le tout organisé autour de trois édifices religieux reconvertis en temples à la gloire de l'empereur Oz.

De l'autre côté du fleuve, tout autour de la Tour-Squelette, s'étendait le quartier militaire, avec ses casernes et ses terrains d'entraînement.

Enfin, au sud de l'avenue de l'Empereur, le quartier des marchands s'ouvrait d'abord en artères assez larges, où la lumière baignait aisément chaque façade, avant de se transformer en venelles sinueuses où il fallait emprunter des escaliers abrupts, passer par des monte-charge, afin de gagner les bords du fleuve, face à la Tour-Squelette où le port de la cité s'était établi, le long de jetées et de hangars en bois.

Matt entraînait leur chariot au milieu de ce quartier populeux, l'obligeant à circuler lentement pour se frayer un passage entre les passants, les étals des boutiques qui débordaient sur la chaussée, les entassements de barriques et les ânes chargés de sacs de céréales. Parfois, une autre carriole les coinçait, qu'il fallait contraindre à reculer, à moins d'y parvenir soi-même.

Entrer dans la ville n'avait pas été difficile. Les quatre quartiers étaient ceints d'une muraille fabriquée avec les immeubles en ruine, une fortification élevée qui servait de barrage à la végétation contagieuse.

Le chariot des Pans avait été arrêté à la porte du quartier des marchands, et Matt avait prétexté devoir vendre ses deux esclaves pour son Maester, et on les avait laissé passer après avoir vérifié l'arrière du chariot. Cette fois, il avait préféré ne pas mentionner le nom de Luganoff qui avait trop impressionné le premier garde. Il avait craint qu'on ne leur propose une escorte jusqu'au palais.

— Il nous faut trouver de l'argent, pesta Tobias. Il fera nuit dans pas longtemps et nous n'avons aucun point de chute !

— Si on peut garer la charrette dans un coin tranquille, nous pourrions y dormir, suggéra Elliot.

— Pas très discret, répondit Matt. J'ai une autre idée.

— Qui paye vite j'espère ! ironisa Tobias en levant le nez vers le soleil qui déclinait déjà.

Lorsqu'ils aperçurent une petite place pleine de bestiaux et de véhicules semblables au leur, Matt sauta sur le pavé et héla les marchands d'animaux.

Tobias le regarda faire par une fente de la bâche. Il vit son ami vendre le chariot pour quelques pièces, après une courte négociation avec un bonhomme grassouillet qui s'exprimait dans un anglais approximatif.

Matt et Maya firent sortir leurs deux « esclaves » de l'arrière et Matt fit rebondir la petite bourse dans sa paume.

— J'ai vendu au plus offrant, dit-il, j'espère que j'ai ramassé de quoi tenir plusieurs jours, je ne connais rien aux prix !

— Si tu t'es fait arnaquer, dit Tobias, on aura l'air fin !

— Trouvons une auberge pour la nuit, il est trop tard pour commencer à chercher le Cœur de la Terre.

— On pourra toujours poser des questions ce soir aux marchands, proposa Tobias.

Elliot se pencha vers lui :

— Tu es censé être un esclave comme moi, faut pas parler fort et pas avoir l'air libre.

Maya approuva vivement :

— Et je suis désolée mais ce soir vous resterez dans la chambre.

— J'en étais sûr…, grommela Tobias. Je déteste ce rôle.

Matt et Maya marchaient devant, pendant que

Tobias et Elliot, l'air accablé, les suivaient sans lever les yeux.

Ils déambulaient dans les rues du secteur alimentaire, parmi les odeurs d'épices, de maïs grillé, de soupes de fleurs qui sentaient la lavande ou la rose, et les fumets de poulet rôti ou de ratatouille.

Les immeubles s'élevaient sur plusieurs étages, Tobias en compta parfois plus de dix, assez bien entretenus dans l'ensemble, et le décalage entre l'aspect moyenâgeux des habitants et les façades haussmanniennes typiques de l'ancien Paris surprenait Tobias.

Matt désigna l'enseigne d'une auberge et Maya s'arrêta pour demander à l'un des vendeurs de fruits :

— Nous cherchons un lieu pour la nuit, est-ce que la réputation de cet endroit est bonne ?

Elle avait parlé en se donnant un maximum d'assurance, en plaçant sa voix sur un ton grave, ce qui ne la rendait pas très naturelle.

Le vendeur la toisa, méfiant, avant de répondre :

— Le Coq Noir est très bien, comme tous les établissements de la cité. Il faut être bien jeune et naïve pour douter de la qualité de nos auberges.

Maya le salua d'une révérence un peu moqueuse et désigna la porte surmontée d'une lanterne.

— Au moins on sait qu'on ne met pas les pieds dans un coupe-gorge !

Ils entrèrent dans une grande salle qui sentait fort un mélange de bière rance, de feu de cheminée et un soupçon de viande grillée. Des tables rondes tachées de cire de bougie occupaient l'espace, et, au fond de la pièce, un bar était surmonté de tonneaux. Des trophées sortaient des murs beiges, des renards, des sangliers, des chevreuils et même des cerfs. Puis d'autres créatures plus étranges. Un blaireau à la gueule couverte d'écailles, un sanglier blanc avec des cornes semblables à celles d'un rhinocéros, et même la tête terrifiante d'une araignée avec ses chélicères pendantes, de la taille du loup tout proche.

— Charmant, lâcha Tobias du bout des lèvres.

Matt se rendit au bar derrière lequel un homme ventripotent, aux joues marbrées de couperose, rangeait des bouteilles sans étiquettes pleines d'un liquide ambré.

— Nous cherchons une chambre.

— Ça tombe bien, j'en loue, ricana-t-il d'entrée. Pour combien ? demanda l'homme dans un anglais parfait.

— Nous deux, dit Matt en désigna Maya du pouce, et nos deux esclaves.

L'homme parut surpris.

— Vous voulez dire que vous voulez une place dans le foin pour vos deux servants ?

Matt se reprit aussitôt, avec tout l'aplomb dont il était capable :

— Bien sûr !

— Pour combien de nuits ?

— Au moins une, nous aviserons demain.

— Ça fera 12 faces d'Oz.

— Très bien.

— Payable d'avance, ajouta le tenancier en ouvrant la main.

Matt prit douze pièces dans sa bourse et les déposa dans la paume pleine de corne.

— Et les repas sont en sus, dit l'homme en prenant une clé sous le bar. Chambre 21, deuxième étage.

Il siffla et un garçon d'environ dix ans accourut aussitôt.

— Conduis les deux grouillots vers l'étable et montre-leur un morceau de paille.

Tobias jeta un regard désespéré à Matt avant de partir avec Elliot dans l'arrière-salle.

— Et si j'ai besoin d'eux ? demanda Matt.

— Ils seront au fond de la cour. Demandez à n'importe quel grouillot, j'en ai six dans tout l'établissement, ils iront vous les chercher. On sert le dîner à partir du couchant.

Matt et Maya prirent possession de la chambre, un petit réduit avec un grand lit double et une armoire. Un seau d'eau fraîche avec une vasque servait aux ablutions.

— Bon ben… on va dormir ensemble, dit Maya. J'espère que tu ronfles pas !

— Je n'aime pas l'idée de savoir Toby et Elliot seuls là-bas.

— C'est pas comme si on pouvait faire autrement.

Matt se débarbouilla après Maya, faillit conserver sa cape, mais il craignait que cela paraisse étrange dans l'auberge. Il l'abandonna sur le lit et s'observa dans le morceau de miroir cassé au-dessus de la vasque.

Quand il restait sérieux, il pouvait paraître plus âgé que ses bientôt seize ans, mais, dès qu'il se déconcentrait et souriait, alors son adolescence réapparaissait aussitôt. Ce n'était pas le cas de Maya, surtout quand elle détachait ses tresses.

— Allons dîner, proposa-t-il. Et prends de la nourriture, on l'apportera aux garçons.

Ils descendirent dans la salle commune qui s'était remplie. Les bougies sur les tables étaient allumées et un porcelet grillait sur la broche dans la cheminée.

Matt et Maya prirent une table assez proche des autres pensionnaires pour écouter leurs conversations, et se firent servir une assiette de cochon grillé avec des flageolets et de la salade. Deux gobelets de bière atterrirent devant eux en même temps. Les deux adolescents mangèrent en dissimulant des morceaux de viande pour les apporter plus tard à Tobias et Elliot.

La plupart des gens parlaient français et Matt devait tout se faire traduire par Maya. Rien d'intéressant en définitive.

Matt, qui ne voulait pas éveiller les soupçons, but sa bière en dînant et à un moment, galvanisé par l'alcool qui lui montait à la tête, il se tourna vers ses voisins les plus proches pour leur demander s'ils connaissaient bien la ville, mais ils n'étaient que de passage et la discussion tourna court. Il essaya avec un homme seul, derrière Maya, sans plus de succès. Alors il recommença avec une table plus fournie :

— Dites-moi les amis, vous parlez anglais ? La langue de l'empereur ?

Les hommes le toisèrent sans bienveillance.

— Oui, pourquoi ? fit un blond aux longs cheveux et à l'épaisse moustache.

— Nous sommes dans la cité Blanche pour quelques jours et nous avons entendu parler de l'énergie lumière, vous savez ce que c'est ?

Les hommes se regardèrent, puis le moustachu s'exclama :

— Tout le monde connaît, pardi !

— Apparemment. Nous en entendons beaucoup parler et nous nous interrogions, qu'est-ce que c'est exactement ?

— Tu parles de l'âme d'Oz.

— Une boule de lumière qui tourne sur elle-même si j'ai bien compris ? demanda Matt.

— J'ignore à quoi elle ressemble, mais c'est le cœur de la cité Blanche !

— À quoi sert-elle ?

— Elle ne sert pas, elle est. C'est l'âme de l'empereur.

— Comment le sait-on ?

— C'est Oz en personne qui l'a décrété. Personne n'a le droit de la toucher.

— Et de la voir ?

— Le Maester Luganoff, et personne d'autre.

Matt serra les dents. Il vit que Maya faisait de même.

— L'âme est conservée au palais du Maester ?

— En effet. Pourquoi ? Vous comptez la voler ?

Matt se crispa sur sa chaise en bois.

Et les hommes se mirent à rire, des rires gras d'hommes ivres.

Rassuré et un peu trop confiant à cause de la bière, Matt insista :

— Mais si moi je voulais approcher l'énergie lumière, comment je pourrais faire ? Parce qu'elle doit être magnifique ! J'aimerais beaucoup la contempler.

— À moins d'être un fidèle de Luganoff… Impossible ! Allez, arrête tes questions et viens donc à notre table avec ta mignonne. C'est notre tournée de bière !

Matt voulut refuser mais il se retrouva sur un tabouret, tout comme Maya, avec un gobelet sous le nez. Les hommes les forcèrent à boire tout en les interrogeant sur leur origine et la raison de leur présence ici. Matt s'en sortit en répondant brièvement, quelques mots sur Cytadel, puis prétexta venir de la Grande-Île pour expliquer son accent. Par chance aucun n'était suffisamment brillant en anglais pour tiquer sur l'accent américain. L'amnésie de leur ancienne vie se révélait pratique.

Matt tenta bien d'obtenir d'autres informations sur le Cœur de la Terre, sans résultat.

Et entre deux questions, il voyait son gobelet se remplir à nouveau. Déjà Maya était verte.

Mais lorsque le moustachu se pencha vers Matt pour lui demander si Maya était sa femme, Matt comprit qu'elle était en danger et il eut la présence d'esprit d'acquiescer vivement et de l'embrasser. L'adolescente ouvrit de grands yeux, et se laissa faire.

Lorsqu'il parvint à s'extraire de ce traquenard, Matt dut se tenir à la table pour se lever. Il avait la tête qui tournait et se savait incapable de regagner la chambre sans tituber.

Le moustachu, qui avait bu bien plus que de raison, lui attrapa le bras :

— Toi qui veux tant voir l'énergie lumière, sais-tu au moins d'où elle vient ?

— Non. Elle n'est pas d'ici ?

— Elle dort désormais dans le palais, mais au départ elle n'était pas là.

— J'ignorais qu'on pouvait la déplacer…

— Oh que si ! Au tout début, quand les premiers hommes se sont réveillés, à la naissance de notre monde, avant même que l'empereur rassemble tous les hommes, l'énergie lumière était le soleil des ténèbres !

— Je ne comprends pas bien, balbutia Matt que les vapeurs de l'alcool empêchaient de raisonner.

— Ben, au début, les premiers hommes ont découvert l'énergie lumière dans un sous-sol. Et puis la cité est née, et ensuite Luganoff a prêté allégeance à l'armée d'Oz, et ils ont fait venir l'énergie lumière dans le palais du Maester, pour l'offrir à Oz. Elle a descendu l'avenue de l'Empereur, et là Oz en personne a déclaré que c'était son âme ! C'est la dernière fois que le peuple a vu l'énergie lumière, avant qu'elle n'entre dans le palais et qu'ils la gardent pour eux.

— Et au départ, ils l'ont trouvée dans les égouts ? demanda Matt.

— Non, dans un endroit apaisant. Calme. Et qui maintenant est devenu un enfer.

— Le cloaque des Dieux, comprit Matt.

— Exactement ! Et en prenant la lumière, Luganoff et Oz ont fait venir les ténèbres ! Et un jour, quand la lumière sera fatiguée de tourner ainsi, elle abandonnera la cité Blanche. Et ce jour-là, les ténèbres du cloaque ramperont jusqu'ici.

Le moustachu parlait à Matt en le fixant de ses grands yeux bleus.

Il semblait convaincu par son récit, et terrorisé.

Alors il lâcha le poignet de Matt et vida son gobelet d'une traite.

33.
Un plan pour la nuit

Matt avait mal aux cheveux. Et Maya n'allait guère mieux.

Ils avaient eu toutes les peines du monde à se lever tôt après une nuit dans un vrai lit, et surtout après avoir ingurgité l'alcool qu'on leur avait servi la veille.

Ils retrouvèrent Tobias et Elliot qui, eux, n'avaient pas eu ce plaisir en dormant dans la paille de l'étable, avec le bruit et l'odeur des chèvres, vaches, poules et chevaux.

— La prochaine fois, c'est vous qui jouerez le rôle des esclaves, dit Tobias, et nous qui glanerons les informations. Mais on fera en sorte de pas finir dans votre état !

La rue était bondée de Cyniks pressés, qui semblaient converger vers le quartier des marchands avec une certaine excitation, une gaieté nouvelle. Matt finit par en interpeller un :

— Que se passe-t-il ? Pourquoi tout le monde se dirige vers la sortie de la ville ?

— C'est le jour des combats ! Dans l'arène des Maesters ! Vous devriez y aller, c'est gratuit, toute la ville se déplace !

— Des soldats s'affrontent ?

— Oui, et face à des créatures lâchées dans l'arène ! C'est épique ! C'est sanglant !

L'homme s'éloigna aussitôt pour ne pas manquer le début.

— Du pain et des jeux, déclara Tobias, nous sommes retournés dans l'Antiquité romaine. Le peuple a ce qu'il veut, alors il obéit aveuglément.

— Tant mieux pour nous, répondit Matt, il y aura moins de monde en ville.

Ils n'eurent aucune peine à trouver l'office d'intégration dont Léo leur avait parlé, et entrèrent dans un immense bâtiment à colonnades surmonté d'un fronton. Il ressemblait à un temple grec, et avait dû être une église autrefois. L'intérieur était entièrement éclairé à la bougie, et il y faisait frais.

Des guichets encadraient toute l'aire centrale et Matt, qui avait laissé ses camarades dehors, se dirigea vers le premier disponible.

— Bonjour, je suis nouveau en ville, vous parlez anglais ?

— Bien sûr ! C'est la langue de l'empereur, voyons ! Que pouvons-nous pour vous, jeune homme ?

Le guichetier portait des lunettes rondes, un reste de cheveux, et transpirait jusque sur la lèvre supérieure.

— Je suis en ville pour vendre des esclaves et j'entends beaucoup parler de l'énergie lumière. On m'a dit que c'est l'âme de l'empereur en personne, et j'aimerais beaucoup pouvoir la contempler.

— C'est impossible ! L'énergie lumière est conservée au palais et seul notre Maester y a accès.

— Personne ne peut l'admirer alors ? Jamais ?

— Vous pouvez apercevoir sa lumière le soir en passant près du palais. Sous les arches, si vous regardez bien, vous verrez une puissante lumière blanche qui émane d'une pyramide de verre. C'est l'âme de l'empereur.

— C'est dommage que nous, ses fidèles, nous ne puissions la contempler.

— Ce n'est pas un pèlerinage ! C'est son âme ! C'est intime ! Et c'est aussi la lumière de notre cité ! C'est le lien entre notre ville et l'empereur ! Pas une œuvre d'art !

— Et l'accès au palais ? Il est réglementé ou bien n'importe qui peut s'y rendre pour espérer rencontrer le Maester ?

— Sur demande exceptionnelle uniquement ! Le Maester est un homme très occupé.

Matt salua le guichetier transpirant, retrouva ses camarades sur le parvis de l'office d'intégration, et les conduisit vers le quartier de l'Empereur. Là les rues se transformaient en avenues, en boulevards, tellement larges que l'absence de circulation donnait l'impression d'errer dans une ville fantôme. Quelques passants filaient sur les grands trottoirs ou passaient d'un immeuble à l'autre. Derrière ces fenêtres, toute l'administration du territoire régie par le Maester Luganoff grouillait pour conférer au pays son organisation, une unité centralisée.

Le soleil brûlait les toits de la ville, dans un ciel parfaitement dégagé, et les quatre Pans marchaient en longeant les murs pour glaner un peu d'ombre. Si la ville était plus calme à cause des jeux de l'arène des Maesters, ce secteur était silencieux et désert. Les quatre adolescents parvinrent en bas de l'avenue de l'Empereur, et l'absence de vie devint encore plus flagrante. Les anciens Champs-Élysées projetaient leur ruban de pavés gris jusqu'à l'Autel Impérial sur lequel tremblait la bannière d'Oz : un drapeau vert foncé avec un O doré en son centre. Pas une âme n'y circulait.

— Quel gâchis, grommela Tobias.

De l'autre côté de la grande place qu'ils traversaient, le fleuve séparait la cité Blanche des ruines de Paris, désormais ensevelies sous des chapes de végétations qui rendaient la ville méconnaissable.

Un pont courait sur une vingtaine de mètres, avant de s'effondrer dans l'eau verte. Un peu plus loin, un autre subissait le même sort. Plus aucun accès n'était libre entre les deux berges. Les Ozdults s'étaient retranchés dans la portion de cité qu'ils étaient parvenus à sauver. Au moment où il observait l'autre rive, Matt aperçut une meute de chiens sauvages qui jaillissaient d'un massif pour se précipiter sous un taillis.

La vie continuait de l'autre côté, avec ses règles, ses espèces animales, tout un autre monde complexe qui ne cessait de muter, mois après mois. Matt se demanda si tout cela allait se figer un jour, afin que les êtres humains puissent y retrouver leur place.

Ce temps-là est terminé, comprit-il aussitôt. *L'humanité au sommet de la chaîne alimentaire est révolue, nous en avons abusé, nous nous sommes comportés comme si tout nous était dû, sans respect, en détruisant, et en polluant, en vidant les réserves, comme les parasites que nous étions devenus. Maintenant la Tempête a redonné une impulsion à l'écosystème de la planète, pour qu'il puisse rivaliser avec nous, voire nous dépasser. La végétation pousse plus vite, les animaux mutent à la vitesse de la lumière pour s'adapter, et nous, nous ne sommes plus que des éléments parmi tant d'autres de ce nouveau territoire. À nous de nous adapter, de nous faire une petite place, ou de disparaître.*

Si Entropia leur en laissait le temps.

Des drapeaux vert et doré flottaient par dizaines au sommet d'un mur et les Pans devinèrent que c'était le début du palais, du moins ses jardins. Ils longèrent les grilles et remontèrent une rue qui bordait le fleuve. En croisant plusieurs hommes bien vêtus, ils surent qu'ils approchaient.

Le palais n'était pas aussi démesuré que Matt l'avait supposé. C'était un bâtiment assez ancien, d'une trentaine de mètres de haut tout au plus, aux murs brunis de saleté, et aux hautes fenêtres. En revanche il était très étendu, plusieurs ailes couraient sur des centaines de mètres, encadrant une vaste place uniquement visible à travers une série d'arches.

— C'est l'ancien musée du Louvre, expliqua Tobias. Il s'embête pas, Luganoff !

— T'en sais des choses, s'extasia Maya.

— En même temps, il suffit d'avoir un peu de culture ! *La Joconde* ! Le *Da Vinci Code* ! Enfin ! Vous faisiez quoi de votre vie avant la Tempête ?

La tentative d'humour de Tobias tomba à plat quand Elliot répondit :

— J'étais heureux.

Matt désigna les arches :

— C'est gardé. Nous n'entrerons pas comme ça.

— Et le Cœur de la Terre est au centre du palais, t'es sûr ? demanda Tobias.

— Sous une pyramide de verre. Il se voit la nuit.

Matt avisa la hauteur des façades.

— Si Chen était là, il pourrait nous grimper ça sans problème, dit-il, et nous dire ce qu'il y a dans la grande cour au centre.

— Avec de la corde et un grappin, ça peut se faire, non ? suggéra Maya.

Tobias étouffa à peine sa surprise.

— On voit que t'as jamais essayé de monter un mur au grappin !

— Tobias a raison, confirma Matt, nous n'y arriverons pas facilement, pas sans nous faire repérer en tout cas.

Elliot pointa le doigt vers les quatre soldats sous l'arche.

— Je peux les endormir.

— Et s'il en survient d'autres ? envisagea Matt.

— Il faudra bien essayer, non ?

La contrariété se lisait sur le visage de Matt.

— Nous pourrions le faire une fois, et encore, dit-il. Mais au moment de revenir avec Ambre, ils auraient compris qu'ils ont été visités et les patrouilles seraient doublées. Non, il faut une méthode qui ne laisse aucune trace.

— Tu penses à quelque chose ? s'enquit Tobias.

— Hélas non ! Une diversion serait risquée : on nous enfermerait sans possibilité de ressortir, et nous n'avons aucun moyen d'approcher par les airs.

— Alors il reste *sous* la terre, proposa Elliot.

Les trois Pans se tournèrent vers lui.

— Tu veux creuser un tunnel ? railla Tobias sans y mettre le ton. On n'a pas deux ans devant nous !

— Mais non, idiot, c'est une cité bâtie sur les vestiges d'une ancienne ville humaine, il existe encore tout un réseau d'égouts !

— Rien ne nous dit qu'ils communiquent avec le palais, remarqua Maya.

— C'était le musée du Louvre, rappelez-vous ! dit Tobias. Pas le genre d'endroit à multiplier les accès faciles !

— Et avant ça, c'était un palais, insista Elliot, avec des souterrains. À nous de les trouver. Je ne dis pas que ce sera simple, mais il doit y en avoir. Il n'y a plus d'alarme désormais et Matt a une altération de force, je suis convaincu qu'on peut y arriver.

Tobias pivota vers Matt.

— Qu'est-ce que tu en penses ?

— Qu'on n'a pas mieux. Il faut essayer.

Ils longèrent le fleuve, pour repérer sous leurs pieds un quai vers lequel ils descendirent pour inspecter la berge.

Le fleuve écoulait sans un bruit, deux mètres plus bas, son eau verte et poisseuse, sans aucune transparence.

— Je ne veux même pas savoir ce qui nage là-dedans, dit Tobias d'un air dégoûté.

Elliot remarqua une ouverture sous le quai et se pencha au-dessus de l'eau.

— Il y a un accès là ! Une sortie d'égout !

Matt et Tobias se mirent à genoux pour regarder à leur tour.

— Et des barreaux, pesta Tobias.

Matt ne semblait pas aussi pessimiste que son ami :

— Avec mon altération je peux peut-être les desceller s'ils sont anciens.

— Hé ! cria une voix en surplomb. Qu'est-ce que vous faites là ? C'est dangereux ! Remontez ! Remontez tout de suite !

Un garde Ozdult, accompagné de deux soldats en armure, leur faisait des signes.

Matt attrapa Tobias par le col et le força à se relever sans ménagement, puis il le poussa devant lui comme s'il était son prisonnier.

Les quatre Pans remontèrent par l'escalier et les gardes les entourèrent, soudain soupçonneux en constatant qu'ils étaient très jeunes.

— Vous êtes fous ? Vous ne savez pas que ce quai n'a aucun guetteur ?

— Guetteur ? répéta Maya. Nous sommes nouveaux en ville, nous ignorons ce que…

— Le fleuve est plein de monstres carnivores ! Les guetteurs les voient approcher et ils sont armés de piques pour les repousser des jetées. Ici, il n'y a personne ! Vous auriez pu vous faire happer !

— C'est mon esclave ! s'énerva Matt en s'efforçant de prendre un air furieux. Il a voulu boire l'eau du fleuve !

— Ces grouillots, tous plus bêtes les uns que les autres, ricana l'un des gardes, amusé.

Le chef du groupe, lui, ne semblait pas intéressé par l'affaire de l'esclave, mais bien par toute la bande.

— D'où venez-vous ? demanda-t-il. Je ne reconnais pas cet accent.

— D'une région au nord de la Grande-Île. Nous

sommes là pour vendre nos deux esclaves. Nous travaillons avec le Maester de Cytadel.

— Vous êtes bien jeunes tous les deux ! s'étonna le garde en désignant Matt et Maya.

— Nous étions parmi les premiers à rallier la cause de l'empereur pourtant, fit Matt sans se démonter.

— Qu'est-ce que vous faites là, près du palais ?

— Nous espérions voir l'énergie de lumière, ma compagne et moi sommes très curieux. Tout le monde en parle en ville et même à Cytadel !

Le garde se doutait de quelque chose, Matt le devinait à son regard. Il allait les faire arrêter. Il scrutait les quatre adolescents avec méfiance, cherchant à déceler le moindre détail louche.

Elliot fixa l'un des gardes, celui qui avait ri, et soudain ce dernier tourna de l'œil et s'effondra dans le fracas de son armure heurtant le pavé. Du sang se mit à couler de son heaume ouvert, il s'était fracturé le nez.

Aussitôt ses comparses l'entourèrent, désemparés.

— C'est la chaleur, fit Matt. Avec tout votre équipement, ça doit être insupportable.

Les hommes essayèrent d'asseoir le blessé, mais il était trop lourd. Matt s'approcha du chef.

— Peut-on vous aider ?

L'homme, agacé, agita la main devant lui :

— Non, circulez, allez ! Et tenez vos esclaves !

Matt adressa un clin d'œil à Elliot et ils s'en allèrent à bonne allure.

— Rassure-moi, fit Matt en marchant, le type que tu viens d'endormir, il ne saura pas que c'est toi qui l'as estourbi ?

— Non. Au pire il se souviendra que la dernière chose qu'il a vue c'étaient mes yeux, c'est tout.

— Parfait.

Ils retrouvèrent la grande place, en bas de l'avenue de l'Empereur, et Tobias désigna les jetées et les entrepôts au loin, dans le quartier des marchands.

— Est-ce qu'on va voler une barque ou autre chose ?

— Attendons le soir, dit Matt. Ce sera plus discret.

— Et ce que les gardes ont dit à propos du fleuve ? demanda Maya.

— Nous n'avons pas d'autre option, conclut Matt. Ce soir, non seulement il faudra se méfier des Cyniks, mais aussi de ce qui nous guette dans l'eau.

Elliot haussa les sourcils, l'air désespéré.

— Et après ça on pénètre dans les égouts d'une ville comme celle-là ! Avec tout ce qui doit y grouiller ? Je me demande pourquoi j'ai eu cette idée.

Matt lui donna une tape dans le dos.

— Parce que si notre plan fonctionne, cette nuit nous rejoindrons les autres, et d'ici deux jours, le Cœur de la Terre sera à nous.

— Alors le monde sera sauvé, ajouta Tobias, plein d'espoir.

Depuis qu'il était dans la cité Blanche, Tobias se sentait moins sûr de lui. Ses certitudes se muaient en doutes.

34.
Tunnels

Matt et Tobias ramaient, en s'efforçant de faire le moins de bruit possible.

La lune éclairait leur chemin comme un champignon argenté suspendu à un plafond invisible. Et la Tour-Squelette y ajoutait son halo bleu et rouge qui palpitait à son sommet tel un étrange gyrophare.

La ville s'était endormie après une journée d'émotions, de combats dans l'arène, de paris, de beuveries. Les quatre adolescents n'avaient eu aucune peine à se faufiler jusqu'au port pour subtiliser une barque sans se faire remarquer. Ils n'avaient croisé presque personne, et à coup sûr aucun individu sobre, à part une patrouille de deux gardes qu'ils avaient soigneusement évitée.

L'embarcation glissait en silence sous l'arche d'un pont qui s'écroulait un peu plus loin dans l'eau.

Maya et Elliot scrutaient attentivement la berge nord pour s'assurer qu'aucun Cynik ne les repérait, tandis que les deux rameurs vérifiaient la surface du fleuve, guettant le moindre remous suspect.

Le quartier des marchands s'éloignait, ils longeaient la grande place en bas de l'avenue de l'Empereur. Elle était déserte.

Les lumières du palais brillaient au loin.

En se rapprochant, ils remarquèrent qu'une fenêtre rayonnait de lumière, plus que toutes les autres. C'était au centre du palais, dans la cour.

La pyramide. Ils ne pouvaient la distinguer, mais l'énergie lumière était bien là, à pulser ses rayons vers les étoiles. Chaque habitant de la cité Blanche qui le désirait pouvait approcher les abords du palais et la deviner. L'âme de leur empereur. Une clarté rassurante qui veillait sur eux.

— On y est presque, chuchota Tobias.

Maya et Elliot vérifièrent pour la cinquième fois qu'ils avaient bien leur poignard à la ceinture, sous leur cape, pour se rassurer.

Le cercle noir des égouts ressemblait à un œil fixé sur eux. D'un coup de rame, Matt fit pivoter la barque et ils entrèrent doucement dans le petit tunnel. Tobias sortit son champignon lumineux de sous sa cape. Au-delà de la herse, un accotement étroit ruisselait d'eau sur la droite, comme un petit trottoir.

La proue vint cogner contre les barreaux.

— À toi de jouer, chuchota Elliot en poussant Matt vers l'avant.

Matt prit une profonde inspiration. Tout reposait à présent sur ses épaules. Il ne pouvait se rater. Même s'il devait y perdre ses forces et y passer la nuit, il fallait qu'il descelle au moins un barreau pour créer un passage. C'était son objectif.

Il se concentra et posa les mains sur l'acier froid. Il était tout rouillé, au point de s'émietter sous ses paumes. Matt ferma les yeux et soudain tira de toute sa puissance.

Il bascula aussitôt en arrière, sur Tobias qui le retint et empêcha la barque de chavirer en calant aussitôt, avec son altération de vitesse, une rame contre la paroi du tunnel.

Matt tenait des fragments de la grille entre ses doigts.

Il s'était attendu à un effort colossal, mais elle était si rongée par l'humidité qu'elle avait cédé sans la moindre résistance.

— Bien joué ! s'exclama Elliot.

— Bah… j'ai pas fait grand-chose…

Maya était déjà en train de tirer à son tour sur la grille pour finir d'ouvrir la voie. Elle amarra la barque à l'un des barreaux et posa le pied sur le rebord du tunnel.

Les trois autres suivirent, éclairés par le fragment de champignon que Tobias tenait devant lui. Les murs étaient couverts d'un limon séché qui sentait la pourriture et l'ammoniaque.

— Vous croyez qu'ils servent encore, ces égouts ? demanda Maya.

— Pour le palais peut-être, répondit Tobias en inspectant l'eau sombre sous leurs pieds.

Il était surpris de ne pas avoir dû sortir les armes lors de la traversée du fleuve après ce que leur avaient dit les gardes dans la journée.

Ils parvinrent à une fourche et Tobias indiqua la voie de droite, pour continuer en direction du palais.

Matt, lui, comptait ses pas. Lorsqu'il eut atteint soixante, il pointa son index vers la voûte.

— À partir de maintenant, nous devrions être sous le domaine de Luganoff.

— J'espère qu'on n'aura pas à creuser jusqu'à la surface, grinça Tobias.

Des canalisations d'une vingtaine de centimètres se rattachaient au collecteur principal dans lequel ils évoluaient, et certaines déversèrent un liquide malodorant.

— Tu te demandais s'ils servaient encore ? interrogea Elliot.

— Je crois que je vais vomir, déclara Maya en se couvrant la bouche.

Un raclement résonna dans le corridor. Lointain. Il se répéta, deux fois, semblable au bruit d'un objet tranchant qui s'enfoncerait dans la pierre. Puis, loin devant, un grondement sourd monta de l'obscurité.

— Oh non, murmura Elliot.

— On dirait que c'est gros, dit Maya.

— Très gros, ajouta Tobias.

Matt les poussa en avant.

— Alors ne perdons pas de temps.

Tobias prit son arc et planta son bout de champignon au sommet. Il encocha une flèche, prêt à tirer.

Le tunnel s'arrêta soudain en T.

— Droite, commanda Tobias. Pour aller sous la cour.

— T'es sûr ? demanda Maya. J'ai l'impression que c'est de là que venait le grondement…

Matt la plaqua contre le mur pour passer devant elle et prit à droite.

Il tenait son épée devant lui.

Un peu plus loin, ils croisèrent une autre grille, fermant un puits inondé d'immondices.

Ils marchèrent prudemment sur une centaine de mètres, avant d'entendre à nouveau le grognement.

Beaucoup plus près cette fois. Derrière eux.

— Merde, lâcha Tobias. C'est dans notre dos. Il ferme le chemin du retour.

— Je préfère ça plutôt que de l'avoir devant, lança Matt sèchement.

Le jeune homme s'impatientait de ne pas trouver le moindre accès vers la surface.

Mais son angoisse s'apaisa lorsqu'il vit la lueur du champignon se refléter dans le métal d'une porte, un peu plus loin. Avant de constater qu'il s'agissait d'une porte blindée.

— Nous ne pourrons jamais forcer un truc pareil, se désespéra Tobias. C'est là qu'Ambre nous manque.

Matt jeta un œil à Maya.

— Je réalise que je ne t'ai jamais demandé ce qu'était ton altération.

L'adolescente baissa les yeux.

— Je lis très vite, dit-elle, penaude. Vachement pratique ici.

Matt cogna contre le battant pour en jauger la solidité. Il tenta d'enfoncer la pointe de son épée entre la porte et le chambranle mais se ravisa aussitôt.

Il donna un coup de paume rageur contre la porte.

— Forcément, c'était un des plus grands musées du monde, s'énerva Tobias. C'était couru d'avance que tous les accès seraient sécurisés.

Elliot pointa le tunnel aveugle, d'où ils venaient.

— Il reste cette petite conduite qu'on a croisée. J'imagine qu'avant, quand Paris était une ville normale, le niveau d'eau devait être plus élevé que maintenant, la conduite devait être inondée en permanence. On ne la voyait pas. Une grille en empêche l'accès, mais est-ce qu'ils sont allés jusqu'à poser une porte blindée ?

— Ça suppose de descendre dans cette eau dégoûtante ! gronda Maya.

— Et de revenir sur nos pas, vers ce qui grogne, rappela Tobias.

— Elliot a raison, trancha Matt. Il faut tenter notre chance.

À contrecœur, ils rebroussèrent chemin, et ils n'avaient pas fait cinq mètres que la chose dans les ténèbres émit un nouveau souffle rauque. Elle se rapprochait.

Matt donna plusieurs coups rapides sur l'épaule d'Elliot qui était en tête.

— Dépêche-toi ! lui chuchota-t-il avec autorité.

Ils retrouvèrent la grille à demi immergée et Matt se glissa dans l'eau. Il grimaça à cause du froid et de l'odeur, et avança jusqu'à saisir la grille.

Une série de reniflements, puis un puissant ronronnement, inquiétant, leur parvinrent. La chose était toute proche. Tobias leva son champignon pour tenter de voir le plus loin possible.

— Matt, dépêche-toi !

Il avait l'impression que quelque chose se rapprochait. Que les ombres en face bougeaient.

C'était énorme. Remplissant une bonne partie du tunnel.

— Magne-toi ! insista Tobias.

Matt tira de toutes ses forces, trois fois de suite, et la grille bougea un peu.

Cette fois, tous les Pans entendirent distinctement les raclements sur la pierre. Comme de longues griffes.

— Vite !

Matt insista à nouveau, avec un maximum d'énergie. La grille céda, tout aussi usée et fragile que la précédente.

Le ronronnement s'interrompit et la créature émit un long grognement agressif, avant de s'élancer vers eux. Ils pouvaient entendre le choc de ses pattes et de son poids massif contre les parois.

Maya et Elliot se jetèrent à l'eau derrière Matt.

Tobias était comme hypnotisé par les ténèbres.

Il ne parvenait plus à bouger. Attendant de voir l'horreur surgir et le happer.

— Toby ! aboya Matt.

Le cri suffit à sortir l'adolescent de sa catatonie, il devina la chose toute proche, décocha un tir, puis très vite deux autres, à l'aveugle.

Le monstre lâcha un rugissement furieux, semblable à celui d'un tigre, et chargea.

Tobias sauta dans l'eau et fonça vers le petit boyau.

Dans son dos une silhouette énorme se déployait pour le saisir.

Les autres Pans ne virent que deux pattes crochues et ce qui ressemblait à trois yeux dont le champignon lumineux renvoyait le reflet, presque rouge.

Matt saisit Tobias par le col et le tira brutalement à l'intérieur.

L'air fut fouetté derrière lui et les quatre Pans

reculèrent instinctivement dans l'étroit boyau où ils tenaient à peine debout. Ils avaient de l'eau jusqu'à la taille.

Une forme lourde tomba dans l'eau et quelque chose se glissa à leur suite.

Matt donna deux coups d'épée dans le vide avant de comprendre que c'était une patte. Large et couverte de griffes et de pointes comme des ronces.

Le monstre était trop gros pour entrer.

Matt repoussa ses compagnons.

— On file ! Vite !

Ils se mirent à courir du mieux qu'ils pouvaient, jusqu'à ce que la tête leur tourne à cause de l'odeur d'ammoniaque et à force d'être pliés en avant.

Maya demanda enfin :

— C'était quoi ?

— Je l'ignore, répondit Matt. Mais c'était énorme. Et furieux.

— Ou affamé, dit Tobias en levant son champignon vers un reflet qui venait de capter son attention.

Une trappe les surplombait. Elle était en fer, mais n'avait rien d'un accès blindé.

Matt se hissa et tenta de la repousser. Elle était verrouillée.

Alors l'adolescent déploya toute sa force et le mince sas ne résista pas très longtemps.

Matt avait les paumes écorchées, rouges et tremblantes.

Mais l'accès était ouvert.

Il fit une traction pour passer la tête et, après s'être assuré qu'il n'y avait personne, il se hissa dans la pièce.

Lorsque son visage réapparut au-dessus de ses amis, il avait retrouvé son petit sourire malicieux.

— Je crois que nous sommes dans le palais.

Il leur adressa un clin d'œil.

35.

Sous la pyramide…

Matt força deux autres portes en bois qui n'étaient que verrouillées par une serrure standard. Ils étaient entrés par les locaux techniques, une vieille réserve à charbon oubliée depuis longtemps, où les toiles d'araignées ressemblaient à ces draps blancs qu'on dispose sur les meubles d'une maison inoccupée. Puis ils passèrent par une immense chaufferie qui n'avait pas fonctionné non plus depuis une éternité, longèrent une série de couloirs poussiéreux, royaume des rats dont certains étaient aussi gros que des chats, et débouchèrent dans un hall de marbre où brûlaient des torches accrochées aux murs.

— C'est un vrai labyrinthe ! s'inquiéta Elliot. Vous êtes sûrs qu'on va retrouver le chemin pour rentrer ?

— On n'est pas pressés, rappela Tobias, faut déjà que la chose en bas nous oublie et s'en aille de notre tunnel !

— Et comment on va s'orienter dans le palais ? C'est immense !

Maya indiqua un couloir qui partait vers l'est.

— Par là.

Elle s'engagea, sous le regard dubitatif de ses compagnons, jusqu'à tapoter un ancien panneau scellé dans le mur sur lequel ils purent lire en plusieurs langues, dont l'anglais : « PYRAMIDE DU LOUVRE » suivi d'une flèche.

— Faut toujours une femme dans le groupe, s'amusa Tobias. Elles sont meilleures observatrices que nous.

Le palais était d'un calme étonnant. Ils marchaient avec précaution dans ces vastes couloirs, tout en marbre beige, où flottait l'odeur un peu entêtante de l'huile des torches, et ils ne croisèrent personne. Matt craignait de tomber face à une patrouille et de ne pouvoir trouver de cachette – il voulait à tout prix éviter le recours à la force, faire un passage éclair et totalement indécelable afin de pouvoir revenir avec Ambre par le même chemin.

Ils étaient dans le sous-sol du palais, et apparemment, en pleine nuit, personne ne s'y promenait.

— Vous ne trouvez pas étonnant qu'il n'y ait aucun garde ? demanda Tobias.

— Ils sont à l'entrée du palais, et probablement à tous les accès sensibles, fit remarquer Matt, mais pourquoi iraient-ils poster des hommes à l'intérieur si personne ne peut y entrer ?

— Tout de même ! On approche de leur si précieuse énergie lumière !

— Justement, j'ai l'impression qu'ils sont tellement respectueux et admiratifs qu'il ne viendrait à l'idée de personne de s'en approcher.

— Moi, ce qui m'angoisse, c'est de devoir revenir ici avec Ambre, avoua Elliot. Ç'aurait été tellement plus facile si elle était venue avec nous.

— Si elle avait pu marcher, sois certain qu'elle serait là, répliqua Tobias.

Matt leva le bras pour les faire taire et les immobiliser.

Le couloir descendait en pente douce et s'élargissait encore par une mezzanine qui ouvrait sur un lieu plus vaste masqué par un angle.

Une lumière blanche et très vive baignait tout le sous-sol.

Un garde se tenait appuyé contre un mur, le casque penché sur le plastron, en train de somnoler debout.

— C'est le Cœur de la Terre, murmura Matt, fasciné.

— Faut déjà passer ce gars-là, dit Tobias, pragmatique. Elliot, tu peux t'en charger ?

— S'il relève le museau et croise mon regard, oui.

Matt les arrêta.

— Et à son réveil il se souviendra de toi. Et tout le palais saura qu'ils ont été visités. Nous ne pouvons pas nous le permettre. Ce n'est qu'une mission de reconnaissance pour ouvrir la voie à Ambre.

— Et comment veux-tu qu'on passe alors ? demanda Tobias.

— Il est presque assoupi. Vous savez être discrets ? Il va falloir le prouver.

Matt s'élança le premier, en marchant sur la pointe des pieds.

Tobias secoua la tête de dépit.

— Quelle tête de mule celui-là, grinça-t-il entre ses dents avant de le suivre.

Elliot lui emboîta aussitôt le pas en se concentrant.

Si le garde devait s'éveiller, mieux valait se trahir plutôt que de déclencher l'alerte.

Une fois sur la mezzanine, ils durent se protéger les yeux de la main tant la lumière était vive dans le hall en contrebas.

Matt avisa le soldat assoupi. Il n'avait pas bougé de sa position, le casque sur ses yeux.

Une dizaine de marches conduisaient vers le centre du grand hall.

Au milieu, sous la pyramide de verre qui jaillissait au cœur de la cour du palais, une puissante lumière étincelait.

Matt s'approcha.

Il ne comprenait pas bien ce qu'il voyait.

Ce n'était pas la boule d'énergie pure qu'il avait vue tournoyer chez les Kloropanphylles.

Un garçon d'à peine dix ans était assis dans un fauteuil, des sangles aux bras et aux jambes. Il avait les yeux ouverts face à un petit miroir orienté, monté sur un bras articulé. Ses deux pupilles lançaient un faisceau blanc lumineux, comme deux petites lampes de poche, sauf que le miroir les réfléchissait vers un miroir plus grand, qui lui-même donnait sur un autre plus grand encore, et ainsi de suite, jusqu'à former une véritable structure s'achevant par un ovale de plus de deux mètres, braqué vers le plafond de verre. Non seulement l'assemblage décuplait la taille du faisceau de départ, mais en plus il l'orientait vers le ciel, pour illuminer la pyramide, afin que tous puissent l'apercevoir depuis l'entrée du palais.

— C'est ça le Cœur de la Terre ? s'étonna Maya. Un garçon ?

Matt secoua la tête.

— Non, ce n'est pas ça. Il ne dégage aucune force, aucune énergie.

— Et s'il l'avait déjà absorbée ? suggéra Tobias. Comme Ambre…

Matt était sceptique. La lumière qui sortait des yeux du garçon n'était pas particulièrement puissante.

— Vous croyez qu'il peut nous entendre ? demanda Elliot.

— Je n'en ai pas l'impression, répondit Tobias. On dirait qu'il est hypnotisé ou en transe.

Matt fit quelques pas dans sa direction.

Il ne comprenait plus rien.

Si le Cœur de la Terre a déjà été absorbé, comment allons-nous faire ?

Il était au bord du désespoir.

Rien ne pouvait être pire.

Jusqu'à ce qu'il entende le claquement des bottes de toute une unité de soldats qui accouraient des portes latérales.

En un instant, la salle fut encerclée par une trentaine de lanciers.

Puis un homme entra, la démarche tranquille. Il était assez petit, les cheveux blancs et bouclés, le nez crochu. Il portait une tunique noire sur des vêtements de cuir, et une houppelande d'un beau tissu satiné, avec de nombreux plis et rabats d'où surgirent ses mains couvertes de bagues.

— Tiens, tiens, tiens, dit-il assez fort en anglais pour que sa voix résonne dans tout le hall de marbre. Alors c'est bien vrai ! Des gamins insoumis et si effrontés qu'ils se croient capables d'arriver jusqu'ici ? Pour me dérober mon précieux trésor ?

Matt n'avait même pas porté la main à la poignée de son épée, il savait que la fuite était préférable au combat.

Les soldats étaient bien trop nombreux.

— Comme vous pouvez le constater, ce n'est pas tout à fait ce à quoi vous vous attendiez, dit le Maester Luganoff. L'énergie lumière n'est plus ce qu'elle était.

Les quatre Pans se rapprochèrent les uns des autres.

— Je le savais que c'était trop facile, maugréa Tobias. C'est jamais si simple…

Ils étaient tombés dans un piège. Les Ozdults les attendaient.

Comment avaient-ils su ?

Matt s'en voulut aussitôt d'avoir été si naïf, de s'être promené partout en posant des questions sur l'énergie lumière, en croyant qu'on ne remarquerait pas son manège. Il avait misé sur l'immensité de la ville, sur le flux d'étrangers, la curiosité des uns et l'indifférence des autres.

Il avait péché par excès de confiance.

Et il en faisait payer le prix fort à ses compagnons.

Soudain le Maester Luganoff s'écarta, et le Maester à la tunique en lin apparut, une petite cicatrice rouge sur le menton.

— Ce n'était qu'une question de temps avant que nous nous retrouvions, dit-il en se frottant les mains. Maintenant nous allons voir si vous êtes toujours aussi sûrs de vous.

Les soldats commencèrent à se rapprocher.

Sur ce, d'autres accoururent par des accès latéraux et, cette fois, Matt comprit qu'il n'y avait plus rien à espérer.

36.
Dialogue de sourds

Les quatre Pans furent poussés sans ménagement dans une longue salle tapissée de bois, avec des tableaux anciens sur les murs. Ils avaient été escortés jusque dans les étages du palais après avoir été désarmés.

Une douzaine de gardes restaient autour d'eux.

Maester Luganoff demeurait prudent. Son acolyte l'avait bien renseigné, et prévenu des capacités exceptionnelles de ces adolescents frondeurs.

Des serviteurs allumèrent toutes les bougies, et Luganoff entra.

— Le Maester Mercier de Port-Roc a insisté pour me convaincre que vous venez de… d'un autre monde !

Luganoff émit un gloussement qui se voulait proche du rire.

L'homme en tunique de lin s'approcha en acquiesçant.

— De l'autre côté de l'Océan, compléta-t-il.

— C'est vrai, intervint Matt. Nous venons de très loin. Et nous venons en paix.

Luganoff gloussa à nouveau.

— En paix ? Mais pour faire la paix, il faut être en mesure d'en imposer à son adversaire, mon jeune garçon… Pourquoi m'inclinerais-je alors que je n'ai rien à perdre ?

— Parce que nous n'avons aucune intention agressive à votre égard.

— Et c'est normal ! Vous n'êtes qu'une bande de grouillots séditieux ! s'énerva Luganoff. Qui vous autorise à me demander de vous épargner ? Vous n'êtes que des esclaves ! Rien d'autre !

Tobias se pencha vers Matt :

— Ce sont des fanatiques, murmura-t-il, laisse tomber.

— Tu as mieux à proposer ? répondit Matt entre ses dents.

— Je préfère encore me laisser enfermer que d'entendre ses…

La tête de Tobias partit en arrière brutalement, puis celle de Matt.

Ils avaient reçu une puissante gifle sans que personne approche.

Luganoff tendait la main dans leur direction.

— Je n'autorise pas vos conciliabules.

Il avait une altération semblable à celle d'Ambre ! Puis Matt se souvint aussitôt de l'usine à Élixir. Luganoff avait bu sa potion…

— D'ailleurs, ajouta le Maester de la cité Blanche, vous devriez être à genoux devant moi !

Une force invisible vint taper derrière les jambes des Pans et ils tombèrent à genoux en faisant grincer le parquet.

— Voilà qui est mieux… D'où venez-vous ?

— De l’autre côté de l’Océan, confirma Matt. C’est vrai.

— Dans un pays où les grouillots vivent avec les adultes, sur un pied d’égalité, répéta le Maester Mercier en se souvenant des mots qu’il avait déjà entendus.

Luganoff secoua la tête, dégoûté.

— Vous êtes des esclaves. Il ne peut en être autrement. Vous êtes plus faibles, plus sournois, dociles et nombreux. Des serviteurs parfaits.

— Pourquoi cette haine des enfants ? demanda Tobias.

— C’est vrai, on ne vous a rien fait ! Vous êtes nos… parents d’une certaine manière ! ajouta Elliot.

Le visage de Luganoff se congestionna de colère.

— Ne dis pas de sottises ! Vous étiez là au Grand Réveil, pour nous servir ! C’est un cadeau du ciel !

Tobias jeta un regard à Matt. Les Ozdults n’avaient aucune mémoire d’autrefois. La vie avait commencé après la Tempête, par ce qu’ils semblaient appeler le Grand Réveil. Il allait être difficile de leur faire entendre raison…

— Et vos femmes enceintes ? interrogea Matt. Elles donnent naissance à des enfants, non ? Vous ne mettez pas au monde que des esclaves ! Mais aussi vos descendants ! Qui grandiront, qui deviendront un peu vous, vos enfants ! Et qui vous aideront quand vous serez vieux…

Une nouvelle gifle invisible fit reculer Matt.

— Tu es très impertinent, jeune homme !

— Où sont les autres ? questionna Mercier. La fille avec les cheveux blond-roux ?

— Je l'ignore, mentit Matt. Nous nous sommes séparés avant d'atteindre la cité.

— Pourquoi êtes-vous venus jusqu'ici ? voulut savoir Luganoff. Qu'est-ce qui vous attire tant avec l'énergie lumière, hein ? Vous pensiez la détruire ? Ébranler l'âme d'Oz ?

— Non. Nous en avons besoin pour sauver nos vies ainsi que les vôtres.

— Rien que ça ? (Il pivota vers Mercier.) Ils sont simplement fous, je crois.

— Non ! s'écria Matt avec aplomb. Une force terrible approche de vos côtes et descend également par le nord ! Une puissance contre laquelle toutes vos armées ne pourront rien. Il n'y a que l'énergie lumière qui puisse nous aider.

— Et quelle est cette force qui t'effraie tant ?

— Entropia et son seigneur : Ggl.

— Quel nom étrange…

Luganoff était partagé entre l'amusement et la lassitude, Matt le devinait. Il ne tenait qu'à un fil qu'il leur tourne le dos d'un instant à l'autre en ordonnant de les enfermer ou pire…

— C'est ce garçon que nous avons vu, l'énergie lumière ? L'âme de votre empereur, c'est un enfant ?

— Bien sûr que non ! se moqua Mercier.

Luganoff le fit taire d'une main sur l'épaule et approcha des Pans.

— Alors qui est-ce ?

— Ce n'est pas ton problème, fit Luganoff en sortant une boule de velours de sa houppelande. Nous allons bien voir si vous êtes aussi exceptionnels que semble le penser le Maester Mercier.

Luganoff déplia son épais mouchoir sur une boule de cuivre patiné de la taille d'une pomme. La moitié était transparente, un verre bombé protégeait un cadran jauni par le temps. Une aiguille pouvait remonter sur une échelle allant de 0 à 12.

Mercier manqua s'étouffer en découvrant l'objet.

— C'est l'astronax ?

— Lui-même.

— Alors il existe vraiment ? Je croyais que c'était une rumeur ! Est-ce vrai ce qu'on dit ? C'est en le trouvant que vous êtes devenu Maester du pays ?

— Il était à mes pieds lors du Grand Réveil.

Matt, qui n'avait pas le même respect et encore moins de dévotion pour Luganoff, avait le sentiment que l'homme mentait. C'était une ruse pour asseoir son autorité.

— Comment fonctionne-t-il ? demanda Mercier.

Luganoff caressa la petite sphère comme s'il s'agissait de son enfant, avec une certaine méfiance vis-à-vis de son vassal puis, comme s'il daignait lui accorder un immense privilège, il lui fit signe d'approcher.

— L'aiguille indique la quantité de pouvoir qui existe chez un individu. Un être vivant normal affiche 2. Un mort est entre 1 et 0, selon s'il est décédé depuis longtemps ou non. Un buveur d'Élixir varie entre 3 et 4 selon la pureté et la concentration de l'Élixir. Les grouillots sont entre 3 et 5 selon la qualité de leurs pouvoirs, mais j'ai déjà vu l'astronax grimper jusqu'à 6. Un enfant particulièrement doué. Nous allons voir ce que valent vos si précieux révoltés, mon cher.

Luganoff approcha la boule de Matt, et ce dernier crut percevoir un très faible bourdonnement.

Le visage du Maester de la cité Blanche se décomposa. Celui de Mercier s'illumina.

— C'est formidable ! s'enthousiasma-t-il. Il est à 7 !

Les prunelles de Luganoff remontèrent vers Matt.

— Montre-moi ce dont tu es capable.

Matt secoua la tête.

— Je vous montrerai tout ce que vous voulez mais, s'il vous plaît, écoutez-nous ! Nous sommes là pour vous aider ! Ne faites pas de nous vos prisonniers !

— Montre-moi, j'ai dit !

Matt leva le menton, en signe de défi.

— Vous n'obtiendrez rien de moi de cette manière.

— Il faut nous croire ! s'emporta Tobias. Le danger, ce n'est pas nous ! Il va arriver par la mer et par le nord ! Laissez-nous vous aider !

— Nous aider ? railla Luganoff. Décidément, ceux-là sont irrécupérables.

— Ils sont hors normes, Maester, rappela Mercier.

— J'ai assez entendu leurs sornettes. Mercier, conduisez-les à l'usine. Je veux boire l'Élixir de celui-là, dit-il en pointant son index sur Matt. Je veux tester l'astronax sur moi !

— Ne faites pas ça ! supplia Maya. Nous sommes votre dernière chance face à Entropia !

— Je dois avouer que vous ne manquez pas de certitudes, s'amusa Luganoff. Et d'un certain panache pour avoir osé vous aventurer jusqu'ici. Maintenant vous allez me nourrir.

Il tourna les talons et Tobias l'interpella :

— Vous allez commettre votre plus grande erreur ! Nous sommes la solution contre Entropia ! Et contre la rébellion ! Ils nous écouteront si vous nous laissez leur parler ! Nous pouvons vous débarrasser d'eux ! Si vous nous laissez partir, nous les rejoindrons pour qu'ils nous aident à lutter contre Entropia et plus contre vous !

Luganoff se mit à sourire à pleines dents.

— La rébellion ? dit-il en revenant sur ses pas. Alors la légende a pris ? Elle s'est propagée ?

Tobias ne comprenait pas. Il regarda l'homme revenir vers lui.

— La rébellion des enfants, répéta Tobias comme s'ils ne parlaient pas de la même chose.

— Je sais très bien ce qu'est la rébellion ! Et sais-tu pourquoi ? Parce que c'est moi qui l'ai inventée !

Il gloussa à nouveau, fier de lui.

— C'est moi qui ai lancé les premières rumeurs, précisa-t-il, pour que les esclaves se raccrochent à un espoir. Parce qu'un esclave qui n'en a aucun est dangereux. Alors que là, ils espèrent à tout moment que la rébellion viendra les sauver, viendra changer le monde ! Et donc ils attendent sagement que leurs « héros » surgissent. Jour après jour ! J'ai créé la meilleure des prisons mentales ! L'espoir d'être sauvé par un autre ! Pourquoi prendre tous les risques quand on sait que d'autres vont les prendre pour nous ?

— C'est machiavélique, gronda Elliot.

Luganoff était fier de lui, sa joie et son orgueil transpiraient par tous les pores de sa peau.

— Vous avez cru en un mythe inventé de toutes pièces. Et manifestement il a tellement bien pris que vous vous êtes senti pousser des ailes ! La rébellion n'existe pas. Vous êtes les seuls esclaves mutinés. Et tout va s'arrêter là. Gardes ! Faites-les partir pour l'usine. Je veux leur Élixir !

Luganoff se retourna et s'éloigna d'un pas décidé, sa houppelande bruissant au passage.

Mercier fixait Matt avec le sourire de celui qui tient sa vengeance.

Soudain, la porte principale s'ouvrit et un garde de l'entrée principale du palais glissa sur le parquet à travers toute la pièce jusqu'à s'immobiliser aux pieds de Luganoff.

Plusieurs pas lourds résonnèrent sur le seuil.

Matt aperçut de grosses pattes velues du coin de l'œil.

Des yeux jaunes brillaient dans la pénombre.

37.

Improvisations sur improvisations

Quatre chiens géants grognaient sur le seuil de la grande pièce.

Ambre, Chen, Floyd et Tania sur leur dos.

Les gardes se précipitèrent en dégainant leurs épées, haches et masses d'armes et, lorsqu'ils furent dans l'encadrement de la porte, Ambre leva les mains devant elle et tous s'envolèrent pour aller s'écraser contre les tableaux de maîtres.

Luganoff écarquilla les yeux, stupéfait.

— Je veux boire l'Élixir de cette fille, dit-il tandis que tous ses soldats tombaient les uns après les autres.

Mercier, lui, reculait, effrayé.

Matt profita de la confusion pour bondir vers le tas d'affaires qui leur avait été confisqué et brandit sa lame.

Lorsqu'il se retourna, tous les gardes étaient au sol en train de gémir ou inconscients.

Les chiens entrèrent dans la salle.

— Ouvrez-nous la voie vers l'énergie lumière, ordonna Ambre à Luganoff.

— Ambre, dit Matt, j'ai peur qu'il y ait un problème avec le Cœur de la Terre.

— Lequel ?

— Est-ce que tu peux l'absorber s'il est déjà dans quelqu'un ?

Ambre se décomposa.

— Non ! Il faut que ce soit une boule d'énergie pure !

Luganoff, sans se départir de son sang-froid, approcha vers eux tandis que Tania et Chen pointaient leurs flèches dans sa direction.

— Je veux ton pouvoir, dit-il à Ambre.

Il leva la main pour utiliser sa propre altération mais Ambre la contra mentalement sans un geste. Luganoff la regarda avec surprise et admiration.

Il y avait du désir dans ses yeux.

— Conduis-nous à l'énergie lumière ! insista Ambre sur un ton tranchant.

D'un coup Luganoff s'effondra, plaqué au sol sans parvenir à bouger. Le choc avait été brutal, du sang se mit à couler de l'arrière de son crâne et l'astronax glissa de sa paume.

— Tu n'es pas en mesure de refuser, ajouta l'adolescente.

— Le Cœur de la Terre est au sous-sol, lança Tobias. Mais c'est pas comme celui qu'on a vu au Nid. C'est un… un garçon.

Matt ramassa l'astronax et vint se poster au-dessus de Luganoff. Mercier s'était discrètement assis dans un coin en espérant se faire oublier.

— Qui est ce garçon en bas ? demanda Matt d'un air sévère.

Luganoff le fixait avec dédain et détermination.

Il ne dirait rien, Matt le comprit. Alors il se tourna

vers Mercier. Il pointa l'extrémité de son épée vers lui :

— Vous avez déjà vu de quoi nous sommes capables. Donnez-nous l'énergie lumière et nous repartirons aussitôt.

— Elle n'est plus là, lâcha Mercier entre ses dents.

— Quoi ? s'étonna Tobias.

— Vous croyez que notre empereur laisserait une chose si fantastique loin de lui ?

— Baratin..., s'énerva Tobias en saisissant son arc.

Il fonça vers Mercier en encochant une flèche. Matt ne l'avait jamais vu aussi déterminé.

— Non ! C'est la vérité ! insista Mercier en comprenant qu'il risquait gros. Ce garçon n'est qu'un leurre ! Il a le pouvoir de faire de la lumière avec son corps et il nous sert à maintenir l'illusion que l'énergie lumière est encore dans notre ville ! Cela rassure le peuple !

— Elle n'est plus là ? répéta Tobias prêt à tirer sur Mercier en plein visage.

Le Maester répondit à toute vitesse, le front en sueur :

— Non, l'empereur l'a emportée avec lui, à Castel d'Os bien sûr ! Pour ses expériences ! Ce que vous cherchez n'est plus ici depuis longtemps !

— Je veux m'en assurer moi-même, commanda Ambre.

— Il dit la vérité, confirma Matt. J'ai vu ce garçon. Maintenant je me souviens que j'ai trouvé ça étrange. Il n'y avait pas d'électricité statique autour de lui, aucune puissance, aucune présence. J'ai senti qu'il y avait un problème...

Des portes claquaient au loin et les soldats accouraient sur les parquets.

Luganoff enrageait depuis sa prison mentale.

— Il faut se tirer avant que les renforts arrivent ! lança Floyd.

— Pas sans ce garçon ! répliqua Maya.

Tobias se mordit la lèvre, hésitant.

— Il ne sera pas seul. Il y en aura d'autres. Peut-être beaucoup d'autres à libérer. On ne peut pas le faire. Pas ce soir. Pas comme ça. Sinon nous ne sortirons jamais d'ici et il y aura des morts parmi eux.

Matt l'attrapa par le bras pour l'éloigner de Mercier.

— Toby a raison, ce n'est pas l'heure. Pensons d'abord à sauver nos vies.

Mercier soupira de soulagement en voyant le jeune archer s'éloigner et grimper derrière Ambre sur le dos de Gus.

Ambre se tourna vers Luganoff.

— Nous ne sommes pas vos ennemis, vous devez le comprendre.

Et elle le libéra en lançant Gus à pleine vitesse à travers la salle.

Le chien fonça vers le Maester de la cité Blanche qui cria en se protégeant le visage. Gus sauta par-dessus sans le toucher, et Ambre fit exploser l'immense fenêtre. Les quatre chiens dérapèrent sur le balcon d'où ils bondirent sur le suivant, un peu plus bas, avant d'atterrir sur le pavé de la cour intérieure.

À l'étage, Luganoff surgissait parmi ses soldats, le poing rageur brandi vers le ciel comme une menace divine.

— Je les veux vivants ! hurla-t-il dans la nuit.

Matt, qui était derrière Floyd, désigna le jardin droit devant.

— Par là ! Il y a moins de gardes que sous les arches et les chiens pourront sauter la grille.

Floyd passa en tête avec Marmite.

— Qu'est-ce que vous faites là ? demanda Matt.

— C'est Ambre ! Pas la peine de me sermonner ! Elle a dit que c'était trop dangereux de vous laisser seuls. On ne pouvait pas la laisser partir sans nous quand même !

— Vous auriez pu faire échouer notre plan !

— Aux dernières nouvelles, votre plan avait échoué et vous étiez sur le point de finir dans une éprouvette, je me trompe ? Ambre était sûre que c'était trop risqué. Elle a préféré qu'on entre de nuit dans la ville, avec les chiens. Son plan c'était de foncer dans le tas !

— Tu parles d'une bonne idée !

— Foncer dans le tas pour absorber le Cœur de la Terre. Là elle aurait été assez puissante pour tous les calmer d'un coup. C'était pas idiot !

Matt était en colère contre son amie qui n'en avait fait qu'à sa tête. Mais en même temps il devait reconnaître que sans son caractère de femme déterminée, à l'heure qu'il est il serait sur la route de l'usine à Élixir...

Les chiens parvinrent au bout des jardins et Marmite sauta sur une grosse vasque pour s'élancer par-dessus la grille. Matt se cramponna à Floyd et ils furent bien secoués au moment de rebondir sur la place, mais ils étaient passés.

Sans perdre une seconde, les quatre chiens fusèrent

sous la frondaison des quelques arbres et remontèrent l'avenue de l'Empereur, à en perdre haleine.

La cavalerie apparut depuis une des rues perpendiculaires, deux cents mètres plus bas, constituée d'une vingtaine d'hommes.

Les chiens étaient fatigués d'avoir forcé le passage dans le palais et fui du jardin, si bien que les chevaux gagnaient du terrain à mesure qu'ils fonçaient droit vers les arches de l'Autel Impérial.

Les sabots des chevaux martelaient le pavé, comme le tonnerre d'un orage. Ils se rapprochaient de plus en plus.

Une pluie de flèches s'abattit tout autour des Pans et l'une d'elles atteignit Chen dans le dos. Le garçon cria et Maya, qui était derrière lui, n'eut pas le temps de faire quoi que ce soit, la flèche se décrocha d'elle-même. La pointe était arrondie, émoussée.

— On dirait qu'ils ne tirent pas pour blesser ! Juste pour nous écorcher ! s'écria-t-elle.

À ces mots, Chen se mit à chanceler et Maya le rattrapa in extremis avant qu'il ne bascule dans le vide.

— C'est un sédatif ! hurla-t-elle. Ne vous faites pas toucher par les flèches !

Une nouvelle volée de projectiles se mit à pleuvoir.

Au moment de l'impact toutes les flèches rebondirent contre un dôme invisible. Matt se tourna vers Ambre.

Elle les sauvait depuis le début mais, à ce rythme-là, non seulement elle allait s'épuiser, mais elle risquait d'attirer les Tourmenteurs d'Entropia, car il ne faisait aucun doute qu'elle puisait dans l'énergie du Cœur de la Terre pour parvenir à de telles prouesses.

Il n'y en a pas en Europe ! se rassura Matt. *Il n'y a encore aucun Tourmenteur par ici, ça va aller…*

Mais il n'était pas rassuré pour autant.

Ils étaient parvenus au sommet de l'avenue de l'Empereur et la cavalerie n'était plus qu'à une dizaine de mètres derrière, lorsque les deux gigantesques bannières vertes et or se décrochèrent des piliers et tombèrent comme les voiles d'un navire. Elles flottèrent tels des deltaplanes, guidées par une force surnaturelle qui les fit s'abattre sur les cavaliers.

Les chiens filèrent sous l'Autel Impérial pour redescendre vers les remparts tandis que les chevaux ralentissaient en hennissant.

La porte dans le mur, entre deux tours, était ouverte mais la herse était en place. Alertés par le bruit des sabots, plusieurs soldats se tenaient devant, une torche ou une lanterne dans une main, l'autre prête à dégainer l'épée.

Tobias et Tania décochèrent quelques flèches pour les éloigner et Ambre usa à nouveau de son pouvoir pour faire plier la herse.

Ils étaient quasiment au rempart mais la herse leur barrait toujours le chemin. Ambre se concentra davantage et soudain la grille se plia en deux et un morceau s'arracha dans un fracas assourdissant.

Les chiens donnèrent tout ce qu'ils avaient pour traverser le passage comme des fusées sous le regard médusé des gardes qui ne comprenaient rien à ce qui se passait.

Derrière, d'autres cavaliers galopaient, toutes les garnisons de la cité Blanche étaient en alerte.

— Comment va Chen ? demanda Tania lorsque Lady fut au niveau de Zap.

Maya, qui le tenait contre elle, leva le pouce.

— Je crois qu'il est juste endormi.

Les quatre chiens soulevaient un nuage de poussière en galopant plein ouest, lorsqu'ils stoppèrent à une fourche.

— Où sont les autres ? demanda Matt.

— À l'abri, là où nous les avions laissés ensemble.

— Alors c'est par là, dit Tania en désignant la voie du milieu.

Des centaines de torches apparaissaient sur les remparts et les Pans pouvaient entendre des hordes de cavaliers se déverser sur la ville pour les prendre en chasse, accompagnés par des meutes de chiens aux aboiements excités.

— Les chiens sont épuisés, nota Ambre, accablée, ils ne pourront pas distancer les chevaux !

— Allons dans la forêt, quittons la route, proposa Tobias.

— Les chiens flaireront notre piste, intervint Floyd.

— Je ne peux pas affronter autant de monde, dit Ambre, je me suis déjà beaucoup donnée, je n'en aurai pas la force.

— Ce sera inutile, dit Matt en regardant vers le nord. Nous allons nous cacher là où ils n'oseront pas nous suivre.

Tobias blêmit.

— Oh non… tu penses à…

— Le cloaque des Dieux, oui.

Il montra la voie de droite à Floyd.

— C'est pas rassurant, ta proposition, commenta l'adolescent. On dirait qu'il y fait encore plus noir qu'ailleurs.

Marmite s'engagea dans le chemin, les oreilles levées, la truffe palpitante. Droit devant eux, les silhouettes massives des anciens buildings les dominaient en silence. Pas un bruit. Pas même un hibou ou le bruissement d'un chevreuil se déplaçant dans les fourrés.

Les Pans le devinaient, ce n'était pas un lieu comme les autres.

Le poil des quatre chiens se hérissa.

Même les bêtes sentaient que cet endroit n'était pas normal.

38.

La faim des ténèbres

Les quatre chiens s'immobilisèrent devant la rampe d'un ancien parking souterrain.

— Il faut vraiment entrer là-dedans ? dit Tania en grimaçant.

Ils levèrent la tête vers les hauts immeubles de verre et d'acier qui les surplombaient. La lune se cachait à moitié derrière l'un d'entre eux, semblable à un œil les guettant depuis sa cachette.

Derrière, au loin, ils apercevaient les torches de la cavalerie qui se rapprochaient à grande vitesse, et ils pouvaient entendre les aboiements hystériques des meutes de chiens.

— Matt, t'es sûr qu'ils ne viendront pas nous chercher dans ces ruines ? s'assura Floyd.

— Ils en ont trop peur.

— Alors est-ce une si bonne idée d'y aller ?

— Tu préfères te rendre ?

Floyd grogna pour la forme, et donna l'impulsion à Marmite pour qu'elle avance.

Tobias sortit son champignon lumineux.

Des racines, des ronces et du lierre couraient sur le béton, s'enroulant autour des piliers.

— Il faut s'enfoncer si on veut s'assurer que les Cyniks n'oseront pas nous suivre, conseilla Matt.

Remarquant une porte qui s'ouvrait sur un escalier, Floyd guida son chien pour qu'il s'y engage et descende deux niveaux.

Ils pénétrèrent dans un parking portant un 2 peint en bleu au fronton. L'air était plus frais, sentait le renfermé, et les chiens soulevaient de la poussière à chaque pas.

— Cet endroit devait être plein de bagnoles avant la Tempête, commenta Floyd. Et elles ont toutes disparu. C'est dingue quand même !

— Comme dans notre pays, souligna Tobias.

— Toute cette matière qui se volatilise, non mais vous imaginez la puissance qu'elle devait avoir cette Tempête ?

— Rien ne s'est volatilisé, rappela Ambre. Tout a été concentré, déplacé. Toutes ces carcasses ont fondu instantanément, et se sont retrouvées compactées loin, très loin, toutes rassemblées au même endroit, avec le concentré de pollution, les excès de l'industrialisation. La Tempête a procédé comme une centrifugeuse. Elle a séparé les différentes couches du monde et les a rassemblées selon leur densité et leur nature.

— Et tu crois que les adultes qui ont survécu sont un peu les débris passés au travers des mailles du filet ?

— Peut-être.

Matt et Floyd s'écartèrent du groupe, et ce dernier alluma sa lanterne pour explorer l'extrémité du niveau où ils étaient descendus.

— Nous sommes sous terre, confirma Matt. Pas de fenêtres.

— Dans une impasse ? demanda Elliot.

— Pas une impasse, dit Maya en désignant des flèches au sol. Il y a un centre commercial par là.

— Et donc une sortie, ajouta Matt tandis que Gus suivait les flèches.

Tania se hissa au niveau de Maya. Elle s'inquiétait toujours pour Chen.

— Comment est-il ?

— Toujours la même respiration lente et profonde. Qu'est-ce qu'il est lourd par contre !

Tania arrêta son chien.

— Viens, grimpe sur Lady, je vais m'occuper de Chen. Si ça se passe mal, laisse la chienne te guider, elle est très intelligente et maligne comme tout.

Tania passa derrière Chen et palpa son cou pour vérifier son pouls. Tout semblait normal. Elle souleva ses paupières. La pupille répondit à la lumière en se contractant. Chen dormait vraiment, prisonnier d'un puissant sédatif.

Tania l'entoura de ses deux bras pour le maintenir contre elle, et ils rejoignirent le reste du groupe.

Ils traversèrent plusieurs rangées de stationnement, colonisées par les racines et la poussière, avant de pénétrer dans un passage plus étroit qui aboutit à un escalator vétuste et une rampe d'escalier. Les chiens hissèrent leurs maîtres jusqu'à un vaste patio dominé par des balcons circulaires, autant d'étages de boutiques abandonnées, surplombé par un dôme transparent d'où tombait un bout de lune.

— Traversons le centre commercial pour ressortir

au nord, loin de la ville, indiqua Matt. Les Cyniks ne nous chercheront pas là-bas.

— Hé les filles, désolé mais on ne s'arrête pas pour faire du shopping, on n'a pas le temps, lança Tobias sans réussir à détendre l'atmosphère.

Floyd et Matt ouvraient la voie sur le dos de Gus, et tentaient d'imprimer une bonne cadence à leur groupe. Matt n'était pas rassuré. Il savait que la plupart des rumeurs et des légendes effrayantes reposaient désormais sur un soupçon de vérité et il n'avait pas envie de découvrir pourquoi le cloaque des Dieux effrayait tant les Ozdults.

Pour ce qu'il en distinguait, à travers le faible éclairage de sa lanterne, il n'y avait que des allées désertes où se mêlaient la mousse, les plantes atrophiées, les détritus et beaucoup de vêtements en vrac. Les vitrines présentaient encore leurs produits, intacts, ainsi que des affiches de promotions. Pour tous les goûts. Et Matt se remémora les premiers jours dans New York, après la Tempête, en compagnie de Tobias. Ils avaient survécu à cela. Ils s'étaient équipés pour quitter la ville, pour échapper aux Échassiers du Rauperoden, et ils en étaient là à présent. Un sacré chemin parcouru…

Après un moment, il constata qu'il y avait vraiment beaucoup de vêtements sur le sol. Et aussi des montres, des bijoux, des lunettes, des sacs…

— Dites, ça vous évoque quoi tous ces trucs par terre ? s'inquiéta Tobias.

— Je pensais à la même chose, confirma Matt. Comme si les gens avaient disparu d'un coup, laissant tomber ce qu'ils portaient.

— J'aime pas trop ça…

Gus accéléra encore.

L'allée semblait interminable. Puis elle formait un coude avant de se prolonger, toujours aussi longue.

— Nous sommes au niveau – 1, lut Maya sur un panneau en passant. Il faudra remonter pour trouver un accès sur l'extérieur.

Des murmures sortirent des côtés, de part et d'autre de la file indienne des chiens. Des voix basses, qui parlaient en même temps, en français. Si nombreuses qu'il était impossible de comprendre ce qu'elles disaient, même pour Maya.

— C'est quoi ce délire ? s'alarma Elliot.

— Je sais pas mais il y a du monde ! lança Tobias avec des trémolos dans la voix.

Il se tourna sur la droite pour tenter de distinguer quelque chose qui l'aiderait à comprendre, son champignon lumineux bougea avec lui, et un cône de lumière se déplaça.

Pendant une seconde, il sembla à Tobias que des ombres de petits bras s'étaient prises dans la clarté…

— Ça va ? demanda Ambre. Tu respires fort !

— Je sais pas… J'ai cru voir…

— Quoi donc ?

Tobias pivota sur la gauche et cette fois il aperçut nettement des ombres de mains qui se replièrent aussitôt dans l'obscurité, tandis que les murmures cessaient.

— Oh merde ! Nous ne sommes pas seuls ! Il y a… il y a des trucs avec nous ! Dans l'ombre !

— Des Mangeombres ? s'écria Matt, paniqué.

— Non, je ne crois pas, autre chose…

Marmite se mit à trotter, ils ne pouvaient prendre le risque d'aller plus vite sans visibilité, et les autres lui emboîtèrent le pas.

Tobias inspectait frénétiquement autour de Gus, balançant des éclats de champignon lumineux dans tous les sens.

Les murmures venaient et repartaient. Toujours plus nombreux.

Soudain, Tobias vit l'ombre d'un bras très long, très maigre, presque un squelette, terminé par une main encore plus difforme, avec des doigts interminables qui s'ouvraient pour saisir la patte de Lady.

Tobias cria et brandit son champignon pour élargir le cercle de lumière.

Aussitôt le bras se rétracta et les murmures s'éloignèrent de ce côté, tandis que d'autres gagnaient en intensité sur la droite, et cette fois Tobias crut y déceler une pointe d'agacement, sinon de colère.

— Qu'est-ce qu'il y a ? hurla Maya qui sentait la panique la gagner.

— Ça sent pas bon, les amis ! s'écria Tobias. Des ombres approchent de tous les côtés !

— Dis-moi ce que je peux faire, Toby ! implora Ambre. Je ne les vois pas !

— Là ! fit Tobias en tournant le cône de lumière qui fit surgir plusieurs mains spectrales aussitôt disparues.

— Oh non ! lâcha Ambre. On dirait des spectres !

Soudain Lady se mit à couiner, comme si elle venait de se prendre la patte dans un piège, et Tobias tendit son champignon vers elle.

La lumière s'arrêtait juste devant lui.

Un mur de ténèbres au travers duquel rien ne passait leur barrait la route. Ni Lady, avec Maya et Elliot, ni Gus avec Floyd et Matt n'étaient visibles.

— Qu'est-ce que c'est que ce délire ?

Ambre leva la main pour se préparer à frapper, même si elle ignorait quoi faire et contre qui.

Maya se mit à hurler, puis Elliot. Des cris d'effroi pur.

Aussitôt suivis par des plaintes de souffrance.

— Maya ! s'écria Tobias.

Tania apparut au niveau de Tobias.

— Comment percer ce rideau d'obscurité ? demanda-t-elle, paniquée.

Ambre attrapa le champignon et se concentra.

La clarté argentée qui s'en dégageait s'intensifia. De plus en plus puissante, telle une lampe halogène. Jusqu'à devenir aveuglante.

Les ténèbres se mirent à reculer, peu à peu, et Ambre força Gus à avancer.

Elliot et Maya poussèrent un long cri, en même temps que Lady gémissait, et soudain tout fut silencieux, les murmures eux-mêmes s'évanouirent.

Le champignon illumina alors l'allée sur plusieurs dizaines de mètres.

Là où se tenait Lady un moment plus tôt, il n'y avait plus que les sacoches qu'elle transportait, renversées sur le sol, ainsi que les vêtements de Maya et ceux d'Elliot.

— Non, murmura Ambre, non, non, pas ça !

Elle se laissa glisser à terre et flotta jusqu'aux affaires.

Matt, un peu plus loin devant, sortit son épée.

— J'ai peur que ça ne serve à rien, constata Tobias. Je ne crois pas que ce soit quelque chose de… de concret.

— Je ne crois pas aux fantômes !

Agenouillée, Ambre serrait les habits de Maya dans ses mains.

— Ils sont tout chauds !

— Ils ne doivent pas être loin, dit Floyd. Peut-être qu'on peut encore les retrouver !

Tobias secoua la tête.

— Non, je ne crois pas. Ils… ils sont partis.

— Comment ça partis ? gémit Tania qui était restée bouche bée depuis le départ des ténèbres.

— Je crois qu'ils ont été vaporisés.

— Lady ?

Tobias lut autant de désespoir que de rage sous la frange de l'adolescente. Elle lâcha Chen qui tint en équilibre sur l'encolure de Zap et attrapa son arme, pour y encocher une flèche.

— Pas Lady, non…

Ambre se releva et baissa la puissance du champignon pour scruter la pénombre.

— Ils sont là, dit-elle, les ombres du centre commercial. Je les sens à travers l'énergie du Cœur de la Terre.

— Et Lady, et Elliot et Maya ? demanda Tania. Tu les sens ?

Ambre serra les lèvres.

— J'ai bien peur que non.

— Qui sont-ils ? s'exclama Matt.

— Je l'ignore. Je ne sens que leur présence, de la même nature que le Cœur de la Terre, mais moins concentrée. Et elle n'est pas pure. Ils sont partout. Dans les murs ! Je les devine. Et d'autres arrivent, d'autres accourent depuis les tours au-dessus de nous, des milliers ! Ils se précipitent !

Matt rangea son épée dans le baudrier et indiqua le chemin à Floyd.

— On file ! Maintenant !

— Et Lady ? cria Tania. Et les autres ? Nous ne pouvons pas les abandonner !

Ambre remonta sur Gus.

— Ils ne sont déjà plus parmi nous, dit-elle avec une voix aussi douce que les circonstances le lui permettaient. Je suis désolée.

— Non, fit Tania tout bas en essayant de contenir les pleurs qui lui brûlaient les paupières.

Les murmures reprirent, de partout à la fois, et Ambre plissa les yeux pour se concentrer et redonner au champignon un éclat aveuglant.

Les murmures se transformèrent d'un coup en cris de rage et de douleur avant que d'autres murmures ne se mélangent aux premiers. Ils s'agglutinaient, enflaient, à tous les niveaux, derrière toutes les portes, toutes les vitrines, sous chaque banc. Dans la moindre poche d'ombre.

Gus détala brusquement, en soulevant un nuage de poussière.

Ambre s'efforça de maintenir la lumière aussi forte qu'elle le pouvait afin que les trois chiens soient pris dans son rayon.

Des doigts sans fin s'accrochaient au passage dans la lumière, suivis de cris de douleur. Les créatures se rassemblaient, de plus en plus nombreuses.

Marmite galopait à présent, engloutissait les marches d'un escalator sous les chuchotements, protégé des dévoreurs par le seul champignon que tenait Ambre.

— Il en vient des milliers ! s'alarma l'adolescente. Je ne vais pas tenir longtemps !

Les bras commençaient à s'allonger. Les ombres faisaient masse, dès que l'une esquivait la lumière, trois autres prenaient sa place.

Les chiens haletaient, l'écume aux babines.

Marmite défonça la porte, tête baissée, et fit voler l'un des battants en jaillissant sur un vaste parvis sous la clarté de la lune.

Zap suivit avec Tania et Chen sur le dos, et Gus était presque sorti lorsque Ambre devina les ombres qui convergeaient vers la porte pour la bloquer. Elles étaient tellement nombreuses que leur densité ternissait l'éclat du champignon. Peu à peu, le cercle blanc qui la protégeait s'étrécissait.

Les spectres étaient peut-être des millions.

Affamés.

Ambre serra la main de Tobias contre elle et pria pour que Gus atteigne l'ouverture avant les ombres.

Avant que leur lumière ne soit vaincue par les ténèbres.

Le passage se rétrécissait à vue d'œil.

Ambre percevait les ombres qui affluaient sur les côtés, dévalaient depuis les tours au-dessus d'elle, sprintaient dans les allées du centre commercial pour festoyer.

Le champignon ne brillait presque plus.

Tobias était cramponné à Ambre. Il invoquait tous les dieux connus en fermant les yeux.

Ils y étaient presque. Plus que dix mètres.

Puis les chuchotements se multiplièrent tellement qu'ils devinrent sons. Et progressivement, ils commencèrent à se coordonner, à se superposer.

Pour ne former qu'une seule voix. Prononcer un seul mot.

Cinq mètres.

Ambre ne parlait pas français, mais ce mot-là n'était pas difficile à comprendre.

« Manger. »

« Manger. »

« Manger. »

Les voix le répétaient, encore et encore, jusqu'à l'obsession.

Trois mètres.

Soudain les ombres obscurcirent totalement le passage et Ambre comprit qu'ils ne passeraient pas.

Les ténèbres venaient de condamner la sortie.

La seconde suivante, elles buvaient le dernier scintillement du champignon que tenait l'adolescente, comme s'il était leur seul espoir.

Ce qu'il était en réalité.

39.
Magie d'adultes

Matt, Floyd et Tania fixaient la porte du centre commercial avec appréhension.

Elle était brusquement devenue toute noire.

— J'y retourne ! cria Matt en voulant descendre de Marmite.

Floyd le retint.

— Il se passe quelque chose, souffla-t-il.

Cela ressemblait au phare d'un métro tout au fond du tunnel, qui se rapproche de plus en plus vite. Un tunnel obscurci par une fumée compacte, retenant la lumière.

La main de Floyd commençait à glisser sur l'épaule de Matt.

Gus émergea de l'obscurité.

Ambre tenait le champignon contre son cœur, et il pulsait une faible lueur. Des centaines de mains aux doigts comme des griffes surgirent dans le sillage du chien. Elles fouettaient l'air pour tenter, dans un dernier geste désespéré, de saisir au moins Tobias.

Mais elles se refermèrent sur le néant, Gus était rapide, et elles se rétractèrent dans l'obscurité aussi vite qu'une araignée dans sa tanière.

Les trois chiens se tenaient en face de l'accès ouvert, montrant les crocs.

— C'était quoi ? s'écria Tobias. C'était quoi ces horreurs ?

Matt secouait la tête. Il n'en savait rien. Comme ses camarades.

— Ambre, tu as perçu quelque chose ? demanda-t-il, très pâle.

— Je crois que… j'ai senti des êtres primaires. Sans rien dedans. Juste une fonction. Un besoin. Se nourrir. Absorber. Et rien d'autre à l'intérieur.

— Ouais, bah moi ça me suffit comme explication, lança Floyd en orientant Marmite pour filer vers le nord. Je ne tiens pas à m'attarder.

— Et les autres alors ? implora Tania. On les abandonne ici ?

Matt, qui était juste à côté, posa une main sur son bras.

— C'est fini, Tania. On ne peut plus rien faire pour eux.

— Qu'est-ce que tu en sais ? Ils sont peut-être prisonniers là-dedans ! À attendre qu'on les sauve !

Ambre fit signe que non. Sa peine pouvait se lire sur ses traits.

— J'ai ressenti ces choses à travers l'énergie du Cœur de la Terre, Tania. Crois-moi, c'est fini. Elliot, Maya et Lady ne sont plus.

Tania plaqua ses paumes sur ses yeux pour stopper le flot de larmes qui noyait déjà ses joues.

— Je suis désolé, dit Matt.

Tous se regardèrent, malheureux et coupables à la fois.

— Il faut y aller, ajouta Matt. Rester là ne ferait que nous exposer au danger. Allons-nous-en.

Marmite manœuvra pour partir, et Zap suivit, portant un Chen inconscient et une Tania dévastée par le chagrin.

Gus se mit derrière pour fermer la marche.

Ils quittèrent le parvis par une série d'escaliers qui les conduisit en pleine forêt, au milieu d'une jungle compacte de feuillages enchevêtrés, de buissons et de jeunes arbres.

Toute la nuit, les chiens se frayèrent un passage, jusqu'à atteindre enfin une route, au petit matin. À plusieurs reprises, ils durent se jeter dans les fourrés pour éviter les messagers lancés au galop, les patrouilles ou les marchands.

La journée suivante, ils voyagèrent vers les falaises qui encadraient le bassin parisien.

Chen se réveilla vers midi, avec un mal de crâne épouvantable. Ambre lui fit le récit de leur fuite pendant une pause, en murmurant, afin de ne pas rappeler à Tania ce qui la faisait tant souffrir.

Chen n'en revint pas. Pour une fois, il était presque content de n'avoir aucun souvenir de l'épisode, et il comprit pourquoi personne ne parlait, pourquoi les visages étaient à ce point fermés et affligés.

Tania pleura en silence jusqu'au soir. Les autres n'étaient guère plus joyeux, les cris de leurs compagnons disparus les hantaient.

Le soleil se couchait, tirant dans son sillage une traîne de sang, lorsqu'ils retrouvèrent Randy, Dorine, Léo, Katie et les deux Kloropanphylles.

Matt commença par annoncer la disparition d'Elliot, de Maya, et de la chienne Lady. Dorine proposa une prière à leur mémoire.

Puis Matt expliqua tout ce qu'il avait entendu dans le palais du Maester Luganoff. La rébellion qui n'existait pas, et surtout la présence du Cœur de la Terre en Angleterre, à Castel d'Os.

— Alors qu'est-ce qu'on fait ? demanda Léo, abattu.

— Nous retournons sur la côte. Nous allons en Angleterre, pardi ! s'exclama Matt. La question ne se pose même pas.

Il guetta le ciel qui s'obscurcissait, et frissonna.

La nuit lui rappelait les ombres dans le cloaque des Dieux.

Il éprouva un profond malaise.

C'était la première fois depuis longtemps que la nuit lui faisait peur.

Ils chevauchaient sous le soleil d'août, au milieu de collines verdoyantes, de bois frais pleins de framboises savoureuses, et traversaient des rivières à l'eau claire et poissonneuse. Ils auraient dû éprouver du plaisir à parcourir ainsi ce monde, un enchantement à contempler ces paysages, à écouter le babil de ces oiseaux, à apercevoir au loin un cerf, ou même un ours. Et pourtant il n'en était rien.

Les adolescents avaient le moral plombé. Par la mort de leurs amis, par l'échec de leur mission, par l'absence de tout espoir d'alliance avec une rébellion inexistante, et même avec des Ozdults totalement bornés et fanatiques. Les adultes vouaient une haine féroce aux enfants, comme si ces derniers étaient la cause de tous leurs malheurs, au point de ne voir en eux que les esclaves qu'ils étaient, et non leur progéniture.

Matt, Tobias et Ambre se croyaient revenus un an en arrière. Lorsque Malronce exerçait sa tyrannie sur les Cyniks. Et rien que de penser à tout ce qu'il avait fallu faire pour changer l'ordre des choses, à tous les sacrifices, à la guerre qu'ils avaient dû mener, les trois amis se sentirent découragés, au pied d'un mur insurmontable.

Mais après chaque pause qui s'éternisait, lorsqu'ils éprouvaient des difficultés à se lever et à repartir, Matt était là pour les motiver. Pour trouver les mots, les encouragements. C'était là sa force. Ne jamais faiblir. Du moins en apparence. Même s'il était lui-même à bout moralement. Il en fallait un pour guider les troupes, Matt le savait, et comme personne n'endossait ce rôle, il se sentait obligé de le remplir.

En fin d'après-midi du deuxième jour, après qu'ils s'étaient tous rassemblés et remontaient une piste sinueuse sur le flanc d'une butte couverte de forêt, Matt guida Plume au niveau de Gus. Il profita que Tobias chevauchait derrière Floyd pour s'entretenir tranquillement avec Ambre.

Il sortit l'astronax de sa besace en cuir et le montra à la jeune femme.

— Je serais curieux de le tester sur toi, tu n'y vois pas d'inconvénient ?

— C'est le fameux appareil que tu as pris à Luganoff ? Comment fonctionne-t-il ?

— Il indique la quantité d'énergie que tu possèdes en toi. Un homme est à 2. Un Pan entre 4 et 5, voire un peu plus si son altération est bien développée. J'étais à 7 ! Je l'ai essayé ce matin sur les autres, ils sont entre 4 et 5, et Toby oscille entre 5 et 6 avec des pointes à 7, sans que ça réussisse à se fixer.

— Pourquoi ça ne m'étonne pas de lui ? plaisanta Ambre.

— Tu permets que je te teste ?

Ambre acquiesça, et Matt approcha la petite sphère de cuivre de l'adolescente.

L'aiguille grimpa d'un coup. Elle dépassa le 10, Matt ne put réprimer un rire de fierté, puis le 11 et s'arrêta, bloquée, après le 12.

— Tu es officiellement hors normes, dit-il, la voix pleine de satisfaction.

— Comment les Ozdults se sont-ils retrouvés avec un appareil comme celui-là entre les mains ?

— Luganoff affirme s'être réveillé avec, mais je n'y crois pas. Je pense que ça fait partie de son mythe. Il cachait quelque chose.

— Si les Cyniks sont capables de fabriquer une machine qui détecte l'énergie, c'est qu'ils en savent beaucoup plus qu'on ne le croyait, et même plus que nous !

Matt acquiesça.

— Luganoff est peut-être dans le secret, mais pas Mercier, donc pas la plupart des Ozdults.

— L'empereur doit savoir.

— Ça tombe bien, Castel d'Os est notre prochaine étape.

Ambre attrapa son ami par le bras.

— Matt, ce n'est pas un jeu.

— Je le sais.

— Je m'inquiète, c'est tout. Je n'ai pas supporté d'être séparée de vous.

— C'était une mauvaise chose de ne pas respecter le plan. Tu n'aurais pas dû venir dans la cité Blanche.

— Si je ne l'avais pas fait, nous ne serions pas là à discuter, vous croupiriez dans une geôle ou pire : vous seriez en train de vous vider de votre sang dans une usine à Élixir ! Ne me reproche pas de vous avoir sauvé la mise. Je l'ai senti comme ça, il fallait que je vienne. C'était plus fort que moi. Voilà.

Matt approuva d'un signe de tête.

— C'est vrai. Mais tu as mis ta vie en péril, et tu ne le dois pas. N'oublie pas qui tu es désormais : la porteuse du Cœur de la Terre. Tu es notre seul espoir. Tu es plus importante que Tobias et moi réunis. Pour tous les Pans, pour le monde entier.

Ambre lui attrapa la main et la serra très fort contre elle.

— Je me fous de ce que je suis pour le monde. Je t'aime. C'est toi que je ne veux pas perdre. C'est toi mon monde.

Elle se pencha, et ils s'embrassèrent longuement. Passionnément, comme s'ils s'étaient perdus pendant des semaines.

Le lendemain après-midi, au détour d'un bois impénétrable, la mer étala sa perspective bleutée sous un ciel pur.

Les Pans retrouvèrent la plage de galets sur laquelle ils avaient débarqué presque dix jours plus tôt, et surtout les barques sous leur camouflage végétal.

Ils entassèrent toutes les algues sèches et y mirent

le feu. Dès que la fumée devint dense, Floyd et Tania donnèrent des coups de cape pour envoyer des signaux qui se déployèrent dans les cieux.

— Pourvu que notre bateau soit aux aguets, pria Tobias, parce que si les Cyniks voient le feu avant eux, nous sommes mal.

— Toby a raison, déclara Matt, un tour de garde pour couvrir les environs. Je prends l'ouest en haut de la falaise, Torshan prend l'est de l'autre côté. On se relaye toutes les trois heures.

Plus tard, Tania vint voir Ambre et s'agenouilla à côté d'elle.

— Je voulais te demander…, dit-elle, embarrassée. Est-ce que tu sais ce qu'étaient ces choses dans le centre commercial ?

Ambre lut tout le désespoir de Tania et lui prit les mains.

— Des choses sans substance, c'est tout ce que j'ai senti.

— Mais d'où viennent-elles ?

— Je l'ignore. La Tempête a engendré bien des curiosités et des atrocités. Tous ces changements ont été si brutaux que beaucoup de choses ne sont pas… équilibrées. Ce sont les ratés de la Tempête, les anomalies.

— Comme les Mangeombres ?

— Oui. J'imagine que ces choses que nous avons vues dans le centre commercial sont le pendant des Mangeombres, ils sont l'âme, et les Mangeombres sont le corps.

Tania essuya une larme.

— Tu crois que Lady et les copains ont souffert ?

— Tout a été très vite.

— Ils sont au Paradis maintenant, non ?

— Si pareil endroit existe, oui, je l'espère.

Tania hocha la tête.

— Merci de me mentir, dit-elle. Je sais que ce n'est sûrement pas vrai, mais j'avais besoin de l'entendre.

Ambre la retint :

— Ne dis pas ça, personne ne le sait. Tout est possible.

Tania désigna le monde autour d'eux.

— Dieu n'aurait jamais fait une chose pareille !

— S'il existe, et donc si la Bible dit vrai, il l'a déjà fait. Rappelle-toi le Déluge.

— Il avait sauvé Noé et sa famille, au moins il n'avait pas tout détruit ! Et c'était pour épurer l'humanité, non ?

Ambre ouvrit les mains sur leur campement.

— Et que sont les Pans d'après toi ?

Tania secoua la tête avec véhémence.

— Non, je n'y crois pas une seconde. Nous sommes seuls. Et nous ne pouvons compter que sur nous-mêmes. C'est la leçon que je retiens. Merci quand même.

Ambre la regarda s'éloigner, et marcher dans l'eau en séchant ses larmes. Comment la convaincre de quelque chose qu'elle-même n'était pas du tout sûre de croire ?

Depuis la Tempête, ses convictions religieuses s'étaient étiolées. Elle privilégiait l'hypothèse d'une force supranaturelle, une dynamique cosmique qui échappait à l'entendement des hommes, et de moins en moins celle d'un être supérieur qui tirait les fils du destin selon son bon vouloir.

Mais il était difficile de vivre au quotidien avec si peu d'espoir. Ambre comprenait toutes celles et tous ceux qui trouvaient un réconfort dans la religion. Et elle comprenait Tania qui, dans sa colère, rejetait tout.

Ambre regarda ses jambes inertes, et sa poitrine se serra. Le chagrin monta dans sa gorge. C'était difficile pour elle aussi. Elle ne savait plus comment affronter l'avenir. Tout lui paraissait de plus en plus sombre.

J'ai peur de ne pas être à la hauteur. J'ai peur d'échouer. Avec les autres. Avec le Cœur de la Terre. Avec Matt.

Alors elle s'allongea contre Gus et ferma les paupières.

Dormir, si elle le pouvait, serait toujours mieux que pleurer.

Le soleil fila sur son axe, avant d'entamer sa descente. La fumée grimpait toujours, comme un appel à l'aide, tandis que Ti'an et Léo prenaient position pour le guet, avant que la nuit ne tombe et que Tobias et Chen ne les remplacent.

Les autres somnolaient entre deux rochers, plus bas sur la plage. Le vent entretint le feu jusqu'à ce qu'il n'ait plus de combustible, et il mourut au milieu de la nuit.

Tobias avait de plus en plus de mal à tenir ses paupières ouvertes. Il était presque au bout de ses trois heures de garde, et il espérait qu'Ambre ou Randy n'oublierait pas de se réveiller pour venir le relayer. Il n'était pas sûr que cette surveillance nocturne soit bien utile, il n'y avait plus de feu, plus de fumée, et aucun Ozdult n'avait été aperçu au loin. C'était une zone isolée, loin de tout campement Cynik, les Pans pouvaient dormir sur leurs deux oreilles.

Tobias observa le bocage qui courait à ses pieds, sur des kilomètres. Il commençait à le connaître par cœur. Sous l'éclairage de la lune, les arbres formaient des ombres bizarres, parfois comiques. Tobias en avait repéré trois qui l'amusaient. Le premier dessinait une sorte de visage de clown, comme ces masques de la commedia dell'arte, les branches qui servaient de bouche s'étiraient à la manière d'un sourire généreux. Le second ressemblait à un lion menaçant, ses pattes griffant la prairie. Le troisième était celui que Tobias aimait le moins : une sorte de grosse araignée dont les pattes bougeaient à la moindre rafale de vent.

Les trois arbres lui servaient de point de repère. Chacun était au cœur d'un secteur que Tobias contrôlait du regard.

Il vérifia celui du masque souriant. Avec toutes ces ombres, c'était un peu vain…

Sauf que les Ozdults porteront une lanterne ou une torche s'ils approchent ! Ils seront visibles comme le nez au milieu de la figure !

Quelle drôle d'expression ! Il ne l'avait plus entendue depuis sa grand-mère… Depuis la Tempête.

Un pincement au cœur lui fit tourner la tête vers la deuxième zone. Celle du lion.

La lune se reflétait dans un étang, au loin. Rien ne bougeait sinon la végétation dans la brise du soir.

Il allait enchaîner sur le secteur de l'araignée, lorsque son instinct lui commanda de rester une seconde pour contrôler un mouvement au coin de son œil.

Près de l'étang, un élément du décor ne lui était pas familier.

Des moutons ? Ici ? À cette heure ?

Plusieurs taches noires se détachaient sur la prairie. Elles bougeaient, sans aucun doute. Tobias plissa les yeux pour forcer sa vue. Il en compta au moins sept. Peut-être plus. Pourquoi ne les avait-il pas remarqués plus tôt s'ils étaient là à paître depuis le début ?

Les ombres étaient rapides. Beaucoup plus qu'un mouton.

Elles glissaient dans sa direction.

Qu'est-ce que c'est que ce truc ? s'interrogea-t-il, tout à fait réveillé cette fois. Il n'aimait pas ça. Ce n'était pas des Cyniks, il l'aurait juré. Et pourtant, plus il les fixait, plus il lui semblait que c'étaient des silhouettes humanoïdes.

Alors quoi ?

Puis elles se déplièrent, hautes et puissantes.

Et les jambes de Tobias se mirent à flageoler.

Il les reconnut immédiatement.

Longs manteaux noirs. Large capuche rabattue sur la tête.

Oh non ! Pas ça ! Impossible…

Il ne manquait que la faux pour que ce soit la parfaite incarnation de la mort.

Des Tourmenteurs. Près d'une dizaine.

Ils fonçaient droit sur lui sans un bruit.

40.
Ambre

Tobias parvint en bas de la falaise en sueur, le souffle court, et réveilla tout le camp en catastrophe. Il tira sur les couvertures, donna des coups de pied dans les casseroles, renversa les rames sur les galets.

— Debout ! Debout ! ordonnait-il en se retenant de crier trop fort.

Il ne voulait pas que les Tourmenteurs sachent qu'ils étaient repérés.

Matt bondit sur ses pieds, son épée devant lui.

— Combien ? demanda-t-il.

— Pas des Cyniks, Matt, des Tourmenteurs.

Tobias vit son ami blêmir malgré l'obscurité, et reculer d'un pas.

— C'est quoi ? s'enquit Léo. Dangereux ?

Matt l'ignora.

— Plusieurs ? demanda-t-il à Tobias.

— Entre sept et dix.

Cette fois la lame de Matt retomba, jusqu'à ce que la pointe cogne contre les galets.

Ils pouvaient affronter un Tourmenteur, avec l'aide d'Ambre, c'était un exploit qu'ils avaient déjà réussi. Mais sept, c'était impossible.

— Tout le monde dans les barques ! commanda Ambre. Les Tourmenteurs n'aiment pas l'eau, si nous nous éloignons assez ils n'oseront pas nous suivre.

— Et ensuite ? dit Floyd. On rame jusqu'en Angleterre ? Si les courants ne nous emportent pas, la faim et la soif auront raison de nous !

— Ça ne pourra pas être pire que de rester ici.

Ambre fut la première à tirer sur la corde d'une des barques et les Pans en firent autant jusqu'à ce que Tania s'écrie :

— Chen ! Personne ne l'a prévenu ! Il est encore en haut de la falaise à surveiller l'est !

Elle allait s'élancer lorsque Tobias l'arrêta.

— Je suis plus rapide que toi, dit-il en courant vers ce qui ressemblait à un vieux sentier aux herbes hautes.

Tobias usa de son altération et sa vitesse doubla. Il courait plus rapidement qu'un homme à vélo. Plusieurs pierres roulèrent depuis les hauteurs de la falaise, dans son sillage.

Les barques à l'eau, les Pans firent monter les chiens avant de s'installer.

Matt désigna le large aux autres embarcations :

— Commencez à vous éloigner. Ambre et moi attendons Tobias et Chen. Allez ! Ne perdez pas de temps !

Tout d'un coup, Ambre pointa l'index vers le sommet des falaises à l'ouest. Plusieurs formes dominaient l'anse, leurs capes flottant au vent.

De l'autre côté, à l'est, Tobias et Chen dévalaient le sentier aussi vite qu'ils le pouvaient sans risquer de trébucher vers une mort certaine.

Les Tourmenteurs sautèrent dans la pente à leur tour.

— Ça va se jouer à rien, lâcha Matt, les dents serrées.

Des deux côtés de la crique, les adversaires fonçaient pour atteindre la plage en premier. Ils allaient se rejoindre au milieu. Sous le nez d'Ambre et Matt.

— Qu'est-ce qu'ils font là ? enragea Matt.

— Comment ont-ils fait pour nous retrouver ? Je n'ai plus utilisé l'énergie du Cœur de la Terre depuis notre fuite du centre commercial, il y a quatre jours ! C'était à plusieurs centaines de kilomètres d'ici !

— Tobias ne peut pas accélérer sans laisser Chen. Ils ne vont pas y arriver.

Il se leva pour dégainer son épée lorsque Ambre se glissa devant lui à la proue. Elle leva les mains vers le ciel.

— Vous voulez sentir le Cœur de la Terre ? dit-elle avec de la colère dans la voix. Je vais vous en donner.

Elle baissa les mains d'un coup en hurlant, un cri de rage, avec une pointe de douleur.

Un craquement titanesque résonna au-dessus de la mer au moment où la falaise se fendait en deux sur plus de vingt mètres de haut. Les Tourmenteurs s'immobilisèrent pour sonder le sol et la moitié de l'anse s'effrita sous leurs pieds.

Tout un pan de la côte glissa brusquement vers la plage, comme les parois des glaciers s'effondrent en Antarctique dans l'Océan. Des millions de mètres cubes de roche s'arrachèrent à la lande pour créer une avalanche impressionnante qui emporta tout avec elle.

Les Tourmenteurs furent happés au passage et disparurent dans le chaos qui s'abattit dans un fracas assourdissant quelques dizaines de mètres plus bas, recouvrant la moitié de la plage.

Une montagne de poussière s'envola avant de laisser apparaître une nouvelle colline de gravats, et une falaise revue et corrigée.

Tobias et Chen, qui s'étaient arrêtés un instant pour vérifier que c'était la paroi ouest qui se détachait et non celle où ils se tenaient, se hâtèrent de rejoindre le bas du sentier, et de courir en direction de la barque.

Ambre se tenait à l'avant, les mains posées sur le rebord, pour se tenir. Elle avait tout donné.

Au point de transformer le paysage.

Matt aida les deux adolescents à grimper à bord et il sauta sur les rames pour les éloigner du rivage.

Les vagues les renvoyaient vers la plage et Matt dut forcer pour les franchir.

Tobias et Chen étaient allongés au milieu de l'embarcation, en sueur et haletants.

— C'est dingue, lâcha Tobias. Ce qui vient… de se… passer. Dingue.

— C'est toi, Ambre ? demanda Chen.

Mais la jeune femme fixait un point face à elle, au niveau de l'éboulement.

— C'est impossible, murmura-t-elle.

Plusieurs rochers bougeaient. Et un Tourmenteur apparut, s'extrayant avec difficulté de l'avalanche de pierres. Puis un second.

Et un troisième.

— Ils sont immortels, bégaya Chen.

Les Tourmenteurs s'avancèrent jusqu'au bord de l'eau et s'agenouillèrent. Leur capuche penchée sur le ressac.

— Qu'est-ce qu'ils font ? s'inquiéta Tobias.

— Je crois qu'ils… crachent quelque chose, dit Ambre. Je ne vois pas ce que c'est.

Un liquide noir s'écoulait de la capuche des Tourmenteurs et flottait maintenant pour former une couche flottante. La masse noire prit soudain forme et s'étira pour se diriger vers la barque.

— Ça fonce vers nous ! s'alarma Chen en sautant sur une rame pour aider Matt.

Tobias s'y mit également et les trois adolescents poussèrent de toutes leurs forces pour faire prendre un maximum de vitesse à leur barque.

Un quatrième Tourmenteur sortit des décombres pour prendre position auprès de ses comparses, et cracha à son tour du liquide noir.

La bile de ténèbres se transformait en un long trait qui fusait vers les Pans.

Un cinquième Tourmenteur était en train de se dégager. S'ils s'y mettaient tous, ils finiraient par cracher suffisamment de matière pour les atteindre.

Ambre ferma les yeux et se concentra pour percevoir les vibrations du Cœur de la Terre en elle. Elle devina sa chaleur, qui se répandait à présent dans tout son corps. Ambre ouvrit les vannes, laissant l'énergie la pénétrer, se confondre avec son sang, avec son essence, avec ses propres sens.

Puis elle se focalisa sur la surface de la mer tout autour d'elle. L'écume. Le mouvement de la marée. Le frottement des molécules d'eau. Le picotement des atomes qui les formaient. Et quelque chose d'encore plus petit, de plus mystérieux encore. Un bourdonnement infime qui constituait l'origine même de la vie.

Ambre était en phase avec l'élément Eau.

Elle avait la mer au bout des doigts, ses mouvements, sa puissance, elle la sentait qui la remplissait, colossale, immuable.

Elle se recentra sur la surface. Et elle poussa. De toutes ses forces mentales, elle poussa sur la surface de la mer.

Encore et encore.

Et peu à peu, des vagues se créèrent. Des ondulations de plus en plus nombreuses, à l'amplitude plus marquée. Des creux de deux mètres.

Et les rouleaux apparurent tout au bout, sur la plage.

Ils déployèrent leurs spirales féroces pour se fracasser contre le bord, face aux Tourmenteurs.

Des tourbillons d'écume blanche se mirent bientôt à enrouler le filin de ténèbres.

Et avant qu'un autre Tourmenteur puisse se joindre aux forces d'Entropia, la mer et son irrépressible force naturelle avaient repoussé le liquide noir jusqu'aux pieds des silhouettes effrayantes, qui finirent par se relever et regarder les Pans s'éloigner vers le large.

41.

Traîtres & ciel rouge

Les quatre barques se soulevaient dans la houle en même temps, toutes accrochées ensemble par les cordages des proues et de la poupe.

Voilà une heure qu'ils avaient quitté la côte, et les Pans s'efforçaient de rester à bonne distance de l'ombre qui oscillait au loin.

— Et maintenant ? demanda Floyd. Comment allons-nous retrouver le bateau ? On allume un feu dans un de nos canots ?

— Attendons l'aube, proposa Matt en installant ses affaires pour se faire un lit contre Plume.

Ambre était allongée contre lui.

— Si on se laisse trop dériver, on sera embarqué dans le courant, avertit Léo. Alors on s'éloignera de plus en plus des côtes et on finira vraiment au large.

— C'est ça ou les Tourmenteurs, soupira Tobias. Je préfère l'Océan.

Ce fut le dernier mot, et ils s'installèrent confortablement pour attendre que la nuit s'achève.

Jusqu'à ce que Dorine se dresse dans la barque.

— Un bateau approche ! s'écria-t-elle. Une galère Ozdult !

— La nôtre ou un ennemi ? demanda Floyd qui ne dormait pas.

Matt sonda l'horizon aussitôt pour remarquer le navire qui avançait vers la côte sans les avoir vus.

— Peu de lumière à bord. Volonté d'être discret, nota-t-il. Je parie sur le nôtre.

— On tente notre chance ? demanda Tania.

— Au point où nous en sommes…

Tobias sortit son champignon lumineux et l'agita au-dessus de lui pendant que les autres allumaient des lanternes pour faire de même.

Le navire changea de cap pour se rapprocher.

— Tenez-vous prêts, annonça Matt.

— Si c'est des Ozdults, on fait quoi ? demanda Randy. Nous ne pouvons tout de même pas nous battre contre une galère !

— Mieux vaut être prisonniers à bord, dit Torshan, que se laisser mourir ici.

La galère tomba la voilure à l'approche des embarcations et se mit à ralentir. Du monde s'agitait sur le pont principal.

Une silhouette jeta une échelle de corde, et une autre fit tourner une poulie pour la suspendre au-dessus de la mer, et faire monter les chiens.

Des visages d'adolescents apparurent dans la lueur des lanternes.

À bord des canots, Pans et Kloropanphylles se regardèrent, soulagés.

Le soleil réchauffait le pont et se réfléchissait dans les voiles blanches.

Matt était assis sur la balustrade du château arrière, Plume couchée derrière lui – elle suivait son maître partout dans une sorte de bouffée d'amour irrépressible. Il observait les manœuvres de l'équipage. Finalement ils avaient bien repéré la fumée la veille, mais avaient attendu la nuit pour approcher, afin d'échapper aux tours de guet postées sur la côte.

Ils voguaient à présent vers le nord-ouest, en direction de la Grande-Île.

Ambre sortit de la cabine peu avant midi. Elle consacrait une partie de son énergie à se mouvoir, et son exploit nocturne face aux Tourmenteurs lui avait demandé de puiser loin en elle et dans le Cœur de la Terre. Elle avait eu besoin de sommeil pour se remettre de ses efforts.

Elle le salua d'un baiser sur la joue.

— Tu es bien songeur, dit-elle.

Plume releva la tête, comme pour réclamer son baiser, et Ambre lui embrassa la bajoue, près de la truffe.

— Je pense à ce qui nous attend.

— Castel d'Os ? L'ancienne ville de Londres, si j'ai bien compris.

— En effet. La ville de l'empereur en personne. Y pénétrer va être compliqué.

— La galère peut nous permettre de remonter le fleuve jusqu'à Castel d'Os.

Matt approuva :

— Exactement. Je ne m'angoisse pas trop pour l'approche, c'est une grande ville, nous y serons noyés dans la masse. En revanche, atteindre Oz et son « âme » comme ils disent, là, c'est autre chose…

Ambre examina son ami. Il avait ce petit froncement entre les sourcils qu'elle lui connaissait lorsqu'il était contrarié.

— Pourquoi je te sens si nerveux ? demanda-t-elle. Ce n'est pas dans tes habitudes.

— Je n'arrête pas de penser aux Tourmenteurs.

— Et à ce qu'ils faisaient là, comprit Ambre. Moi aussi, ça me perturbe.

— Il n'y a pas mille éventualités, tu le sais, n'est-ce pas ?

— Nous avons été repérés ?

— Je ne vois pas où, ni comment. Non, je pencherais plutôt vers l'hypothèse du traître à bord du Vaisseau-Vie.

— Comment aurait-il pu savoir que nous étions là hier soir ?

— Parce qu'il est parmi nous.

— Tu veux dire, ici, à bord ?

— Je dirais même dans notre petit groupe. Celui qui est parti en mission.

Ambre fit la moue.

— Peu probable. Et comment le traître pourrait-il communiquer avec les siens ?

— Pour être aussi rapide ? Une seule solution : les oiseaux.

— Nous l'aurions remarqué.

— As-tu vérifié le ciel en permanence ? Moi je suis vigilant, et je ne l'ai pas fait.

— Tout de même ! Cela exigerait une véritable organisation. Qui pourrait faire ça ? Personne !

— Luganoff nous attendait. Il nous avait tendu un piège. Et ensuite les Tourmenteurs… Tous très bien renseignés sur notre position.

— Justement ! Qui pourrait renseigner à la fois les Ozdults et Entropia ? Personne n'a d'intérêt dans les deux camps.

— Si, une personne.

Ambre fixait Matt sans le comprendre.

— Le Buveur d'Innocence, expliqua-t-il. Lui a tout à gagner en servant les deux camps en même temps. Pour peu que ce fourbe soit parvenu à entrer en contact avec Ggl, crois-moi il est capable de jouer sur les deux tableaux pour s'assurer la mise au moins d'un côté.

— Je croyais Ggl sans pitié ? Comme une machine. Pourquoi discuterait-il avec un humain ?

— Par calcul. Le Buveur d'Innocence voit peut-être à court terme, comment récupérer un peu de pouvoir, là où Ggl peut créer une alliance pour atteindre un objectif. Mais à long terme, Ggl et Entropia n'en auront que faire, ils prendront tout.

— Comment le Buveur d'Innocence aurait pu investir notre groupe ?

— Un traître. Comme Colin.

— Ça ne peut pas être Floyd ou Tania, ils ont toujours été avec nous, ils sont dignes de confiance. Tout comme Chen.

— Tobias non plus bien sûr.

— Et je me porte garante pour les Kloropanphylles, jamais ils ne feraient une chose pareille !

— Restent Randy, Dorine, Léo et Katie.

— Pour les deux derniers, ça paraît difficile, ils étaient déjà en Europe avant que nous arrivions, et nous sommes tombés sur eux par hasard.

— Alors Randy ou Dorine.

Ambre se passa les mains dans les cheveux. Elle n'en revenait pas.

— L'un comme l'autre nous ont aidés chaque fois, dit-elle.

— Dorine t'a veillée pendant ta blessure, quand tu étais inconsciente. Sans elle, tu ne serais peut-être pas là.

— Et Randy a déjà eu dix fois l'occasion de nous attirer sur un mauvais chemin, de nous conduire vers des Ozdults, et il ne l'a jamais fait.

Matt fit claquer ses paumes contre la balustrade.

— C'est exactement là où j'en suis. Ça pourrait être n'importe qui mais personne ne correspond.

— Nous ne pouvons prendre le risque de pénétrer Castel d'Os avec un traître parmi nous.

— Il va bien falloir pourtant. À moins de trouver un moyen de le démasquer d'ici là.

— Sauf si nous faisons fausse route et qu'il n'y a pas de traître, Matt…

— Il y en a forcément un. C'est impossible autrement…

— Combien de fois a-t-on pensé « impossible », pour constater le contraire peu après ?

Ambre laissa tomber sa tête contre le bras du garçon. Ils restèrent ainsi un bon moment, à regarder dans le vide, en savourant la chaleur de l'autre.

— Nos siestes dans les vergers d'Eden me manquent, avoua enfin Ambre.

— À moi aussi.

— J'espère que… qu'il y en aura d'autres.

— Bien sûr qu'il y en aura d'autres, dit Matt en la prenant dans ses bras.

— Et si… si en luttant avec toute l'énergie du Cœur de la Terre contre Entropia je venais à perdre ce pouvoir ?

— Tu serais toujours en vie, c'est tout ce qui compte.

— Mais mon altération en serait probablement moins forte. Et donc… je ne pourrais plus me tenir debout.

Matt la serra contre lui.

— Ne pense pas à ça, chuchota-t-il, les lèvres dans ses cheveux. Nous serons ensemble, c'est l'essentiel.

— Je ne veux pas perdre l'usage de mes jambes, Matt. Ça me terrifie.

— Tu tiens debout, alors ne dis pas ça !

— Mais c'est grâce à mon altération, et elle est dopée par le Cœur de la Terre !

Matt déposa un baiser sur son front.

— Nous affronterons l'avenir ensemble, d'accord ? Quel qu'il soit. Comme nous le faisons depuis plus d'un an maintenant. C'est ce que tu dois retenir. Ça et rien que ça. Ne t'angoisse pas pour le reste.

Matt vit une larme au coin de l'œil de celle qu'il aimait, et il l'attrapa du bout de l'index.

— Nous sommes ensemble, lui répéta-t-il doucement.

Tous les Pans qui avaient fait partie de la mission sur terre, ainsi que les deux Kloropanphylles, se tenaient autour de Matt.

— D'ici demain nous serons à l'embouchure du fleuve que nous remonterons jusqu'à Castel d'Os, pour pénétrer au cœur de la Grande-Île, exposa-t-il. Vous avez été courageux, tous. Je ne veux imposer à personne ce qui va suivre. Vous le savez, cette fois, c'est l'empereur en personne que nous allons approcher. Ce sera difficile. Nous pourrions ne pas revenir.

Tous le scrutaient avec beaucoup d'attention.

— Le Vaisseau-Vie nous suit, ajouta-t-il. Il se rapproche. Nous allons nous ravitailler avant de nous engager dans l'estuaire. C'est le moment de remonter à son bord si vous le désirez.

— Et te lâcher ? résuma Floyd. Ne compte pas sur moi pour ça ! J'en suis !

Tania ouvrit les bras comme si c'était une évidence.

— Moi aussi, dit-elle simplement.

Chen leva la main comme à l'école, pour dire qu'il en faisait partie également. Et tous les autres suivirent.

Seule Katie hésitait.

— Je ne connais que vous, avoua-t-elle enfin.

— Tu n'as rien à faire là, ce n'est pas ton combat, lui dit Matt. Tu remonteras à bord avec Léo.

Le jeune Français voulut protester, mais Matt parla plus fort :

— Nous n'avons plus besoin de tes services, sur la Grande-Île tu ne nous aideras pas beaucoup, je ne veux pas que tu prennes des risques inutiles. Tu embarqueras avec Katie sur le Vaisseau-Vie cette nuit. Pour les autres, reposez-vous, car nous aurons besoin de toutes nos forces.

Matt et Ambre échangèrent un regard complice.

Ils venaient de se débarrasser de deux suspects possibles.

Maintenant il s'agissait d'avoir l'œil sur ceux qui restaient.

L'estuaire se rapprochait au gré du vent, qui poussait la galère vers cette bouche ouverte. De part et d'autre, sur des pitons de roche, se dressaient deux tours carrées au pied desquelles trois galères étaient amarrées.

Matt avait fait dégager le pont principal, pour n'y laisser que l'équipage minimum, qu'ils avaient équipé avec ce qu'ils avaient trouvé à bord pour le faire ressembler à des Ozdults.

À contrecœur, Tobias avait hissé le pavillon vert et or de l'empereur, et il se tenait à présent sous la grille de chargement, avec les autres, dans l'attente de savoir s'ils allaient passer ou se faire démasquer.

Matt restait à côté de la barre, comme un capitaine. Sa cape par-dessus son gilet de Kevlar pouvait, de loin, passer pour une armure Ozdult.

Floyd, qui avait également les traits d'un jeune homme, scrutait les tours avec une longue-vue.

— Ils nous observent, dit-il. J'en vois deux qui discutent derrière leurs jumelles.

— S'ils s'affolent préviens-moi, demanda Matt calmement.

— Et on fera quoi ?

— Plan B.

— C'est quoi le plan B ?

— On improvise.

Floyd jeta un regard surpris à Matt.

— Tellement rassurant, lâcha-t-il en recollant son œil au bout de la longue-vue.

À mesure qu'ils entraient dans l'estuaire du fleuve, Matt se sentait de plus en plus confiant, en constatant qu'ils ne provoquaient aucun mouvement particulier en bas des tours ou sur les navires de guerre. Leur passage semblait tout à fait normal.

Il avait même préparé son baratin en cas de contrôle. Montrer les cales avec tous les Pans et affirmer livrer une cargaison d'esclaves à Castel d'Os, en provenance de la cité Blanche.

Mais la galère fila sous l'ombre des tours, sans être inquiétée. Lorsqu'ils furent assez loin, Matt siffla pour indiquer à tous qu'ils étaient passés. Une clameur nourrie monta des entrailles du navire.

Joie que ne partageait pas l'adolescent. Le ciel au nord était rouge.

Plus qu'un crépuscule, c'était un horizon carmin, couvert de nuages noirs.

Ambre retrouva Matt sur le château arrière.

— Ce ne sont pas des volcans, dit-il.

— Non. On dirait une tempête.

— De cette couleur, c'est plutôt effrayant.

— Alors dépêchons-nous de trouver le Cœur de la Terre et de filer avant qu'elle ne soit sur Castel d'Os.

Ils naviguèrent toute la journée en remontant le fleuve, croisant des moulins, quelques villages, où chaque fois Matt et les Pans les plus âgés donnaient le change en se tenant droit, l'air sévère, sans adresser un mot aux Ozdults sur les berges.

La nature avait conquis la plupart des anciennes villes, au point de les submerger, de rendre invisibles leurs ruines, et il fallait de la perspicacité pour deviner que tel à-pic de feuilles n'était pas un arbre étrange mais le clocher d'une église ensevelie, ou une antenne, parfois un château d'eau. Lorsque le vent soulevait des mèches de lianes, une fenêtre surgissait brièvement, ou une porte, un panneau publicitaire dont le papier avait fondu avec l'humidité.

De temps à autre, la route qui longeait le fleuve apparaissait sur la berge, avec un chariot tiré par des bœufs ou des mules, ou bien des cavaliers pressés fusaient dans un tourbillon de poussière.

Ils croisèrent plusieurs ponts effondrés, un autre beaucoup plus imposant, un pont levant à la volée relevée, prise désormais dans un capharnaüm de ronces qui dégoulinaient jusqu'au-dessus de la surface de l'eau. Les Ozdults traversaient avec des bacs, et les Pans croisaient, tous les dix ou quinze kilomètres, un petit quai avec une embarcation à fond plat et une cabane, parfois rehaussée d'une tour gardée par des hommes en armes. Mais aucun soldat ne s'intéressa à cette galère qui ressemblait à toutes les autres.

Plus la distance avec leur destination se raccourcissait, plus il leur semblait foncer vers le ciel rouge.

Les Pans saluèrent d'autres navires qui descendaient le fleuve, et la plupart répondirent à peine. Matt crut même y lire un certain empressement, parfois de la panique. Les bateaux, souvent des péniches en bois, étaient chargés de matériaux, jamais de troupes, mais à plusieurs reprises ils virent des péniches pleines d'hommes et de femmes serrés les uns contre les autres.

Puis le soleil se coucha, et les teintes d'orangé et

de rose à l'ouest semblèrent soudain bien pâles en comparaison du vermillon au nord. Les étoiles émergèrent pour se joindre à la lune, tandis que le ciel du nord demeurait étincelant et menaçant.

Ils surent qu'ils approchaient de Castel d'Os en découvrant les lumières de ses tours. Des bâtiments hauts, avec des lanternes à chaque étage, dominés par des braseros qui flambaient au-dessus de la ville. Quelque chose de magique et de terrifiant à la fois se dégageait du spectacle. Toutes ces flammes rappelaient presque l'ancien temps quand les buildings de bureaux restaient éclairés y compris la nuit, et en même temps cela témoignait d'une certaine puissance, d'une certaine folie à éclairer ainsi autant de tours pour rien.

L'ancien pont de Londres brillait dans la nuit, mais il empêchait aussi les navires d'aller plus loin.

Matt avisa les jetées et les entrepôts qui avaient été bâtis devant et se prépara à accoster.

Plus loin, une masse noire et inquiétante attira son attention. Un château médiéval. Des drapeaux flottaient à chacune de ses tours et son donjon était tout étincelant de lanternes.

Cela ressemblait à la demeure d'un empereur.

Alors, tout au bout, dominant la cité, Matt aperçut une grosse horloge au sommet d'une construction néogothique, dont la pierre même semblait brûler de milliers de bougies. C'était comme si la roche palpitait d'une lueur intérieure, qui faisait danser la tour dans la nuit.

L'immense horloge luisait, et soudain elle fit trembler toutes les fenêtres de Castel d'Os.

Le gong de ses cloches sonnait minuit.

Matt serra les poings.

Ils étaient dans la cité Impériale.

Tout près du Cœur de la Terre.

Et le ciel rouge était juste là, aux portes de la ville, embrasant tout le nord de son interminable manteau.

42.

Le secret d'Oz

L'Alliance des Trois, Floyd, Chen, Tania, Randy et Dorine, ainsi que Torshan et Ti'an remontaient le long du quai sur leurs chiens respectifs. Tania était désormais sur le dos de Draco, le golden retriever qu'avait monté Elliot avant de disparaître.

Ils ne croisèrent personne, à leur grande surprise, et les Ozdults qui les virent se contentèrent d'écarquiller grands les yeux au passage de ces chiens géants et de leurs jeunes cavaliers.

Le calme des Pans rassurait les adultes qui les prenaient pour une nouvelle excentricité de l'empereur, ou une nouvelle invention militaire. Les adolescents ne se faisaient guère d'illusion, cela ne tiendrait pas longtemps au moment de pénétrer dans les bâtiments officiels, mais ils avaient opté pour une approche frontale. Jouer les commandos dans un lieu pareil relevait du suicide. Faute de temps, de préparation, les Pans n'avaient plus qu'une possibilité : compter sur leurs capacités, leurs altérations, et surtout sur le pouvoir d'Ambre afin d'accéder au plus vite au Cœur de la Terre.

Une fois que la jeune femme l'aurait absorbé, il

ne faisait aucun doute que sortir deviendrait un jeu d'enfant.

Le ciel rouge se reflétait sur les façades des immeubles. Il était tout proche.

La ville était si calme, même en pleine nuit, qu'elle semblait déserte.

Les Pans remontèrent une rampe vers une rue plus large et Matt remarqua qu'en de nombreux endroits des pousses vertes sourdaient entre les pavés.

— Ils n'entretiennent plus leur cité, nota-t-il. Il se passe quelque chose.

— Il commence à y avoir de la mousse sur les maisons et les immeubles, ajouta Tobias.

Seul le cœur de ce qui avait été Londres était aménagé pour former Castel d'Os, tout avait été nettoyé en profondeur pour libérer la pierre de sa gangue de végétation, mais peu à peu, cette dernière tentait de rétablir sa domination. C'était un combat de tous les jours que les Ozdults avaient manifestement décidé de ne plus mener.

Les Pans arrivèrent devant un pont en pierre et en bronze. Matt fit tourner Plume vers ses camarades.

— Ambre, tu sens le Cœur de la Terre ?

La jeune femme était concentrée depuis un moment déjà.

Elle hocha la tête.

— Un tel concentré d'énergie de l'autre côté du fleuve, que je le sens rayonner jusqu'ici.

Elle pointa le doigt vers l'horloge monumentale qui surplombait les toits, et Plume s'élança aussitôt.

Ils passèrent près du château noir, au moment où les portes s'écartaient pour laisser sortir une bonne centaine de soldats en armure. Matt et Floyd, à l'avant-garde de leur petite troupe, firent faire un pas de côté à leurs chiens pour se préparer au pire. Cependant les gardes filèrent au pas de course vers les remparts nord de Castel d'Os.

— Une guerre se prépare, si vous voulez mon avis ! déclara Tobias. Toute la ville est mobilisée au nord ou a déjà fui.

— C'est pour ça que personne ne se soucie de nous ! confirma Tania.

— J'ai pas très envie d'être coincé ici par un siège, avoua Chen.

Matt était d'accord, il fit foncer Plume en direction de l'horloge qui sonna une heure du matin.

Les rares Ozdults qu'ils croisaient se hâtaient vers les quais avec leurs affaires sur les bras, ou étaient déjà en tenue et se dirigeaient vers les remparts sans se soucier de cette colonne de chiens géants qui ne ressemblait pourtant à rien de ce qu'ils connaissaient.

Au nord, un fracas colossal résonna et des cris se répercutèrent jusqu'au centre de la cité.

— Plus vite ! ordonna Matt en lançant Plume à un trot soutenu.

Plume, Gus et les autres quadrupèdes ralentirent seulement en débouchant sur une large place qui se terminait par un bâtiment à l'architecture complexe, percé de hautes fenêtres étroites et flanqué de trois tours semblables à des clochers gigantesques. On eût dit une vaste expérimentation entre un château et une cathédrale. Mais surtout, les milliers de bougies posées dans le moindre renfoncement de ses façades ciselées donnaient l'illusion qu'il était vivant.

Il y en avait des dizaines de milliers. Partout. Avec les jeux d'ombre et de lumière, la pierre tremblait légèrement, comme si l'édifice respirait, et avec toutes ses fenêtres noires qui formaient des creux, des trous et des vides, l'ensemble avait quelque chose d'un squelette monstrueux.

La carcasse formidable d'une créature architecturale unique.

Le palais de Castel d'Os.

L'entrée sur le côté était surveillée par pas moins de six gardes qui s'agitèrent en voyant neuf chiens de la taille de chevaux approcher à vive allure.

— Ambre, tu es avec moi ? demanda Tobias.

— Quand tu veux.

Le temps que Tania, Chen et Randy tirent avec les arcs et arbalètes, Tobias avait expédié quatre projectiles parfaitement ajustés par Ambre et les six gardes furent réduits au silence en une poignée de secondes. Les chiens sautèrent par-dessus les corps. Maintes fois déjà les Pans avaient dû se servir de la violence contre des hommes, mais aucun ne s'y habituait. Blesser, tuer, restait chaque fois terrifiant.

Plume donna un puissant coup de patte dans la porte qui sortit de ses gonds.

Quatre autres soldats se précipitèrent, l'arme à la main. Trois tombèrent sous les flèches des Pans et le dernier reçut un coup d'épée si puissant dans sa propre lame que celle-ci s'envola, avant de voir l'épée de Matt s'enfoncer dans son plastron, malgré l'épaisseur de l'acier qui le protégeait.

Matt demeurait impassible. Aucune émotion sur

ses traits, malgré la mort qu'il venait de donner sans hésitation.

Tobias le savait, dans l'action son ami pouvait se montrer sous son pire jour. C'était la faute des Cyniks. Tout avait commencé avec eux. La première fois que Matt n'avait pas su se défendre, il était tombé dans le coma pendant cinq mois avant de se réveiller sur l'île Carmichael. Et la guerre avait suivi…

Mais il y aurait un contrecoup, Tobias connaissait Matt mieux que personne. S'ils réchappaient à tout ça, son ami se souviendrait du visage de cet homme. Il reverrait ses yeux au moment où son épée avait perforé ses organes pour lui prendre la vie, et il n'en dormirait pas pendant plusieurs nuits.

Les chiens traversèrent un grand hall, guidés par Ambre qui tentait de percevoir l'origine de l'énergie qui lui parvenait.

— Ça vient de la droite, dit-elle. Du centre du palais.

Ils poussèrent d'autres portes, filèrent par des couloirs couverts de tissus rouge ou vert et entièrement décorés de bois sculpté, et parfois de dorures. Le palais était étrangement vide. L'essentiel des troupes était parti vers les remparts au nord de la cité.

Ils passèrent par une série de corridors donnant sur des pièces toutes identiques et qui sentaient mauvais. Curieux, Tobias finit par guider Gus un court instant vers l'une d'elles, pour y jeter un coup d'œil.

Il ne vit qu'une table avec des étriers en métal ainsi qu'une bassine en cuivre.

— Qu'est-ce que c'est que cet endroit ? s'étonna-t-il.

Ambre lui attrapa le bras et guida Gus vers la salle suivante, identique.

— Je sais ce que c'est, dit-elle. Ces sangles-là, c'est pour y mettre les jambes.

— Les jambes ? Mais pour... Oh ! Tu veux dire que...

— C'est là qu'ils font accoucher leurs femmes.

— C'est glauque comme hôpital !

Un peu plus loin, ils découvrirent des salles aménagées en dortoirs, des lits superposés, des tonneaux d'eau, et parfois des chaînes scellées aux murs.

Dehors le ciel rouge commençait à gagner les hauteurs de la ville. Le grondement du tonnerre se fit entendre et les Pans crurent même percevoir des cris au loin.

Ambre en avait assez vu, elle fit signe à Tobias de poursuivre.

— Voilà pourquoi on ne voit jamais de femmes enceintes accoucher, dit-elle. Elles viennent toutes ici.

— Et qu'est-ce qu'ils font des bébés ? demanda Tobias.

Personne ne répondit.

Ambre ferma les yeux à nouveau et pencha la tête pour deviner la provenance exacte de l'énergie qui filtrait du palais.

Elle montra une double porte.

— C'est là. Tout proche.

Matt descendit de Plume et tira sur un des battants.

Une immense salle éclairée par des lustres de bougies occupait toute la largeur du bâtiment. Haute de plus de deux étages, et longue comme un terrain de football, elle était remplie d'alambics complexes, de chaudrons, de tonneaux, et surtout de bassines en cuivre, les mêmes que celles aperçues dans les salles d'accouchement.

La nuit embrasée de carmin se déversait par les fenêtres et Matt remarqua que Castel d'Os était à présent recouvert par des nuages noirs d'où tombait cette étrange lumière de sang. Le tonnerre gronda à nouveau et cette fois il ne s'arrêta pas. Il se passait quelque chose au nord de la cité qui se répandait peu à peu dans toute la ville.

Ambre glissait au-dessus des parquets, et ses mains effleuraient les ustensiles de chimie qui occupaient les paillasses.

— C'est un laboratoire..., dit Tania avec une pointe d'inquiétude.

Ambre suivit l'agencement des lieux et vit des monte-charge avec d'autres bassines en cuivre. Certaines contenaient encore un linge blanc taché de rouge.

— Ils acheminent les nourrissons là-dedans. Ils les font monter jusque-là.

— Pour quoi faire ?

Ambre continua son inspection, suivie de près par Matt.

Plusieurs rangées de rails tenaient des flacons en verre reliés à des cathéters et des aiguilles. Certains bocaux contenaient encore un fond de liquide rouge.

Ambre déglutit avec peine.

— Ils font des transfusions de sang aux nourrissons, supposa-t-elle avec effroi.

D'autres bocaux similaires s'empilaient près des alambics.

— Pas des transfusions, non, comprit Tania.

Ambre porta une main à sa bouche.

— C'est une usine à Élixir, dit-elle.

Tobias et plusieurs Pans s'écartèrent brusquement des instruments, conscients de tout ce que cela impliquait.

Ils examinèrent, outrés, les spirales de verre, les cucurbites, les chapiteaux, les serpentins sales, dans lesquels gisaient des liquides douteux, des concentrés infâmes.

Ils avaient sous les yeux tout le parcours réservé aux enfants du peuple d'Oz.

Soudain Ambre traversa la salle à toute vitesse pour s'arrêter face à un entassement de bassines.

Derrière, la solide porte d'un four énorme était entrouverte.

Ambre s'en approcha.

— Ne fais pas ça, lui conseilla Matt d'une voix posée. Tu sais très bien ce qu'il y a là-dedans.

Mais Ambre ne l'écoutait plus. Elle posa les doigts sur la poignée et tira. Une odeur de cendre lui sauta aux narines.

L'intérieur du four était encore tiède. Tapissé de poudre grise, comme s'il s'agissait de la surface de la Lune.

Et quelques fragments plus gros. Des bouts d'os minuscules.

Ambre tourna la tête.

— Les salauds, lâcha-t-elle en contenant ses haut-le-cœur.

Elle respirait fort.

— Même les nourrissons, gronda-t-elle tout bas.

— À quoi ça leur sert ? demanda Dorine, les yeux remplis de larmes. Ils n'ont même pas d'altération développée à cet âge !

— À vivre éternellement, expliqua Floyd d'une voix d'outre-tombe.

Il se tenait en retrait, près d'une série de tableaux. À la craie était écrit le résultat des meilleures expériences.

Et tout en haut, en lettres capitales, ils purent lire :

« SECRET DE JOUVENCE – FORMULE DU NECTAR DE VIE »

43.

Compromission

Ambre recula.

— Ces hommes sont fous. Ils sont tous déments.

Tous les Pans, et même leurs chiens, se tenaient figés face à l'horreur.

— Oz cherche le secret de l'immortalité, dit Tobias. Nous sommes dans la demeure d'un empereur tueur d'enfants.

— Qu'ils aillent se faire foutre ! pesta Floyd. On prend le Cœur de la Terre et on se tire. Laissons-les crever ! Qu'Entropia les balaye !

Dehors des hommes passèrent en courant sous les fenêtres du palais. Matt crut d'abord qu'ils accouraient en renfort, mais leurs cris terrifiés trahissaient une fuite affolée.

— Il faut se dépêcher, coupa-t-il. Ça dégénère en ville.

À ces mots, une des portes de la salle s'ouvrit en grand et des soldats entrèrent d'un pas décidé, suivis par des hommes en livrée de domestiques. Ils encadraient un individu de taille moyenne, mais à la corpulence adipeuse. Entièrement chauve, les sourcils gris broussailleux, la bedaine pendante, et les lèvres épaisses, il arborait une tunique en soie vert sombre, brodée d'un O en fil d'or.

— Prenez toutes les notes ! clama-t-il. Et chargez aussi sur mon navire les derniers flacons obtenus. Dépêchez-vous ! Je veux être parti avant que…

Il se figea en découvrant les intrus, et toute sa garde se précipita autour de lui. Une vingtaine d'hommes en tenue de combat.

— Qui sont ces… jeunes ? demanda-t-il avec autant de surprise que de dédain.

— Mais… je le reconnais ! s'exclama Tobias. C'est le mec de la télé anglaise ! Il est super connu !

Matt et Floyd regardèrent Tobias.

— Toby, fit Matt, c'est l'empereur.

Oz les toisait, un sourcil relevé.

— Votre Altesse, dit un page, ils m'ont tout l'air d'être les rebelles mentionnés par le corbeau en provenance de Maester Luganoff.

— Gardes ! dit l'empereur. Amenez-moi ces gamins !

Les soldats brandirent épées et haches et aussitôt les Pans dégainèrent tandis que Torshan et Ti'an pointaient leurs bâtons vers les Ozdults. Les gardes hésitèrent, surpris par tant de détermination, puis chargèrent.

Deux éclairs illuminèrent la pièce tandis que les flèches sifflaient.

Avant même d'atteindre les adolescents, six hommes s'effondrèrent.

Plume en attrapa un et le projeta à travers les alambics qui explosèrent et d'un coup de patte en fit voler un autre.

Gus, Zap, Marmite et Draco s'occupèrent des six suivants pendant que Chunk, Safety, Nak et Kolbi se resserraient autour de leurs maîtres pour protéger leurs flancs et leurs arrières.

Matt accueillit le Cynik qui lui fonçait dessus du plat de sa lame et lui expédia un puissant coup de coude dans le nez qui se solda par des os brisés et un blessé de plus à terre en train de gémir.

Le temps de se retourner, il vit une hache s'abattre sur lui et para le coup in extremis avec la poignée de son épée. Sa force lui permit de repousser le soldat d'un coup de reins et l'acier de l'épée fendit l'air pour entailler le cou de l'homme.

Matt était couvert de sang.

Floyd de son côté esquiva une attaque et, se servant de son élasticité, allongea le bras pour planter son poignard dans la cuisse du soldat qui tomba à genoux en hurlant.

Un autre voulut le prendre par le côté mais il reçut deux éclairs des Kloropanphylles en même temps et il s'effondra, de la fumée sortant de son heaume.

Tobias abattit les deux derniers d'une flèche dans l'œil avant qu'ils puissent même lever leurs masses d'armes.

Oz et sa suite étaient médusés.

Les vingt éléments de la garde impériale gisaient sur le parquet. La bataille n'avait pas duré trente secondes.

Matt leva sa lame en direction de l'empereur :

— Nous sommes là pour ton âme, s'exclama-t-il.

— Qui êtes-vous ? demanda le gros homme sans peur dans les yeux.

Ambre glissa dans sa direction.

— Le Cœur de la Terre est là, dit-elle, derrière lui.

Elle désigna un accès au fond de la salle et Oz ne s'écarta pas, il resta sur son chemin.

— Qui êtes-vous ? insista-t-il. Vous n'êtes pas comme les autres.

Matt s'approcha d'un pas attentif, guettant les pages en livrée qui n'avaient pas bougé. Il voulut repousser Oz du bout de son épée mais, au moment de le toucher, la lame s'envola de ses mains et alla se planter dans le parquet trois mètres plus loin.

— J'ai dit : qui êtes-vous ? fit l'empereur avec la même assurance.

Matt n'en revenait pas. Une force prodigieuse. Il aurait dû s'y attendre ! Oz prenait de l'Élixir.

L'adolescent voulut se jeter en direction de son arme mais il décolla à son tour et fila droit sur les lustres de bougies pour s'empaler sur les bras d'acier lorsqu'une force contraire l'arrêta en plein vol.

Ambre !

Oz tourna la tête vers la jeune femme.

— Tiens, tiens…, dit-il plus amusé qu'étonné.

Et d'un geste de la main, il la propulsa contre un mur où elle s'encastra avec fracas avant de retomber violemment sur le sol.

Lâché de toute part, Matt retomba de six mètres pour venir se briser les os sur le parquet.

Mais Plume sauta pour le saisir dans sa gueule et amortir la chute. Matt roula et s'échoua contre une paillasse, qui lui arracha cris et gémissements.

Tobias multiplia les tirs. L'heure n'était plus à l'hésitation. Voyant ses deux amis en danger de mort, il encocha, visa et banda avec toute la célérité de son altération pour projeter quatre flèches dans l'abdomen de l'empereur.

Les quatre traits s'écartèrent de lui au dernier moment pour venir mourir au pied des murs. Une force invisible assena deux coups à Tobias en plein visage, un aller et retour si sec qu'il tituba avant de s'écrouler en avant, sonné.

— J'ai dit : qui êtes-vous ? articula l'empereur, plus lentement, maintenant qu'il avait fait la démonstration de ses talents. Dois-je briser l'échine de vos chiens pour que vous daigniez me répondre ?

Dehors les fenêtres se voilèrent, tandis qu'une brume enveloppait brusquement le palais.

— Nous sommes là pour vous aider, fit Tania en avançant d'un pas.

Oz étouffa un rire moqueur et désigna ses gardes à terre :

— Je n'en ai pas l'impression.

— Vous ne nous avez pas laissé le choix.

— M'aider en me prenant mon âme ?

— Votre ville est assiégée, dit Matt en se relevant avec difficulté. Par une force étrange, n'est-ce pas ?

— Vous êtes ses émissaires ?

— Au contraire, ses ennemis.

Du sang coulait des narines sur le menton de Matt qui s'approcha d'Ambre. Elle battait des paupières en revenant à elle, et se tenait l'épaule.

— Laissez-nous accéder à l'énergie lumière, ajouta Matt, et nous vous libérerons de cette force. Nous vous protégerons.

Ambre attrapa le bras de Matt.

— Ce sont des sauvages, murmura-t-elle. Es-tu sûr de vouloir les sauver ?

— Ce sont des êtres humains avant tout. Ils peuvent changer.

Des cris terrifiés parvenaient de la rue à mesure que la brume s'installait.

— Votre Altesse, implora un page, il faut partir ! Nous devons quitter la cité avant qu'il soit trop tard !

— Il est déjà trop tard ! s'écria Matt en fixant l'empereur. Nous sommes cernés. Entropia est là. Et les forces qui l'animent assiègent votre palais pour y voler cette boule d'énergie que vous proclamez votre âme pour impressionner vos sujets.

— Mais elle est à moi ! répliqua l'empereur sèchement. Et je compte bien ne jamais la partager avec personne !

— Cette entité ne vous laissera pas le choix. Même vous, gavé d'Élixir jusqu'à exploser, vous ne pouvez lutter contre elle. Regardez votre armée : où est-elle ? Combien de temps a-t-elle tenu face à Entropia ? Quelques heures ? Quelques minutes ?

Comme pour souligner les propos de Matt, un homme hurla au pied des fenêtres avant que son râle cesse d'un coup, fauché en pleine terreur.

Le regard d'Oz commençait à changer.

— Votre Altesse, fuyons ! insista le page.

Oz désigna un balcon en haut d'un escalier de bois.

— Monte et dis-moi si le chemin est dégagé.

Le page devint livide et voulut envoyer un de ses collègues mais l'empereur le poussa :

— Monte, t'ai-je dit ! Toi et personne d'autre !

Le page, effrayé mais obéissant, monta les marches

et, après une hésitation, ouvrit la fenêtre pour sortir sur le balcon, dans la brume. Il se pencha pour tenter de distinguer la rue, mais se tourna et leva les bras au ciel pour signifier qu'il ne voyait rien.

Une ombre fusa dans la purée de pois et le page disparut d'un coup, ne laissant qu'un flot de sang qui s'envola dans son sillage.

D'autres hommes hurlaient à l'extérieur. Toute la ville était la proie de la brume d'Entropia. Des ombres de monstres inquiétants passèrent devant les fenêtres.

À travers le brouillard, ils pouvaient distinguer le rouge sang qui se répandait partout dans Castel d'Os.

Oz prit une profonde inspiration. Il toisa Matt.

— J'ai tenté bien des expériences sur cette énergie, confia-t-il. Sans jamais parvenir à l'exploiter. Que croyez-vous pouvoir en faire de si salvateur ?

— Vous l'avez vu, nous ne sommes pas tout à fait comme les autres adolescents que vous avez l'habitude de malmener, répondit Matt. Nous pouvons vous sauver.

Des insectes gros comme des poneys se collèrent aux fenêtres, immondes et menaçants avec leurs mandibules. Les pages de l'empereur reculèrent en se lamentant tout bas.

— Comment ? demanda l'empereur.

— En absorbant l'énergie du Cœur de la Terre. Si vous ne nous laissez pas faire, cette entité là-dehors le fera. Que vous le vouliez ou non.

Le tonnerre se rapprochait, il claquait partout autour du palais. Les insectes firent vrombir leurs ailes et le verre des fenêtres commença à se craqueler.

Oz baissa la tête pour couler à Matt un regard sournois et cruel.

— J'imagine que je n'ai guère le choix, n'est-ce pas ?

Et il s'écarta pour filer vers la porte du fond.

44.

Le Cœur de la Terre

Le Cœur de la Terre tournait lentement sur lui-même, au milieu d'une salle qui, autrefois, avait été un important centre de décision humain, et qui n'était plus qu'un hall de fauteuils et de banquettes en cuir.

La boule de lumière, d'environ trois mètres de diamètre, flottait, tel un mini-soleil blanc.

Dès qu'elle entra, Ambre sentit ses cheveux se dresser comme s'ils flottaient dans l'eau, et la jeune femme ferma les yeux un court instant pour savourer la caresse de l'énergie pure qui l'entourait.

Torshan et Ti'an mirent aussitôt un genou à terre. Ils étaient face à leur divinité. L'Âme de la Terre.

En voyant cela, Oz sembla perdre une partie de sa méfiance et quitta ses pages pour entraîner lui-même Ambre vers la sphère de vapeurs concentrées. Matt suivait, prêt à dégainer son épée si l'empereur tentait quoi que ce soit.

C'était un homme gavé d'Élixir, saturé des altérations des autres. Il était devenu puissant, capable de tous les tuer, mais s'il levait encore une fois le petit doigt sur Ambre, Matt en était certain, il lui trancherait la gorge avant qu'il puisse utiliser la moindre de ses facultés.

D'étranges ombres défilaient maintenant derrière les fenêtres, dans la brume, le tonnerre et les derniers cris des hommes.

— Depuis combien de temps ce ciel rouge vous menace-t-il ? demanda Tobias à l'empereur.

— Tout est allé très vite. Il y a trois semaines, nos éclaireurs et nos messagers sont revenus du nord paniqués, proclamant que le monde disparaissait. Les villes ont été englouties les unes après les autres, sans que nous ayons de nouvelles, et les nuages rouges sont arrivés en un rien de temps jusqu'à Castel d'Os. Nous n'avons pas eu le temps de rassembler notre armée, et… j'ai refusé de fuir jusqu'au dernier moment.

Il s'arrêta au pied du Cœur de la Terre, le visage illuminé par la puissance de sa lumière.

— Nous y voilà, dit-il. Si vous pouvez encore faire quelque chose, repousser ce qui se trouve dehors, c'est le moment de le prouver.

Ambre tendit les bras vers la sphère et celle-ci se mit à tourner plus rapidement sur elle-même en émettant un sifflement.

Des volutes de fumée blanche se détachèrent et descendirent s'enrouler autour des bras de la jeune femme.

Oz en était bouche bée.

Tobias se pencha vers Floyd.

— Pourquoi le Cœur de la Terre ne réagit-il pas face aux adultes et s'emballe avec les enfants ? questionna-t-il.

— Comment tu veux que je le sache ? Parce qu'il ressent la pureté ? L'innocence ? C'est à Ambre qu'il faut le demander !

Ambre, Matt et Tobias, qui connaissaient les capacités du Cœur de la Terre déjà présent en Ambre, sentaient à quel point le moment était crucial.

Tout pouvait prendre fin à la seconde, mais ils pouvaient également sceller une alliance avec les adultes. Sauver des milliers de vies.

Absorber les trois Cœurs de la Terre que la Tempête avait dispersés sur toute la planète donnerait à Ambre assez d'énergie pour accomplir de véritables miracles.

À commencer par défier Ggl.

Pour le détruire.

Ambre en avait souvent parlé, elle pressentait qu'il s'agirait de « sacrifier » cette énergie contre lui, pour l'annihiler, pour l'annuler. Il était un excès destructeur qui s'était reformé par hasard sur la planète, un des fruits du chaos. L'énergie des Cœurs de la Terre serait l'autre poids de la balance.

Ambre aurait voulu disposer des trois, pour s'assurer d'être à la hauteur, pour ne pas prendre de risques, mais Entropia était déjà sur eux, et ils n'avaient plus le choix.

Tout allait se décider cette nuit.

Dans un sens ou dans un autre.

La vérité de leurs vies, de leurs trajectoires, se dévoilait ce soir.

Oz était fasciné par ce qu'il contemplait, tout comme les Pans. Seul Matt se concentrait sur les mouvements de l'empereur, incapable de faire confiance à un Cynik, même désespéré.

Personne ne prêta attention à la petite bouille

ronde aux cheveux en bataille qui passait dans le dos de tout le monde.

Le petit brun sortit un poignard de sa ceinture.

Dehors, des éclairs balayaient la ville, projetant les ombres de tous les monstres d'Entropia par flashes, à travers les fenêtres.

Soudain le palais tout entier gronda. La pierre se mit à trembler, le parquet grinça comme s'il allait se tordre et exploser.

Puis toutes les fenêtres volèrent en éclats, projetant des milliers de débris tranchants dans les airs, et des éclairs rouges entrèrent en balayant le plafond.

Des mille-pattes géants avec des têtes affreuses, pleines de crocs, semblables à des requins, sortirent de la brume pour glisser sur les poutres au-dessus des têtes, suivis par des blattes monstrueuses, grosses comme des motos, et des araignées encore plus énormes. Tout ce petit monde colonisa le plafond, par dizaines, jusqu'à ce qu'il ne reste plus un centimètre de bois visible.

Les portes du hall claquèrent et les bougies s'éteignirent toutes d'un coup, ne laissant plus que la lumière du ciel rouge, des éclairs, et surtout du Cœur de la Terre pour illuminer la grande salle.

Deux silhouettes funèbres entrèrent.

Des avatars de la mort. Avec leurs capes et leurs capuchons rabattus sur le vide de leurs visages anonymes. Des gants de cuir et de fer posés sur la garde d'épées et de haches immenses.

Des Tourmenteurs.

Et dans leur ombre, une autre forme humanoïde, semblable à ses émissaires : un être dont chaque souffle expirait une fumée noire toxique, à la démarche lourde, inébranlable.

— Ggl, murmura Tobias du bout des lèvres.

Lorsque sa cape s'ouvrait, tous pouvaient distinguer le plastron d'acier rouillé, de fils électriques dénudés, de fragments de circuits imprimés, et parfois même de morceaux d'articulations en plastique.

Il entra avec son escorte impitoyable et Matt se tourna vers Ambre :

— MAINTENANT ! hurla-t-il.

La jeune femme ouvrit la bouche pour absorber le Cœur de la Terre, et celui-ci se mit à tourbillonner plus vite, le sifflement devint de plus en plus aigu.

Mais un Pan jaillit dans sa direction, le poignard levé.

Randy abattit son arme pour transpercer le cœur d'Ambre.

Matt assista à toute la scène, mais il s'était tellement focalisé sur l'empereur qu'il était trop loin pour agir.

Il vit la pointe étinceler dans la brillance de la sphère et s'abattre sur Ambre sans que lui ou ses compagnons puissent agir.

45.
Sacrifices

Le bras de l'empereur saisit celui de Randy au dernier moment.

Mais l'adolescent fit apparaître une seconde lame dans son autre main et, malgré tous ses pouvoirs, Oz n'eut pas le temps de réagir, sa gorge s'ouvrit comme un film plastique tranché par une lame de rasoir.

Toute sa vie se déversa alors par la plaie béante sous le regard tétanisé de ses pages. Il tomba à genoux, dans la tentative désespérée de retenir le sang qui le fuyait.

Randy profita de la stupeur générale pour saisir Ambre et l'arracher à la puissance du Cœur de la Terre. Il la souleva du sol, témoignant d'une force inattendue pour un garçon comme lui, et la jeta sur le côté.

Les volutes de fumée blanche se détachèrent de ses membres et retournèrent dans la sphère tournoyante.

Randy fit volte-face, juste à temps pour voir Matt le charger.

L'épée étincela dans l'air avant de s'abattre sur son visage. Si rapidement que Randy n'eut pas le temps de se protéger.

Une lame noire s'interposa au moment de l'impact, engendrant un bouquet d'étincelles.

Un Tourmenteur se dressait à présent entre Matt et Randy. Il semblait prêt à tout pour le défendre, mais n'attaqua pas Matt.

Matt recula pour se désengager du combat en secouant la tête.

— Pourquoi tu nous fais ça, Randy ? Pourquoi ? Qu'est-ce qu'il t'a promis ? Hein ?

Randy fit un pas sur le côté pour distinguer son adversaire.

— Qui ça « il » ? Tu veux parler de… Oh, de… moi, peut-être ?

Randy se pinça le ventre et soudain ses vêtements craquèrent tandis qu'il gagnait trente centimètres et changeait de morphologie ainsi que de visage.

Là où s'était tenu, un instant plus tôt, un garçon de quinze ans, brun et fluet, un homme aux cheveux blancs, à la fine moustache, souriait à Matt.

Le Buveur d'Innocence.

— Depuis le début, mon cher « ami », c'est moi.

La stupéfaction coupa les jambes de Matt qui se sentit incapable d'agir.

— Dix fois j'aurais pu vous vendre aux hommes d'Oz, dix fois ! Mais j'ai attendu patiemment mon heure. Et regarde ce qui s'en vient ! Mon triomphe, petit, ma revanche ! Et mon salut !

L'empereur roula sur le côté, les yeux vitreux, et la main sur sa gorge béante retomba. Oz était mort. Ses pages demeuraient paralysés par la consternation.

Le Buveur d'Innocence ouvrit les bras pour présenter le Cœur de la Terre et s'adressa à la silhouette encapuchonnée qui attendait sur le seuil :

— Ggl ! Voici ce que vous attendiez tant ! Le Cœur de la Terre, et… la fille !

Il montra Ambre de son autre main, le rictus du vainqueur aux lèvres.

Ggl approcha de son pas lourd et déterminé, et vint se positionner face à la sphère qui brillait de mille feux au centre du hall.

— L'ÉNERGIE SOURCE, dit-il d'une voix à la fois gutturale et étrangement numérique.

Comme s'il s'exprimait à travers un appareil électronique. Ses cordes vocales n'étaient pas naturelles, rien en lui ne l'était. Il n'était qu'une créature entièrement synthétique, jusque dans ses fonctions essentielles.

— N'oubliez pas notre accord, lui rappela le Buveur d'Innocence. Vous avez votre Énergie Source, en échange, vous tuez les gamins et me laissez gouverner l'Europe. Toute l'Europe. Le reste du monde est à vous.

La grande capuche noire de Ggl pivota vers le Buveur d'Innocence.

— D'ABORD L'ÉNERGIE SOURCE, dit-il de sa voix étrange. ENSUITE LES RÊPBOUCK ÉTEINDRONT LES INERTIENS.

— Et le pouvoir ! insista le Buveur d'Innocence en tendant l'index vers Ggl. Je veux le pouvoir ! Comme je vous l'ai dit, il y a trois Cœurs de la Terre ! Si vous voulez le troisième, je veux l'Europe entière ! Moi seul peux vous conduire à la troisième Énergie Source !

Matt comprit alors quel était le plan du Buveur d'Innocence. Il savait que le Testament de roche était à bord du Vaisseau-Vie. Il allait s'en emparer pour guider Ggl. Il avait tout préparé. Tout manigancé tranquillement. Depuis l'intérieur.

— LE POUVOIR POUR TOI INERTIEN, concéda Ggl en levant les bras vers la sphère de lumière.

Celle-ci se mit alors à ralentir peu à peu.

Dehors, le tonnerre grondait toujours autant, et le plafond grouillait de ces bestioles dégoûtantes.

Les deux Tourmenteurs qui escortaient leur maître restaient immobiles, mais Matt savait qu'au moindre geste suspect ils s'activeraient et détruiraient en un instant toute gêne.

Ils étaient prisonniers.

Incapables d'agir.

Ils allaient devoir regarder Ggl boire le monde sous leurs yeux.

Et triompher.

Le Cœur de la Terre était presque à l'arrêt. Il ne sifflait plus. Sa lumière ne palpitait plus.

Ggl souffla une fumée noire dans sa direction et, lorsqu'il inspira, des volutes de fumée blanche commencèrent à s'arracher à la sphère pour disparaître dans la capuche.

— NON ! cria Ambre en se relevant.

Aussitôt un Tourmenteur tendit la main vers elle et des fils de ténèbres jaillirent de son gant comme des fouets pour lui lacérer les jambes et la projeter au sol.

Matt serra la poignée de son épée entre ses doigts. Tenter quelque chose maintenant était suicidaire. Il le savait.

Et il tremblait de rage.

Il vit l'énergie du Cœur de la Terre baisser en intensité à mesure que Ggl la buvait.

Matt devina que le processus n'était pas le même qu'avec Ambre. Elle s'ouvrait au Cœur de la Terre, pour l'accueillir, tandis que Ggl le dépeçait pour le dévorer. Ambre absorbait pour ensuite se servir de toute cette puissance en la conjuguant avec la sienne, là où le maître d'Entropia fondait l'énergie du monde pour la refaçonner à sa manière, selon ses critères, pour se rendre plus puissant.

C'était un processus irréversible.

Ggl était en train de détruire le Cœur de la Terre.

Ambre voulut se relever et les fouets claquèrent de nouveau.

Elle se tordait de douleur en pleurant.

Les chiens baissèrent la tête, comme s'ils craignaient la suite, ou par respect pour cette forme de vie suprême qui mourait là devant eux.

La luminosité tomba dans le grand hall.

Peu à peu, le Cœur de la Terre se déroula comme du papier, et Ggl le but goulûment.

Et il n'y eut plus rien.

C'était fini.

Ggl venait de tout prendre. Tout dévorer.

Entropia allait gagner en puissance.

La pénombre avait gagné le hall, seuls demeuraient les reflets rouges, pesants.

Tous étaient accablés, résignés.

En assistant à la mort du Cœur de la Terre, chaque être vivant avait perdu une partie de lui-même. Une flamme s'était éteinte.

L'espoir.

Ggl leva les bras au ciel, et soudain une onde de choc balaya l'assemblée, comme si une force invisible explosait en lui, et tout le monde fut renversé.

L'onde traversa le palais, puis toute la ville.

Ggl était en train de devenir le maître du monde.

Il était figé par la transformation. Ses émissaires aussi, coupés de leur commandeur, du contact suprême.

Floyd leva son épée devant lui.

Lui le battant, lui le guerrier, n'abdiquait pas. Jamais.

Jusqu'à la folie. Jusqu'au sacrifice. Floyd ne baissait jamais les bras.

— Matt. Tu dois sortir Ambre d'ici, dit-il. Tu dois l'emmener le plus loin possible.

— Quoi ? Floyd, qu'est-ce que…

Le Long Marcheur se retourna brusquement et frappa de toutes ses forces le dos du Tourmenteur qui veillait sur Ambre.

— MAINTENANT ! hurla-t-il.

Le monstre encaissa le coup en lâchant un hurlement rauque et tous les Pans bondirent comme un seul homme, comme s'il s'agissait du signal qu'ils attendaient.

Le second Tourmenteur fit tournoyer sa hache gigantesque et Marmite le mordit au coude.

Il n'en fallut pas plus à Matt pour rouler jusqu'à Ambre, l'aider à se relever et la jeter sur le dos de Gus qui accourait.

Ggl était encore immobile, saturé par l'énergie qui se répandait en lui.

Matt vit une lame noire foncer vers lui, il savait que parer une telle puissance signifierait briser sa propre épée alors il plongea et lorsqu'il se releva le Tourmenteur était déjà sur lui pour lui briser le crâne d'un poing d'acier gros comme une masse.

Matt fut soulevé. L'impact lui coupa le souffle, et il réalisa en sentant les poils sous ses mains que c'était Plume. Elle venait de l'arracher à la mort et Matt se hissa sur le dos de son chien.

Tobias tira six flèches avant que le Tourmenteur ne puisse se retourner mais cela ne le ralentit pas.

De son côté, l'autre émissaire d'Entropia avait déjà sauté pour barrer le chemin à Ambre et Gus.

Floyd surgit entre ses jambes et planta son arme dans le plastron du monstre. L'impact fut assez violent pour le déstabiliser mais pas assez pour l'empêcher de tendre le bras et de saisir Ambre par les cheveux au moment où elle filait devant lui.

Floyd enfonça alors son poignard jusqu'à la garde.

Le répit fut mince, mais suffisant pour qu'Ambre puisse passer sur son chien, ses cheveux glissèrent entre les doigts de cuir et d'acier du Tourmenteur qui gronda de rage.

Il leva sa hache et fit payer à Floyd le prix de sa témérité.

Floyd venait de sauver Ambre.

Et sa tête se décolla de ses épaules.

Elle s'envola dans les airs.

— NOOOOOOOON ! hurla Matt. NON !

La rage lui fit commettre une folie. Il sauta du dos de Plume, fit tournoyer son épée au-dessus de lui pour rendre impossible toute parade et libéra toute sa colère, sa frustration, sa détresse dans un seul coup.

Son altération se décupla sous l'effet de l'émotion.

Le gant du Tourmenteur fut sectionné, l'épée dansa de nouveau pour cette fois s'enfoncer dans le cœur.

Le Tourmenteur s'immobilisa, les bras ouverts, sa hache s'échappa de ses doigts et alla frapper lourdement le sol.

Matt hurlait toujours. Il fixait le centre du capuchon vide avec toute la haine du monde dans le regard.

Lorsqu'il dégagea sa lame du plastron tressautant du monstre, Matt était passé de l'autre côté. Il ne réfléchissait plus. Débordé par ses émotions, il frappait. Il bougeait pour tuer.

Il était devenu une machine de guerre.

Les insectes commençaient à se détacher du plafond pour tomber sur les Pans et Matt ne leur laissa aucun répit. Il taillada, transperça, mutila tout ce qui passait à sa portée.

Il s'épuisait à semer la mort et le chaos tout autour de lui.

Et il en perdit sa lucidité, son attention. Jusqu'à ne plus voir venir le danger.

Mais d'un coup de tête, Plume renversa le scorpion au moment où son dard se plantait au niveau du cœur, dans le dos du garçon.

Les yeux du grand chien cherchèrent ceux de son maître.

Il y avait plus de bienveillance dans ses prunelles que dans la plupart de celles des hommes. Quelque chose de presque maternel.

La chienne plia les pattes pour inviter Matt à grimper sur son dos, et il réalisa qu'il était en train de perdre le contrôle.

Il aperçut le corps de Floyd à ses pieds.

Sa tête avait roulé un peu plus loin.

Il ne pouvait plus rien faire. C'était fini.

Le Long Marcheur avait donné sa vie pour sauver Ambre.

Il fallait que ce sacrifice ait un sens. Il fallait aller jusqu'au bout. Donner raison à Floyd.

Matt attrapa le poil de Plume et se hissa sur elle. Une Mante religieuse plus haute que la chienne atterrit près de lui, prête à le saisir.

Matt lui trancha les deux pattes et la tête d'un seul coup.

Il était couvert d'un sang poisseux, de plaies, sa chair n'était plus qu'une vaste ecchymose, pourtant il ne ressentait rien d'autre que la volonté de combattre. De la vengeance. De la mort.

Il perfora deux autres créatures qui accouraient et embrassa le hall d'un seul regard.

Chen, Tania et Dorine tiraient leurs flèches au pied des fenêtres pour couvrir Gus qui portait Ambre. Ce dernier se faufila jusque sur le balcon, mordant et griffant tout ce qui l'approchait.

Tout le monde était presque dehors.

Avisant Tobias qui esquivait avec célérité les attaques du second Tourmenteur, Matt fit faire volte-face à Plume pour récupérer son camarade. Il s'élançait en sachant que c'était un mouvement irraisonné, désespéré, mais il lui était impossible de laisser Tobias derrière lui. Sans aucune hésitation, il saisit Tobias au passage, le hissa d'un bras puissant et vit l'épée noire s'abattre sur lui.

Ce fut rapide. Presque instantané.

Et jamais Matt ne regretta d'avoir fait demi-tour.

Il mourrait avec la satisfaction d'avoir été juste jusqu'au bout.

Il comprit que ce geste allait lui coûter la vie.

Lorsque deux éclairs embrasèrent l'air sous ses yeux et repoussèrent le Tourmenteur.

La lame passa à quelques centimètres du visage de Matt.

Torshan et Ti'an, leur tir accompli, firent sauter leurs chiens hors du palais, par une des fenêtres brisées.

Le hall n'était plus qu'un vaste chaos.

Les pages tentaient de s'enfuir en courant, le Buveur d'Innocence s'était abrité dès les premiers coups échangés, Ggl se remplissait, assimilait plus d'énergie qu'il n'en avait jamais eu, et le Tourmenteur qui se tenait encore debout frappait dans tous les sens, ivre de colère.

Gus sauta hors du palais depuis le balcon.

Chen, Tania et Dorine suivirent la voie montrée par les deux Kloropanphylles et bondirent avec leurs chiens par les fenêtres.

Matt fit prendre son élan à Plume, écharpa deux autres insectes au passage et se prépara à foncer pour fuir, lorsqu'il sentit que Ggl sortait de sa stase.

Il baissait les mains.

C'était maintenant ou jamais.

Le Tourmenteur se dressa alors entre Plume et la fenêtre.

L'épée contre le flanc, paré pour l'affrontement.

Matt comprit qu'il n'avait pas le temps. Et plus l'énergie de le terrasser.

Le voyage à Castel d'Os se terminait ici.

Ggl allait les réduire en poussière d'un instant à l'autre. Dès qu'il aurait recouvré toutes ses facultés.

Mais un être ne l'entendait pas de cette oreille.

Un être qui venait de voir son maître se sacrifier.

Un être qui, sans se poser de questions, fit le choix de suivre l'exemple de celui qui l'avait toujours aimé.

Marmite lança ses trois cents kilos de muscles et de poils sur le Tourmenteur, ses griffes s'accrochèrent à ses épaules pendant que ses crocs se refermaient sur le capuchon de toile.

Le Tourmenteur bascula sous le choc, entraîné par le poids de l'animal.

Plume n'hésita pas une seconde. Elle sauta jusqu'au rebord de la fenêtre, et tandis que Marmite donnait sa vie pour retenir le Tourmenteur, les deux derniers Pans jaillirent à l'air libre.

Dans la rue, au milieu de la brume, les chiens couraient à toute vitesse pour fuir la mort sous le ciel rouge crépitant d'éclairs.

Des ombres étranges se dessinaient depuis les impasses, d'autres s'accrochaient aux façades des immeubles. Des créatures effrayantes qui n'avaient pas le temps de déplier leurs pattes ou de cracher leur venin, surprises par la vitesse de ces quadrupèdes.

Ils galopaient pour sauver ce qu'il restait d'espoir.

Des lambeaux d'espoir.

46.

À en perdre haleine

Plume, Gus, Zap, Chunk, Draco, Safety, Nak et Kolbi.

Ils fendaient la nuit.

Infatigables.

Pour la vie de leurs maîtres. Pour fuir ce qu'ils avaient senti dans ce hall. Pour la mémoire de Floyd et Marmite.

Les rares créatures qui se mirent en travers de leur chemin laissèrent un membre ou deux dans la violence du choc.

Les chiens traversèrent le pont.

Remontèrent le long des quais.

Mais ils n'eurent pas besoin de ralentir pour constater que la galère avec laquelle ils étaient arrivés grouillait de formes monstrueuses.

Alors les chiens quittèrent la ville. Ils galopèrent si vite qu'ils dépassèrent la brume, laissant le ciel rouge derrière eux.

Ils rejoignirent une forêt sans fin par le biais d'une route, et continuèrent sans ralentir jusqu'à ce que Castel d'Os soit loin derrière eux.

Les Pans voulurent obliger leurs montures à se

reposer après plusieurs dizaines de kilomètres, craignant qu'ils ne se tuent à l'effort, mais les chiens refusèrent, se contentant de courtes haltes pour boire dans les ruisseaux et repartir à un train d'enfer.

Torshan les guidait en se repérant aux étoiles. Il les conduisait vers le sud-est, vers l'estuaire, en espérant que le Vaisseau-Vie les attendrait là.

Toute la nuit, les chiens donnèrent leur maximum, puisant leurs forces au fond d'eux-mêmes, au bord de l'évanouissement.

Ils parvinrent à l'estuaire avec l'aube, dont les premiers rayons de soleil illuminèrent la mer, pellicule d'or flottant à sa surface. Ce spectacle réchauffa un peu les cœurs meurtris des Pans épuisés.

Ils arrivèrent au pied d'une des deux tours qui gardaient l'entrée du fleuve, et personne ne voulut faire dans le détail.

Une dizaine de flèches cueillirent les gardes, puis une onde de choc colossale, comme une bombe explosant au pied de l'édifice, percuta la tour qui se fissura de toutes parts. L'instant d'après, elle s'effondrait sur elle-même dans un tourbillon de poussière et de cris apeurés.

Matt s'occupa des trois gardes sur la jetée tandis que Tobias alignait ceux qui pêchaient au bout du quai.

Avant même que les soldats de l'autre tour comprennent ce qui se passait, une galère prenait le large avec six Pans et deux Kloropanphylles à bord.

Ils la manœuvrèrent tant bien que mal vers la haute mer, et Tobias grimpa au mât principal pour faire la vigie.

Le Vaisseau-Vie était si imposant qu'ils n'eurent aucune peine à le repérer au large des côtes.

Plus ils s'en rapprochaient, plus les Pans à bord s'agitaient en espérant que les guetteurs du Vaisseau-Vie n'allaient pas les confondre avec un navire de guerre Ozdult et les attaquer.

Dès que la galère fut près de l'immense coque de noix, des trappes de chargement s'ouvrirent et des échelles de corde ainsi que des monte-charge descendirent à leur niveau.

Orlandia, entourée de son état-major Kloropanphylle, les attendait.

Matt pointa son doigt vers le trait sombre qu'ils pouvaient distinguer au nord.

— Il faut éloigner le Vaisseau-Vie de la côte dès à présent.

— Quelle direction ?

Matt contempla ses compagnons. Couverts de sang séché, de crasse, de plaies et de bleus. Leurs regards étaient lourds, chargés de détresse.

— Nous rentrons chez nous.

Ambre posa la main sur le torse de Matt.

— Matt, dit-elle, nous n'avons plus de chez nous. Le temps de rentrer, Eden sera englouti par Entropia.

— Ils ont gagné, Ambre. Ils ont gagné… Nous n'avons plus rien à faire ici.

— Il y en a un autre. Le troisième Cœur de la Terre. C'est là que nous devons aller.

Matt prit une profonde inspiration.

— Maintenant que Ggl a aspiré celui de Castel d'Os, il est devenu trop puissant, tu ne pourras rien lui faire.

— Avec deux énergies comme celle-ci ? Peut-être que si.

— Tu y perdras la vie.

Sentant qu'il allait se défiler, Ambre le retint :

— Si nous ne faisons rien, nous mourrons tous.

Matt baissa le regard.

— Je sais que tu ne veux pas me perdre, ajouta-t-elle, mais nous devons agir. Nous n'avons plus le choix.

Matt ferma les paupières.

Puis il acquiesça.

— Éloignons-nous des côtes, finit-il par ordonner. Cette nuit nous tracerons le chemin jusqu'au troisième et dernier Cœur de la Terre.

Il redressa le menton pour faire face à Ambre.

— Si tu dois périr en affrontant Ggl, je mourrai avec toi.

Elle lui prit les mains.

47.
Le plan

Le navire s'approchait lentement du Vaisseau-Vie.

Le soleil venait de se coucher, la plupart des Pans à bord étaient soit en train de dîner, soit en pleine digestion, c'était le meilleur moment.

Colin veillait à la manœuvre d'approche.

Personne ne leur avait tiré dessus, c'était bon signe.

Il avait appliqué à la lettre toutes les consignes de son maître, le Buveur d'Innocence. Arriver par l'arrière du Vaisseau-Vie, c'était là qu'il y avait le moins de postes de surveillance et le plus d'angles morts entre les vigies. Mais cela n'était pas suffisant, il fallait espérer que leur espion à bord avait fait son travail. Neutraliser les six guetteurs susceptibles de les voir. Sinon, le plan tomberait à l'eau.

Tout avait été savamment orchestré, une préparation méticuleuse rendue possible par les oiseaux morts de Ggl. Discrets, obéissants et rapides. Colin n'avait jamais perdu le contact avec son maître. Il avait suivi ses moindres pérégrinations. Depuis la cité Blanche jusqu'à Castel d'Os. Et tout s'était coordonné d'ici, grâce à Colin, entre son maître et leur espion, à bord du Vaisseau-Vie.

Un plan parfait.

À l'heure qu'il était, Matt, Tobias et leurs compagnons de malheur étaient morts. Et Ambre avait été dévorée par Ggl.

C'était parfait !

Colin éprouva un serrement de cœur, et il se demanda si ce n'était pas un peu de tristesse, ou de remords.

Savoir ceux qu'il avait connus sur l'île Carmichael morts, en partie par sa faute, ne le laissait pas aussi impassible qu'il l'aurait cru. C'était la fin d'une ère. Le début d'une autre où lui, Colin, allait exercer des responsabilités. Il allait être respecté, craint. Le Buveur d'Innocence le lui avait promis. Il ne régnerait pas sur toute l'Europe sans un homme de confiance.

Ggl allait leur offrir toutes ces terres. En échange du troisième Cœur de la Terre.

Et pendant que ce monstre traverserait terres et mers pour s'emparer de sa précieuse énergie, son maître s'emploierait à construire des fortifications imprenables, à ériger une armée sans précédent, pour être en mesure de tenir tête à Ggl si celui-ci s'en venait à ne plus vouloir partager.

Le maître est d'une intelligence supérieure !

À cette pensée, Colin se sentit rassuré.

À condition que cette mission soit réussie.

Il avala sa salive. Il avait la bouche un peu sèche. Il risquait gros sur ce coup-là. Si l'espion n'avait pas été efficace, Colin tomberait entre les mains de ceux qu'il avait trahis. Plusieurs fois. Et pourrait alors craindre le pire.

La proue du bateau se rapprochait de la coque de noix.

Une trappe se souleva au-dessus de leurs têtes et Colin se frotta les mains.

C'était leur espion.

Il allait les guider dans le labyrinthe du Vaisseau-Vie, jusqu'à la salle du Testament de roche.

Pour qu'ils s'en emparent.

Colin guetta le visage qui les attendait.

C'était bien l'espion.

Le Buveur d'Innocence avait été clair à son sujet. Il fallait le laisser à bord. Ne pas le prendre. Il ne servirait à rien ensuite.

Éliminer toute trace.

Colin respira à pleins poumons l'air de la mer.

Il était prêt à accomplir sa mission.

Il se retourna, et vit dans son dos les huit Tourmenteurs qui attendaient son signal.

Avec eux, Colin se sentait invincible.

48.

Pluie de feu

Matt avait dormi douze heures d'affilée.

Il se réveilla, Ambre contre lui.

Le sommeil avait été comme une fuite, pour ne plus avoir à penser. Pour ne plus revoir la tête de Floyd se détacher de ses épaules. Pour ne plus songer à Ggl et à la fin de leurs espoirs. Il avait eu du mal à s'endormir, mais lorsqu'il avait lâché prise, ç'avait été pour de bon, un long repos sans rêve.

Matt réveilla Ambre d'un baiser sur la joue.

Ses paupières se soulevèrent et elle le fixa avec un sourire.

— Tout n'est pas perdu, lui dit-elle tout bas.

Il hocha la tête. Il lui faisait confiance. Il le fallait.

Ils s'habillèrent, en constatant qu'il faisait déjà nuit, et se rendirent dans la salle du Testament de roche, juste à côté.

Quand il entra dans la pièce, ses sens se mirent en alerte, il sentit quelque chose d'anormal.

Il retint Ambre.

— Va chercher mon épée et mon gilet, lui murmura-t-il.

— Qu'y a-t-il ?

— Dépêche-toi !

La porte était éraflée. Et il flottait dans l'air quelque chose d'inhabituel.

La mort. Ça sent la mort !

Ambre revint avec ses affaires, Matt passa le gilet en Kevlar et entra, l'épée à la main.

Il ne vit personne, mais les alcôves étaient sombres et quelqu'un pouvait s'y cacher.

Ce fut Ambre, dès qu'elle mit le pied dans la chambre du Testament de roche, qui perçut l'aura entropique :

— Des Tourmenteurs ! Ils sont venus ici ! Je les sens encore !

Matt se tourna aussitôt vers la pierre du Testament.

Elle n'était plus là.

Ses phalanges blanchirent autour du cuir de son épée.

— Pourquoi sommes-nous encore vivants alors ? demanda-t-il, les mâchoires serrées.

— Parce qu'ils ne nous savaient pas à bord.

Matt secoua la tête.

Ça ne leur ressemblait pas de laisser le navire intact.

— Il se prépare quelque chose, dit-il en gagnant une fenêtre.

De là il ne distinguait que la nuit et le flanc sud du navire.

Le plancher se mit à trembler.

Un bourdonnement monta des entrailles du Vaisseau-Vie.

Puis une explosion terrible projeta Matt et Ambre au sol.

Tout le navire grinçait, tressautait, d'autres explosions suivirent.

— Le système d'autodestruction ! aboya Matt par-dessus le fracas. Ils l'ont déclenché !

Les grondements se succédèrent et le Vaisseau-Vie se mit à tanguer.

— Combien de temps avant que tout saute ? s'écria Ambre.

— Pas longtemps, les murs sont remplis de liquide inflammable ! D'ici quelques minutes nous serons au milieu d'une fournaise !

Ambre se releva en se servant de son altération et Matt s'appuya aux murs.

— Rassemblons le maximum de personnes autour de moi, dit-elle.

— Toby !

Ils sortirent en se cramponnant aux parois et prirent un escalier pendant que Pans et Kloropanphylles sortaient de leurs cabines en hurlant, terrorisés.

Une langue de flammes jaillit au bout du couloir, emportant avec elle plusieurs portes de cabines.

— L'étage du dessous ! cria Matt en entraînant Ambre vers un autre escalier.

Le navire tout entier fut secoué de soubresauts, Matt et Ambre perdirent l'équilibre, un mur explosa devant eux, transformant tout le passage en brasier.

Matt refusait d'aller vers le monte-charge, ils risquaient de s'y retrouver coincés. Ils empruntèrent une passerelle qui traversait un puits de lumière haut de près de cent mètres, éclairant le bateau sur tous les niveaux.

Une boule de feu apparut en bas et se mit à grimper à toute vitesse vers les deux adolescents alors qu'ils n'étaient qu'à mi-chemin.

Ambre se concentra et attrapa Matt entre ses bras.

Les flammes se jetèrent sur eux et Matt serra Ambre contre lui.

Mais il ne ressentit aucune douleur. Tout juste une chaleur très forte qui disparut dès que la boule de feu les eut dépassés.

Ambre le regardait.

Elle l'avait protégé avec le Cœur de la Terre.

— Si les Tourmenteurs sont encore à bord, ils savent où nous sommes désormais, dit-il.

La boule de feu parvint au sommet du puits de lumière et fit exploser la verrière d'en haut. Une pluie de débris tranchants s'abattit sur la passerelle, et cette fois Ambre n'eut pas le temps de créer une bulle autour d'eux.

Leurs bras, leurs épaules, leurs dos et leurs crânes s'ouvrirent comme un fruit trop mûr, mais ils pouvaient courir.

Ils descendirent un niveau, une nouvelle explosion les jeta contre le mur.

Cette fois, Ambre se cogna la tempe et s'effondra, sans connaissance.

Matt la prit sur ses épaules pour fuir.

Partout les murs craquaient, les flammes se faufilaient, quand ce n'était pas une sorte de lave en fusion qui creusait les planchers et se mettait à couler des plafonds. Matt l'esquivait, la moindre goutte traversait un Pan de part en part, le tuant sur le coup.

L'air se faisait de plus en plus chaud, étouffant.

Autour de lui, on hurlait de panique, sans comprendre ce qu'il se passait. Certains restaient prostrés dans un coin, et le feu venait les dévorer brusquement. Dans l'horreur, ils se bousculaient, se marchaient dessus, cherchaient à gagner la surface pour respirer, ou les profondeurs dans l'espoir d'y rejoindre un moyen d'évacuation.

Le Vaisseau-Vie s'était transformé en fournaise. Un véritable enfer.

Des geysers de feu transpercèrent le plancher devant Matt, le forçant à faire demi-tour et à chercher un autre chemin.

Il faisait son maximum pour protéger Ambre des jets bouillants qui surgissaient d'un peu partout, et parfois devait s'exposer à sa place, se brûlant les bras, les jambes.

Son gilet en Kevlar lui avait protégé les côtes et le dos à plusieurs reprises.

Il trébucha, tomba, s'écorcha et évita les assauts de l'incendie pour atteindre la cabine de Tobias.

La porte était ouverte sur un brasier tel que Matt dut se couvrir le visage pour repousser la chaleur suffocante.

— Toby ! Non ! Toby ! hurla-t-il.

Une nouvelle explosion le mit à terre et Ambre lui échappa des bras.

Il était désespéré.

— Matt ! cria une voix familière.

Tania et Chen accoururent pour l'aider à se relever et il prit Ambre contre lui.

— Où est Tobias ? demanda-t-il, paniqué.

— C'est trop tard Matt, dit Tania au milieu des

flammes. Nous n'avons rien pu faire. C'était déjà comme ça quand nous sommes arrivés.

Matt secouait la tête.

— Il y a un balcon au bout du couloir, dit Chen. Il faut sortir, sinon dans peu de temps nous mourrons intoxiqués par la fumée !

— Nous ne sortirons pas de là, dit Matt.

Tania le gifla.

— Ne dis pas ça ! Pas toi ! Pas après tout ce que nous avons vécu ! Guide-nous ! Sors-nous de là ! Tu m'entends ?

Matt la voyait, mais le sens de ses mots ne parvenait pas jusqu'à son cerveau.

Des visages. Des souvenirs. Des émotions le firent réagir quand Tania hurla par-dessus le grondement de l'incendie :

— Pour Elliot ! Pour Maya ! Pour Floyd ! Ton ami Floyd ! Jusqu'au bout tu dois te battre ! Jusqu'à la mort !

Matt cilla.

Il sentit le corps d'Ambre contre lui.

Pour elle. Pour les autres.

Sans plus réfléchir, il se releva et prit la direction indiquée par Chen.

La fumée devenait dense, ils se mirent à tousser. Leurs poumons se remplissaient de mort. Des poutres barraient le passage, rongées par le feu. Matt déposa Ambre et attrapa la plus grosse. Sa peau émit un chuintement au moment où il la touchait, et Matt évacua la douleur de la brûlure en criant de toutes ses forces tandis qu'il arrachait la poutre du sol pour la renverser sur le côté.

Il répéta l'opération avec la seconde et la voie fut dégagée.

Le navire trembla encore, des explosions se multiplièrent dans ses entrailles.

Les quatre adolescents enfoncèrent une porte qui s'était coincée sous les chocs, et ils débouchèrent sur un large balcon, sous les étoiles.

Ils tombèrent à genoux et aspirèrent tout leur soûl d'oxygène frais.

De là ils purent assister à la destruction du Vaisseau-Vie, au gré des boules de feu qui surgissaient de sa coque à chaque déflagration.

Matt remarqua que toutes les voiles étaient aux vents, haut dans le ciel, les pétales géants les entraînaient à pleine vitesse.

Vers la côte.

Dans une manœuvre désespérée, comprenant que le bateau était condamné, Orlandia avait orienté le Vaisseau-Vie vers la France qui était le plus près pour donner une chance aux survivants.

Matt vit des dizaines et des dizaines de Pans se jeter à l'eau.

Eux-mêmes étaient perchés trop haut sur leur balcon, plus de soixante-dix mètres. Et trop loin du rivage pour espérer survivre.

Pendant plus de vingt minutes, les trois Pans assistèrent à la destruction du dernier morceau de leur monde. Chaque détonation propulsait un peu plus le navire vers le fond, envoyait les flammes conquérir les étages supérieurs.

La chaleur devint insupportable, et Matt comprit qu'ils allaient devoir passer par-dessus bord.

De cette hauteur, ils allaient se fracasser contre la mer mais ils ne tenaient plus.

Ambre ouvrit les yeux et s'assit, en sueur.

— Toby ? demanda-t-elle.

Matt serra les dents et fit « non » de la tête.

Alors Ambre les attrapa tous et les serra contre elle.

Le bâtiment cédait de partout. Des flammes avaient conquis le pont supérieur, elles rongeaient les câbles, les voiles s'envolèrent, les unes après les autres.

Un craquement assourdissant déchira la nuit et le Vaisseau-Vie s'ouvrit en deux.

Cette fois, c'était terminé.

Ambre prit son inspiration, et toute son énergie se mêla à celle du Cœur de la Terre.

Une énorme explosion désagrégea la coque, et le plan sur lequel se trouvaient Ambre, Matt, Tania et Chen se détacha en morceaux pour sombrer dans la mer.

Leurs organes se soulevèrent tandis qu'ils chutaient.

Et brusquement ils perçurent une enveloppe autour d'eux.

Comme une membrane invisible.

Une fine couche qui les liait tous.

La chute fut terrifiante.

Et l'impact fulgurant.

Matt perdit connaissance en heurtant l'eau.

De cette hauteur et à cette vitesse, c'était comme se jeter sur du béton.

Dans le ciel, des milliers de pièces du Vaisseau-Vie fusaient en brûlant, semblables à des météorites. Et le gros du navire ressemblait à une braise formidable.

Il y en avait partout.

Et en quelques secondes, tout disparut, englouti par la mer.

49.

Les Autres

Sa tête entrait et sortait de l'eau, porté par la houle.

Il avait froid. Il respirait mal.

Matt ne parvenait pas à reprendre connaissance. Chaque fois qu'il revenait à lui, c'était pour sentir le sel de la mer lui brûler les lèvres, les yeux, et son esprit repartait aussitôt.

Il ne garda que le souvenir du froid. Intense. Interminable.

Puis il s'enfonça dans quelque chose de dur.

Les vagues lui léchaient les jambes.

Quand il parvint à se réveiller, il enfonça une main dans le sable de la plage et constata que le soleil s'était levé.

Il y avait des débris partout. Sur la mer, sur la plage, et d'autres corps comme lui étendus, sans vie. Certains flottaient encore, le visage dans l'eau.

Il essaya de s'asseoir, il éprouvait un sentiment d'urgence, l'embrasement du Vaisseau-Vie avait dû être visible depuis des kilomètres à la ronde, les Cyniks n'allaient pas tarder, mais le monde vacilla et il retomba, face contre sable.

Il rouvrit les yeux en entendant des voix.

Il songea aussitôt aux Ozdults, mais se rendit compte qu'elles parlaient anglais.

Il y avait d'autres survivants que lui.

Matt se mit sur les coudes et essaya de se lever, mais il retomba en gémissant, le corps meurtri.

— Il y en a un autre ici ! s'écria quelqu'un.

C'était une voix d'adolescent.

Tous les Pans et Kloropanphylles du Vaisseau-Vie n'étaient donc pas morts. Une petite boule de chaleur inonda la poitrine de Matt.

Ambre !

Et les images de la cabine de Tobias ravagée par les flammes lui enfoncèrent une pique en plein ventre.

Combien avaient survécu ?

Matt parvint tout de même à relever la tête et aperçut des dizaines de Pans. Peut-être vingt-cinq ou trente. Ils sillonnaient la plage, retournant les débris, et inspectant les corps.

En haut, entre les dunes, des chariots et des chevaux attendaient.

Matt vit un chien trempé sortir de la mer, aidé par plusieurs garçons. Il reconnut Draco, le golden retriever que montait Tania à Castel d'Os.

Deux jambes se plantèrent devant lui.

Il tendit la main pour qu'on l'aide à se relever.

Ce n'était pas quelqu'un qu'il connaissait.

À bord du Vaisseau-Vie, Pans et Kloropanphylles lui étaient pour la plupart familiers, il en avait recruté beaucoup personnellement, peu de visages lui étaient inconnus.

— Quel est ton nom ? demanda-t-il avec difficulté.

Ses lèvres gercées par le sel craquèrent.

— Piotr, répondit le garçon avec un accent qui lui faisait rouler les « r ».

Matt tenta de se lever, mais la douleur remonta du dos jusqu'au cerveau, et il retomba, inconscient.

Il revenait à lui, dans le balancement et les grincements d'un chariot. Le ciel bleu, moucheté de nuages blancs, défilait lentement.

Il était étendu au milieu de tonneaux, de caisses et de sacs repêchés de l'épave.

Il s'agrippa à l'un des sacs en toile et se hissa.

Le chariot filait entre les dunes, conduit par deux adolescents qu'il n'avait jamais vus. Un troisième était assis à l'arrière, près de lui, et il reconnut le brun au visage sévère qui l'avait aidé sur la plage, Piotr.

— Qui… qui êtes-vous ? demanda-t-il.

— Il est réveillé ? demanda une fille à l'avant.

Piotr s'approcha de Matt et l'invita à se rallonger.

— Repose-toi, tu n'es pas en état.

— Où m'emmenez-vous ?

— Chez nous.

— Non, il faut…

Matt fut transpercé de nouveau par la douleur.

— Repose-toi, je te dis, insista Piotr. Tu seras en sécurité là-bas. Mais c'est une longue route.

— Mes amis…

— Il y a d'autres charrettes comme nous.

— Qui… qui êtes-vous ?

Piotr lui tendit une gourde d'eau.

— Nous ? Nous sommes des fantômes.

Piotr eut un léger sourire.

— Nous sommes les fantômes de l'empire, précisa-t-il.

— Vous êtes des… enfants, des adolescents, dit Matt. Vous êtes des esclaves ?

— Non. Nous sommes le cauchemar d'Oz. Nous sommes ceux qui ne veulent pas se soumettre, les Autres. La rébellion.

Matt cessa de boire et fixa Piotr.

— Je croyais que vous n'existiez pas ?

— C'est ce que les Ozdults voudraient croire. Mais nous sommes réels.

— Mes amis étaient avec moi sur le bateau, est-ce que vous avez retrouvé beaucoup de survivants comme moi ?

— Notre groupe en a repêché une dizaine.

— Et… une Ambre était parmi eux ?

Piotr secoua la tête.

— Non, je suis désolé.

— Et il y a d'autres groupes comme vous ?

— Oui. La plage est longue. Il y avait encore plus de corps pas loin. Peut-être que mes camarades auront trouvé ton amie. Maintenant repose-toi, nous avons une longue route à faire.

— Où allons-nous ?

— Chez nous, en sécurité.

— Il n'y a plus de sécurité dans ce monde désormais.

— Parce que tu ne connais pas notre territoire. C'est loin, à plus de deux semaines de marche, mais tu verras, tu seras protégé.

Matt ferma les paupières. Il souffrait. Il ne parvenait ni à réfléchir, ni même à parler.

— Nous vous emmenons à Neverland, ajouta Piotr.

Matt ignorait ce qu'était cette terre si sûre, mais en cet instant précis, il sut qu'il ne pouvait exister d'endroit que le Buveur d'Innocence et surtout Entropia ne pourraient conquérir.

Les Pans avaient perdu le Testament de roche, Ggl avait assimilé le Cœur de la Terre, et désormais Matt était seul.

Non, il ne connaissait pas Neverland, mais ses derniers espoirs s'étaient envolés cette nuit, alors il s'en fichait bien.

Et le monde allait sombrer dans le chaos.

Bientôt les cieux seraient rouges et des créatures abominables sillonneraient les terres.

La fin des temps approchait.

Chers amis,

Vous savez désormais à quoi ressemble une partie de l'Europe en Autre-Monde. Une partie seulement.

Le pire reste à venir.

Comme le plus merveilleux d'ailleurs.

Il y sera question notamment d'un grand château… Et à ce sujet, la proposition qui clôturait Entropia tient toujours, puisque je vais mettre en scène beaucoup de nouveaux Pans. Si vous vous sentez l'âme d'un de ces enfants, adolescents, jeunes adultes, peu importe, il est encore temps de m'envoyer (en quelques lignes seulement !) un descriptif du garçon ou de la fille que vous seriez, en Autre-Monde, avec son nom, son altération, et la raison pour laquelle il ou elle a développé cette dernière. Faites-moi parvenir vos idées à cette adresse :

pans@albin-michel.fr

J'en sélectionnerai quelques-uns pour les inclure dans l'histoire d'Autre-Monde.

D'ici là, venez me rendre visite de temps à autre sur mon blog :

www.maximechattam.com

On y parle d'écriture, et même d'un peu tout à vrai dire.

Sur Facebook aussi (Maxime Chattam Officiel), pour une convivialité bienvenue et quelques échanges plus directs.

Ou, enfin, sur Twitter (@ChattamMaxime), pour une communication au jour le jour !

Je tiens aussi à signaler le travail de fourmi accompli par Florian sur le net, pour colliger tous les termes et références propres à Autre-Monde dans une Pancyclopédie formidable !

www.pancyclopedie.fr

C'est très utile pour se remémorer les petits détails, ou simplement s'y promener comme en Autre-Monde !

Merci également à toute l'équipe qui travaille derrière le forum. Pour un auteur, avoir le privilège de suivre les conversations de ses lecteurs et d'échanger directement avec eux est un luxe inouï, et ce petit miracle quotidien ne pourrait s'opérer sans les efforts des modérateurs et de tous ceux qui œuvrent dans l'ombre du web.

www.chattamistes.com/forum

Merci à mon éditeur pour le soutien permanent qu'il me témoigne, quels que soient mes projets, et à toutes les équipes d'Albin Michel qui donnent vie, d'une manière ou d'une autre, à Autre-Monde, ainsi qu'à mes éditeurs à l'étranger qui contribuent à faire connaître cette aventure.

Enfin, ce livre ne serait pas ce qu'il est et cette saga n'aurait pas cette dimension sans la présence et les encouragements de Faustine, fée suprême d'Autre-Monde, mon Cœur de la Terre à moi. Qu'elle soit remerciée ici pour tout cela et bien plus encore.

Mes chers lecteurs, cette aventure est loin d'être terminée. Je vous réserve encore quelques surprises.

À très vite…

Maxime CHATTAM
Edgecombe, août 2012.

Du même auteur :

Aux Éditions Albin Michel

Le cycle de l'homme :

LES ARCANES DU CHAOS
PRÉDATEURS
LA THÉORIE GAÏA

Autre-Monde :

T. 1 L'ALLIANCE DES TROIS
T. 2 MALRONCE
T. 3 LE CŒUR DE LA TERRE
T. 4 ENTROPIA
T. 5 OZ
T. 6 NEVERLAND
T. 7 GENÈSE

Le diptyque du temps :

T. 1 LÉVIATEMPS
T. 2 LE REQUIEM DES ABYSSES

LA CONJURATION PRIMITIVE
LA PATIENCE DU DIABLE
LA PROMESSE DES TÉNÈBRES
QUE TA VOLONTÉ SOIT FAITE
LE COMA DES MORTELS
L'APPEL DU NÉANT

Chez d'autres éditeurs

LE CINQUIÈME RÈGNE, Pocket
LE SANG DU TEMPS, Michel Lafon

La trilogie du Mal :

L'ÂME DU MAL, Michel Lafon
IN TENEBRIS, Michel Lafon
MALÉFICES, Michel Lafon

Le Livre de Poche s'engage pour l'environnement en réduisant l'empreinte carbone de ses livres. Celle de cet exemplaire est de :
200 g éq. CO_2
Rendez-vous sur www.livredepoche-durable.fr

PAPIER À BASE DE FIBRES CERTIFIÉES

Composition réalisée par Nord Compo

Achevé d'imprimer en France par
CPI BRODARD & TAUPIN (72200 La Flèche)
en mars 2022
N° d'impression : 3048079
Dépôt légal 1re publication : novembre 2014
Édition 15 - mars 2022
LIBRAIRIE GÉNÉRALE FRANÇAISE
21, rue du Montparnasse – 75298 Paris Cedex 06

58/5556/3